HEINZ G. KONSALIK

Nacht der Versuchung

Von Heinz G. Konsalik sind folgende Romane
als Goldmann-Taschenbücher erschienen:

Eine angesehene Familie (6538) · Auch das Paradies wirft Schatten / Die Masken der Liebe (3873) · Aus dem Nichts ein neues Leben (43512) · Bluthochzeit in Prag (41325) · Duell im Eis (8986) · Engel der Vergessenen (9348) · Der Fluch der grünen Steine (3721) · Der Gefangene der Wüste (8823) · Das Geheimnis der sieben Palmen (3981) · Geliebte Korsarin (9775) · Eine glückliche Ehe (3935) · Das goldene Meer (9627) · Das Haus der verlorenen Herzen (6315) · Heimaturlaub (42804) · Der Heiratsspezialist (6458) · Heiß wie der Steppenwind (41323) · Das Herz aus Eis / Die grünen Augen von Finchley (6664)

Ich gestehe (3536) · Im Tal der bittersüßen Träume (9347) · Im Zeichen des großen Bären (6892) · In den Klauen des Löwen (9820) · Der Jade-Pavillon (42202) · Kosakenliebe (9899) · Ein Kreuz in Sibirien (6863) · Der Leibarzt der Zarin (42387) · Leila, die Schöne vom Nil (9796) · Liebe am Don (41324) · Liebe auf dem Pulverfaß (9185) · Die Liebenden von Sotschi (6766) · Das Lied der schwarzen Berge (2889) · Manöver im Herbst (3653) · Ein Mensch wie du (2688) · Morgen ist ein neuer Tag (3517) · Nacht der Versuchung (43767) · Ninotschka, die Herrin der Taiga (43034) · Öl-Connection (42961) · Promenadendeck (8927) · Das Regenwald-Komplott (41005)

Schicksal aus zweiter Hand (3714) · Das Schloß der blauen Vögel (3511) · Schlüsselspiele für drei Paare (9837) · Die schöne Ärztin (3503) · Die schöne Rivalin (42178) · Schwarzer Nerz auf zarter Haut (6847) · Die schweigenden Kanäle (2579) · Sie waren Zehn (6423) · Sommerliebe (8888) · Die strahlenden Hände (8614) · Die Straße ohne Ende (41218) · Eine Sünde zuviel (43192) · Tal ohne Sonne (41056) · Die tödliche Heirat (3665) · Tödlicher Staub (43766) · Transsibirien-Expreß (43038) · Und alles nur der Liebe wegen (42396) · Unternehmen Delphin (6616) · Der verkaufte Tod (9963) · Verliebte Abenteuer (3925) · Wer sich nicht wehrt . . . (8386) · Wer stirbt schon gerne unter Palmen . . . 1: Der Vater (41230) · Wer stirbt schon gerne unter Palmen . . . 2: Der Sohn (41241) · Westwind aus Kasachstan (42303) · Wie ein Hauch von Zauberblüten (6696) · Wilder Wein (8805) · Wir sind nur Menschen (42361) · Zwei Stunden Mittagspause (43203)

Ferner liegen als Goldmann-Taschenbücher vor:
Stalingrad. Bilder vom Untergang der 6. Armee (3698) · Die fesselndsten Arztgeschichten. Herausgegeben von Heinz G. Konsalik (11586)

HEINZ G.

KONSALIK

Nacht der Versuchung

Roman

GOLDMANN

Ungekürzte Ausgabe

Dieser Roman erschien früher
unter dem Autornamen Jens Bekker

Umwelthinweis:
Alle bedruckten Materialien dieses Taschenbuches
sind chlorfrei und umweltschonend.
Das Papier enthält Recycling-Anteile.

Der Goldmann Verlag
ist ein Unternehmen der Verlagsgruppe Bertelsmann

Genehmigte Taschenbuchausgabe 10/97

Umschlagentwurf: Design Team München
Umschlagfoto: Gruner + Jahr / Wartenberg
Satz: DTP-Service Apel, Laatzen
Druck: Elsnerdruck, Berlin
Verlagsnummer: 43767
MV · Herstellung: Heidrun Nawrot
Made in Germany
ISBN 3-442-43767-9

1 3 5 7 9 10 8 6 4 2

Dies hier ist eine weiße, noch unbeschriebene Seite. Die erste Seite eines Tagebuches.

Immer habe ich gesagt, Tagebücher seien romantische Spielereien, Überbleibsel einer Zeit, in der die Mädchen mit Schleifchen im Zopf und zu Boden gesenktem Blick neben der Gouvernante durch einsame Parks gingen und »Jawohl, Papa« und »Jawohl, Mama« sagten. Ein modernes Mädchen, so habe ich gedacht, habe andere Interessen, als mehr oder minder wichtige Gefühle, Gedanken und Ereignisse mit viel Herz und noch mehr Schmalz niederzuschreiben... aber nun, heute, an diesem Tage, fange ich selbst ein Tagebuch an... so, wie ab heute auch ein neuer Abschnitt meines Lebens beginnt.

Ich habe das Abitur bestanden! (Schwer genug war's!) Ich durfte mit meinen Freundinnen Babette und Ursula an die Ostsee fahren, ganz allein, ohne Mamas Begleitung, als Belohnung für das »Zeugnis der Reife«, wie es so wichtig heißt. Ich bin plötzlich ein erwachsener Mensch mit Rechten, »reif« für das Leben – –

Fängt man so ein Tagebuch an?

Ich weiß es nicht. Ich weiß nur, daß ich heute, im Augenblick, fröhlich bin, glücklich, selig. Draußen vor dem Fenster rauscht das Meer, über dem weißen Sand glüht die Sonne, ich höre die hellen Stimmen Babettes und Ursulas aus dem Wasser – oh, ich könnte die ganze Welt umarmen. Wie schön ist das Leben!

Ich muß aufhören. Es kommt Besuch.

Und nicht einmal die erste Seite meines ersten Tagebuches habe ich am ersten Tage voll bekommen.

(Ich habe eine kleine, zierliche Schrift. Frau Dr. Reiner, unsere Deutschlehrerin, sagte einmal: »Margit, Sie schreiben wie eine Maus.« – Und auch das ist jetzt nur noch Erinnerung ...)

Sie kamen über den weißen Sandstrand gelaufen, jauchzend, übermütig, vom Meerwasser tropfend. Die langen Haare klebten an ihren geröteten Gesichtern. Ihre Bikinis waren knapp, Demonstrationen ihrer jungen, langbeinigen Körper. Unter ihren Füßen wirbelte der Sand auf, und ihre hellen Stimmen übertönten den Wellenschlag. Zwischen sich zerrten sie einen Mann durch den Sand. In seinem korrekten hellgrauen Anzug wirkte er ein wenig lächerlich, zumal, wenn er versuchte, immer wieder stehenzubleiben, und dann von den jauchzenden jungen Mädchen an den Händen weiter über den Strand gezerrt wurde.

»Kinder, meine Schuhe sind voller Sand!« rief Fred Pommer und befreite sich mit einem Ruck aus der Umklammerung der nassen Mädchenhände. »Der Teufel hat mich geritten, daß ich zu euch ans Wasser gekommen bin.«

Er bückte sich, zog seine leichten Schuhe aus und schüttelte sie. Dabei sah er hinüber zu dem kleinen weißen Haus mit den grünen Fensterläden. Es lag, von einigen Kiefern umgeben, hinter einem Strandweg. Ein weißer Zaun umschloß das Grundstück.

»Seit ich das letztemal hier war, hat sich allerhand geändert«, sagte Fred Pommer und klopfte die Schuhe gegeneinander. »Die Läden waren gelb und der Zaun braun. Aber so ist es besser. Wer hat's lackiert?«

»Bruder Wilhelm.« Ursula Fürst strich mit beiden Händen die nassen rotblonden Haare aus dem Gesicht. Sie war groß und schlank, die »Miß Oberprima«, wie man sie genannt hatte. Ihr Onkel entwarf die Mode, die im nächsten Jahr von den Frauen getragen wurde, und so brachte Ursula Fürst einen Hauch der großen Welt in die Klasse, beneidet und kritisiert und von den Studienrätinnen nicht immer gerecht behandelt. Das Abitur hatte sie gerade so bestanden, mit einem blauen Auge, wie man sagt. »Sie hat einen festen Freund«, munkelte man schon in der Unterprima. Ursula dementierte es nicht, sie schwieg bloß. Und so umwehte sie von jeher der faszinierende Duft der Verrufenheit.

Ganz anders war Babette Heilmann. Ihr Vater hatte ein Fuhrgeschäft, ließ zehn Lastzüge durch Europa rollen und erholte sich abends von der Tagesmühe beim Fernsehen, einem Liter Bier und drei Bockwürsten mit Senf. Er war nicht vornehm genug, um nicht im richtigen Augenblick auch »Scheiße« zu sagen, und vertrat die Ansicht: Abitur für ein Mädchen, na ja, muß sein bei der modernen Auffassung. Aber kochen ist wichtiger. Was soll der Mann später mit Logarithmen in der Küche? Ein gut gebackenes Schnitzel ist wichtiger für eine Ehe.

Genauso war auch Babette. Hochaufgeschossen, mit einem kräftigen, runden Busen, die braunen Haare in Schulterhöhe geschnitten, mit einem frechen, fast schon schnodderigen Mundwerk, ein verhinderter Gammlertyp mit dem Intellekt des im Leben stehenden Massenmenschen. Für sie gab es keine Illusionen. »Auch ein Mann besteht letztlich aus Unterhosen«, sagte sie einmal im Freundinnenkreis. »Und da soll man noch Ehrfurcht haben?«

Fred Pommer nahm seine italienischen Schuhe unter den Arm und stapfte in Strümpfen weiter durch den Sand. »Ihr habt noch jemand da?« fragte er und zeigte auf ein geöffnetes Fenster des kleinen Ferienhauses. In der Sonne leuchteten hellblonde Haare zwischen den grünen Läden.

»Das ist Margit, lieber Vetter!« Ursula Fürst blieb stehen. »Margit Bernhardt.«

»Nie gehört.«

»Hubert Bernhardt, Baurat.«

»Hört sich gut an.« Pommer sah auf seine Schuhe und zögerte. Babette lachte hell.

»Jetzt überlegt er, ob er in Strümpfen standesgemäß ist!« rief sie. »Kinder, brecht euch keine Zacken ab! Hallo, Margit! Hallo!«

Sie winkte. Im Fenster erschien der Kopf Margits. Einen Augenblick zögerte Fred Pommer, dann winkte er mit den Schuhen in den Händen und kam sich im stillen doch reichlich dumm vor.

»Mein Vetter Fred«, sagte Ursula Fürst ein paar Minuten später, als Margit ihnen die Tür öffnete. »Er hat von Papa erfahren, daß ich hier bin, und will das Wochenende bei uns verbringen. Nun ist er ein wenig schüchtern und ängstlich, denn drei Mädchen hat er nicht erwartet.«

Fred Pommer schwieg. Er sah Margit mit großen blauen Augen an, so wie ein Kind in den flimmernden Glanz einer Kerze starrt. Welch ein Mädchen, dachte er dabei. Ich habe nie solch blonde, ins Gold schimmernde Haare gesehen. Und dieses Ebenmaß des Gesichtes, diese körperlich spürbare Reinheit ihrer Jugend, diese Zartgliedrigkeit, in der verborgene Kräfte und Leidenschaften schlummern, diese Aristokratie der Haltung, diese von mir seit jeher gehaßte Überlegenheit der »gehobenen Kreise« ... verdammt, das ist ein Mädchen, an dem ein Fred Pommer nicht vorbeigehen kann. Fräulein Bauratstochter, dieser reine Blick aus deinen Augen wird sich bald verdunkeln, und dein schöner Mund wird aufreißen und meinen Namen stammeln ...

Er verbeugte sich mit der Gewandtheit eines arrivierten Kavaliers und zeigte dann lächelnd seine Schuhe.

»Es ist für mich ein völlig neues Gefühl, in Strümpfen einer so schönen Dame vorgestellt zu werden.«

»O Gott!« Babette Heilmann schlug die Hände über dem Kopf zusammen. »Wie benehme ich mich, Seite 78 bis 80. Der Herr begrüßt die Dame mit einem Diener, wobei er seinen Kopf leicht nach vorne senkt, aber darauf achtet, daß sein Gesäß nicht zu weit nach hinten stößt...«

»Du bist wieder unmöglich, Babs«, sagte Margit Bernhardt und gab Pommer ihre lange schmale Hand. Sie bemühte sich, dabei völlig ruhig und gleichgültig zu sein. Aber ihre Gedanken verwirrten sie innerlich. Er hat schwarze Haare, schwarz und glänzend wie ein Südländer, aber leuchtend blaue Augen. Sein Blick ist wie ein elektrisches Messer; er zerschneidet einen schmerzlos. Man kommt sich nackt vor unter diesem Blick, aber man schämt sich nicht. Wer ist dieser Fred Pommer? Ein Vetter Ursulas? Nie gehört! Sie hat nie von ihm gesprochen. Warum hat sie nie von ihm erzählt?

»Was ist denn nun?« sagte Babette Heilmann. Margit zuckte zusammen. Ihre wirbelnden Gedanken zerflatterten. »Gehen wir ins Haus und trinken Kaffee oder schwimmen wir alle noch ein bißchen?«

»Ich schlage vor, ich packe erst einmal meine Sachen aus, fahre den Wagen hinters Haus und lasse den jungen Damen ein paar Minuten Zeit, sich über mich zu unterhalten und mit der Tatsache anzufreunden, daß ich ihnen ein paar Tage auf der Pelle liege.« Fred Pommer sah noch einmal Margit Bernhardt an, ehe er sich abwandte und um das Haus herumging. Es war ein sprechender, deutlicher Blick.

Verwirrt ging Margit ins Haus. »Ich koche Kaffee!« rief sie über die Schulter hinweg den anderen zu und war froh, so die Röte verbergen zu können, die plötzlich ihr Gesicht überzog und nicht zurückzudämmen war.

In der Nacht schlich Ursula Fürst aus dem Haus. Sie lehnte die Türen an und hüpfte auf Zehenspitzen durch die Diele, weil der Dielenboden knarrte.

Im Garten, auf der Bank aus Kiefernholz, saß Fred Pommer und rauchte eine Zigarette. Als er Ursula aus dem Haus schlüpfen sah, warf er die Zigarette weg und zertrat sie im Sand.

»Endlich!« sagte er.

»Ich habe gewartet, bis die anderen wirklich schliefen.« Ursula Fürst blieb vor ihrem Vetter stehen und hielt den Bademantel mit beiden Händen über ihrem dünnen Perlonschlafanzug zusammen. »Was willst du hier?«

»Ich dachte, es erfreut dein Herz, mich wiederzusehen.«

»Laß den Blödsinn!« Die Stimme Ursulas klang angewidert. »Du weißt, daß es aus ist. Ein für allemal aus. Was willst du also hier?«

Pommer sah auf seine unruhigen Hände. Seine Fingernägel kratzten über das Holz der Bank. »Genaugenommen wollte ich dich wirklich wiedersehen. Ich wußte nicht, daß du mit zwei Freundinnen hier bist.« Er erhob sich, machte eine leicht ironische Verbeugung und setzte sich dann wieder. »Übrigens meine Gratulation für das bestandene Abitur. Allerhand, bei deinen sonstigen Interessen.«

»Du bist widerlich! Brauchst du wieder Geld?«

»Welche Frage. Das brauche ich immer.«

»Wieviel?«

»Einen Klecks nur. Tausend Emmchen.«

»Hat dich Frau von Eickshausen auch schon wieder hinausgeworfen?«

»Die liebestolle Veronika?« Pommer lachte leise. »Das ist doch schon von vorgestern. Zuletzt war ich mit einer Frau Weber zusammen. Oberpostratswitwe. Der gute Mann starb an einem Herzinfarkt. Sophie Weber, achtundvierzig Jahre, war voller Trostbedürfnis. Bis vorgestern. Da entdeckte sie, daß auf ihrem Sparbuch viertausend Mark fehlten.«

»Schuft!«

Pommer hob die Schultern. »Das Leben ist teuer.«

Ursula Fürst lehnte sich an den rauhen Stamm einer Kiefer. Mit verächtlich herabgezogenen Mundwinkeln musterte sie ihren Vetter. Welche Kreatur, dachte sie. Da sitzt er nun in einem Maßanzug, den irgendeine seiner vielen Frauen bezahlte. Er sitzt da wie ein kleiner König, selbstsicher und gutgelaunt, und von ihm geht ein Fluidum aus, das jede Frau in seine Arme treibt. Auch mich ... vor einem Jahr bereits ... in der Unterprima ... hier in diesem Haus ... am 15. August ... ein unvergeßliches Datum. Die großen Sommerferien. Drei Wochen dauerte es. Drei Wochen ein Rausch. Drei Wochen eine Höllenfahrt. Glück und elende Ernüchterung immer und immer wieder. Wehren und Hingabe, Haß und Taumel, Reue und Vergessen ... »Du hast dich gut erholt, Ursula!« sagte Mama am Ende der Ferien. »Du siehst richtig gut aus.« Und ich habe sie angesehen, ohne rot zu werden, und habe geantwortet: »Ja, Mama, das macht die phantastische Seeluft.«

Ursula Fürst strich sich nun die langen rotblonden Haare aus den Augen. Es war eine energische, wegwischende Bewegung.

»Ich werde dir das Geld schicken. Wo wohnst du jetzt?«

»Hamburg, Hotel ›Vier Schwalben‹.«

»Also eine Absteige?«

»Ein Luxushotel mit vier Sternen im Hotelführer ist's nicht.«

»Du bekommst dein Geld. Und jetzt hau ab! Gleich jetzt. Ich will meinen Freundinnen deinen Anblick ersparen.«

»Eifersüchtig, mein Püppchen?« Pommer stand auf. Ursula hob beide Hände.

»Bleib mir vom Leib, du Schuft!«

»Alles hier atmet Erinnerung.« Pommer sah sich um. »Dort stand einmal unser privater Doppelstrandkorb. Damals trugst du einen Bikini, dessen Höschen nur von einer Schleife gehalten wurde. Wenn man an der Schleife zog ...«

Ursula Fürst drückte das Kinn an. Ihr schönes, einem Magazinfoto ähnliches Gesicht wirkte plötzlich kalt und brutal. »Man wird dich eines Tages umbringen. Irgend jemand wird den Mut haben, die Welt von dir zu befreien. Wenn es ein Mann ist, könnte ich ihn aus Dankbarkeit heiraten.«

»Schluß jetzt!« Fred Pommer sprang von der Bank auf. »Ich habe vor, wenigstens drei Tage hier zu bleiben. Ob es dir gefällt oder nicht, das kümmert mich wenig. Ich habe Erholung nötig nach den anstrengenden Monaten mit Sophie Weber.« Er zündete sich eine neue Zigarette an und sah durch die Feuerzeugflamme zu Ursula. »Was für ein Mädchen ist eigentlich diese Margit Bernhardt?«

»Ein Mädchen, das auf jeden Fall für dich zu schade ist. Laß die Hände von ihr. Ich warne dich!«

»Klingt sehr dramatisch.« Pommer machte einen tiefen Zug und blies den Rauch gegen den Himmel. »Aber wenn es dich beruhigt: Ich habe mich auf reifere Frauen spezialisiert, die es sich etwas kosten lassen, geliebt zu werden.«

Ohne Antwort wandte sich Ursula ab und ging ins Haus zurück. Sie hörte noch beim leisen Türzuziehen Pommers leicht meckerndes Lachen und hob wie frierend die Schultern.

Wie dreckig das alles ist, dachte sie und zog die Decke bis ans Kinn, als sie im Bett lag. Wie hundsgemein dreckig. Und das Schlimmste ist, daß man jetzt nicht mehr aus diesem Schlamm heraus kann.

Zwei sonnige Tage vergingen.

Fred Pommer zeigte sich als drahtiger Sportler. Er mietete ein Segelboot und kreuzte mit den drei Mädchen vor Dahme und Kellenhusen, den großen Badeorten an der Ostseeküste. Er sang mit einem etwas tremolierenden Bariton Seemannslieder und kochte in der Kombüse eine Aalsuppe. Am Abend fuhr er mit den Mädchen nach Dahme ins Kurhaus und bewies, daß er ein guter Tänzer war. Vom Wiener Walzer bis zum Twist beherrschte er die ganze Palette eines Parkettlöwen, erzählte von Erlebnissen in Afrika und Indien, denn – so berichtete er – als Kaufmann in einer Exportfirma lerne er die Welt kennen.

Margit Bernhardt hörte mit glänzenden Augen zu.

Am dritten Abend blieb er in dem kleinen Ferienhaus. Babette Heilmann und Ursula Fürst wurden von zwei jungen Kavalieren, die sie in Dahme kennengelernt hatten, abgeholt. »Ich habe Kopfschmerzen, Kinder«, sagte Pommer. »Fahrt allein. Ich lege mich hin.«

»Ich bleibe auch zu Hause.« Margit Bernhardt sah Ursula verständnislos an, als sie bemerkte, wie ihre Freundin blaß wurde.

»Du kommst mit!« sagte Ursula Fürst gepreßt.

»Nein, bitte, laß mich hier. Was soll ich denn bei euch? Allein!«

»Wir finden schon jemanden für dich.«

»Ich habe keine Lust.«

»Ich will, daß du mitkommst!« sagte Ursula hart. Vor

dem Haus hupten die jungen Männer, ungeduldig, fordernd. Babette war schon gegangen, Fred Pommer saß am Fenster und winkte ihr zu. Er kümmerte sich nicht um die Unterhaltung hinter seinem Rücken, aber er vernahm jedes Wort.

»Du mußt gehen«, sagte Margit und lächelte unsicher. »Sie werden sonst böse.«

»Was kümmern mich diese Affen?« Ursula Fürst starrte auf den Rücken ihres Vetters. »Gut, ich gehe! Vielleicht soll das alles so sein. Gute Nacht, Illusion!«

Sie wandte sich um und rannte aus dem Zimmer. Pommer sprang auf. »Gute Nacht, Cousinchen!« rief er Ursula nach und schloß die Tür, die sie offengelassen hatte. Nebeneinander standen sie dann am Fenster und winkten den beiden Wagen nach, die mit heulenden Motoren zwischen den Kiefern verschwanden.

»Nun sind wir allein«, sagte Pommer. Er ging unruhig im Wohnzimmer hin und her, blieb am Fenster stehen, sah hinaus aufs Meer, nahm seine Wanderung zwischen Sofa und Eßtisch wieder auf und warf ab und zu einen Blick auf Margit Bernhardt. Etwas Unausgesprochenes lag in der Luft, etwas Beklemmendes und Drückendes.

»Ein schöner Abend«, sagte er und öffnete das Fenster. »So voller Milde.«

»Ja ...« Margit Bernhardt blickte über seine Schulter hinaus in die Nacht. Er spürte den leichten Druck ihrer Brüste gegen seinen Rücken, atmete den herbsüßen Duft ihres Haares, spürte das Wehen ihres Atems gegen seinen Nacken, wenn sie sprach. In seinen Schläfen hämmerte das Blut, das Herz schien sich wie ein Ballon zu blähen, drückte gegen die Rippen, auf die Lungen, machte das Atmen schwer. Er wußte, ohne es ertasten zu müssen, daß ihm Schweiß auf der Stirn stand, kalter Schweiß. Seine Lippen dagegen waren trocken, die Mundhöhle brannte wie bei einem Verdurstenden.

»Man sollte schwimmen«, sagte er leise. Er erkannte seine eigene Stimme nicht mehr. Sie war tonlos, wie in Watte gepackt. »Sind Sie schon mal nachts geschwommen?«

»Nein.« Margit Bernhardt spürte das Flimmern in ihrem Körper bis zu den Fingerspitzen. Was ist bloß mit mir, dachte sie. Mein Gott, drei Tage bin ich allein, und schon verändert sich die Welt, und ich verändere mich mit ihr.

»Es gibt nichts Schöneres, als beim Mondschein im Meer zu treiben. Man kommt sich vor wie ein Stückchen Stern, das vom Himmel herunter ins Wasser fiel. Man ist so schwerelos, so ganz Natur, so völlig Element. Wenn man die Wellen über den nackten Körper streichen fühlt ...«

»Nackt?« sagte Margit leise.

»Natürlich. Beim Mondschein badet man nur ›ohne‹.« Fred Pommer beugte sich aus dem Fenster, um Margit nicht ansehen zu müssen. »Wir sollten es mal versuchen. Es ist wunderbar.«

»Ohne ...«

»Wir gehen an verschiedenen Stellen ins Meer und treffen uns im Wasser. Sie werden sehen: Alle hintergründigen Gedanken werden von uns abgeschwemmt.«

»Es ist das erste Mal ...«

»Es gibt immer im Leben das ›erste Mal‹.«

Margit Bernhardt nickte. Sie zögerte, in einer letzten Auflehnung gegen sich selbst, dann ging sie zur Tür ihres Zimmers.

»Kommen Sie in zehn Minuten nach ... nicht früher.«

»In genau zehn Minuten!«

Die Tür fiel zu. Fred Pommer trat zurück ins Zimmer und brannte sich mit zitternden Fingern eine Zigarette an. Er hörte, wie Margit das Haus verließ, hörte das Tappen ihrer nackten Füße über die Steine des Vorgartenweges, das Törchen quietschte, dann Stille.

Jetzt läuft sie durch den weißen Sand. Unter dem flatternden Bademantel zittert ihr schlanker, weißer, unberührter Leib. In den goldenen Haaren spielt der warme Abendwind, und wenn sie jetzt den Bademantel abwirft, leuchtet ihr Körper im Silber des Mondscheins, sie breitet die Arme aus, ihre jungen Brüste spannen sich ...

Fred Pommer warf die Zigarette weg und riß sich das Hemd vom Körper. Von den Kiefern aus lief er ein paar Meter seitwärts, rannte dann zum Meer hinunter und warf sich in die schwachen Wellen. Aus der Dunkelheit, rechts neben sich, hörte er Plätschern und Prusten.

Nur ein paar Meter ... nur ein paar Minuten ...

»Wo sind Sie?« rief er heiser.

»Hier! Es ist wundervoll! Herrlich! Man kommt sich wirklich wie ein Fisch vor.« Die Stimme Margits jubelte voll jugendlicher Freude. »Das war eine gute Idee von Ihnen, Fred.«

Pommer schwieg. In langen Stößen schwamm er der hellen Stimme entgegen.

Ein Streifen Mondschein. Darin ein Kopf. Goldene Haare. Eine weiße Schulter. Ab und zu ein Teil des Beines. Die auftauchende Wölbung des Gesäßes.

»Margit!« sagte Pommer tonlos, als er neben ihr schwamm. »Margit ... ich glaube, das ist eine Nacht, um verrückt zu werden.«

Er spürte Grund unter den Füßen, stellte sich hin und griff nach dem Körper, der gerade an ihm vorbeischwamm. Er fühlte in seinen Händen die glatte, warme Haut, er fühlte Rundungen und zitternde Weichheit und zog den Körper an sich heran. Haut an Haut waren sie nun, seine Hand glitt über ihr Haar, über die Schulter, hinunter zur Brust. Sie beugte sich zurück voller Abwehr und kam ihm damit doch entgegen, ihr Mund öffnete sich ...

»Margit«, sagte er leise, »es ist sinnlos, sich zu wehren. Es muß einfach sein ... wir können uns nicht weglaufen. Es ist, als haben wir nur für diese Nacht gelebt.«

»Fred ...« Ihre Stimme ertrank. Er küßte sie, und sie warf die Arme um seinen Nacken und ließ sich hochheben und an Land tragen.

»Der Mond ist so hell«, sagte sie später im Zimmer und drückte das Gesicht in seine Achselhöhle. »Ich schäme mich ...«

Gegen drei Uhr morgens heulten wieder die Motoren vor dem kleinen Ferienhaus. Ursula und Babette wurden zurückgebracht. Während Babette noch Abschied nahm, rannte Ursula ohne ein Abschiedswort ins Haus und riß die Tür zum gemeinsamen Schlafzimmer auf.

Margit lag in ihrem Bett und schlief fest. Um ihre Lippen lag ein glückliches Lächeln. Ein träumendes Kind. Aufatmend verließ Ursula das Zimmer und horchte an der Tür zu Pommers Kammer.

Fred Pommer schnarchte.

»Glück gehabt«, sagte Ursula Fürst leise und ging zu den noch wartenden Wagen zurück. »Es gibt doch noch standhafte Mädchen, nicht wahr, mein lieber Vetter ...?«

Fred Pommer blieb noch eine Woche, ehe er wieder zurück nach Hamburg fuhr.

Die Nacht wiederholte sich nicht. Margit wich ihm aus. In ihren Augen lag die Gehetztheit eines angeschossenen Tieres. Wenn er sie berührte – beim Baden, beim Ballspielen am Strand, am Tisch, wenn seine Hand zufällig gegen ihre Hand stieß –, wich sie zurück, als habe sie glühendes Eisen berührt. Nie gab sie ihm Gelegenheit, allein mit ihr zu sprechen, sie klammerte sich fest an ihre Freundinnen, lief ihnen nach wie ein Hündchen und flüchtete vor jeder Gelegenheit einer Aussprache.

Am letzten Tag vor Pommers Abreise war ein Kontakt nicht mehr zu verhindern. Babette und Ursula waren ins Dorf Hellerbrode zum Einkaufen gegangen, Margit hatte Küchendienst. So sehr sie Babette anbettelte zu tauschen – sie stieß auf ein entschiedenes Nein, denn in Hellerbrode wartete Klaus auf Babette und wollte mit ihr ein Eis essen.

»Was hast du?« fragte Pommer, nachdem die beiden Mädchen auf ihren Rädern weggefahren waren. Er hatte Margit aus der Küche geholt und hielt sie nun mit beiden Armen umklammert. »Du läufst mir davon. Ich dachte, du liebst mich.«

»Ja. Aber es ist sinnlos.« Margit wandte den Kopf, als er sie küssen wollte, und stemmte die Fäuste gegen seine Brust. »Wir können nie heiraten.«

»Davon hat auch keiner gesprochen, Kleines.«

»Ich habe mir geschworen, nur dem Mann zu gehören, den ich auch heiraten werde.«

»Da sieht man, wie dumm diese unmodernen Schwüre sind.« Fred Pommer kraulte mit beiden Händen in Margits Haaren. »Du bist doch ein süßes, modernes Mädchen. Und du bist eine ungeheuer talentierte Liebhaberin.«

»Laß das!« sagte Margit heiser. »Ich wünschte, ich könnte alles ungeschehen machen.«

»Auch das ist ein frommer, unerfüllbarer Wunsch. Warum eigentlich auch? Bereust du es?«

»Ja.«

»Und warum hast du es getan?«

»Ich ... ich weiß nicht ...« Sie wand sich aus seinen

Armen und trat ans Fenster. »Laß uns beide diese Nacht vergessen. Es hat sie nie gegeben.«

»Im Gegenteil! Ich werde diese Nacht zur unvergeßlichsten machen, die du je erlebt hast oder noch erleben wirst.« Margit fuhr herum. Fred Pommer stand dicht vor ihr, seine schönen blauen Augen flimmerten. Nun kannte sie diesen Blick und hob abwehrend beide Hände.

»Fred ... laß das ...«, stammelte sie. »Ich bitte dich, ich flehe dich an ... laß das! Ich liebe dich nicht ...«

Er griff zu, riß sie an sich und löste mit der anderen Hand die Träger ihres Badeanzuges.

»Natürlich liebst du mich nicht«, sagte er ironisch. »Das Fräulein Tochter eines Baurats darf so etwas nicht. Aber was ist schon dein Verstand? Dein Körper liebt mich, und er wird mich immer lieben, weil er nicht anders kann. Er ist zur Liebe geschaffen, und so sehr du dich dagegen wehrst, du wirst ihm immer unterliegen. Er ist stärker als du. Du wirst der Sklave deines hungrigen Körper sein, solange du lebst. Ich habe den Vulkan geweckt, und ich werde mir so oft, wie es mir gefällt, an dieser Flamme die Hände wärmen. Und du wirst mich verfluchen und bespucken, mir das Gesicht zerkratzen, mich mit den Fäusten behämmern und doch immer die Geliebte sein, die in der eigenen Glut verbrennt und mich im Haß in die Arme reißt.«

Er streifte den Badeanzug von ihren Schultern. Da biß sie zu, grub die Zähne in seinen Handrücken, trat um sich und rammte den Kopf gegen seinen Magen.

Fred Pommer lachte dumpf. Mit einem Schwung warf er Margit auf das Sofa und drückte sie mit seinem Gewicht nieder.

»Na also«, sagte er gurrend und riß an den Haaren ihren Kopf zu sich herum. »Und nun, Vulkan, brich aus ...!«

Als sein Wagen zwischen den Kiefernstämmen verschwand, zerriß Margit Bernhardt die erste Seite ihres ersten Tagebuches und warf sie in das Feuer des Küchenherdes.

Das letzte Wort, das in den Flammen sich auflöste, war das Wort Erinnerung.

Das Haus des Baurats Hubert Bernhardt lag breit und lang an der Elbchaussee, ein moderner, flacher Bungalowbau mit viel Glas, Bruchsteinen und inmitten eines großen Gartens. Am Tor des Vorgartens hing in Bronze das Namensschild BERNHARDT. Blühende Büsche rahmten den Plattenweg zum überdachten Eingang ein. Ein herrliches, umzäuntes, von der lauten Umwelt abgeschirmtes bürgerliches Paradies eines wohlhabenden Mannes, das nur dann einen fremden schillernden Glanz erhielt, wenn Baurat Bernhardt eine seiner Gesellschaften gab. Er konnte sich das ab und zu leisten, und an diesen sehr seltenen Abenden trafen sich die oberen Hundert der Hansestadt in dem schönen Bungalow. Es war immer ein Beweis, zu diesen Hundert zu zählen, wenn man von Bernhardt eine Einladung erhielt. Wer schon einmal durch den vom Hausherrn mit Liebe gepflegten Garten gegangen war, beim Sommerfest etwa im weißen Smoking, der hatte keine geschäftlichen Sorgen mehr, zumindest sah man sie ihm nicht an. Die lässig hingeworfene Bemerkung: »Bei Bernhardts war es gestern wieder fabelhaft!« genügte als Ausweis absoluter Solvenz.

Hubert Bernhardt selbst war dem Äußeren nach genau der Mann, mit dem sich die Vorstellung eines Staatsbeamten alter Schule verband. Groß, mit weißen Haaren, mit einem scharf geschnittenen Gesicht und buschigen Augenbrauen, immer korrekt in Anzügen gedeckter Farben gekleidet mit ebenso einfarbigen Schlipsen. Im Gespräch höflich, aber von einer deutlich spürbaren freundlichen Distanz, besaß er außer Geld und Ansehen noch etwas, was ihn zum beneidetsten Mann in Hamburg machte: seine Frau Lisa.

Lisa Bernhardt war mit fünfundvierzig Jahren eine Frau, die selbst versierte Frauenkenner ins Stottern brachte. Sie war eine geborene Comtessa Vallorca und hatte ein ansehnliches Vermögen mitgebracht. Die Comteß Vallorca gehörte zu einem spanischen Adel, der schon zu Kolumbus' Zeiten in den Historienbüchern erwähnt wird. Die Mutter – so flüsterte man – sollte eine französische Tänzerin gewesen sein. Beides vereinigte Lisa Bernhardt in sich: den Adel Spaniens und das Temperament ihrer französischen Mutter. Baurat Bernhardt war stolz auf seine Frau, aber noch mehr zeigte er diesen Stolz bei seiner einzigen Tochter Margit, die er im Freundeskreis einmal so umschrieb:

»Deutschland, Frankreich und Spanien haben an ihrer Wiege Pate gestanden. Sie ist ein wahrhaft ›abendländisches‹ Mädchen.«

An diesem Abend hatte Baurat Bernhardt wenig Zeit, sich um Margit zu kümmern. Das Haus und der Garten waren belebt mit fröhlichen Gästen, zwei Mädchen mit Häubchen trugen Sekt mit Fruchtsäften herum, ein kaltes Büfett glänzte unter Lampions am Ende der kleinen Freitreppe, die von der Wohnhalle in den Garten führte. Irgendwo in den Buschgruppen hingen Lautsprecher und untermalten das Sommerfest mit dezenten Tanzweisen von einem Tonband.

Margit stand etwas abseits des Trubels in einem weißen Spitzenkleid, ein Glas Sekt in der Hand, und starrte ins Leere. Nach vielen Händedrücken und Gratulationen zum bestandenen Abitur war sie froh, jetzt allein zu sein. Inmitten der fröhlichen Menschen kam sie sich wie ausgestoßen vor. Man muß es mir ansehen, dachte sie immer wieder erschrocken und bemühte sich, nicht an sich herunterzublicken. Wer mich genau ansieht, muß es bemerken: Ich bin nicht mehr die Margit Bernhardt, die vor vier Wochen wegfuhr an die Ostsee, in das kleine Dorf Hellerbrode, in das Ferienhaus ihrer Freundin Ursula Fürst. Ich bin nicht mehr das »Zauberwesen der Jugend«, wie eben noch der alte Geheimrat Planitz sagte, o nein . . . die Süße der Jugend ist abgekratzt worden, von seinen Händen, mit seinen Nägeln, die Risse und Wunden in meinem Rücken hinterließen, Mahnmale einer Leidenschaft, gegen die ich ohnmächtig bin.

Wie wenig ihr mich alle kennt.

»Dieses Fest ist auch dein Fest, mein Engelchen«, hat Papa vor zwei Stunden gesagt. O Papa! Es gibt kein Engelchen mehr. Wenn du mir genau in die Augen sehen würdest, müßtest du es erkennen: Ich bin eine Frau geworden. Und du, Mama, was würdest du sagen? Du würdest versteinert sein, wie du es immer bist, wenn du etwas nicht begreifen kannst. »Wer war es?« würdest du dann fragen. Und ich würde sagen: »Ich sage es nicht! Und wenn ihr mich totschlagt!« Trotz würdet ihr bei mir entdecken, wilde Entschlossenheit, dieses Geheimnis für mich zu behalten – aber soweit wird es nicht kommen, denn ihr würdet nie fragen, es nie in meinen Augen bemerken, weil euch nie der Gedanke kommen könnte, daß ich, eure Tochter, so etwas tun würde.

Sie schrak auf, als sich das Licht von den Lampions des kalten Büfetts vor ihr verdunkelte. Ein Herr im Smoking stand vor ihr und verbeugte sich.

»Fräulein Margit, endlich finde ich Sie. Ich habe Sie gesucht.« Der Herr lächelte, als er Margits verwunderten Blick sah, und nahm ihr das Sektglas aus der Hand. »Sie kennen mich nicht mehr? Klaus Blankers. Vor zehn Jahren,

Sie waren damals gerade neun, sagten Sie ›Onkel Klaus‹ zu mir. Ich fand das komisch, denn ich war damals ja selbst noch ein junger Spund und Volontär meines Vaters.«

»Onkel Klaus!« Margit lächelte ein wenig müde. »Natürlich. Und wir haben uns zehn Jahre lang nicht mehr gesehen?«

»Natürlich doch. Per Distanz. Aber heute habe ich Sie gesucht, und eigens nur zu dem Zweck, um Ihnen einmal zu sagen, wie erschreckend schön Sie geworden sind.«

»Erschreckend?«

»Ja. Man entdeckt, daß man nicht mehr ein Onkel sein mag, sondern nur noch ein Mann.«

Margit senkte den Kopf. Unter den Wimpern her musterte sie Klaus Blankers. Er hat schon graue Schläfen, obgleich er erst Mitte Dreißig sein muß. Sein Gesicht ist braungebrannt und von kantiger Männlichkeit. Seine Augen sind graugrün, forschend und können sicherlich sehr hart blikken. Sein Smoking steht ihm blendend; aber auch ohne Smoking wird er ...

Ohne – –

Rauschendes Meer, Mondschein, ein warmer Wind, zwei nackte, zueinanderstrebende Körper ... und das Meer kühlt nicht mehr, sondern ist ein Feuer, in dem man verglüht ...

Margit wandte sich ab. Klaus Blankers stellte das Glas auf die Balustrade der Freitreppe und legte die Hand leicht auf die Schulter Margits. Sie zuckte zusammen wie unter einem Schlag.

»Im Garten spielt man jetzt einen Walzer. Gönnen Sie mir diesen Tanz, Margit?«

Sie nickte, hakte sich bei Blankers ein und ging mit ihm hinüber zur Tanzfläche, einem glatten Wiesenstück. Stumm tanzten sie drei Tänze hintereinander, blickten an sich vorbei und vermieden es, sich in die Augen zu sehen.

»Margit!« sagte Blankers nach dem letzten Tanz und hielt sie fest, als sie zum kalten Büfett wollte. »Sie sind so anders. Ich weiß nicht, wie ich es ausdrücken soll, aber ich kenne Sie nur als fröhliches Mädchen.«

»Warum soll ich nicht mehr fröhlich sein?« Margit lachte krampfhaft. »Ich habe allen Grund, fröhlich zu sein. Ich habe mein Abitur in der Tasche, und nächstes Jahr gehe ich nach Heidelberg und studiere Medizin.«

»Medizin? Wozu?«

Die Frage verwirrte Margit. Verblüfft sah sie Blankers an. »Wozu?« wiederholte sie. »Vielleicht interessiert es mich, wie der Mensch von innen aussieht.«

»Ich kann mir nicht vorstellen, daß Sie in einem Anatomiekeller sitzen und an Leichen herumschnipseln.« Blankers schüttelte den Kopf. »Sie sind nicht das Mädchen, eine eitrige Niere herauszupräparieren. Die Natur hat Ihnen eine andere Aufgabe gegeben.«

»Und welche?« fragte Margit zurück. Ihre Stimme war wie in einem Schraubstock. Sie kannte die Antwort im voraus.

»Sie sollten einen Mann glücklich machen.« Blankers' Gesicht war kantig, er starrte an Margit vorbei auf die anderen tanzenden Paare und auf Baurat Bernhardt, der mit drei Herren der Stadtregierung unter den hohen Bäumen hin und her ging. »Das sagt nicht der ›Onkel Klaus‹ zu Ihnen.«

Der Kopf Margits flog herum. In ihren Augen stand hilflose Angst und ein stummer Aufschrei.

»Soll das die Vorbereitung eines Antrages sein?« stammelte sie. Klaus Blankers schüttelte den Kopf.

»Dazu habe ich kein Recht, Margit. Was wissen Sie von mir? Ich bin der Erbe eines großen Handelshauses; ich habe eine Fabrikation begonnen, die in den nächsten Jahren einige Patente auswertet, die mich zum Millionär machen; ich bin fünfzehn Jahre älter als Sie und noch immer Junggeselle aus Gründen, die ich selbst nicht erklären kann. Vielleicht hatte ich nie Zeit für eine Frau, oder ich habe nie die Frau gefunden, die mir mehr wert war als meine Zeit. Aber das alles sind nur Fakten, Stationen eines Lebens. Wer ich bin, wie ich bin, was wissen Sie darüber, Margit? Und deshalb würde ich mich glücklich schätzen, wenn es möglich wäre, daß wir uns näherkommen.«

Margit nickte. Ihr Hals war wie zugeschnürt. Sie winkte verzweifelt ein paar Mädchen zu, die zur Tanzfläche gingen.

»Lassen Sie uns darüber ein andermal sprechen«, rief sie und raffte ihr langes Spitzenkleid mit beiden Händen hoch. »Meine Freundinnen rufen mich. Bis später!«

Sie lief über den Rasen, stolperte einmal, warf den Kopf zurück in den Nacken und rannte weiter. Wie eine Flucht sah es aus, und Klaus Blankers verstand es auch so.

Zwei Stunden später fand im Arbeitszimmer des Baurats eine kurze und merkwürdige Aussprache statt. Baurat Bernhardt hatte sich eine Zigarre angesteckt und sah über den Rand eines Rotweinglases auf Klaus Blankers, der gegen den Kamin gelehnt stand und mit unruhigen Fingern an seinen Manschettenknöpfen spielte.

»Alles ganz schön, lieber Klaus«, sagte Baurat Bernhardt und nippte an dem Rotwein, »ich kenne Ihre Karriere, ich kenne Ihren Herrn Vater, ich kenne Ihre Vermögensverhältnisse, ich kenne Sie selbst noch als Schuljungen mit dem Ranzen auf dem Rücken. Um mir das alles zu erzählen, haben Sie mich doch sicher nicht ins Haus gebeten. Was ist also der wahre Grund? Gibt es irgendwo doch Schwierigkeiten, wo ich Ihnen helfen kann?«

»Nein.« Klaus Blankers drückte das Kinn an den steifen Smokingkragen. »Darf ich fragen, ob ich verrückt bin?«

»Bis jetzt zeigten sich keinerlei darauf hinweisende Symptome.« Baurat Bernhardt stellte sein Glas auf die Marmorplatte des Kamintisches.

»Danke. Dann betrachten Sie mich bitte auch nicht als verrückt, wenn ich Sie jetzt um die Hand Ihrer Tochter Margit bitte.«

»Verrückt!« entfuhr es Bernhardt. Er stand aus dem tiefen Sessel auf und ging auf den steif am Kamin lehnenden Blankers zu. »Natürlich sind Sie nicht verrückt, Klaus, wenn auch das alles reichlich durcheinander klingt. Sie und Margit – das ist ein Gedanke, an den ich mich erst langsam gewöhnen müßte.«

»Bin ich solch ein Ekel?«

»Aber nein! Bei Ihnen wüßte ich Margit in den besten Händen. Und gerade das ist es, Klaus ... ich sehe in Ihnen, wenn ich an Margit denke, im Augenblick nur eine Art zweiten Vater, aber nicht einen Ehemann. Der Altersunterschied, unser gemeinsames Heranwachsen; alles, was uns seit Jahren verbindet – und nun soll ich in Ihnen meinen Schwiegersohn sehen. Das ist mir wirklich ein bißchen komisch.« Bernhardt blieb stehen und atmete ein paarmal tief. »Was sagt denn Margit dazu?«

»Sie weiß von gar nichts.«

»Aha!« Bernhardt hob die Hand. »Klaus, verlieren Sie sich nicht in bunten Träumen. Margit ist jung ...«

»Ich werde ihr in den nächsten Wochen und Monaten Gelegenheit geben, mich näher kennenzulernen. Bevor ich dies aber tue, wollte ich um Ihre Zustimmung und Unterstützung bitten.«

»Die Zustimmung haben Sie, mein Junge.« Baurat Bernhardt lachte etwas hilflos. »Aber wie soll ich Sie unterstützen? Margit ist ein erwachsener Mensch. Sie wird sich ihren Partner selbst suchen. Übrigens, damit wir uns verstehen . . .« Bernhardt drehte sich um und sah Blankers ernst an: »Das ›Näherkennenlernen‹ hat eine Grenze! Ich spreche hier ganz hart von Mann zu Mann. Margit ist ein Mädchen, und ich möchte, daß sie so auch mit Recht einmal einen weißen Schleier tragen kann. Das klingt zwar in der heutigen Zeit etwas altmodisch – aber ich bin nun mal sehr konservativ.«

»Ich gebe Ihnen mein Ehrenwort, Herr Baurat«, Blankers verbeugte sich kurz, »daß ich jederzeit für die Ehre Margits einstehen werde!«

»Danke, Klaus.« Baurat Bernhardt strich sich über die Augen. Er seufzte, griff nach seinem Glas Rotwein und trank es entgegen aller Weinetikette in einem Zug leer. »Es ist ein merkwürdiges Gefühl, so ruckzuck Schwiegervater zu sein – und auch noch ein heimlicher Schwiegervater. Sollen wir es meiner Frau sagen?«

»Noch nicht, Herr Baurat. Ich stehe im Augenblick noch auf einem verlorenen Posten.«

»Das stehen Sie, bei Gott. Ich bewundere Ihren Mut, Klaus. Als ich meine Frau kennenlernte, war das einfacher. Ich fuhr ihr von der Seite in ihren Sportwagen, auf der Straße nach Avignon. Ich hatte Schuld, ich kam aus einem Nebenweg. ›Gnädiges Fräulein‹, habe ich damals gesagt, ›bei dieser Reparatur, die mindestens viertausend Francs kostet, ist es besser, wir heiraten; da bleibt die Ausgabe in der Familie.‹ Lis hat bis heute nicht erfahren, daß der Zusammenstoß absichtlich von mir herbeigeführt worden war, ich hatte sie schon vorher vier Wochen lang in Cannes heimlich angeschmachtet.« Baurat Bernhardt lachte. »Einfälle muß man haben, Klaus! Aber die zündenden Einfälle bei Margit, die suchen Sie mal selbst.«

»Ich werde mir alle Mühe geben«, sagte Blankers und hob lächelnd sein Weinglas.

Die Gegend am Hamburger Hafen war schmutzig, eng und roch nach Fisch. Die alten Häuser schienen abzublättern, das Pflaster war glitschig, und die Frauen, die trotz der Dunkelheit noch auf Hockern vor den Haustüren saßen und strickten, verfolgten Margit Bernhardt mit neugierigen und, wie es schien, fast feindseligen Blicken.

In der Hand hielt Margit krampfhaft einen Zettel. Eine Adresse stand darauf: »Zum Dreimaster, Hogenstraße, St. Pauli.«

Durch einen Trick hatte sie die Anschrift bekommen. Sie hatte mit Ursula telefoniert und ganz am Schluß des langen Gespräches gefragt: »Du, sag mal, Uschi, was macht eigentlich dein Vetter? Wie hieß er doch noch mal?«

»Fred.«

»Richtig. Fred. Lebt er noch?«

»Vorgestern jedenfalls. Wie Ratten eben leben. Er rief von seiner Stammkneipe an. ›Zum Dreimaster‹. Aber weiter, Margit: Du wolltest mir erzählen, daß du schon dreimal mit diesem Blankers zum Tennis warst. Ist er ein schicker Junge?«

Zum Dreimaster. Im Telefonbuch stand die Adresse. Margit schrieb sie ab und fuhr mit der Bahn hinaus nach St. Pauli.

Nun ging sie langsam durch die dunklen, glitschigen Straßen, wich betrunkenen Seeleuten aus, sah die ersten Verhandlungen der Straßendirnen mit den Frühkunden, darunter einem Mann mit langem Bart, der aussah wie ein Studienprofessor aus einem alten Bilderbuch; fragte an der Ecke eine dicke Frau nach der Hogenstraße und lief etwas schneller weiter, als einige Matrosen hinter ihr herpfiffen und ihr »Komm mal her, Puppe!« nachriefen.

Zum Dreimaster.

Da war es. Über der engen Tür ein Leuchtschild mit einer stolzen Brigg. Blinde Fenster, hinter denen man gedämpftes Licht ahnte. Fetzen von Musik und kreischendes Lachen, wenn die Tür aufging. An der Laterne vor dem Eingang drei Dirnen, rauchend und Margit stumm musternd. Man hat nicht gern Konkurrenz im Revier.

Margit stopfte den Zettel mit der Adresse in die Tasche ihres Mantels. An den Dirnen vorbei ging sie zum Eingang der Wirtschaft, als sie mit einem harten Griff zurückgehalten wurde.

»Meine Süße!« sagte eine rauhe Frauenstimme. »Nix gegen Geldverdienen. Aber such dir 'n anderes Revier. Hier sind wir komplett!«

Margit fuhr ein Schauer über den Rücken. Ohne sich nach der Sprecherin umzusehen, riß sie sich mit einem Ruck los und betrat das Lokal.

Eine Wolke von Rauch, Alkoholdunst und billigem Parfüm schlug ihr entgegen. Sie brauchte ein paar Sekunden, um sich in dem schummerigen Licht zurechtzufinden. Dann sah sie die billigen Papierdekorationen von der Decke hängen: ausgestopfte Krokodile und Affen, ein paar zerbrochene Ruder und einen Rettungsring. Sah die Nischen, fast dunkel, in denen man verschlungene Gliedmaßen mehr ahnte als wirklich beobachten konnte. Im Hintergrund spielte eine Drei-Mann-Kapelle auf einem rot beleuchteten Podium. Davor, auf einer winzigen Tanzfläche, schoben sich einige Paare, eng aneinandergepreßt, hin und her und küßten sich ab und zu. Ein Kellner in einer schmierigen Schürze trat auf Margit zu und musterte sie kritisch.

»Ohne Mann keenen Zutritt!« sagte er und wedelte mit der schmutzigen Serviette. »Bist wohl neu hier, wat?«

»Ich bin verabredet«, sagte Margit mit allem Mut. Sie sah sich um. Fred Pommer war noch nicht da. Es war überhaupt fraglich, ob er heute kommen würde.

»Verabredet? Ach so.« Der Kellner wackelte mit der Nase. Wat janz Vornehmes in unserem Puff, dachte er. Verabredet. Muß ein schöner Ganove sein, der ein Mädchen jenseits der Branche nach hierher einlädt. »Ich hab' noch 'ne Loge frei, von der können Se die Tür sehen«, sagte er und zeigte auf eine der dunklen Nischen. »Da stört Se niemand, wenn Se nich wollen. Wat soll's denn sein?«

»Bringen Sie irgend etwas.«

»Sekt! Kann der Knabe och bezahlen?«

»Ich bezahle selbst.«

»Det is 'n Wort.«

Der Kellner machte eine Verbeugung, führte Margit in die dunkle Nische und schlurfte zurück zum Tresen.

Fast eine Stunde wartete Margit Bernhardt, nippte nur an ihrem Glas und mußte dreimal, um aufdringliche Gäste abzuwehren, die Hilfe des Kellners in Anspruch nehmen, ehe Fred Pommer kam.

Er betrat das Lokal nicht allein. In seinem Arm hing eine üppige ältere Blondine, schon ein wenig angetrunken und auf unsicheren Beinen. Pommer hieb dem Kellner auf die Schulter, grinste breit und sagte so laut, daß es die nächsten Gäste hören konnten: »Noch 'ne Ecke frei für mich und das goldene Kalb?« Dabei lachte er und strich der Blondine ungeniert über den üppigen Busen.

In diesem Augenblick sah er Margit Bernhardt.

Er sah sie nicht ganz ... er wurde wie mit einem Magnet zu der dunklen Nische hingezogen und bemerkte nur zwei große Augen in einem blassen, schmalen, in der Dunkelheit verschwimmenden Gesicht. Und doch wußte er sofort, wer dort saß. Er ließ seine Begleiterin los, wischte sich über das Gesicht, winkte dem Kellner und nickte mit dem Kinn. Dann ging er auf Margit zu und starrte sie aus seinen blauen Augen fragend an. Die Blondine wurde von dem Kellner in eine andere Nische geführt. Ihr ordinäres Lachen flatterte durch das Lokal. Der Kellner schien einen deftigen Witz erzählt zu haben.

»Fred!« sagte Margit leise. »Hier also bist du.«

Fred Pommer schob die Unterlippe vor und sah sich kurz um. Es war wie das Sichern eines gehetzten Tieres.

»Was willst du?« fragte er leise. »Verdammt noch mal, wer hat dir meine Adresse gegeben?«

»Ist das jetzt so wichtig? Wie kommst du hierher? In diese Kaschemme? Hast du das nötig?«

»Willst du Moral predigen? Bist du jetzt bei der Heilsarmee? Was willst du überhaupt hier?«

»Ich wollte dich wiedersehen. Weiter nichts. Nur dich sehen und vielleicht dich sprechen.« Margits Hände zitterten um das Sektglas. »Ist das ein so verwunderlicher Wunsch nach dem, was gewesen ist?«

»Was ist denn gewesen?« Fred Pommer leckte sich über die Lippen. Er hatte Durst, und außerdem war es ihm peinlich, hier zu stehen. Zu viele Augen sahen ihm zu. »Komm mit ... auf den Hof ... da sind wir allein«, sagte er leise. »Gleich die nächste Tür. Oder willst du hier eine Szene machen?«

»Nein, Fred.« Margit stand auf. Pommer schob sie vor sich her, drückte eine Tür auf, ein enger Gang, noch eine Tür, dann ein Hof, voll von Kisten und Abfall. Erschreckt sprang eine Katze davon und verkroch sich in einer dunklen Ecke.

»So, nun sind wir allein. Was ist denn?« Pommers Stimme

hatte den zärtlichen Zauber verloren, mit dem er den Mondschein über dem Meer geschildert hatte. Sie klang nun rauh und herrisch. »Was hast du dir dabei gedacht, als du hierhergekommen bist?«

»Ich wollte dich sehen.«

Margit lehnte sich gegen eine der Mülltonnen. Sie brauchte Halt, ihre Beine knickten ein.

»Warum?«

»Warum? Du kannst noch fragen? Ich habe gedacht, du seist ein großer Kaufmann. Von Afrika hast du erzählt, von Indien, von deinen Reisen.«

»Das hast du alles geglaubt?«

»Ja. Und nun . . .«

»Nun siehst du einen betagten Gigolo, was? Einen Potenzprotz, der sein Geld damit verdient, unerfüllte Frauen zu befriedigen. Zum Beispiel draußen die Dora. Witwe eines Großschlächters. Hat gut und gern 500 000 auf dem Konto und sonst noch allerlei. Und sie liebt mich, auf ihre Art. Es ist ein reeller Warenaustausch. Sie bezahlt mich . . . ich liefere ihr den Frühling frei Haus.« Pommer hob beide Arme. »So ist das nun mal, meine Kleine. Wenn man Pommer heißt, ein armes Schwein ist, in der Fürsorge erzogen wurde und von der Familie in den Hintern getreten wird, wo immer man auftaucht, bleibt einem nichts anderes übrig.«

Margit senkte den Kopf. Ekel und Scham überschwemmten sie.

»Und du, gerade du hast mich . . .«, stammelte sie.

»Was hat das mit meinem Beruf zu tun oder meiner gesellschaftlichen Stellung?« Pommer trat einen Schritt zurück. »Aber ja, natürlich. Das Fräulein Baurat hätte nie einen Mann wie mich an ihren Luxuskörper herangelassen, nicht wahr? Ein Bernhardt-Leib ist erst zugelassen von einem Millionen-Bankkonto an aufwärts! Verdammt noch mal – wie stolz kann ich sein, daß ich in diese Tradition eingebrochen bin!«

»Du bist ein Schwein!« schrie Margot vor Wut und Enttäuschung. »Du bist das größte Schwein, das es auf der Welt gibt.«

Fred Pommer sah sie entgeistert an. Dann nickte er, hob die Hand, holte aus und schlug zu. Sein Schlag war so hart, daß Margit neben der Mülltonne zusammensank und mit dem Kopf gegen eine Kiste schlug.

Ohne sich um die Zusammengesunkene zu kümmern, ging Pommer zurück in das Lokal und steckte sich eine Zigarette an.

»Dämliches Frauenzimmer!« sagte er, als der Kellner ihn fragend ansah. »Manchmal sind die jungen Weiber wilder als die Katzen.«

Aus der dunklen Nische winkte die Blondine. Ihre trunkenen Hände streckten sich Pommer entgegen.

Sonja Richartz liebte es, kurze Kleider zu tragen und ihre schlanken Beine beim Sitzen offen zu zeigen. Ebensoviel Stoff, wie sie an den Röcken sparte, ließ sie auch vom Hals abwärts weg, denn sie wußte, daß sie nicht nur schöne Schultern besaß, sondern auch einen für Männer sehr anziehenden Brustansatz. Sie hielt es deshalb für eine echte Schande, solche Naturereignisse zu verbergen.

So erfolgreich sie in der Mode war, so trist war ihre geschäftliche Lage. Sie hatte vor zehn Jahren einen Fabrikanten geheiratet, der ein Jahr später bei einem Autounfall tödlich verunglückte. Um sich von dem Schock zu erholen – sie war damals sechsundzwanzig Jahre alt –, reiste sie an die Riviera, nach Florida, auf die Bahamas, kaufte sich eine Motorjacht in St. Tropez und ein kleines Chalet in St. Moritz und war bis in die Seele erschrocken und verletzt, als der Syndikus ihrer Fabrik in nüchternen Worten mitteilte, daß ein Konkurs nicht mehr abzuwenden sei. Das Höchste sei ein Vergleich, wenn man einen Dummen fände, der noch Geld gäbe – oder gar einen ganz Dummen, der die Fabrik kaufte.

Sonja Richartz glaubte, diesen Dummen gefunden zu haben. Nur kam hinzu, daß das Opfer auch noch blendend aussah und liebevolle Gefühle in Sonjas spärlich bekleidetem Busen erweckte; so starke Gefühle, daß sich alle finanziellen Probleme auflösen würden, wenn es zu einer Heirat käme.

Der Mann hieß Klaus Blankers.

Gegenwärtig saß sie Blankers in dessen mit Mooreiche getäfeltem, im alten hanseatischen Geist eingerichteten Büro gegenüber, hatte die langen Beine übereinandergeschlagen und stellte mit stiller Freude fest, daß Klaus Blankers den schwarzen Spitzensaum ihrer Unterwäsche bemerkte und so tat, als sehe er ihn nicht.

»Wann reiten wir wieder aus, Klaus?« fragte Sonja vertraut. Seit einer gemeinsamen Segelpartie auf der Alster nannten sie sich mit Vornamen. »Ich habe einen neuen Weg entdeckt zum Sachsenwald.«

Klaus Blankers sortierte einige Briefbogen, obgleich sie bereits korrekt gestapelt lagen. Er schien nervös und suchte sichtlich nach Worten.

»Ich muß Ihnen etwas sagen, Sonja«, setzte er an und brach ab, als er ihre fragenden grauen Augen sah. Ihr Puppenkopf mit den hochgesteckten, aschgrau gefärbten Haaren beugte sich vor. Der Ausblick auf ihren Kleidausschnitt war atemraubend.

»Was wollten Sie mir sagen, Klaus?« Ihre Stimme girrte wie eine Lachtaube.

»Um es kurz zu machen: Ich werde in absehbarer Zeit heiraten.«

»Oh!« Sonja lehnte sich zurück. Es war ein Schlag, der sie gegen die Sessellehne warf. »Das haben Sie aber brutal gesagt.«

»Gott sei Dank ist es heraus.« Blankers sah über die aschgrauen Haare hinweg gegen die Mooreichenwand. »Sie werden verstehen, daß ich unter diesen Umständen von nun an enge gesellschaftliche Verpflichtungen habe, die es mir unmöglich machen, über meine karge Freizeit noch zu disponieren.«

»Das haben Sie sehr diplomatisch gesagt. Auf gut deutsch heißt es: Sonja, gehen Sie. Sie stören jetzt. Habe ich recht?«

»Aber nein!«

»Aber doch!« Sonja Richartz zog den Rock über ihre Knie. Sie tat es zum erstenmal seit ihrer Bekanntschaft mit Blankers. Es war wie eine stumme Kapitulation. »Schade. Ich bin in einem Alter, Klaus, wo ich schade sagen darf, ohne mir dabei etwas zu vergeben. Ich bin ehrlich genug, Ihnen jetzt zu sagen, daß ich Hoffnungen hatte, zwischen uns könnte Sympathie und mehr entstehen. Sie sind ein Mann, und ich bin eine durchaus nicht häßliche Frau. Jeder Spiegel sagt mir das. Meine Hoffnungen waren also nicht allzu abwegig. Bitte, sehen Sie mich nicht so groß und treu aus Ihren schönen Augen an . . . ich erröte nicht. Ich habe Mut genug,einem Mann zu sagen, daß er mir gefällt.« Sie wischte sich über das Gesicht, aber so vorsichtig, daß ihr Make-up nicht darunter litt. »Sagen wir also: vorbei! Es ist doch endgültig?«

»Ja, Sonja. Endgültig.«

»Und wer ist die ungeheuer Glückliche?«

»Margit Bernhardt.«

»Die Tochter von Baurat Bernhardt?«

»Ja.«

»Gratuliere. Da kann ich als konkursverdächtige Fabrikantin nicht mithalten.« Sonja erhob sich abrupt, ihre Stimme nahm einen bissigen Ton an. »Ich wünsche Ihnen viel Glück, Klaus. Aber ich möchte nicht versäumen, Ihnen einen alten Reiterspruch mit auf den Weg zu geben: Vom Steigbügel bis zum Sattel ist noch ein weiter Weg ... Auf Wiedersehen!«

Klaus Blankers schwieg. Er begleitete Sonja Richartz bis zum Fahrstuhl. Erst als die Kabine nach oben brummte, sprach er wieder und hielt Sonjas Hand fest.

»Ich möchte nicht, daß wir in Unfrieden scheiden«, sagte er. »Über das Geschäftliche bleiben wir doch miteinander verbunden.«

»Sie wollen meine Fabrik übernehmen?«

»Ich möchte Sie beraten«, erwiderte Blankers ausweichend.

»Danke.« Sie riß die Fahrstuhltür auf und drückte mit zitterndem Finger auf den Fahrknopf Erdgeschoß. »Ihre Worte werden bestimmt meine Gläubiger überzeugen.« Da Blankers die Tür aufhielt, fuhr der Fahrstuhl nicht. Mit flimmernden Augen sah Sonja ihn an. »Was hat dieses Mädchen, was ich nicht hätte?« fragte sie fast zischend. »Jugend, mein Bester, ist nicht ein Kapital, auf das man bauen sollte. Jugend vergeht sehr schnell. Und sonst? Seit wann wissen Sie denn überhaupt, daß Sie heiraten wollen?«

»Seit einer Woche. Es war ein spontaner Entschluß.«

»Ach!« Die Augen Sonjas wurden wieder groß und rund. »Ein spontaner Entschluß? Ein Blitzschlag, ein Feuer, eine alles zerfressende Glut ...« Sie lachte plötzlich und streichelte Blankers über die Wange. Ihre Hand duftete nach herben Rosen. »Wir sollten noch einmal darüber sprechen, ja? In zwei Wochen oder in drei. Mein lieber Klaus, Sie mögen ein geschäftliches Genie sein – in der Liebe sind Sie noch ein Schnullerbaby.«

Sie riß die Tür zu, summend glitt die Kabine nach unten.

Verwirrt starrte ihr Blankers durch die Drahtglasscheibe nach. Er hatte das Gefühl, daß noch einige Komplikationen auf ihn zukommen würden.

Wie sie aus dem stinkenden Hof wieder herausgekommen war, wußte Margit Bernhardt später nicht mehr zu sagen. Ob sie durch das Lokal gegangen war oder durch eine Tür in der Hofmauer, sie konnte sich an nichts mehr erinnern. Sie wußte nur eins: Er hat mich geschlagen, ich bin umgesunken. Er hat mich so geschlagen, daß ich blute, aus einer Platzwunde an der Stirn. Er hat mich geschlagen wie ein Stück Vieh . . . geschlagen . . . er, dem ich alles gegeben habe, was ein Mädchen einem Mann geben kann. Er hat mich geschlagen!

Ihre Gedanken entwirrten sich erst wieder, als sie auf einer Mole im Hafen stand und das ölige Wasser zu ihren Füßen träge gegen die Steine schlug. Um sie herum war tiefe Dunkelheit. Seitlich von ihr ankerte ein Frachter. Auch er war dunkel bis auf die Positionslichter. Vor ihr dehnte sich schwarzes Wasser, durchsetzt mit schillernden Ölflecken. Ein Brett trieb träge vorbei. Dann ein halb verfaulter Kohlkopf. Es stank nach Abwässern und Benzin.

»Ich will nicht, Mama«, sagte Margit leise und legte beide Hände über die brennenden Augen. Sie fühlte die klebrige Kruste an der Stirn, und diese Berührung riß etwas in ihr auf und machte sie unendlich mutig. »Ich will nicht mehr leben!« sagte sie laut. »Wie gemein das alles ist. Wie gemein. Ich kann nie mehr zu euch zurück . . .«

Sie schwankte ein wenig. Ihre Zehen in den Schuhen

krallten sich zusammen, es war der letzte Widerstand, das letzte Aufbäumen, die letzte Angst.

Dann fiel sie vornüber in das schwarze Wasser, und im Fallen noch biß sie sich in den Handballen, um nicht aufzuschreien, sondern stumm zu sterben.

Sie hörte schon nicht mehr die Stimme, die vom Lagerhaus aus schrie: »Lassen Sie doch den Blödsinn, Fräulein!«

Das Wasser schlug über ihr zusammen, es war kalt, es zerriß sie in tausend kleine Teile, sie meinte zu explodieren, dann wußte sie nichts mehr und war nur noch ein treibender Körper zwischen Ölflecken, einem Brett und einem halb verfaulten Kohlkopf.

»So ein blödes Luder!« schrie der Lagerarbeiter Hein Focke und warf gleichzeitig seine Jacke auf die Steine der Mole. Er hatte den Sturz Margits ins Wasser um Sekunden verfehlt und starrte nun auf den Körper des Mädchens, der in dem schmutzigen Hafenwasser untertauchte.

Um sie von der Spitze der Mole aus noch zu erreichen, fehlte Focke eine lange Stange. Er zögerte nur eine Sekunde, streifte die Hose ab und sprang in Unterhosen und Hemd dem Mädchen nach. Nach zwei kräftigen Schwimmstößen hatte er Margit erreicht und faßte zu, als der Körper wieder auftauchte. Er packte sie am rechten Arm und an den langen goldblonden Haaren, zog sie zu sich heran und wollte sie auf den Rücken drehen. In diesem Augenblick schrie das Mädchen auf, es schlug um sich, trat und kratzte und machte es Hein Focke unmöglich, sie länger festzuhalten.

»Ein Teufelsding!« keuchte er. »Himmel noch mal!« Er tauchte, ergriff unter Wasser noch einmal den wieder wegsinkenden Körper, drückte ihn nach oben und tat dann das einzige, was in seiner Lage möglich war: Er zog Margits

Kopf an sich heran und schlug ihr mit der Faust auf das Kinn.

Der Körper streckte sich, das letzte Aufbäumen erlosch. Wie einen schweren Baumstamm zog Hein Focke das Mädchen zur Mole, schob es auf die Steine und kletterte dann selbst aus der schmierigen Hafenbrühe.

»Man soll es nicht für möglich halten!« keuchte er. »Eigentlich sollte man so etwas einfach ersaufen lassen!« Er zog, nachdem er sich nach allen Seiten umgesehen hatte, seine nasse Unterhose aus und schlüpfte in seine Anzughose. Dann hob er Margit auf den Rücken und lief mit ihr zum Lagerhaus zurück. Dort legte er sie auf einen Tisch, der tagsüber als Packtisch für Elektroschalter diente, und rief den am nächsten wohnenden Arzt und die Polizeiwache an.

Sie trafen fast gleichzeitig am Lagerhaus ein.

Während der Arzt das unbekannte Mädchen entkleidete und untersuchte, es mit Hilfe zweier Polizeibeamter auf den Bauch legte und zunächst das Wasser aus dem Magen und den Lungen pumpte, untersuchte der Streifenleiter, ein Hauptwachtmeister, die Kleider und die Tascheninhalte der Selbstmörderin.

»Nichts«, sagte er und warf die nassen Sachen auf einen Stuhl neben dem Tisch. »Keinerlei Papiere. Der einzige Anhalt sind die Etiketten im Kleid und im Mantel. Kennen Sie das Mädchen?«

Hein Focke schüttelte den Kopf. »Wenn ich sie kennen würde, Herr Wachtmeister, wäre se nich ins Wasser gesprungen.« Er schielte zur Seite. Der Arzt hatte Margit wieder auf den Rücken gedreht und gab ihr aus einer kleinen Stahlflasche Sauerstoff. Er hielt einen Plexiglastrichter an die fahlen Lippen und zwang durch Auf- und Niederdrücken des Brustkorbes die Lunge, den frischen Sauerstoff einzuatmen. »Ich stehe am Fenster, ganz zufällig, weil ich mir gerade eine Pfeife angemacht hatte – so 'ne Nachtwache ist nämlich lang, Herr Wachtmeister –, da sehe ich se kommen. Se rennt, als jage einer hinter ihr her. Aber es war keiner da. Ganz allein hetzt se auf die Mole, starrt ins Wasser. Nanu, denke ich, das geht nich gut. Ich raus aus der Bude, schrei noch: ›Lassen Se den Blödsinn, Frollein!‹, aber die hört nich, kippt nach vorn und ist weg im Wasser. Scheiße, habe ich da gebrüllt! Bin hin und hab se rausgefischt. Tja, das ist man alles!«

»Das Mädchen muß sofort in ein Krankenhaus«, sagte der Arzt, als die Lunge wieder atmete und etwas Farbe über die blasse Haut schimmerte. »Das Wasser ist hier verdammt dreckig und voll Öl, und eine Lungenentzündung ist immer drin bei solch einer Dummheit.« Er sah auf das schmale, engelhafte Gesicht mit den blonden Haaren. Warum bloß, dachte er, gehen solche Mädchen ins Wasser? Warum werfen sie ihr Leben einfach weg? Aus Feigheit? Aus Angst? Aus Verzweiflung? Ist das denn alles ein Grund? Warum gehen diese jungen, blühenden Menschen so leichtsinnig mit ihrem Leben um? Verstehen sie noch nicht, wie wertvoll ein Leben ist? »Haben Sie den Namen der jungen Dame?«

»Nein. Gar nichts. Wir müssen sie ins Hafenkrankenhaus einliefern. Dort haben wir schon mehrere namenlos Gelandete hingebracht.« Der Hauptwachtmeister setzte sich neben den Tisch und schrieb die Meldung in Stichworten in sein Notizbuch. Einer der Polizisten telefonierte bereits mit dem Hafenkrankenhaus und forderte einen Krankenwagen an.

»Wie alt wird sie sein, Doktor? Ich brauche das für die Meldung.«

»Ungefähr zwanzig.«

»Besondere Merkmale?«

»Eine gut verheilte Blinddarmnarbe.«

»Sonst nichts?«

»Nein.«

Einer der Polizisten zog eine Decke über den nackten Körper. Hein Focke hatte sie aus dem Lager geholt. Bis zum Eintreffen des Krankenwagens nahm der Hauptwachtmeister noch das Protokoll auf. Aussage des Lagerarbeiters Hein Focke. Erster Bericht der herbeigerufenen praktischen Arztes Dr. Volker Henrichs. Vorgelesen und unterschrieben.

Aus Margit Bernhardt war ein Fall geworden. Eine aktenkundige Selbstentleibung, wie es juristisch so schön heißt.

»Ich fahre mit zum Krankenhaus«, sagte Dr. Henrichs, als der Wagen gekommen war und man Margit auf die Trage schnallte. »Vielleicht redet sie unterwegs, wenn ich ihr sage, daß sie ihr Leben, ihr zweites Leben, mir verdankt.«

»Und mir«, brummte Hein Focke. »Ich hab' se rausgezogen.«

»Dafür bekommen Sie auch eine Medaille«, lachte einer der Polizisten. »Vom Innensenator selbst.«

»'ne Pulle Rum wär mir lieber.«

»Auch die bekommen Sie. Keine Angst.«

Zehn Minuten später trugen die Sanitäter Margit Bernhardt in den Aufnahmeraum des Hafenkrankenhauses. Nebenan, im sogenannten Poli-OP, war alles zum Auspumpen des Magens vorbereitet. Ein Bett mit Sauerstoffanschluß war freigemacht worden.

»In einer Stunde hat sie alles vergessen«, sagte der diensthabende Arzt zu seinem Kollegen Dr. Henrichs. »So etwas kennen wir. Kurzschlußhandlung. Sie werden sehen: Nachher, wenn sie aufwacht und begreift, was sie getan hat, heult sie Rotz und Spucke. Es ist immer dasselbe.«

Der Schlauch zur Ausheberung des Magens wurde angereicht.

Die große Sehnsucht Margits, zu sterben und damit für immer zu vergessen, erfüllte sich nicht.

In dieser Nacht fühlte Baurat Bernhardt vielleicht zum erstenmal, daß Glück und Zufriedenheit kein Fundament sind, auf das ein menschliches Leben felsenfest gebaut werden kann. In sein geordnetes Beamtenleben, in dem es nie eine Entgleisung gegeben hatte, ja nicht einmal den Gedanken, daß so etwas überhaupt möglich sei, brach wie eine Sturmflut die panische Angst.

Es begann ganz harmlos.

Lisa Bernhardt klopfte an die Zimmertür ihrer Tochter. Sie vermißte das neueste Modejournal und suchte es da, wo es nur sein konnte: bei Margit. Sie war deshalb erstaunt, daß das Zimmer leer war, sah auf die Uhr an der Wand und schüttelte den Kopf.

»Sag mal, Hubs«, fragte sie später ihren Mann, »wollte Margit heute abend noch ausgehen?«

Hubert Bernhardt sah von seiner Abendzeitung auf. Er saß gemütlich in Pantoffeln und einer Hausjacke im Sessel, rauchte eine Zigarre und genoß den Abend. Er liebte diese stillen Stunden nach des Tages Lärm, sie gaben ihm einen seelischen Ausgleich und zeigten ihm, wofür man arbeitete. Oft spielte er auch mit seiner Frau Lisa Tarock oder Bridge oder eine Partie Schach, die er, der große Mathematiker, fast immer verlor. »Ich spiele mit dem Verstand«, sagte er dann zu seiner schönen Frau. »Du mit dem Gefühl. Man sieht – Gefühl ist mehr.«

»Ich wüßte nicht, daß Margit mir etwas gesagt hat«, antwortete Bernhardt. »Vielleicht ist sie ins Kino. Oder zu einer ihrer Freundinnen.« Er lächelte, als er Lisas nachdenkliches Gesicht sah, und faltete die Zeitung zusammen. »Wir müssen uns daran gewöhnen, daß unsere Tochter ein erwachsener Mensch geworden ist, Lisa. So schwer das für die Eltern ist: Man kann es nicht aufhalten. Eines Tages heiratet sie, geht aus dem Haus, lebt vielleicht irgendwo weit weg, schreibt jeden Monat einen Brief und kommt uns einmal im Jahr besuchen. Das ist nun eben das Los der Eltern. Selbst der kleinste Vogel fliegt mal aus dem Nest.«

»Damit hat es ja noch Zeit!« Lisa Bernhardt setzte sich ihrem Mann gegenüber. Ihre Hände strichen unruhig über die Polsterlehne des Sessels. »Bis heute hat mir Margit immer vorher gesagt, wenn sie wegging und wohin sie wollte. Ich finde das merkwürdig, Hubs.«

»Sie hat's vergessen, Liebste.« Bernhardt beugte sich vor und tätschelte seiner Frau die Wange. »Aber wenn es dich beruhigt, rufe ich nachher ihre Hauptfreundin Uschi an. Da wird sie sein.«

Um 23 Uhr, als die Kinos ihr Programm bestimmt beendet hatten und Margit noch nicht zurückgekommen war, wurde auch Hubert Bernhardt unruhig. Immer öfter sah er auf seine Armbanduhr, ließ seine Zigarre ausgehen und benutzte die Zeitung nur noch, um sein Gesicht vor Lisa zu verdecken. Zum Lesen hatte er keine Ruhe mehr.

»Ich rufe mal an«, sagte er, als der Zeiger auf halb zwölf rückte. »Es kann sein, daß sie bei Uschi noch neue Platten hört. Du weißt doch, daß Uschi sich immer das Neueste vom sogenannten Pop-Markt besorgt. Sicherlich ist Margit bei Uschi.«

Hubert Bernhardt mußte eine Zeitlang warten, bis sich bei der Familie Fürst die verschlafene Stimme des Hausmädchens meldete. In der Villa Fürst schliefe schon alles. Ja, auch das Fräulein Ursula. Nein. Das Fräulein Margit sei heute nicht im Haus gewesen. Nein, Fräulein Ursula schlafe schon längst.

Hubert Bernhardt legte verwirrt den Hörer zurück. Er sah die großen, ängstlichen Augen seiner Frau und wischte sich über die hohe Stirn.

»Bei Uschi war sie nicht.«

»Mein Gott! O madre!« In ihrer Not sprach Lisa Bernhardt wieder spanisch. Baurat Bernhardt blätterte bereits im dicken Telefonbuch.

»Sie hat ja auch noch andere Freundinnen«, sagte er mit plötzlich belegter Stimme. »Ich bitte dich, Lisa, reg dich nicht auf. Es wird sich alles als harmlos aufklären. Ich werde auch bei Klaus Blankers anrufen.«

»Bei dem? Warum denn?«

»Vielleicht ist sie bei ihm.«

»Um diese Zeit? Ich bitte dich!«

»Du hast doch bemerkt, daß sich Klaus um Margit bemüht.«

»Ich bin ja nicht blind.«

»Also, Lisa, Ruhe! Es ist das erstemal, daß Margit so etwas macht. Das ist doch kein Grund, sofort den Kopf zu verlieren.«

Bernhardt rief noch drei Freundinnen an, deren Telefonnummer er in dem Verzeichnis fand. Auch Babs Heilmann. Überall weckte er schlafende Familien. Die Uhr rückte auf Mitternacht.

Der letzte Anruf war bei Klaus Blankers.

»Ich komme sofort«, sagte Blankers. »Bitte, verliert nicht die Nerven. Es wird sich alles als harmlos herausstellen.«

»Auch bei Klaus war sie nicht«, sagte Bernhardt, als er den Hörer langsam zurücklegte. Seine Stimme war tonlos geworden. Falten zeigten sich in seinem Gesicht, die bisher niemand bemerkt hatte. Plötzlich war er ein alter Mann. Und ebenso plötzlich war es mit seiner Haltung vorbei; er schlug beide Hände gegen das Gesicht und lehnte sich erschöpft an die Wand. »Es ist nichts passiert«, stammelte er. »Wir müssen daran glauben, Lisa, wir müssen ganz fest daran glauben. Wir dürfen jetzt nicht durchdrehen, bevor wir wissen, was mit Margit ist.«

»Die Polizei«, sagte Lisa kaum hörbar. »Hubs ... du mußt jetzt die Polizei anrufen.«

Bernhardt nickte. Er umklammerte den Hörer wie einen Rettungsring, als er die kurze Nummer drehte. Dann nannte er seinen Namen und sagte mit bebender Stimme: »Unsere Tochter Margit ist bis jetzt noch nicht nach Hause gekommen. Sie hat so etwas nie getan. Wir ... wir machen uns Sorgen. Es kann ja etwas passiert sein ... ein Verkehrsunfall oder so. Liegen bei Ihnen Meldungen vor, die ein junges Mädchen erwähnen? Zwanzig Jahre alt. Blonde lange Haare. Schmales Gesicht ...«

Hier verließ ihn die letzte Kraft. Er schluckte und mußte mit beiden Händen den Hörer festhalten.

Lisa konnte nicht verstehen, was der Beamte antwortete. Sie sah nur, wie sich die Augen ihres Mannes weiteten, ungläubig, fassungslos, als starre er in eine ihm fremde Welt. Dann fiel der Hörer zurück auf die Gabel.

»Was ist, Hubs?« fragte Lisa und tastete nach der Hand ihres Mannes. Sie war kalt wie bei einem Toten. »Was ist denn? Was sagt der Beamte?«

Hubert Bernhardt starrte mit leeren Augen über seine Frau hinweg auf irgendeinen Punkt an der Wand.

»Sie liegt im Hafenkrankenhaus ...«, stammelte er. »Als Unbekannte ... Man hat sie aus dem Wasser gezogen ... Selbstmordversuch. Meine Margit ... meine kleine, liebe Margit ...«

Er breitete die Arme aus, zog seine Frau an sich und drückte ihren Kopf an seine Brust. Über sein Gesicht rannen Tränen.

So fand sie Klaus Blankers, als er an dem Hausmädchen vorbei ins Zimmer stürzte.

Im Hafenkrankenhaus wurden Lisa und Hubert Bernhardt und Klaus Blankers bereits von der Polizei und den Ärzten erwartet. Diesmal war es ein Kriminalbeamter, der Kommissar vom Dienst, der von der Polizeiwache informiert worden war. Trotz dringender Bitten ließ man Bernhardt nicht zu seiner Tochter, sondern führte ihn in ein Nebenzimmer.

»Ihre Tochter ist zur Zeit noch sehr schwach«, sagte der diensthabende Arzt. »Die Magenausheberung hat sie sehr mitgenommen. Außerdem haben wir ihr sofort prophylaktisch Antibiotika injiziert, um eine mögliche Lungenentzündung aufzufangen.«

Hubert Bernhardt fügte sich. Aber er lief wie ein gefangenes Raubtier im Zimmer hin und her, während der Kriminalbeamte seine Fragen an ihn stellte.

»Nein!« rief er immer wieder. »Nein! Nein! Meine Tochter litt nicht unter Depressionen. Sie hatte keine Geheimnisse vor mir. Sie hatte überhaupt keinen Grund, sich das Leben zu nehmen. Ich verstehe das alles nicht. Lassen Sie mich mit meiner Tochter sprechen, und wir sehen alle klarer. Jemand muß sie in das Wasser gestoßen haben. Es kommt nur ein Verbrechen in Frage. Nur ein Verbrechen.«

Der Kriminalbeamte ließ Bernhardt ausreden. Dann fragte er, mit einem leichten Bedauern in der Stimme: »Und wie erklären Sie es sich, daß Ihre Tochter um diese Zeit in einem sehr abgelegenen Teil des Hafens war?«

Bernhardt hob hilflos die Schultern. »Ich habe keine Erklärung dafür.«

»Der Mann, der Ihre Tochter rettete – Hein Focke –, sagte

aus, daß sie allein auf die Mole gerannt kam und ins Wasser sprang. Das macht man ja sicher nicht ohne Grund.«

Baurat Bernhardt sah sich hilfesuchend nach Blankers um. »Ich weiß es nicht«, stotterte er. »Ich weiß überhaupt nichts mehr. Bitte, lassen Sie mich mit meiner Tochter sprechen.«

»Ich will sehen, ob das jetzt möglich ist.« Der Arzt verließ das Zimmer und kam nach wenigen Minuten wieder zurück. Seine Miene war sehr nachdenklich. »Ihre Tochter wäre sprechfähig«, sagte er langsam. »Aber sie möchte niemanden sehen.«

»O Gott! Das arme Kind.« Lisa wandte sich ab und weinte lautlos in ihr Taschentuch. Baurat Bernhardt schien noch nicht zu begreifen; er strebte zur Tür. Der Arzt hielt ihn höflich, aber bestimmt am Ärmel des Mantels fest.

»Wir müssen alle seelischen Erschütterungen vermeiden.«

»Aber sie kann doch nicht ... ihren Vater ...« Bernhardt starrte entgeistert um sich.

»Wenn ich vielleicht mit ihr spreche«, sagte Klaus Blankers.

»Sie will niemanden sehen. Sie ist in einer solchen inneren Verkrampfung, daß jeder Zwang eine neue Katastrophe auslösen kann.«

»Aber warum bloß? Warum?« rief Bernhardt verzweifelt. »Margit war immer ein fröhliches Kind. Sie liebte das Leben.«

»Über die Gründe werden wir vielleicht in den nächsten Tagen mehr erfahren. Vorerst muß sie Ruhe haben. Absolute Ruhe.«

Ohne ihre Tochter gesehen oder gesprochen zu haben, fuhren Lisa und Hubert Bernhardt wieder nach Hause. Ihre bisherige ruhige, wohlsituierte, gemächliche Welt war aus den Angeln gehoben. Sie verstanden nichts mehr. Baurat Bernhardt hatte noch erreicht, daß die Polizeipressestelle darauf verzichtete, eine Meldung an die Öffentlichkeit zu geben. Die Zeitungen würden also von diesem Selbstmordversuch nichts erfahren.

Am nächsten Morgen wurde Margit aus dem Hafenkrankenhaus in das Privatsanatorium des Professor Dr. Schwade verlegt. Es nannte sich »Park-Sanatorium«, lag auch in einem riesigen Park, machte aber von außen mit seinen hohen Mauern mehr den Eindruck einer Festung als den eines Sanatoriums. Margit bekam ein schönes, großes Zimmer zum Rosengarten hin. Es war wie ein Salon eingerichtet mit Polstersesseln, Couch, Marmortisch und Teppichen. Nur das weiße Bett in der Schlafnische verriet, daß es ein Krankenzimmer war.

Und noch etwas störte, machte plötzlich die Abgeschlossenheit deutlich, den goldenen Käfig: Vor dem großen Fenster war ein Gitter angebracht. Man hatte es zwar weiß gestrichen, so daß es aussah wie ein zierliches Boulevardrankenwerk, aber es war ein Gitter, das den Bewohner dieses schönen Zimmers von der noch schöneren Außenwelt trennte.

Still, unbeweglich lag Margit in ihrem Bett und sah auf die weißen Gitterstäbe, über die der Glanz der Sonne flimmerte, als Professor Schwade zur ersten Visite eintrat. Er kam allein, selbst die Stationsschwester blieb vor der Tür.

»Guten Morgen, mein Fräulein!« sagte Professor Schwade burschikos, setzte sich auf die Bettkante und tätschelte die blassen Hände Margits. »Gut geschlafen? Wie fühlen wir uns denn?«

Margit schwieg. Sie wandte den Kopf zur Seite und starrte gegen die Wand. Man soll mich in Ruhe lassen, dachte sie. Dieses widerliche Schöntun, diese samtweichen

Stimmen, diese neugierige Fürsorge. Ach, laßt mich doch in Ruhe! Ihr denkt alle, daß ich plötzlich übergeschnappt bin, daß ich Depressionen habe, daß irgendein Kurzschluß in meinem Hirn stattgefunden hat. Wie kann ich euch denn sagen, daß ich mich schäme ... nichts als schäme ... so grausam schäme. Daß ich mit dieser Scham nicht mehr leben kann. Bitte, fragt doch nicht weiter. Bitte, bitte!

Professor Schwade erhob sich von der Bettkante, ging zum Fenster, öffnete es weit und zeigte hinaus. Vogelgezwitscher drang ins Zimmer, der herbsüße Duft von vielen Rosen. In den Sonnenstrahlen tanzten Millionen Staubkörnchen wie silberne Mücken.

»Ein herrlicher Tag«, sagte Professor Schwade.

»Hinter Gittern!« Es waren die ersten Worte, die Margit bisher gesprochen hatte. Professor Schwade nickte. Der Eispanzer um das Herz war gebrochen. Mit dem ersten Wort regte sich wieder die Seele.

»Wenn Sie Lust haben, gehen wir nachher eine Stunde im Park spazieren. Wir werden in der Sonne sitzen, die Vögel füttern und Blumen für die Vase pflücken.«

»Die Beschäftigung einer Wahnsinnigen, nicht wahr?«

Professor Schwade kam zum Bett zurück. »Mein kleines Fräulein«, sagte er mit Betonung, »bisher haben Sie geschwiegen, und wir mußten warten, wozu Sie sich entwickeln. Mir scheint, daß Sie ganz vernünftig sind und endlich aufhören sollten, Ihre Umwelt mit Rätseln zu versorgen. Sie haben Zeit genug gehabt, über alles nachzudenken. Ich will gar nicht wissen, was gewesen ist, was es auf der Welt so Schreckliches gibt, daß man sein Leben wegwerfen will ... das müssen Sie anderen erzählen. Ihren Eltern zum Beispiel. Ich will nur wissen: Würden Sie heute auch noch ins Wasser springen?«

»Nein«, sagte Margit fest. Sie sah Professor Schwade mit

dunklen, entschlossenen Augen an. Um ihre Mundwinkel bildete sich eine steile Falte.

»Und warum nicht?«

»Weil es nichts mehr ändert.«

»Es gibt also doch ein ›es‹?«

Margit schloß die Augen. »Bitte, fragen Sie nicht weiter, Herr Professor.«

»Ihre Eltern wollen Sie sprechen. Und Herr Blankers. Sie warten nebenan.«

»Sie können kommen.« Margit faltete die Hände. Ihre Finger zitterten. »Was ... was haben sie gesagt, Herr Professor?«

»Sie sind sehr besorgt. Auch Herr Blankers. Alle um Sie herum sind voll Liebe und Fürsorge. Sie haben keinen Grund, dies alles wegzuwerfen.«

»Ich weiß das, Herr Professor«, flüsterte Margit. »Es ... es ist plötzlich über mich gekommen. Ich kann mich nicht mal erinnern, daß ich ins Wasser gefallen bin.«

Nach einem langen Blick auf das blasse, schmale Gesicht und die zuckenden Lippen verließ Professor Schwade das Zimmer. Auf dem Flur liefen Bernhardt und Blankers auf und ab und rauchten nervös. Lisa saß in einem Korbsessel am Fenster und umklammerte einen großen Strauß Gladiolen. Sie sprang auf, als Professor Schwade aus dem Zimmer kam, und auch die beiden Männer liefen auf ihn zu.

»Nun?« rief Bernhardt gepreßt. »Was ist, Herr Professor? Wie fühlt sie sich? Hat sie gesprochen? Ist sie ganz klar?«

»Völlig klar.« Professor Schwade hob die weißen Augenbrauen. »Sie will Sie sprechen.«

»Gott sei Dank!« stammelte Lisa.

»Nur bitte ich Sie, eins zu beachten: Fragen Sie nicht. Lassen Sie sie sprechen, erzählen Sie belanglose Dinge, umgehen Sie den ganzen Komplex der vergangenen Stunden. Wenn sie von selbst davon anfängt, ist es gut. Sonst: Über das Wetter reden, ihr eine Reise zur Erholung versprechen, kleine Alltagsdinge erzählen, alles unverbindlich. Ich glaube, daß wir nach dem Gespräch, das ich eben mit Ihrer Tochter hatte, das Dunkel etwas aufhellen können. Sie kann sich kaum an etwas erinnern, sagt sie. Es muß also eine manisch-depressive Situation eingetreten sein, ein psychischer Schock, der ihre Persönlichkeit spaltete. – Hat Ihre Tochter in der letzten Zeit sehr große geistige Belastungen gehabt?«

Bernhardt wischte sich verwirrt über die Stirn. »Nein ... das Abitur ... gewiß ... aber das alles machte ihr nichts aus. Sie war immer eine gute Schülerin ... sie hat das Abitur mit Gut bestanden. Ihr ist das Lernen nie schwergefallen ...«

»Vielleicht täuschen wir uns da alle.« Professor Schwade versuchte ein tröstendes Lächeln. »Sie hat es nie gezeigt und wollte unbedingt die gute Schülerin sein, die Sie als Vater erwarteten. Wir hatten schon mehrere solche Fälle hier ... es ist kein Grund zur Aufregung. Drei Wochen Ruhe und Entspannung, und die Nerven sind wieder in Ordnung.«

Bernhardts und Klaus Blankers hielten sich genau an das, was Professor Schwade ihnen geraten hatte. Sie saßen an Margits Bett, bemühten sich, unbefangen und sogar fröhlich zu sein. Hubert Bernhardt erzählte, daß der Dackel Strolch mit einem Igel im Garten Krach bekommen habe. Lisa hatte ein neues Modeheft mitgebracht und Äpfel und Bananen. Dann standen sie auf, küßten ihre Tochter auf die Stirn und verließen wieder das Zimmer. Zurück blieb Klaus Blankers, der in der vergangenen halben Stunde kaum ein Wort gesagt hatte.

»Wie blaß sie aussieht«, sagte Lisa auf dem Flur und tastete nach der Hand ihres Mannes. »Diese großen Augen.

Ganz fremd sieht sie aus. Es ist nicht mehr die Margit von früher ... Ich habe Angst um sie, Hubs ... schreckliche Angst ...«

»Es ist noch der Schock.« Bernhardt suchte mit bebenden Fingern nach seinen Zigaretten. »Morgen ist es schon besser. Und erst übermorgen. Es ist doch erst ein paar Stunden her.«

Klaus Blankers war unterdessen im Zimmer an das große Fenster getreten und blickte hinaus in den sonnendurchfluteten Park und über die leuchtenden Rosenbeete. Die angegrauten Schläfen schimmerten fast weiß in dem grellen Licht. Ein tiefes Gefühl von Mitleid überflutete Margit. Da steht er nun und wartet auf eine Erklärung, dachte sie. Er liebt mich, und ich bin vor ihm geflüchtet, weil ich auch spüre, wie ich ihm näherkomme. Ich bin von ihm weggelaufen, weil ich nicht mehr die bin, als die er mich ansieht, weil ich ihn nicht betrügen will, weil ich mich schäme, ihm die Wahrheit zu sagen: Vor dir hat mich ein anderer besessen. Ein Lump! Ein Schuft! Ein Nichtstuer! Ein skrupelloser Verführer! Und was das Schlimmste ist: Ich kann diese eine Nacht nicht vergessen. Sie ist in meiner Seele, in meinem Blut, in meinem Wesen eingebrannt wie ein Kainszeichen. O lieber Klaus, wie soll ich dir das jemals erklären?

»Ist es dir unangenehm, wenn ich noch hier bin?« fragte Blankers. Er hatte das weiße Gitter umfaßt und drückte die Stirn gegen die Eisenstäbe.

»Nein, Klaus.« Ihre Stimme war klein und kindlich, kläglich fast.

»Ich habe mir aus der Fabrik Urlaub genommen und die Leitung einem guten Mitarbeiter übergeben. Ich möchte Zeit haben für dich. Viel Zeit. Aber wenn du glaubst, daß es nicht nötig ist ...«

»Doch, Klaus. Ich freue mich.«

Er drehte sich um und sah in ihren Augen, daß sie es ehrlich meinte.

»Wenn du dich kräftig genug fühlst und der Professor es erlaubt, fahre ich dich durch die Gegend. Und später – ich habe mit Vater schon darüber gesprochen – sollst du dich sechs Wochen erholen . . .«

»Das ist schön, Klaus.« Margit legte die Arme unter den Nacken. Ihr schmales Gesicht hatte plötzlich wieder Farbe bekommen. »Laß uns in die Heide fahren, ja? In irgendein einsames, ganz abgelegenes Heidedorf, mitten zwischen Holunder, Birken und zotteligen Heidschnucken.« Sie lächelte, als Klaus Blankers an ihr Bett trat, sich niederbeugte und sie auf die fahlen Lippen küßte.

»Ich werde das einsamste Dorf der Welt suchen, Margit. Aber warum gerade die Heide?«

»Weil dort kein Wasser ist . . . Ich kann kein Wasser mehr sehen! O Klaus –«

Sie warf die Arme um seinen Nacken, zog seinen Kopf herunter und küßte ihn mit einer verzweifelten Wildheit. Professor Schwade, der in diesem Augenblick ins Zimmer sah, schloß schnell wieder die Tür und ging lächelnd zu den wartenden Bernhardts zurück.

»Die Heilung hat schon begonnen«, sagte er, »ihre Persönlichkeit kehrt zurück.«

Von diesem Tage an wirkte Margit wie ein neuer Mensch. Fröhlich, gesprächig, eine »helle Seele«, wie Professor Schwade sich ausdrückte. Sie mußte zwar noch im Sanatorium bleiben, bis die akute Gefahr einer Lungenentzündung vorbei war, aber sie empfing ihre Freundinnen, und das große Krankenzimmer war voller Lachen und Musik. Ursula Fürst hatte ihren Plattenspieler mitgebracht, Babs

Heilmann legte einen heißen Solotanz hin, und sooft sich die Stationsschwester über den Lärm beschwerte, erklärte Professor Schwade: »Schwester Sophie, auch wir alten Psychiater lernen nie aus. Der modernen Jugend kann man nicht mit erbaulicher Lektüre kommen, sie hat andere Stimulantien. Ein bißchen schräge Musik, ein Wackeln mit Beinen und Hintern fördert die Heilung oft stärker als ein ganzer Schrank von Pillen.«

»Morgen komme ich zum letztenmal«, sagte Babs Heilmann nach einer Woche. »Mein Alter verfrachtet mich nach England. Zu einer Lordfamilie. Ich soll dort mein Englisch vervollständigen. Hat gar keinen Sinn, ihm das auszureden, er ist ein Dickkopp. Übermorgen schwirre ich ab, per Zug nach Calais und dann auf die Insel mit dem Schiff. Sobald ich Fuß gefaßt habe, schreibe ich euch, wie doof es da drüben ist.«

Das war Babs Heilmann. Ein halber Junge in Mädchenkleidern und mit einem ausgesprochen weiblichen Körper. Margit und Uschi lachten laut. Dann feierten sie Abschied mit Kaffee und Kuchen und schworen sich, immer Freundinnen zu bleiben ... selbst wenn sie einmal Großmütter sein würden.

Jeden Tag kam auch Klaus Blankers. Er brachte immer Blumen und Obst mit und blieb, bis die Stationsschwester sagte: »Herr Blankers, nun wird es aber wirklich Zeit!«

Es waren Tage, in denen Margit spürte, wie nötig sie Klaus hatte. Wenn er sich etwas verspätete, stand sie ungeduldig am Fenster und lauschte, ob sie nicht seinen Wagen vorfahren hörte.

Ich liebe ihn, dachte sie, wenn sie dann später wieder allein war und die Schatten des Abends durch das vergitterte Fenster krochen. Mein Gott, jetzt weiß ich, was Liebe ist. Man muß fühlen, daß einem der andere fehlt. Man muß auf ihn warten und die Minuten zählen, bis er kommt. Und man muß ein schweres Herz haben, wenn er wieder geht. Was dazwischen liegt, ist das Glück, ihn zu sehen, zu hören, zu fühlen.

Das ist die Liebe!

»Am Sonntag können Sie entlassen werden, Margit«, sagte Professor Schwade, nachdem ihm Klaus Blankers mitgeteilt hatte, daß er eine Heidekate gemietet habe, mitten im Naturschutzgebiet. Ein jahrhundertealtes Haus mit Petroleumlampen und einem eigenen Brunnen. Hier war die Welt stehengeblieben, weil die Natur mit anderen Zeitmaßen rechnet.

»Sie sind gesund«, fügte Professor Schwade noch hinzu.

Margit gab ihm lächelnd die Hand. »Ich danke Ihnen für alles, Herr Professor. Ja, ich bin gesund. Ich spüre es selbst. Ich muß damals durch irgendeinen dunklen Tunnel gegangen sein, ohne Hoffnung, daß draußen immer wieder die Sonne scheint. Aber sie scheint, und alles ist wundervoll.«

In diesen Tagen hatte Ursula Fürst ein kurzes Telefongespräch mit ihrem Vetter Fred Pommer.

»Weißt du, daß Margit Selbstmord begehen wollte?« sagte sie ohne Einleitung.

Am anderen Ende der Leitung war eine Sekunde Stille. Dann die Stimme Pommers, gedehnt und unsicher: »Nein. Wieso denn?«

»Das frage ich dich.«

»Mich? Erlaube mal!«

»Sie ist ins Wasser gegangen. Im Hafen. Noch weiß keiner, wieso sie zum Hafen kam. Weißt du es?«

»Dämliche Ziege!« Pommers Stimme wurde schrill.

»Was geht es mich an, wenn solch ein Weibsstück durchdreht? Ich habe deine Margit seit damals an der See nicht wieder gesehen. Warum auch? Junges Gemüse ist nur als Nahrung interessant.«

»Hör einmal zu, Fred!« Die Stimme Ursulas war kalt und deutlich. »Wenn du mit der Sache etwas zu tun hast, wenn du Margit doch in jener Nacht, wo ihr allein im Ferienhaus wart, überwältigt hast, wie damals mich, wenn Margit darum ins Wasser gegangen ist, dann gnade dir Gott!«

Schweigen. Pommers Stimme klang gepreßt, als er endlich antwortete.

»Laß dieses dumme Zeug, Usch. Ich habe andere Sorgen. Wenn ich dir versichere, daß ich Margit nicht –«

»Du lügst mit jedem Wort. Das kenne ich.« Ursulas Stimme wurde schneidend. »Fred ... noch ahnt keiner, was ich ahne. Aber wenn ich die Wahrheit erfahre – ich nehme keine Rücksicht mehr, ich erzähle alles, auch das von uns. Und du kennst meinen Bruder Hans. Er wird nicht zögern, dir alle Knochen zu brechen.«

Sie hängte ein, ohne auf Pommers Antwort zu warten. Sie brauchte sie nicht. Er wußte auch so, daß es ihr ernst war mit der Drohung.

Fred Pommer handelte dementsprechend auch sehr schnell.

Er überredete seine üppige Blondine zu einer Reise nach Mallorca. Er schilderte ihr in allen Farben, wie wunderschön es dort sei, wie billig man dort Häuser kaufen könne, wie gesund das Klima sei und welch ein Paradies von Liebesnest ein eigenes Häuschen am Mittelmeer werden könne, umrauscht von blauen Wellen und grünen Palmen. Braune Körper auf weißem Strand, du und ich und der Mond ... Liebe unter blühenden Kamelienbüschen, und die Zikaden zirpen dazu ...

Dora war begeistert. Sie gab Pommer das Geld für die Flugkarten und rief ihre Schneiderin an.

Als Margit aus dem Park-Sanatorium von ihren Eltern und Klaus Blankers abgeholt wurde, schwebten Dora und Fred Pommer durch den blauen Spätsommertag über Frankreich. Ziel: der Flugplatz von Las Palmas.

Zurück ließ Pommer eine tobende Hotelwirtin, die ihn am gleichen Tag noch bei der Polizei anzeigte wegen Zechprellerei und Scheckbetrug.

Die letzte dunkle Wolke schien von Margit weggezogen zu sein.

Hubert Bernhardt und mit ihm alle, die in Margits Nähe waren, befolgten strikt den Rat Professor Schwades, Margit nicht nach den Motiven ihrer Tat zu fragen. Nach eingehenden Beobachtungen waren Schwades Ärzte wie er selbst zu der Überzeugung gekommen, daß eine völlige Überbelastung der Nerven, wahrscheinlich durch das Abitur, die Ursache der Kurzschlußhandlung – eine Handlung unter psychotischem Zwang – gewesen war. Baurat Bernhardt nahm diese Diagnose zur Kenntnis, aber sie befriedigte ihn nicht. Ein Fleckchen Geheimnis blieb trotz aller wissenschaftlichen Deutungen übrig. Einige ungeklärte Fragen gaben Rätsel auf.

Wo war Margit vor ihrem Selbstmordversuch? Wie kam sie in diese entlegene Ecke des Hamburger Hafens? Die Tascheninhaltsangabe der Polizei hatte nichts ergeben ... keinen Kinoschein, kein Bonbonpapier, gar nichts, was etwa auf einen Filmbesuch vor der Tat hinweisen konnte. Da auch niemand im Haus wußte, wann Margit weggegangen war, blieb eine deutliche Lücke. Eine Lücke, die nur Margit selbst schließen konnte – wenn sie sprach.

Aber das tat sie nicht. Sie erwähnte diesen Vorfall nie mehr. Es war, als habe es ihn gar nicht gegeben.

Mit Blankers' großem Reisewagen fuhren Klaus und Margit in die Lüneburger Heide. In dem Dorf Wulfbüttel mußten sie den Wagen zurücklassen, denn das Naturschutzgebiet durfte nicht mit Motorfahrzeugen durchfahren werden. Ein paar Trecker der Heidebauern, die dennoch fuhren, hatten eine besondere Genehmigung am Fahrzeug kleben.

Margit wunderte sich, wie umfassend und schnell Klaus Blankers alles vorbereitet hatte. Beim Wirt von Wulfbüttel, der den Reisewagen in die Garage nahm, stand bereits eine hochrädrige, zweispännige, offene Kutsche im Hof. Zwei Schimmel wurden gerade getränkt und schlappten das Wasser aus den Eimern.

»Unsere Hochzeitskutsche«, sagte Klaus Blankers mit ein wenig Galgenhumor. »Auf jeden Fall haben wir zwei Schimmel.«

Margit trat an die Pferde heran und kraulte ihnen die Mähne. Ein Hausknecht verlud unterdessen das Gepäck vom Auto in den Pferdewagen.

Diese Reise wird mein Leben ändern, dachte Margit und legte die Stirn an den warmen, zuckenden Schimmelhals. Ich fahre in wenigen Minuten in einen neuen, langen Abschnitt meines Lebens. Die Welt wird ganz anders aussehen, wenn wir zurückkehren aus der Einsamkeit der Heide ... Klaus und ich.

Wie gewohnt das klingt, wie selbstverständlich: Klaus und ich.

Es ist, als habe es gar nichts anderes gegeben in meinem Leben als ihn. Ich fühle mich so sicher, wenn er bei mir ist. Ich könnte mir nicht vorstellen, irgendwo noch Angst zu haben, sobald er den Arm um mich legt. Die Welt ist so einfach, so unkompliziert, so hell, wenn er da ist.

Und dabei hat er mich noch nicht ein einziges Mal gefragt: Hast du mich lieb? – Nur in seinen Augen sehe ich die Frage, und meine Augen antworten ihm: Ja.

Wenig später fuhren sie über die sandigen Heidewege hinein in die Stille. Vor ihnen leuchtete violett das Land und verschmolz mit dem blauen Himmel. Kleine Birkenwäldchen, Holundergruppen, sanfte Hügel und Dünen mit Heidekraut bewachsen, dazwischen leuchtender, fast weißer Sand und niedriges Kieferngehölz. Ein Sperber kreiste unter dem weiten Himmel. Vor den knarrenden Holzrädern des Wagens huschten Eidechsen mit gelb und grün schillernden Leibern über den Weg.

»Es ist wunderbar, Klaus«, sagte Margit und lehnte den Kopf an seine Schulter. Sie saßen auf dem Bock. Klaus lenkte die Pferde; er war ein geschickter Kutscher und hielt die Schimmel im leichten Trab.

»So fahren wir noch zwei Stunden lang, Margit.«

»Bis ans Ende der Welt.«

»Fast. Unser Heidehof ist wirklich das letzte Stück Zivilisation. Um uns herum wird nur noch der Himmel sein und vielleicht ab und zu ein Schäfer, der seine Schafherde an uns vorbeitreibt.«

»Auch der ist schon zuviel. Ich will mit dir allein sein.. ganz allein . . . immer allein . . .«

Klaus Blankers hielt mit einem Zügelruck die Schimmel an. Er ließ die Lederriemen fallen, legte den Arm um Margit und zog sie an sich.

»Sag das noch einmal!« Seine Stimme schwankte.

»Ich möchte immer mit dir allein sein.«

Ohne ein weiteres Wort drehte Blankers das Gesicht Margits zu sich und küßte sie. Es war ein langer, zärtlicher Kuß, ganz anders als der verzweifelte Kuß, mit dem Margit ihn im Krankenzimmer überraschte. Es war ein Kuß, der ein heiliges Versprechen bedeutete: Ich gehöre dir. Ich liebe dich.

Klaus Blankers sprang nach diesem Kuß vom Kutschbock, hob Margit herunter und holte aus der Tasche seiner Jacke einen kleinen, flachen Kasten. Er ließ ihn aufschnappen und hielt ihn Margit hin.

Auf einem roten Samtpolster lagen zwei breite, ziselierte Verlobungsringe.

»Du Gauner!« lachte Margit und griff nach dem kleineren Ring. »Du hast alles vorbereitet.«

»Bis ins letzte.«

»Und wenn ich dir nicht gesagt hätte, daß ich ...«

»Dann hätte ich es getan. Spätestens hinter diesem Hügel dort. Von dort oben kannst du nämlich unser Haus sehen. Fern am Horizont. Ein langes, grau gewordenes Strohdach. ›Dort ist es‹, hätte ich gesagt. ›Aber betreten darf es nur ein Liebespaar, so will es die Sage dieses Landes. Margit, ich liebe dich!‹« Blankers seufzte. »Wie gut, daß ich es nicht zu sagen brauchte. Ich hatte eine solche Angst davor.«

»Warum Angst, Liebster?« Sie stellte sich auf die Zehenspitzen und küßte ihn auf die Nase. »Hattest du erwartet, ich würde nein sagen?«

»Ich bin ein alter Esel, ich weiß!« Er lachte und streifte seinen Ring über den Finger. »Meiner paßt! Und deiner?«

»Wie angemessen.«

»Ist er auch. Ich habe mir von deiner Mutter einen deiner Ringe als Größenmuster geben lassen.«

»Sie wußten also alle Bescheid?« Margit stemmte die Hände in die Hüften. Wie eine junge, wunderhübsche Marktfrau sah sie aus in ihrem Dirndlkleid, den Söckchen und den Sportschuhen. »Ihr habt mich also alle für ein Dummerchen gehalten? O du, das sollst du mir büßen!« Sie hob beide Arme und breitete sie weit aus. »Hierher, du

Verbrecher! Küß mich, sonst zerkratze ich dir das Gesicht!«

Mit einem Jauchzer flog sie auf Blankers zu.

Ich zerplatze vor Glück, dachte sie. O Gott, ich explodiere!

Als sie eine Stunde später in den Hof der einsamen Heidekate einfuhren, sang Klaus Blankers mit lauter Stimme ein Wanderlied. Er mußte einfach singen; irgendwie muß der Mensch zeigen, wie unendlich glücklich er ist.

Drei Wochen blieben Margit und Klaus in der Heide. Sie lebten zusammen wie Schwester und Bruder, ein seltsames Zusammensein, aber sie waren glücklich. Klaus Blankers, angefüllt mit Sehnsucht wie ein überlaufender Krug, bedrängte sie nie; sie muß den Schreck überwinden, dachte er. Ich muß sie ganz vorsichtig wieder zu sich selbst führen. Einmal wird die Nacht kommen, in der wir zueinander finden und die Vergangenheit im Feuer unserer Liebe endgültig verbrennt.

So lebten sie in einem selbstgeschaffenen Paradies. Niemand sah sie, keiner hörte von ihnen. Nur der Laufbursche des Wirtes von Wulfbüttel kam jeden dritten Tag mit dem Rad zur Kate und brachte frische Butter, Eier, Wurst, Gemüse, Fleisch, Backwaren und Brot; eben alles, was man zum Leben braucht. Einen Kühlschrank gab es ja nicht im Haus. Das Zeitalter der Elektrizität war hier so weit entfernt wie der Mond.

Nach drei Wochen fuhren Klaus und Margit wieder zurück nach Hamburg, braungebrannt, mit leuchtenden Augen, zwei fröhliche Menschen, die wußten, wie ihre Zukunft aussieht.

»Wir heiraten!« sagte Margit deshalb auch als erstes, als

sie ihre Mutter umarmt und geküßt hatte. »Wir heiraten ganz schnell. Wir haben gar keine Zeit mehr.«

»O mein Kleines«, sagte Lisa Bernhardt und drückte Margit an sich. »Wie froh bin ich, wie froh. O madre de Dios.«

Hubert Bernhardt nickte mit glücklichem Lächeln. »Sie spricht spanisch, Klaus!« Er klopfte Blankers auf die Schulter. »Du hast auch ihr Herz erobert. Aber nun kommt erst mal richtig ins Haus. Ich habe eine Pulle kaltgestellt; als hätte ich so etwas geahnt.«

Margit hakte sich bei ihrem Vater unter und sah ihn aus den Augenwinkeln an. »Ich wußte gar nicht, welch ein großer Heuchler du bist«, sagte sie leise, als sie ins Wohnzimmer gingen. »Du hast alles gewußt. Womit kann ich dich bestrafen?«

»Indem du mich schnell zum Großvater machst«, lachte Hubert Bernhardt. »Ich bin jetzt über fünfzig und will noch etwas haben von meinen Enkeln.«

Die Hochzeit wurde ein kleines gesellschaftliches Ereignis in Hamburg. Fünfzig Gäste waren im Saal eines bekannten Hotels zum Essen geladen, vom Ersten Bürgermeister der Hansestadt bis zum Oberstaatsanwalt. Babs Heilmann schickte ein Telegramm aus Whiteshyer, einem Landschloß der Lords of Beamham, und schrieb: »Liebe Margit, wie machst du das? Ich habe schon so oft love gesagt, aber keiner beißt an. Ich drücke dich in Gedanken an mich und wünsch dir alles, alles Gute. Babs.«

Ursula Fürst war Brautjungfer. Sie sah Margit mit großen, fragenden Augen an, als diese in ihrem weißen Spitzenkleid mit dem langen Schleier aus dem Schlafzimmer kam und zur Hochzeitskutsche geführt wurde. Margit bemerkte diesen Blick nicht, wie im Traum erlebte sie den Trauakt, das Orgelkonzert, das Violinspiel, den Chor, den Blankers bestellt hatte, hörte die Worte des Pfarrers, aber verstand sie nicht, wechselte die Ringe und wußte nur eins: Ich werde ihm eine gute Frau sein. Ich werde mit ihm leben, wie es sein soll: Im Namen Gottes, bis der Tod uns scheidet.

In der Kirche, ganz hinten unter dem Turmbogen, stand als Zuschauer auch eine junge, elegante Frau, die ihr Gesicht hinter einem Schleier verbarg. Sonja Richartz.

Als das Paar vor dem Altar auf die samtenen Kissen niederkniete und der Pfarrer ihnen die Ringe an die Finger steckte, huschte ein böses Lächeln über ihr Gesicht. Auch der Segen eines Pfarrers ist nicht endgültig, dachte sie. Bis der Tod euch scheidet ... das ist eine abgedroschene Phrase. Das Leben hält immer Überraschungen bereit, und es gibt welche, die schärfer sind als ein Schwert. Für sie ist das Band der Ehe dünner als ein Seidenfaden.

In dieser Nacht geschah das Entsetzliche.

Während in dem Hotelsaal noch die Hochzeitsgäste über Mitternacht hinaus auf das junge Paar anstießen, waren Klaus Blankers und seine junge Frau Margit heimlich weggegangen und zur Blankers-Villa an der Elbchaussee gefahren.

Ein breites, weißes, schloßähnliches Haus, um die Jahrhundertwende von einem Reeder erbaut, immer wieder modernisiert und von neuem mit Schätzen aufgefüllt. Die Residenz eines Millionärs. Ein Traumhaus, wie man heute sagt.

Ein Diener öffnete, als der Wagen vorfuhr, die breite Glastür, begrüßte die gnädige Frau mit einer tiefen Kopfneigung und fuhr den Wagen weg in die Garage.

Das große Haus schien bis auf den Diener leer zu sein. Die Mutter Klaus Blankers' war nicht zur Hochzeit gekommen. Seit vier Monaten lebte sie in einer Spezialklinik in Amerika, wo man eine Hüftgelenkversteifung behandelte, an der sie seit zwei Jahren litt. Sie hatte einen langen, herzlichen Brief geschrieben und Gottes Segen für das junge Paar gewünscht. »Eure Hochzeitsreise führt zu mir!« schrieb sie noch. »Sonst bin ich so böse, wie eine böse Schwiegermutter sein kann.« Man sah, wie schwer es ihr fiel, im fernen Amerika die Hochzeit ihres einzigen Sohnes nur in Gedanken miterleben zu können, aber die Behandlung durfte auf keinen Fall unterbrochen werden.

Seit dem Tode ihres Mannes war Klaus ihr ganzer Lebensinhalt geworden, ihr einziger, wirklich persönlicher Besitz. Und wie alle Mütter von Söhnen war sie eifersüchtig auf ihre Schwiegertochter, die ihr jetzt den Jungen wegnahm. Aber das las man nicht in dem Brief aus Amerika.

Im Schlafzimmer waren die Betten aufgedeckt. Auf einem weißen Tisch stand ein Sektkühler mit einer Flasche französischen Champagners. Zwei geschliffene Gläser blitzten unter der Kristallampe. Um den Sektkühler herum Schalen mit Gebäck, Obst, Petits fours, kandierten Früchten.

Nach einem langen Kuß löste Klaus Blankers den Schleier aus Margits hochgesteckten Haaren, goß die Gläser voll und reichte Margit ein Glas hin. Bevor sie anstießen, sahen sie sich lange in die Augen.

»Margit«, sagte Klaus leise, »meine Frau!«

»Klaus«, Margit sah ihn über den Glasrand an, durch ihren Körper flog ein Zittern, »mein Mann!«

Als er später das Licht löschte, als er sich zu ihr beugte, die Bettdecke von ihrem Körper zog, als seine Hände sie liebkosten, seine Lippen ihren Körper abtasteten, die Sturzflut des Verlangens und Gebens über sie hereinbrach und ihre Körper zueinander strebten, stürzte das ganze Elend wieder über Margit herab und begrub sie.

Von dem Augenblick an, da seine Hände sie umfaßten, als sie seine Haut an der ihren spürte, als das Gewicht seines Körpers sie niederdrückte und der Vulkan in ihr ausbrach, waren die Monate weggewischt, war es wieder jene Nacht in der Ferienhütte an der Ostsee, hörte sie sich sagen: »Fred ... ich bitte dich ... nein, Fred ... Ich will nicht ... ich will nicht ... Es ist zu hell ... der Mond ... Fred, ich habe das nicht gewollt ... ich – ich – o Fred –« Und dann das ersterbende Röcheln, die wegschwimmende Gegenwehr, das plötzliche Lustempfinden, dieses fremde Wesen in der eigenen Seele, das vor Beglückung stirbt, unersättlich ist, wie ein Raubtier sich gebärdet, glühend und feuerspeiend explodiert und dann – wie schrecklich – in eine müde, träge Sattheit und Zufriedenheit hinabgleitet ...

Mit geschlossenen Augen, mit blutig gebissenen Lippen, hinter denen sie ihre Aufschreie vermauerte, erlebte Margit ihre Hochzeitsnacht, wurde sie die Frau Klaus Blankers', verlor sie – wie er glaubte – ihre Mädchenhaftigkeit.

Bis zum Morgendämmern lag sie wach neben ihm und hörte auf seine tiefen, gleichmäßigen, starken Atemzüge.

So wird es immer sein, dachte sie. So wie in dieser Nacht. Ihr werden Hunderte solcher Nächte folgen. Ein ganzes Leben lang. Er wird neben mir liegen und schlafen, mit tiefem Atem, zufrieden und glücklich.

Sie warf den Kopf herum und drückte verzweifelt das Gesicht in die Kissen.

Ich habe ihn betrogen, schrie es in ihr. Ich habe ihn schon in der Hochzeitsnacht betrogen. Nicht ihn, meinen Mann, habe ich gefühlt, sondern den anderen, den großen Schatten hinter mir.

Die unvergeßliche Nacht ist wieder auferstanden.

Und sie wird immer wiederkommen.

Immer und immer wieder.

Für Sonja Richartz war mit der Hochzeit Blankers' der Gedanke an eine doch noch erträgliche finanzielle Zukunft durchaus nicht abgeschlossen. Im Gegenteil – nachdem sie ihre Gegenspielerin und Siegerin gesehen hatte, reizte es sie, in das so sichtbar sonnige Leben dieser Liebenden Blitz und Donner zu schicken. Man muß um einen Mann wie Blankers kämpfen, dachte sie. Und wenn Frauen kämpfen, soll man nicht nach den Mitteln fragen, die sie anwenden. Es ist wie bei den Politikern: Der Erfolg entscheidet.

Sonja Richartz begann dort, wo sie die schwächste Stelle des Glücks vermutete: beim Vorleben Margits. Obwohl sie annahm, außer einigen Schülerlieben nichts Aufregendes zu finden, denn Margit war das brave Kind eines guten bürgerlich-gehobenen Hauses, beauftragte sie doch das Detektivbüro »Wahrheit« mit der Aufgabe, herumzuhören und festzustellen, was Margit Bernhardt alles schon gemacht und getrieben hatte.

Schon nach vier Tagen meldete Herr Julius Stämpfle von der »Wahrheit« eine erstaunliche Tatsache. Er erzählte sie nüchtern-geschäftlich, aber Sonja Richartz verschlug sie den Atem.

»Selbstmordversuch?« stotterte sie. »Im Hafen? Ins Wasser gesprungen? Aber davon hat ja nie jemand etwas erfahren.«

»Es wurde auch totgeschwiegen.« Man hörte Julius Stämpfle an, wie stolz er war, es trotzdem erfahren zu haben. »Ich habe einen guten Freund bei der Polizeipressestelle . . . nur deshalb mit größter Diskretion . . . Sie verstehen!«

»Kein Wort wird über meine Lippen kommen.« Sonja Richartz tupfte sich erregt über die Lippen und hielt den Telefonhörer krampfhaft fest. »Was wissen Sie sonst noch, Herr Stämpfle?«

»Nur das. Alles andere ist Fehlanzeige. Das Übliche. Dieses Fräulein Bernhardt muß ein Mustermädchen gewesen sein. Bis zu dem Selbstmordversuch. Ich bin sofort hinausgefahren zu der Mole, von der sie in den Hafen gesprungen ist. Scheußliche Gegend. Und ich habe den Kerl verhört, der sie rausgeholt hat. Ein Hein Focke. Lagerarbeiter bei Steenfels & Co. Hat mich dreißig Mark gekostet, ehe er ausgepackt hat.«

»Das Geld bekommen Sie ja wieder. Nun erzählen Sie schon!« Sonja Richartz zitterte am ganzen Körper. Sie ahnte, daß jetzt, in den nächsten Sekunden, der Hebel in ihre Hand gedrückt wurde, mit dem sie das junge Glück Blankers' aus den Angeln heben konnte.

»Dieser Hein Focke hat sie also aus dem Wasser gezogen. Sie hat um sich geschlagen, hat sich wie der Teufel vor dem Weihwasser gewehrt, hat gebissen und gekratzt – der Hein Focke wäre bald selbst abgesoffen – und dann hat sie geschrien: ›Laß mich los, Fred! Laß mich los! Ich will nicht! Ich will nicht!‹ Bis er ihr eins aufs Kinn gab, um sie überhaupt an Land bringen zu können.«

Sonja Richartz atmete tief auf. Ihre Augen glänzten. Kleine Schweißperlen bildeten sich auf ihrem Nasenrücken.

»Was hat sie geschrien?« fragte sie leise. »Fred, laß mich los! Ich will nicht! Ich will nicht!?«

»Ja.«

»Und wer ist Fred?«

»Das weiß leider keiner. Wir sind noch keine Hellseher.«

»Danke.« Sonja Richartz leckte sich über die plötzlich trockenen Lippen. »Ihre Auskunft ist sehr wertvoll, Herr Stämpfle. Sehr, sehr wertvoll. Kommen Sie sich morgen Ihr Honorar abholen.«

Mit einem tiefen Seufzer legte Sonja Richartz auf.

Fred heißt der Hebel.

Fred, laß mich los. Ich will nicht!

Ist das nicht klar genug?

Für eine Frau gibt es keinen deutlicheren Beweis.

Mit einem bösen, verzerrten Lächeln ging Sonja Richartz in ihr elegantes Wohnzimmer und goß sich ein Glas Whisky randvoll.

»Auf dein scheues Vögelchen, mein lieber Klaus!« rief sie und trank es in einem Zug leer.

Nach der Hochzeitsreise, die sie nicht nach Amerika gemacht hatten, sondern nach Ischia, begann der Alltag einer jungen Ehe.

Klaus kümmerte sich um seine Fabrik, Margit lebte sich in den großen Haushalt ein und repräsentierte als Hausfrau bei den fast wöchentlich viermal stattfindenden geschäftlichen Privatbesuchen wichtiger Kunden und Auftraggeber. Eine solch junge, hübsche Frau zauberte direkt eine andere Atmosphäre. Die Kunden waren galant und ließen ihre Freude über den herzerfrischenden Anblick Margits auch auf Klaus Blankers abfärben.

Am Sonntag gingen sie Tennis spielen oder fuhren, solange das Wetter noch schön war, mit einer Motorjacht auf der Unterelbe.

Es war der letzte Tennissonntag, das Abspielen des Platzes, bevor man in die Halle umzog – da tauchte auf dem Gelände des Clubs »Grün-Weiß« die elegante Erscheinung von Sonja Richartz auf. Sie blickte sich unter den weißgekleideten Damen und Herren um und ging ohne zu zögern auf Margit und Klaus Blankers zu, die etwas abseits standen und sich nach einem gewonnenen Satz im Doppel abfrottierten.

Klaus Blankers sah Sonja erst, als es schon zu spät war,

um Margit zur Seite zu führen und der Begegnung auszuweichen. Es blieb ihm gar nichts anderes übrig, als Sonja entgegenzugehen, sie zu begrüßen und sie zu Margit zu führen.

»Eine Geschäftspartnerin«, stellte er Sonja vor. »Frau Richartz.« Und zu Sonja sagte er mit einem harten Blick: »Meine Frau.«

»Ich weiß, ich weiß.« Sonja gab die Fingerspitzen ihrer Hand, als könne sie sich bei Margit schmutzig machen. »Ich war in der Kirche. Leider hatte ich noch keine Gelegenheit, Ihnen zu gratulieren, Frau Blankers.«

»O danke.« Margit nickte. »Gehen wir zusammen eine Tasse Tee trinken? Ich habe einen schrecklichen Durst nach diesem Spiel.«

»Aber gern.« Sonja Richartz lächelte mokant. Und dann, wie ein Schuß, in dem Moment, als sich Margit zum Gehen wandte, fragte sie laut: »Wer ist Fred?«

Margit erstarrte. Sie fühlte, wie ihr Herz zu einem Eisklumpen wurde.

Langsam drehte sie sich zu Sonja Richartz um. Sie wich diesem forschenden, triumphierenden Blick nicht aus, sondern hob, wie völlig ratlos, die Schultern. Klaus Blankers, schon drei Schritte vorausgegangen, kam zurück.

»Fred?« fragte Margit gedehnt zurück. »Ein Name. Was soll es sonst sein, Frau Richartz?«

»Natürlich ein Name. Und zwar ein Name, den man in höchster Not ruft. In Todesnot ...« Sonja lächelte raubtierhaft und wandte sich mit einem koketten Wiegen zu Blankers um, der hinter ihr stand. »Oder war es unpassend und ein Fauxpas, danach zu fragen, Klaus?«

Blankers krauste die Stirn. Es war ihm sehr unangenehm, von Sonja beim Vornamen genannt zu werden. Man kann Geschäftspartner sein, ohne allzu vertraut zu werden; auch mag es unter Männern angehen, daß man sich schnell freundschaftlich näherkommt. Aber wenn eine schöne Frau einen Mann einfach »Klaus« nennt, so ist diese Vertraulichkeit immer ein Augenzwinkern wert.

»Ich weiß gar nicht, worum es geht«, antwortete Blankers steif. »Ich denke, wir wollen zum Tee?«

»Natürlich.« Sonja tänzelte um Margit herum und schob sich an die andere Seite Blankers'. »Frauen sind von Natur aus neugierig, und ich ganz besonders, meine Beste.« Sie blitzte Margit an und hakte sich bei Blankers ein, so sehr er auch versuchte, das durch das Herunterhängen des Armes zu verhindern. »Und wenn man dann auf so etwas stößt – wer will es verübeln, wenn man fragt?«

»Keiner verübelt es Ihnen.« Margits Stimme war höflich und kühl. »Darf ich zurückfragen: Wer ist Fred?«

Während sie das sagte, krampfte sich ihr Herz zusammen. Was weiß sie, grübelte sie und spürte, wie Angst in ihr hochkroch. Was wird sie gleich sagen? Wird an diesem Tage unsere Ehe einen Sprung bekommen? Oder wird Klaus nur mißtrauisch werden? Und gerade an diesem Tag . . . gerade heute . . . nach diesem Besuch bei Professor Haensel . . .

Sonja Richartz war über diese Frage einen Augenblick verblüfft und aus dem Konzept geworfen. Dann aber faßte sie sich und drückte den Arm Blankers'.

»Ich denke, das müßten *Sie* wissen, Frau Blankers? Mir ist berichtet worden, daß Sie nach Fred riefen, als Sie im Hamburger Hafenwasser untertauchten.«

Klaus Blankers nahm die Hand Sonjas und stieß sie weg. Es war eine unhöfliche, eine fast schon brutale Geste.

»Ich will Ihnen einmal etwas sagen, Frau Richartz«, sagte er mit einer gefährlich leisen und doch deutlichen Stimme. »Wir haben uns alle bemüht, meiner Frau die Erinnerung an diese Stunde auszulöschen. Und ich habe mir geschworen, jeden, der sie darauf anspricht, zu ohrfeigen, wenn es ein Mann ist – oder hinauszuwerfen, wenn es eine Frau sein sollte. Wir sind hier auf fremdem Boden, wo ich kein Hausrecht besitze. Aber ich kann Ihnen klarmachen, daß ich ab sofort und auch fernerhin keinen Wert mehr auf Ihre Gegenwart lege. Unsere geschäftlichen Interessen betrachten Sie bitte als beendet. Und auch das von Ihnen herbeigezerrte vertrauliche ›Klaus‹ bitte ich aus Ihrem Wortschatz zu streichen. Habe ich mich klar ausgedrückt?«

»Sehr klar.« Sonja Richartz war unter ihrer Schminke erbleicht. Um ihren sinnlichen Mund zuckte es. Wie mit Pech begossen stand sie auf dem Wege zum Clubhaus und suchte nach Worten, um Blankers, aber vor allem sie, die junge goldblonde Hexe an seiner Seite, zu treffen. »Es ist immer ein Fehler, Wahrheiten zu sagen. Leben Sie wohl, Herr Blankers. Aber dieser Abschied ist für mich nur symbolisch. Ich weiß, daß Sie eines Tages zu mir kommen werden, um sich Informationen zu holen.« Sie versuchte ein Lächeln, was ihrem Gesicht etwas Fratzenhaftes gab. »Meine Adresse kennen Sie ja.« Sie wandte sich ab, ging zwei Schritte und drehte sich dann wieder um. In ihren Augen stand blanker Haß. »Sie sollten auch einmal nach Fred fragen, Klaus!« rief sie mit vor Erregung zitternder Stimme. »Und Sie sollten sich nicht damit zufriedengeben, daß es ›nur ein Name‹ ist!«

Mit weitausgreifenden Schritten eilte sie den Weg zurück. Eine vor Wut berstende, wunderschön anzusehende Rachegöttin. Kopfschüttelnd sah ihr Blankers nach, bis sie hinter der gläsernen Pendeltür der Terrasse verschwunden war.

»Ein Satansweib«, sagte er. Aber er war nicht so ganz glücklich in seiner Rolle und sah an Margit vorbei, die mit ihrem Tennisschläger spielte. »Ich glaube, ich bin dir eine Erklärung schuldig, Liebling.«

»Du mir? Aber nein, Klaus.« Sie schüttelte den Kopf, aber auch sie sah ihn nicht an. Jetzt wird er mich fragen, wer Fred ist, dachte sie. Und ich werde ihn belügen. Zum zweitenmal. Erst in der Hochzeitsnacht, nun jetzt. Und so werde ich ihn immer und immer wieder belügen, weil ich zu feig bin zu gestehen, was damals an der Ostseeküste geschehen ist.

»Frau Richartz war mit dir bekannt?«

»Sie wollte mich heiraten. So, jetzt ist es heraus!« Blankers atmete auf.

»Und du?«

»Ich bin vor ihr geflüchtet. Ich sollte ihre völlig verschuldete Fabrik wieder sanieren. Dafür war sie bereit, auch mich zu schlucken. Aber ich schwöre dir: Zwischen Sonja und mir war nie ...«

»Psst!« Margit legte ihm den Zeigefinger auf die Lippen und lächelte tapfer. »Ich will gar nichts wissen. Nicht schwören. Ich will von deiner Vergangenheit nur wissen, daß du mich immer geliebt hast.«

»Immer! Schon, als du noch ein kleines Mädchen warst und im Garten mit dem Ball spieltest. Du warst damals sieben Jahre, ich zweiundzwanzig. Ich stand am Zaun, ein Student auf Urlaub, und sagte zu meinen Freunden: Seht euch die Kleine an ... die tausend Wochen älter, und es bleibt kein Auge trocken.«

»Das hast du gesagt?«

»Ja. Aber zu meiner Entschuldigung: Ich war ganz schön betrunken.«

»Lümmel! Und später?«

»Später, als du schon sechzehn warst, habe ich leise zu mir gesagt: Junge, dieses Mädchen wird dir einmal gefährlich werden! Das war ein Gedanke, der mich erschreckte, denn ich kam mir, dir gegenüber, schon schrecklich alt vor.«

»Erschrickst du leicht, Liebling?« Margit klemmte ihren Tennisschläger unter den Arm und lehnte den Kopf gegen die Schulter ihres Mannes.

»Nein. Warum?«

»Ich muß dir etwas sagen.«

»Laß doch die dumme Sache von damals schlafen.« Blankers hob die Faust. »Oh, ich könnte diese Richartz zerschmettern!«

»Es hat nichts mit damals zu tun, es ist Gegenwart und Zukunft.« Margit schloß die Augen. Sie fühlte, wie Klaus seinen Arm um sie legte, einen starken, schützenden Arm. Geborgenheit und Liebe. »Ich war heute morgen bei Professor Haensel.«

Blankers nickte. »Was meint er zu deinem Schnupfen?«

»Der ginge vorbei, meint er. Aber das andere . . .«

»Was für ein anderes?« Blankers starrte auf den blonden Kopf an seiner Schulter. »Fühlst du dich nicht wohl, Liebes?«

»Jeden Morgen ist mir übel, muß ich würgen . . . dann wird mir ab und zu schwindlig . . . es ist ganz merkwürdig. Aber Professor Haensel sagt, es sei ganz natürlich. Bei der einen Frau sei es kaum merkbar, die andere habe es besonders stark. Aber das höre so im vierten, fünften Monat auf . . .«

»Im fünften Monat?« stotterte Blankers. »Margit, ich bitte dich . . . so lange . . .« Und dann plötzlich begriff er – Männer sind in solchen Fällen immer ein wenig langsam mit dem Begreifen –, riß Margit herum und sah in ihre leuchtenden Augen. »Das ist wahr?« sagte er mit in Rührung schwimmender Stimme. »Das ist wirklich wahr? Seit heute morgen weißt du es? Margit, ich . . . ich muß mich bezwingen, sonst fange ich hier an zu jodeln und einen Veitstanz aufzuführen! Du . . . ich . . . wir . . . ein Kind! Himmel noch mal, ich könnte vor Freude platzen!«

Er bückte sich blitzschnell, hob Margit hoch und trug sie auf den Armen zum Clubhaus.

»Klaus! Was machst du?« rief Margit und strampelte. Aber er hielt sie fest in seinen Armen und ließ sie nicht wieder auf den Boden. »Was sollen die Leute denken? Alle sehen zu uns herüber. Sie lachen. Laß mich runter. Die denken ja, wir sind verrückt geworden.«

»Verrückt? Ja!« Blankers lachte laut, damit es alle hörten. »Ich schäme mich nicht, ihnen zu zeigen, wie glücklich ein Mann sein kann. Und überhaupt werde ich dich jetzt immer auf Händen tragen, damit dem kleinen Klaus nichts passiert.«

»Und wenn es eine kleine Margit ist?«

»Es ist ein Klaus! Bei den Blankers' waren die ersten Kinder immer Söhne.«

Übermütig gingen sie zum Clubhaus zurück. Er trug sie die Stufen zur Terrasse hinauf, an den gedeckten Tischen vorbei, und die Clubkameraden klatschten Beifall und hielten die Glastüren auf, damit das Ehepaar Blankers ohne Scherben zum Parkplatz konnte.

Wer fragt da noch, wer Fred ist? Wer denkt noch daran?

Es ist noch einmal gut gegangen, empfand Margit, als sie neben ihrem Mann im Wagen saß und nach Hause fuhr. Wenn nur diese Sonja Richartz nicht wieder in unser Glück einbricht.

Sie lehnte sich zurück und starrte in den bewölkten Himmel.

Sie ist pleite, die schöne Sonja. Ob man sie kaufen kann? Ob sie Geld annimmt für Schweigen? Natürlich durch einen Mittelsmann ... Wenn sie Deutschland verläßt ... Was könnte eine Sonja Richartz kosten?«

»Woran denkst du jetzt?« fragte Klaus und streichelte ihr über die Augen.

»An unser Kind, Liebster.« Sie faltete die Hände im Schoß. »Stell dir vor ... wenn es einmal auch sein Abitur macht, bin ich erst einundvierzig.«

»Und die schönste Mutti der Welt!« schrie er gegen den Fahrtwind.

Es war ein herrlicher Herbsttag. Der letzte in diesem Jahr.

Von Mallorca kam in diesen Tagen auch Fred Pommer zurück.

Sein feudales Liebesglück war nur von kurzer Dauer gewesen. Zwar hatte man ein Haus gekauft, nahe am Meer, hatte einige Wochen voller Lust erlebt, aber dann geschah das Unglück. Vielmehr: Das Unglück kam ins Haus.

Es hieß José Marco Esteban del Porto, war schlank, jung, schwarzlockig, muskulös, hatte glühende Augen, volle rote Lippen und zarte Hände, die zum Kosen geschaffen waren. Trotz des klangvollen Namens war José Marco Esteban del Porto nur ein braungebrannter Fischerjunge in geflickten, ausgefransten Hosen und einem Hemd, das die Sonne farblos gebleicht hatte. Zuerst trug er vom Kaufmann die Ware ins Haus, dann putzte er die Zimmer, später kochte er, und ganz zuletzt überraschte ihn Fred im Bett der Doña.

Es gab ein wüstes Gezeter, Geschrei und Ohnmachtsanfälle. Pommer und del Porto verprügelten sich im Garten, was Pommer nicht gut bekam. Schließlich nahm die üppige blonde Dora einen Reiserbesen, bearbeitete Pommer damit Gesicht und Rücken und schrie: »Scher dich weg, du Saukerl! Nur auf mein Geld hast du's abgesehen! Glaubst du, ich weiß nicht, daß du dich im Hafen mit anderen, jüngeren Weibern triffst? Raus! Und wenn du wiederkommst, soll José dich totschlagen!«

So endete für Pommer das große Abenteuer, von dem er

glaubte, es sei seine Lebensversicherung. Nach diesem Vorfall konnte es ihm niemand übelnehmen, daß er Spanien und die Spanier insgesamt hassen lernte und so schnell wie möglich die Insel Mallorca verließ, schon, um José nicht mehr in die Hände zu fallen, der mit »muerte« drohte.

So stand Fred Pommer nun, mittellos wie eh und je, wieder in der Halle des Hamburger Bahnhofs, soeben aus Marseille kommend, mit den letzten Geldstücken, die er noch vor dem Krach hatte aus Doras Bankkonten ziehen können.

Ein abgerissener Vagabund der Liebe.

In seinem Koffer hatte er zwar noch drei Blankoschecks, aber was nützten sie ihm jetzt? Dora hatte bestimmt alle Konten sperren lassen, und der Bankbeamte würde die Schecks einziehen und vor seinen Augen durchstreichen. Eine Demütigung, die Pommer nicht auch noch auf sich nehmen wollte. Außerdem wußte er, daß eine Strafanzeige gegen ihn lief. Er durfte also in Hamburg nicht offiziell auftauchen. Ihm blieb nichts übrig, als das Leben eines Menschen im Niemandsland zu führen – so lange wenigstens, bis er eine Frau gefunden hatte, die ihn mit Geld und Liebe wieder auf angenehmere Pfade führte.

Fred Pommer meldete sich zunächst dort, wo er mit Bestimmtheit wußte, daß er sicher war: Er rief seine Cousine Ursula Fürst an. Gleich vom Bahnhof, von einem Münzfernsprecher aus.

»Hallo, Cousinchen!« sagte er mit seiner warmen Stimme. »Hier ist dein erstes Erlebnis. Spanien war mir zu heiß, es trocknet die Haut zu sehr aus. Und ich weiß noch, wie sehr ihr Frauen eine weiche Haut schätzt.«

Ein paar Sekunden lang antwortete niemand. Dann sagte Ursula Fürst abweisend: »Was willst du, Schuft?«

»Nicht viel. Ein Dach über dem Kopf, ein Bett, in dem

ich schlafen kann – allein, bitte! – einen Teller Suppe und Klopapier, um der Hygiene des zwanzigsten Jahrhunderts zu entsprechen.«

»Laß diese Blödheiten! Du bist also abgebrannt?«

»Total. Nur der Dachstuhl steht noch . . . und Pommers Köpfchen ist berühmt, nicht wahr?«

»Komm in einer Stunde.« Ursula Fürst sprach knapp und abgehackt. »Du kannst in der Gartenlaube schlafen. Meine Eltern sind heute zu einer bekannten Familie eingeladen. Aber benimm dich anständig. Ich werde mich verloben. Zu Weihnachten.«

»Reich?« fragte Pommer und grinste gegen die Scheibe der Telefonzelle.

»Wohlhabend. Aber mach dir keine Hoffnungen. Ich habe meinem Verlobten alles erzählt. Auch von dir. Er weiß alles. Und er kann dir höchstens alle Knochen brechen; das hat er sowieso vor, wenn er dich trifft.«

»Danke.« Pommer schob die Unterlippe vor. »Mein Bedarf an Auseinandersetzungen ist gedeckt. Ich habe mir vorgenommen, ein anderes Leben zu führen.« Er hörte Ursulas höhnisches Lachen und schlug mit der Faust gegen die Zellenwand. »Lach nicht, du dämliche Ziege!« schrie er. »Ich habe die Weiber satt bis zum Kragenknopf!«

»In Männerkreisen wirst du es schwerer haben, Bubi«, sagte Ursula anzüglich. »Aber wie es auch ist: Du kannst schließlich nicht in der Gosse schlafen, obgleich du da hingehörst. Komm in einer Stunde, wenn Vater und Mutter weg sind. In der Gartenlaube kannst du bleiben, bis du was anderes hast.«

So kam Pommer an diesem Abend nach langer Zeit wieder in das Haus des Reeders Johann Fürst. Ursula ließ ihn durch ein Gartentor ein und führte ihn durch den Keller in die Villa und hinauf auf ihr Zimmer. Dort warf sich

Pommer auf die Couch, legte die Beine hoch und atmete tief aus.

»Du bist im letzten Jahr ein tolles Weib geworden, Usch«, sagte er und musterte seine Cousine. »Was so die Liebe alles macht!«

»Blöder Hund!« Ursula schob ihm einen Teller mit Butterbroten hin und eine Flasche Bier. »Was war in Mallorca? Erzähle! Sie hat dir einen Tritt gegeben?«

»Laß Mallorca ruhen.« Pommer sah auf seine Uhr. »Jetzt steigt José ins Bett und bewegt zwei Zentner Speck. Es ist zum Kotzen!«

»Du bist zum Kotzen!«

»Auch.« Pommer griff nach den Butterbroten und dem Bier. »Ein Glück, daß man noch eine mitfühlende Verwandtschaft hat. Ehrlich, Usch, was hätte ich heute ohne dich gemacht? Du bist ein anständiges Mädchen. Vergiß, was einmal war.«

»Wie kann man das vergessen, du Lump!« sagte Ursula Fürst leise.

Pommer zuckte mit den Schultern und warf sich auf die Couch zurück. Er kaute mit Heißhunger und wippte mit den Spitzen seiner Schuhe auf und ab.

»Ich gehe eine Steppdecke für dich holen«, sagte Ursula. »Ein altes Sofa ist in der Laube. Und waschen mußt du dich aus dem Eimer.«

Pommer nickte. »Ist es nicht traurig, Usch? Sag selbst: Da hat man einen Onkel, der Reeder und Millionär ist, und muß leben wie ein räudiger Hund. Warum gibt mir dein Vater nicht eine Chance? Warum stellt er mich nicht ein? Etwa im Schrottverkauf, davon verstehe ich was.«

»Frag ihn selbst.« Ursula verließ ihr Zimmer, um vom Speicher eine Steppdecke zu holen.

Pommer sah sich um. Ein typisches Jungmädchenzimmer. Anbaumöbelchen, zarte Farben, ein Wollteppich, viele Bücher und Schallplatten, ein Radio, ein transportables Fernsehgerät, drei im Raum verteilte Lautsprecher – aha, also Stereo –, vier Sesselchen, ein niedriger Tisch mit einer Glasplatte. Darauf ein paar Modehefte, ein Buch »Zärtlichkeit bei Abendrot« und ein blau eingebundenes Fotoalbum.

Pommer beugte sich vor, zog das Album zu sich heran und klappte es auf.

Hochzeitsbilder. Vor der Kirche, in der Kirche, nach der Kirche, in der weißen Kutsche mit den Schimmeln. Eine glücklich lächelnde Braut in einem herrlichen weißen Kleid und langem, wehendem Schleier. Ein stolzer Bräutigam, groß, braungebrannt, im tadellosen Frack mit einer weißen Rose im Knopfloch, sichtbar älter als die Braut, ein Mann mit Geld.

Pommer hielt das Album noch immer in den Händen, als Ursula mit der Steppdecke zurückkam. Sie warf das Bettzeug auf den Boden und riß das Album aus Pommers Hand.

»Leg das weg!« sagte sie mit rauher Stimme. »Das geht dich gar nichts an!«

»Seit wann ist Margit verheiratet?« fragte Pommer ruhig.

»Seit drei Monaten.«

»Mit wem?«

»Mit dem Großfürsten Nepomuk von Odessa.«

»Gib nicht so dämliche Antworten!« Pommer sprang auf, ergriff Ursula an den Handgelenken, drehte sie etwas herum und zog das um sich tretende Mädchen zu sich heran. »Hör einmal zu, Cousinchen«, sagte er mit gefährlich samtener Stimme. »Ob dein Bräutigam alles weiß oder nicht, ist mir scheißegal. Aber dein Vater haut dich aus der Wäsche, wenn er erfährt, daß Deflorationen so etwas wie ein Familienspiel geworden sind. Du vergibst dir nichts, wenn du mir sagst, *wer* der Mann ist.«

»Ich sage es nicht, du Biest!« Ursula riß sich los und wich an die Tür zurück. »Wenn du einen Schritt näher kommst, schreie ich, dann kommt Papas Diener!«

»Und dann?« Pommer grinste böse. »Dann erfährt dein Papa, daß dein Vetter Fred bei dir war, der liebe, gute Fred, der aus Mädchen erst Frauen macht.«

»Du hundsgemeiner Schuft!« Ursulas Gesicht glühte. »Mach, daß du in deine Laube kommst! Und übermorgen spätestens bist du weg, sonst . . . sonst . . .«

»Was sonst?«

»Ich sage es Kurt, meinem Bräutigam – er macht dich krankenhausreif.«

»Übermorgen ist alles vergessen, Cousinchen. Großes Versprechen. Fred Pommer arbeitet schnell, eben mit Köpfchen.« Er goß sich noch ein Glas Bier ein und hob das Glas. »Ich brauche nur den Namen von Margits Mann.«

»Nein!« schrie Ursula.

Pommer trank einen tiefen Schluck. »Es gab einmal ein Mädchen«, sagte er im Erzählton, »die flüsterte in den Armen eines Mannes, daß sie diese Stunde nie vergessen werde, auch nicht, wenn sie einmal heiraten würde. Kennst du dieses wilde, süße Mädchen, Cousinchen?«

»Er heißt Klaus Blankers, du Schuft.« Ursula schlug beide Hände vor das Gesicht und wandte sich ab. »Warum wird man bloß bestraft, wenn man eine Bestie wie dich tötet!«

Klaus Blankers war verreist. Nach Spanien. Eine Maschinenfabrik in Barcelona hatte ihm ein gutes Angebot geschickt: Sie wollte als Lizenzbetrieb die deutschen Patente in Spanien herstellen und auswerten. So etwas bedurfte einer eingehenden Besprechung und eines Studiums der

Marktlage auf der iberischen Halbinsel und vor allem in Südamerika, wohin die Fabrik lieferte.

Dieser große Auftrag hatte die ersten Wolken über den sonnigen Ehehimmel Margits gezogen. Nach vorsichtigen Berechnungen mußte Klaus vier Monate in Spanien bleiben, mit einigen Abstechern in südamerikanische Staaten. Über Weihnachten und Neujahr wollte er kurz zurückkommen, um dann am 3. Januar wieder nach Barcelona und weiter nach Montevideo zu fliegen.

»Du wirst die Geburt deines Sohnes noch versäumen«, maulte Margit. »Ich habe einen Mann und Geliebten geheiratet, aber keinen Patentvergeber. Vier Monate allein! Ich habe keine Lust, Witwenübungen abzuhalten. Warum kann nicht einer deiner Direktoren fahren? Wozu bekommen sie ihre hohen Gehälter, wenn du alles allein tun mußt?«

»Es gibt Dinge, Schätzchen, die kann nur der Chef allein entscheiden.« Klaus Blankers küßte seine Frau mit aller Zärtlichkeit. »So darf zum Beispiel nur ich dich küssen.«

»Wenn du mich mit deiner Fabrik vergleichst . . .«

»Alle Dinge haben ihre Größe, die nur in einer Hand liegen kann.«

»Ein Philosoph! Ich habe einen Philosophen geheiratet!« Margit lachte, aber es klang nicht befreit wie sonst. Vier Monate allein, in ihrem Zustand . . . sie hatte einfach Angst davor. Nicht vor Komplikationen, sondern vor der Möglichkeit, in diesen langen, einsamen sechzehn Wochen an Dinge denken zu müssen, die sie nie wieder vor sich sehen wollte. Solange Klaus um sie war, war sie glücklich und unbeschwert; aber sie ahnte, daß sie vier Monate ohne Klaus nicht aushalten würde.

Blankers versuchte in den nächsten Tagen wirklich, einen Mann in seinem Betrieb zu finden, der diese Entscheidungen in Spanien treffen konnte. Er fand keinen, der nach seiner Ansicht befähigt war, dies zu tun. Dann sprach er lange mit den spanischen Direktoren, um die Termine zu verschieben. Aber auch dieser letzte Versuch, bei Margit zu bleiben, scheiterte. Die Weltwirtschaftslage spitzte sich zu, die Konkurrenz hatte keine Wartezeiten. Entweder nimmt man Rücksicht auf seine Frau und verliert ein Millionengeschäft, oder man stellt alles hintenan und boxt sich durch. Blankers blieb keine andere Wahl. Er entschied sich für das Geschäft.

Und so erlebte Margit zum erstenmal, was es heißt, in einem goldenen Käfig zu leben. Sie hatte eine Zofe und einen Diener, eine Köchin kochte, zwei Hausmädchen hielten die schloßähnliche Villa sauber, ein Gärtner mit einem Gehilfen versorgte den Garten und machte Hausmeisterdienste. Es stand ihr frei, jeden Abend Gesellschaften zu geben, ihre Freundinnen einzuladen, hinzufahren, wohin sie wollte, die ganze Welt stand ihr offen. Aber was war diese Welt ohne Klaus?

In der ersten Woche ging Margit ins Theater oder ins Kino, saß abends bei ihren Eltern, las oder sah Fernsehen, diskutierte mit ihrem Vater über die Mieterhöhungen und hörte sich die alten Klagelieder an, daß die Baupreise in blödsinnige Höhen getrieben würden.

So unbefriedigend diese Abende auch waren: Sie waren immer noch besser als die Einsamkeit in der riesigen Villa, als dieses einsame Herumhocken in den saalartigen Räumen, in denen sie fror, auch wenn die Heizung bullerte und dicke Buchenscheite in den offenen Kaminen loderten. Die Briefe und Karten aus Spanien und Südamerika waren kein Ersatz für Klaus, auch wenn sie voller Liebe und Sehnsucht waren. Die Langeweile gähnte sie an.

Margit begann deshalb, wieder in ihren französischen und englischen Schulbüchern zu lesen, obwohl sie nach dem

Abitur den Schwur getan hatte, nie mehr ein Schulbuch anzurühren. Sie beschäftigte sich wieder mit der Syntax und lernte Vokabeln. An den Abenden strickte sie oder stickte Tischdecken. Doch das war alles nur ein Überdecken der Einsamkeit. Wenn sie später allein im Bett lag und neben sich das unberührte Kopfkissen sah, kamen ihr die Tränen in die Augen.

»Du weißt gar nicht, wie du mir fehlst«, sagte sie dann leise und streichelte das Kopfkissen. »Ich habe nie gedacht, daß ich dich so vermissen könnte.«

Für Fred Pommer arbeitete der Zufall.

Nachdem er den Namen wußte, sah er im Telefonbuch nach und erkundigte sich, wer dieser Blankers sei. Er erfuhr, daß er ein reicher Mann war, ließ sich mit einer Taxe zur Fabrik bringen und umkreiste den großen Komplex wie ein suchendes Tier.

Hier liegt meine letzte große Chance, dachte er zufrieden, als er einen Überblick über das große Unternehmen gewonnen hatte. Das alles kann Margit regieren. Es gehört zwar diesem Blankers, aber was ist denn ein Mann in den Armen einer Frau? Wer hat schon beim Anblick eines weißen Körpers Wünsche abgeschlagen?

Durch Ursula erfuhr Pommer auch, daß Blankers verreist war. Man sollte einfach in die Höhle des Löwen gehen, dachte er anschließend. Was kann passieren? Nichts. Die Vergangenheit einer reichen Frau ist immer ein guter Blankoscheck, der anstandslos eingelöst wird, wenn man ihn präsentiert.

Man nehme also einen Sonntagvormittag, kaufe einen Blumenstrauß, am besten weißen Treibhausflieder, um dann zu sagen: »Blumen der Unschuld müßten doch deine Lieblingsblumen sein, mein Kleines«, und benehme sich wie ein Gentleman, hinter dem der Satan steht. Das ist ein Auftritt, der fasziniert und immer Erfolg hat.

Aber Pommer brauchte nicht bis Sonntag zu warten und sich das Geld für den Flieder zu leihen.

Am Donnerstag vorher, als er durch die Hamburger Innenstadt bummelte, immer bereit, Damen mittleren Alters, die ihm einen Blick zuwerfen würden, anzusprechen, um neue Einkunftsquellen zu erbohren, sah er Margit durch die große Scheibe eines Cafés allein an einem Tisch sitzen. Sie trank einen Wermut und las in einer Frauenzeitschrift.

Pommers Herz machte einen Hüpfer. Er eilte zum Eingang, kontrollierte in einer spiegelnden Scheibe den Sitz seiner Krawatte, strich sich mit angefeuchteten Fingerspitzen über Haaransatz und Augenbrauen und betrat dann das Lokal.

»Welch eine Glücksfee hat mich denn hierher geführt?« sagte er, als er vor Margits Tisch stand. »Mein Engelchen!«

Margit ließ die Frauenzeitschrift fallen und starrte Pommer aus weiten, glimmenden Augen an. Der Augenblick, den sie am meisten gefürchtet hatte, war nun gekommen. Das wilde Tier Vergangenheit sprang sie an.

»Ich kenne Sie nicht!« sagte sie steif. »Bitte, machen Sie, daß Sie weiterkommen. Soll ich den Kellner rufen?«

Pommer lächelte breit und setzte sich Margit gegenüber. »Nicht so, mein Süßes«, sagte er mit klebrigwarmer Samtstimme. »Wir können uns in jedem Ton unterhalten, aber nicht, als wenn wir uns nicht kennen. Das wäre ja absurd.«

»Was willst du?« fragte Margit gepreßt.

»Merkwürdig.« Pommer schüttelte den Kopf. »Wohin ich auch komme, immer die gleiche Frage. Gott noch mal, was will ich denn? Euch wiedersehen, meine Lieben, weiter nichts. Ich bin ein sentimentaler Mensch, wußtest du das nicht? Ich hänge an meinen Erlebnissen, vor allem, wenn sie so bezaubernd waren wie du.«

Margit erhob sich schroff. Der Stuhl fiel um, die Leute im Lokal blickten zu ihnen herüber. »Ich will, daß Sie mich in Ruhe lassen, verstehen Sie?« sagte sie mit ersterbender Stimme. »Sie mögen sich Gemeinheiten ausgedacht haben ... ich kenne Sie nicht! Ich werde immer sagen: Dieser Mann ist ein Irrer. Er belästigt mich. Und ich weiß, daß man *mir* glauben wird, nicht Ihnen. Man wird Sie hinauswerfen, wo Sie auch auftauchen. Und wenn ich Sie wegen Belästigung verhaften lasse!«

»Ach so!« Pommers Gesicht wurde tiefernst. »So ist das. So wird die Wahrheit niedergeknüppelt.«

»Sie haben keine Beweise. Keiner war dabei ... damals ...«

»Uschi.«

»Sie wird schweigen. Sie wird sagen, daß Sie nie in Hellerbrode gewesen sind.«

»Babs.«

»Ist in England. Sie wird gar keine Antwort geben.« Margits Miene war wie versteinert. »Wo sind also Ihre Beweise? Wie wollen Sie etwas glaubhaft machen, was gar nicht denkbar ist? Oder nehmen Sie an, nur einer in meinen Kreisen glaubte, daß ich mich mit einem Individuum wie Ihnen abgegeben habe?«

Pommers Hände ballten sich zu Fäusten. Seine schmalen Lippen zuckten. »Ich werde es dir beweisen, du kaltes Aas«, sagte er leise. »›Meine Kreise‹ ... das genügt, um aus mir einen Wolf zu machen. Oh, wie ich ›eure Kreise‹ hasse! Diese Hochnäsigkeit, diese stinkende Vornehmheit, diese Borniertheit in diamantenverzierten Hohlköpfen! Ja, ich bin ein kleiner Ganove, ein arbeitsscheuer Kerl, der sich von Frauen aushalten läßt, aber ich habe das nicht gewollt. Von Kind an hat man mich in den Hintern getreten. Mein Vater war ein Säufer, meine Mutter, eine geborene Fürst, mußte ihn heiraten und wurde deshalb von der Familie ausgestoßen. Sie starb an Tbc, weil wir kaum genug zum Fressen hatten. Mein Alter versoff ja alles! Ich kam in die Fürsorge, mit elf Jahren. Mit vierzehn sollte ich Bäcker lernen, aber mein Lehrmeister ging mich an der Teigknetmaschine von hinten an und wollte mich verführen. Ich schlug ihm eine runter. Erfolg: Der Fürsorgezögling wurde wieder eingelocht, denn natürlich glaubte man dem Meister, daß ich ihn überfallen hätte. Und so ging es weiter ... immer war ich der Getretene, immer war Fred Pommer der Schuldige, man fragte gar nicht lange; es war so einfach, alles auf den ›Berufsverbrecher‹ abzuschieben. Gut denn, habe ich da gedacht. Wenn ihr es alle so wollt, dann werde ich eben ein Verbrecher. Ihr erzieht mich ja dazu. Aber ein eleganter Verbrecher. Kein Taschendieb oder Klemmer, sondern ein Ganove, der mit einem Streicheln über einen Frauennacken mehr verdient als durch hundert Einbrüche. Und das bin ich nun. Basta!« Pommer beugte sich über den kleinen runden Tisch vor. »Und jetzt kommst du auch noch mit ›deinen Kreisen‹. Mit diesen Kreisen, die mich auf dem Gewissen haben!« Pommers Stimme wurde schneidend. »Mein liebes Kind, von dieser Stunde an wirst du keine Ruhe mehr vor mir haben! Es wird mir ein Herzensanliegen sein, ›eure Kreise‹ aufzusprengen wie eine Panzerfeste. Und glaube mir, ich finde dazu Mittel und Wege. Wenn ich auch ein Gauner bin, so habe ich doch Intelligenz. Und das ist gefährlich.«

Margit hatte diesen Wasserfall von Worten stumm über sich ergehen lassen. Jeder Satz brannte in ihr, denn er war eine Kampfansage. Man muß ihn umbringen, dachte sie plötzlich. O mein Gott, es gibt keinen anderen Weg. Man muß ihn umbringen! Wenn er weiterlebt, bricht alles zusammen . . . meine Ehe, Klaus, die Fabrik, meine Eltern, das Kind. Es wird eine Tragödie ohne Ende geben.

Oder soll *ich* wieder gehen? Soll ich es ein zweites Mal versuchen? Nicht mehr im Hafen, sondern ganz still, im Badezimmer, unter dem geöffneten Hahn des Gasbadeofens . . .

Sie spürte wieder Übelkeit in sich aufsteigen. Im Rücken schmerzte ein plötzliches Ziehen, das bis zum Unterbauch hinunterglitt.

Das Kind, dachte sie. Ich trage ein Kind. Soll es mitsterben, nur weil ich zu feig bin? O nein, nein! Um des Kindes willen werde *ich* leben.

Sie wandte sich ab, ließ Pommer sitzen und ging aus dem Lokal. Wie eine Schlafwandlerin überquerte sie die Fahrbahn, und dann, wie ein Blitzschlag, zuckte Panik in ihr hoch, hatte sie das Empfinden, weglaufen zu müssen, weg von diesem Menschen, der Ekel und Angst um sich verbreitete.

Sie lief, den Kopf weit in den Nacken geworfen, über die breite Straße. Sie hörte kein Hupen, kein kreischendes Bremsen, keinen Aufschrei auf der gegenüberliegenden Seite. Sie sah nicht mehr, was um sie war, sie hatte nur den einen Drang: Weg . . . weg von hier . . . weg . . .

Sie fühlte einen harten Schlag gegen Schulter und Brust, spürte, wie sie zur Seite geschleudert wurde und auf den Asphalt fiel und dort ein Stück auf der glatten Fahrbahn weiterrutschte. Dann verlor sie das Bewußtsein.

Der Fahrer kletterte bleich aus seinem Wagen und beugte sich über die liegende Gestalt. Ein Polizist war bereits da, Menschen umdrängten die kleine Gruppe, der Verkehr stoppte.

»Sie ist mir direkt gegen den Wagen gerannt«, stotterte der Fahrer und sah hilfesuchend um sich. »Ich habe gehupt, ich habe sofort gebremst . . . aber es war schon zu spät. Sie . . . Sie haben es doch alle gesehen, nicht wahr . . .?«

»Ich habe es selbst gesehen.« Der Polizist beugte sich über Margit. »Anscheinend nur eine Prellung. Sie blutet nicht. Ich rufe sofort den Unfallwagen.« Und zu dem zitternden Fahrer des Autos: »Sie trifft gar keine Schuld. Wie eine Wilde ist sie ja bei Rot über die Straße gelaufen.«

Während man Margit von der Fahrbahn wegtrug und in einen Hausflur brachte, bis der Unfallwagen kam, verließ Fred Pommer ungerührt das Café und entfernte sich schnell. Er wollte nicht als Zeuge aussagen. Er wollte Klaus Blankers nicht ausgerechnet im Gerichtssaal kennenlernen. Er hatte andere Pläne.

Margit erwachte erst wieder im Krankenhaus.

Neben dem Chefarzt stand auch Professor Haensel am Bett. Lisa Bernhardt hatte ihn sofort gerufen, um festzustellen, ob der Unfall dem Kinde schaden könne, das Margit unter dem Herzen trug. Die Ärzte waren sich darüber noch nicht einig; so etwas stellt sich erst nach ein paar Tagen heraus. Aber Professor Haensel meinte, der Aufprall sei gegen Schulter und Brust gewesen und nicht gegen den Leib. Man könne Hoffnung haben, daß die Schwangerschaft nicht unterbrochen und daß es keine Fehlgeburt geben werde.

»Was machst du nur für Sachen, madre de Dios!« klagte Lisa Bernhardt und tupfte sich über die schönen schwarzen Augen. »Ich habe Papa noch gar nichts gesagt. Er hat eine Sitzung im Rathaus wegen der neuen Umgehungsstraße. Er wird es erst am Abend erfahren. O mein Kind, o niña, niña . . . was machst du bloß?«

Margit schwieg. Sie wußte darauf selbst keine Antwort.

Sie war zutiefst erstaunt, daß sie in einem Krankenbett lag, und wußte nicht, was mit ihr geschehen war. Nach dem ersten Erstaunen überwältigte sie ein heißer Schrecken. Mit beiden Händen griff sie nach ihrem Leib.

»Das Kind!« stammelte sie. »Mama ... ist etwas mit dem Kind?«

»Gott sei Dank nicht!« Lisa Bernhardt nahm die blassen Hände ihrer Tochter und zog sie an sich. »Hast du denn das Auto nicht gesehen?«

»Welches Auto, Mama?«

»Gegen das du gerannt bist.«

»Ich bin gegen ein Auto gerannt? Wann denn?«

Lisa Bernhardt sah sich um, um Hilfe von den Ärzten zu holen. Aber diese hatten leise das Zimmer verlassen, um Mutter und Tochter allein zu lassen.

»Ja, weißt du denn gar nicht, was passiert ist? O mein Kind, mein armes Kind!« Lisa begann wieder zu weinen. »Wie kommt denn dies alles? Du bist doch nicht verrückt, niña ...«

Ich bin vor Pommer weggelaufen. Margit dachte scharf nach. Aus dem Café. Über die Straße. Dann wurde mir wieder schwindlig, und nun liege ich hier. Doch ja, da war noch etwas. Ein Stoß gegen die Brust. War das der Wagen? Bin ich in ein Auto hineingerannt ...?

»Nein, Mama ...«, sagte sie leise. »Ich bin nicht verrückt. Ich ... ich bin nur eine arme Lügnerin ...«

Sie streckte sich. Auf einmal war es gar nicht schwer, die Wahrheit zu sagen. Sie hielt die Hände ihrer Mutter umklammert und fühlte, wie diese Hände ihr Kraft gaben, alles zu erzählen. Von damals, dem kleinen Ferienhaus an der Ostseeküste, von der Versuchung der Nacht, der sie erlegen war, von dem Wiedersehen im Hafen, dem Sprung in den Tod, der sie zurückwies ...

Lisa Bernhardt beugte sich über Margit und küßte sie auf die Augen.

»Du dummes Kind. Wen hast du belogen?«

»Euch alle. Alle! Versprich mir, daß du nichts Papa sagst ... nichts von dem, was ich dir jetzt sage. Du nur darfst es wissen. Nur du, Mama!«

»Ich verspreche es dir, mein Kind.« Lisa Bernhardt hielt die Hände Margits fest. »Und nun mach dein Herz frei Kleines.«

Und Margit erzählte. Sie verschwieg nichts. Sie entkleidete ihre Seele von allem schmutzigen Ballast.

Lisa Bernhardt hörte die Beichte ihrer Tochter ohne Unterbrechung an. Ihr Gesicht war zwar starr, aber in ihren Augen schimmerten Tränen. Mein armes, armes Engelchen, dachte sie. Warum hattest du kein Vertrauen zu deinen Eltern? Sind wir Scheusale? Hätten wir dich totgeschlagen? Wieviel Leid hättest du dir erspart, wenn du schon damals, als du zurückkamst aus Hellerbrode, uns alles gestanden hättest.

»Nun weißt du alles, Mama«, sagte Margit erschöpft nach der langen Rede. »Nun schimpfe.«

»Warum?« Lisa Bernhardt schüttelte langsam den Kopf. »Was du durchgemacht hast, haben vor dir schon Tausende anderer Mädchen erlebt und werden nach dir noch Hunderttausende erleben. Die einen nehmen es schwer, wie du, die anderen, die meisten, schütteln es ab wie Hühner ein Sandkorn. Ich frage mich nur: Warum hast du Klaus nicht alles erzählt?«

»Ich habe mich geschämt, Mama. Und außerdem war er so sicher, so stolz darauf, ein unberührtes Mädchen zur Frau zu nehmen.«

»Die Männer sind eben Trottel. Sie wollen ja betrogen werden. Jagen ihr Leben lang den Röcken nach, aber ausgerechnet die Frau, die *sie* heiraten, soll keusch sein! Ich frage mich oft, ob die Männer nicht rechnen können. Wo sollen denn die vielen unberührten Mädchen herkommen ... so, wie sich die Männer vor der Ehe benehmen?«

»Du wirst es Klaus sagen, Mama?« Margit zuckte auf. Lisa Bernhardt schüttelte wieder den Kopf.

»Aber nein. Wie versprochen: Das bleibt unter uns. Aber mit einem anderen werde ich sprechen.«

»Mit Fred Pommer?«

»Ja. Und ich werde ihm zeigen, daß ich noch da bin! An mir wird er sich die Zähne ausbeißen! Ich habe noch vor keinem Mann Angst gehabt ... hätte ich sonst deinen Vater geheiratet?«

Margit lachte. Wie einfach das jetzt alles ist, wo Mama alles weiß. Wie leicht das Leben auf einmal wird.

»Ich habe schon als Kind in der Schule gesagt: Mama ist eine Wucht!« Margit lehnte sich wie erlöst zurück. »Und das bist du auch, Mama ... eine richtige Wucht.«

Weihnachten wollte Klaus Blankers zurückkommen, das hatte er fest versprochen. Er schrieb aus Buenos Aires, wie sehr er schwitze und daß er sich gar nicht vorstellen könne, wie es jetzt in Hamburg schneite und fror.

»Du mußt etwas mehr Farbe bekommen«, sagte Hubert Bernhardt zu seiner Tochter. »Am besten fährst du zehn Tage in Urlaub. Was hältst du von der Heide? Das Haus, wo du schon warst, Margit? Ich gebe dir unsere Emma mit als Hilfe, du kannst dich erholen, hast gesunde Luft und kommst aus aller Fragerei heraus. Und Klaus erzählen wir von deiner Autorempelei erst, wenn die Feiertage vorbei sind. Aber dann mußt du wieder dick und rund aussehen.«

Es wurde also beschlossen, in die Heide zu fahren. Emma, seit dreiundzwanzig Jahren dienstbarer Geist im Hause Bernhardt, fuhr mit und kam sich wie um ein Jahrhundert zurückversetzt vor, als sie die Petroleumlampen sah, die alten Torföfen und die mit Feinsand bestreute Tenne. Nur der Propangaskocher in der Küche versöhnte sie etwas und das mächtige Bett mit den dicken, riesigen Federbetten, das in ihrer Kammer stand.

Lisa Bernhardt hatte bisher noch nicht mit Pommer gesprochen. Ich laufe ihm nicht nach, dachte sie. Er wird von selbst kommen. Es ist besser, ich werfe ihn hinaus, als daß er mir die Tür weist. Warten wir ab, wie er auftritt. Er wird wohl kaum lange auf sich warten lassen.

Sie ahnte nicht, daß Pommer in ganz anderer Richtung tätig war. Er hatte eine Menge in diesen Tagen erfahren. Blankers war weit weg in Südamerika. Margit hatte den Unfall ohne große Folgen überstanden, war aber plötzlich verreist. Wohin, das war alles, was Pommer noch an Information fehlte. Aber er erfuhr es nicht, auch nicht vom Gärtner Blankers', dem er fünf Mark für eine Auskunft anbot.

Die letzte Quelle, die man anzapfen konnte, war wieder Ursula Fürst. Und noch einmal zog seine alte Drohung, ihren Vater über das Liebesleben der Tochter aufzuklären. Uschi gab Margits Adresse bekannt: Heidehaus Schüttmoor bei Wulfbüttel.

Pommer fuhr ohne Zögern südwärts. Seit drei Tagen war er wieder »unabhängig« und gut bei Kasse. Er hatte im Kaufhaus eine junge Witwe kennengelernt, die von der Pension ihres an einem Herzinfarkt gestorbenen Mannes, eines Oberamtmannes der Steuer, lebte. Als Anzahlung auf kommende Dienste hatte Fred Pommer erst einmal 500 Mark kassiert und sich eine Nacht lang, nicht ungern, geopfert.

Dann täuschte er dringende Geschäfte in München und Nürnberg vor und fuhr in die Heide.

Der große Sprung in eine Lebensstellung sollte gelingen. Der ganz große Sprung, so hoffte Pommer.

In Wulfbüttel gab es erst einmal eine Verzögerung. Das Heidehaus lag im Naturschutzgebiet, kein Auto durfte dorthin fahren. Zu Fuß waren es vier Stunden. Und mit dem Fahrrad durch die Heide zu fahren, das war um diese Jahreszeit nicht gerade bequem. Ein eisiger Wind pfiff über das Land, jetzt am Morgen war alles weiß, mit Rauhreif überzogen. In den nächsten Tagen würde es Schnee geben, meinte der Wirt in Wulfbüttel. Er lag in der Luft, in den grauen, bleiernen Wolken.

Fred Pommer entschloß sich schließlich, doch ein Rad zu mieten und zum einsamen Heidehaus zu fahren. Man muß etwas tun für sein Glück, sagte er sich. Auch zwei Stunden Radfahrt durch kalten Wind werden vergehen. Um so heißer wird's dann im Heidehaus sein. Dort kann sie nicht weglaufen vor mir . . .

Die Fahrt über holprige Heidewege, immer gegen einen Wind ankämpfend, der ihn bald vom Rad riß, war anstrengender, als er es sich vorgestellt hatte. Nach einer halben Stunde rastete er in einem Kiefernwäldchen, trank drei Schlucke Kognak aus der Taschenflasche, die er vom Wirt in Wulfbüttel mitgenommen hatte, wartete einen kurzen Schneeregen ab und schwang sich dann wieder auf den Sattel.

»Sie können den Weg gar nicht verfehlen«, hatte der Wirt gesagt. »An den Bäumen ist das Wanderzeichen Z. Da fahren Sie nur immer nach.«

Nach einer Stunde stand Pommer ratlos mitten in der Einsamkeit. Weit und breit kein Baum, nur Holunderbüsche, verschneites Kraut, kriechendes Gehölz – und vor ihm eine Weggabelung. Zwei Wege, die irgendwo zwischen Hügeln und Senken weitergingen und sich in der Ferne verloren.

»Mist!« sagte Pommer laut. »Welcher ist es nun?« Er stieg ab, suchte nach dem Wanderzeichen Z und fand es nicht. »Fahren wir links«, sagte er laut. »Links bringt mehr Glück als rechts.«

Über den grauen Himmel jagten tiefhängende, fast schwarze Wolken. Ein starker Wind kam auf und stemmte sich gegen den einsamen Radfahrer. Es war, als habe sich die Natur verschworen, als schützten Wind, Einsamkeit und sandiger Boden das einsame, irgendwo liegende Heidehaus vor diesem Mann, der verbissen in die Pedale trat und mit gesenktem Kopf gegen den Sturm ankämpfte.

Plötzlich senkte sich der Pfad in einen Hohlweg. Es ging steil abwärts, und ehe es Pommer wahrnehmen konnte, rollte er mit großer Geschwindigkeit hinunter. Er versuchte noch, mit dem Rücktritt zu bremsen, und drückte die Handbremse an sich; aber der Wind, der ihm jetzt im Rücken stand, war zu stark, er zwang ihn vornüber in den Hohlweg, das Rad raste abwärts, tanzte über den holprigen Weg. Pommer umklammerte das Lenkrad, zog den Kopf ein und wagte doch nicht, abzuspringen oder sich einfach zur Seite fallen zu lassen.

Auf halber Strecke erfaßte ihn eine Windbö. Er hörte so etwas wie ein jaulendes Heulen, fühlte sich hochgehoben, aus dem Sattel gerissen, weggeschleudert. Verzweifelt, wie ein Schwimmer im Strudel, versuchte er, mit Armen und Beinen um sich zu rudern, als sei Luft ein kompakter Gegenstand – dann fiel er auf den Boden, rollte wie ein Ball durchs Heidekraut und schlug mit dem Kopf hart gegen einen scharfkantigen Baumstumpf. Es war ihm, als zerberste sein Kopf, Blut rann ihm über die Stirn und die Augen, die Welt wurde rot, der Himmel blutete, es dröhnte wie aus tausend Pauken ...

Ein Schäfer, der seine Heidschnuckenherde zu den umzäunten Nachtplätzen trieb, fand Fred Pommer beim Einbruch der Dunkelheit. Zuerst verbellte ihn der Schäferhund, dann rannte der Schäfer herbei und sah mit einem Blick, was geschehen war. Pommer saß frierend auf dem Baumstumpf, neben sich das fahrunfähig gewordene Rad, und hatte zwei Taschentücher auf die Kopfwunde gepreßt.

»Mann, was machen Sie denn hier?« fragte der Schäfer und sah sich um, ob noch jemand in der Gegend war.

»Ich suchte Käfer!« Pommers Laune war auf dem Nullpunkt. »Aber da kam ein Elefant und hat mich gestreichelt.«

Der Schäfer beugte sich hinunter, nahm die Taschentücher ab und untersuchte die Wunde. In jedem Schäfer steckt ein Medizinmann, sagt man, und wirklich nahm er seine Ledertasche von der Seite nach vorn, holte aus ihr ein großes Pflaster und drückte es Pommer auf die Stirn.

»Das ist nur provisorisch«, sagte er dabei. »In der Wunde ist Dreck. Sie muß mit Alkohol ausgewaschen werden, dann muß Jod drauf, und eine Tetanusspritze müssen Sie auch haben. Aber das kann ich nicht hier machen. Ich nehme Sie mit.«

Pommer nickte. Das wird eine schöne Nacht, dachte er. In einem engen Schäferkarren. Auf einer Strohschütte. Romantik ist schön, aber nur, wenn man sie auf Postkarten sieht. Ein Mist ist das, ein verfluchter Mist.

»Ist es noch weit?« fragte er und stand auf. Sein Schädel brummte noch, er schwankte leicht, als er sich auf das verbogene Rad stützte. Der Schäfer beobachtete ihn genau und nickte mehrmals stumm.

»Eine Gehirnerschütterung haben Sie auch«, stellte er fest. »Ist Ihnen übel?«

»Hundsmiserabel! Ich habe das Gefühl, immer kotzen zu müssen.«

»Dann müssen Sie ins Bett.« Der Schäfer pfiff seine Hunde heran; sie trieben die Heidschnuckenherde zu einem großen Klumpen zotteliger Wolle zusammen. »Wir gehen zum Heidehaus, das ist am nächsten. Morgen kann Sie dann der Krankenwagen abholen. Wenn wir ganz langsam gehen, sind Sie in einer halben Stunde im Bett.«

Pommer nickte. Ins Heidehaus. Zu Margit. Ins Bett. Er zwang sich, nicht zu lachen. O Schicksal, dachte er. Du hast Humor! Jetzt kann sie mich nicht mehr abweisen. Ich komme als armer, kranker Mann zu ihr. Mit einer Kopfwunde und einer Gehirnerschütterung. Fast fröhlich stolperte er neben dem Schäfer her durch die vom Wind durchheulte Heide. Hinter ihnen folgten in langer, dichter Reihe die Schafe, umkreist von den hechelnden Hunden.

Es war dunkle Nacht, als sie endlich das Heidehaus erreichten.

Emma, die treue Seele der Bernhardts, hatte gerade einen großen Pfannkuchen gebacken und füllte ihn mit Erdbeerkonfitüre, als eine harte Faust draußen an die Tür klopfte. Es gab ja keine Klingel. Emma zuckte zusammen, ließ die Pfanne auf den Herd zurückfallen und griff nach einer Eisenstange, die neben dem Küchenschrank lehnte. Dann ging sie resolut durch die Tenne zur Tür, stieß sie auf und hob ihre Waffe.

»Wenn hier einer reinkommt, dann nur mit eingeschlagenem Schädel!« rief sie. »Wer ist da?«

»Der Schäfer!« antwortete es aus der Dunkelheit.

»Das kann jeder sagen!«

»Wenn ich in den Lichtkreis kommen kann . . .«

»Kommen Sie!«

Emma ließ die Eisenstange sinken, als sie den Schäfer erkannte, und gab den Weg frei. Sie wurde aber nach anfänglicher Verwunderung wieselschnell, als sie hinter dem Schäfer noch einen Mann erkannte, mit einem durchbluteten Pflaster auf der Stirn und blassem, leidendem Gesicht.

»Mein Gott, wer ist denn das? Ist er sehr verletzt? Was ist denn passiert?«

Sie ließ die Männer in die Tenne kommen. Pommer seufzte tief und ließ sich auf eine alte Futterkiste fallen, die noch herumstand.

»Er lag im Bruch, der Wind hat ihn vom Rad gerissen. Er hat sicherlich eine Gehirnerschütterung. Können Sie ihn hier unterbringen, bis morgen der Arzt kommt?« Der Schäfer schüttelte seinen dicken Mantel aus. Vor der Tür rumorten die Schnucken und bellten die Hunde.

»Aber ja, ja! Wir haben ja Zimmer genug.« Emma, die gute Seele, rang die Hände, griff dann Pommer unter die Achsel und führte ihn in eines der Zimmer, die von der Tenne abgingen. Es war eine kleine Kammer, in der nur ein Bett stand, weiter nichts. Von der Decke hing eine uralte Lampe, die Emma mit einem Streichholz zum Brennen brachte. Pommer ließ sich auf das Bett fallen und stöhnte.

»Ist es schlimm?« fragte Emma den Schäfer. »Kennen Sie ihn?«

»Nein. Ein Fremder.« Der Schäfer packte seine Sanitätstasche aus. Eine Flasche Alkohol, Jod, ein Röllchen Schmerztabletten, eine gelbliche Salbe, Verbände. »Gehen Sie, holen Sie warmes Wasser. Ich werde ihn schon versorgen.«

Mit fliegenden Röcken rannte Emma in die Küche. Pommer schielte auf den Sanitätskasten und tastete sich an seinen Kopf.

»Was haben Sie da für mich?« fragte er stöhnend.

»Eine gute Heilsalbe, mein Herr. Ist zwar für die Schafe – aber was den Viechern gut tut, ist auch für Menschen gut.«

»Danke!«

Der Schäfer kam zu ihm, riß ihm das Pflaster mit einem Ruck ab und schüttelte den Kopf, als Pommer »Au! Verdammt!« schrie.

»Seien Sie kein Schlappschwanz, mein Herr! Gleich, beim Alkohol und beim Jod, wird's schön brennen.«

Der Schäfer setzte sich auf das Bett und wartete auf das heiße Wasser.

Im Wohnzimmer, das nach hinten heraus lag, stand Emma vor Margit und hielt eine Schüssel und vier Handtücher an sich gepreßt. »Der Schäfer ist eben gekommen und hat einen Verletzten mitgebracht«, sagte sie. »Er kann erst morgen abgeholt werden. Ich habe ihn in die kleine Kammer getan. Haben Sie nichts gehört?«

»Nein.« Margit stellte das Transistorradio ab und stand aus dem Sessel auf. »Ein Verletzter? Das ist ja schrecklich. Schwer?«

»Ich weiß nicht.«

Margit rannte hinaus und hinüber zu der kleinen Kammer. Schon in der Tenne hörte sie lautes Stöhnen. Der Schäfer betupfte die Wunde mit Alkohol. Sie riß die Tür auf und sah zunächst nichts als eine auf dem Bett liegende Männergestalt, über die sich der Schäfer beugte.

»Kann ich helfen?« fragte sie atemlos. »Ich habe einmal einen Kursus in Erster Hilfe mitgemacht.«

Sie kam näher. Im Windzug pendelte die alte, blakende Petroleumlampe.

»Wasser brauche ich.« Der Schäfer richtete sich auf und trat zurück.

Es war, als erstarrte Margits Herz zu einem Eisblock, als sie das Gesicht des Verletzten sah.

»Guten Abend, gnädige Frau«, sagte der Fremde und lächelte mit den Augen. »Mein Name ist Pommer. Fred Pommer. Ich habe mich in der Heide verirrt und wurde vom Wind, dem himmlischen Kind, aus dem Sattel gehoben. Entschuldigen Sie, wenn ich Ihnen so große Umstände mache, aber es ist nicht meine Schuld. Ich war in die Heide gefahren, um einen Käfer zu suchen. Sie müssen wissen, ich bin ein leidenschaftlicher Liebhaber der kleinen, süßen Käfer.«

Bis ins Innerste erschüttert, lehnte sich Margit an die Wand. Mein Gott, schrie es in ihr, o mein Gott . . . warum hast du das zugelassen?!

Warum läßt du Paradiese zu Höllen werden!

Emma kam zurück, eine Schüssel heißes Wasser in den Händen. Margits Erstarrung löste sich. Sie trat zur Seite und sah zu, wie der Schäfer die Wunde an Pommers Kopf versorgte. Dann wandte er sich an Margit: »Ich bin in einer Stunde zu Hause und telefoniere von dort aus sofort mit dem Arzt. Morgen früh wird der Krankenwagen kommen und unseren Unglücksraben abholen.«

Fred Pommer richtete sich in dem Bett auf: »Muß das sein?«

»Natürlich.« Der Schäfer nickte. »Mit einer Gehirnerschütterung ist nicht zu spaßen, mein Lieber. Sie gehören in ein Krankenhaus. Gute Besserung!« Er nickte Pommer zu und wandte sich um.

Margit brachte ihn hinaus. »Meinen Sie, daß der Verletzte rechtzeitig abgeholt wird?« fragte sie mit heimlich zitternder Stimme. Er muß weg, dachte sie dabei. Er darf nicht hier bleiben, ich habe Angst . . . vor ihm . . . und vor mir selbst . . .

Der Schäfer nickte. »Ich sage dem Doktor, daß es eilt. Gute Nacht, Frau Blankers.«

Margit blieb noch an der Tür stehen, bis der Schäfer und die lange Kette der ihm nachtrottenden Heidschnucken von der Dunkelheit aufgesaugt wurden. Dann seufzte sie, ging ins Haus zurück und trat in die Kammer.

Fred Pommer lag auf dem Rücken und sah sie mit seinen hellen blauen Augen an. Margit empfand diesen Blick wie eine unverschämte Berührung. Sie spürte, wie ihr Herz anfing zu hämmern.

»Was willst du hier?« fragte sie heiser.

»Komm rein und mach die Tür zu, Kleines.«

»Laß diesen Ton. Ich bin Frau Blankers und wüßte nicht . . .«

»Aber was soll denn der Quatsch, Margit? Der Medizinmann ist weg, dein alter Hausdrachen in der Küche. Wir können ungestört und vernünftig miteinander sprechen.«

Er setzte sich, griff in die Hosentasche, zündete sich eine Zigarette an und machte einen tiefen Zug. »Du bist pummeliger geworden, Süße«, sagte er dann. »Bekommst du ein Kind?«

»Ja!« antwortete Margit steif. Ekel würgte sie, Ekel und Angst.

»Gratuliere! Der Erbe der Blankers-Werke! Bist du ein tüchtiges Mädchen.« Pommer lehnte sich gegen die Holzwand und tastete vorsichtig über seine Kopfwunde. »Als Frau eines Millionärs . . .«

»Du willst also Geld?« unterbrach sie ihn. »Du willst mich erpressen?«

»Aber nein, mein Engel!« Pommer lachte. »Ich bin doch kein Krimineller! Ich finde nur, daß meine wahren Fähigkeiten noch nie richtig ausgeschöpft wurden. Mit anderen Worten: Ich suche einen Job! Darum will ich mit dir sprechen. Dein Mann ist der Chef einer großen Fabrik. Sollte sich dort kein Arbeitsplatz für mich finden?«

»Arbeit? Du?« Margit verzog den Mund.

»Du hast es erfaßt, Kleines. Erstens bin ich gelernter Kaufmann, wenn das auch lange her ist. Zweitens laufen ohnehin in jedem größeren Betrieb eine Menge Direktoren und Abteilungsleiter herum, die nicht wissen, wie sie ihre Bürozeit hinter sich bringen sollen. Auf einen mehr oder weniger kommt es da nicht an. Drittens haben wir beide eine süße gemeinsame Erinnerung, und die soll ja wohl weiter unter uns bleiben, oder? Du solltest mich also schon im eigenen Interesse deinem Mann warm ans Herz legen.«

»Ich glaube, du bist irrsinnig«, sagte Margit leise. »Eher sage ich Klaus alles.«

»Alles?«

»Bis ins letzte!« Margit begann zu zittern. »Das ist immer noch besser, als mich von dir ein Leben lang erpressen zu lassen.«

Pommer beobachtete Margit lauernd. Ob sie zu so einem Geständnis wirklich fähig ist? dachte er. Um Gottes willen, bloß das nicht! Das wäre das Ende meiner Pläne. Wenn Margit sich durchringt, ihrem Mann alles zu gestehen, kann ich einpacken.

Er beschloß, die Taktik zu wechseln. »Denken wir doch mal logisch, Kleines«, sagte er ernst. »Was hat es für einen Sinn, wenn wir beide uns anblaffen wie zwei wütende Pekinesen? Die Situation ist klar: Du bekommst ein Kind. Es wird der ganze Stolz deines Mannes sein, der Erbe eines Millionenvermögens. Welch eine Enttäuschung wäre es für deinen Klaus, wenn er durch dich oder durch mich erführe, was damals in dem Ferienhaus an der Ostsee passiert ist!«

Er machte eine Pause. Seine Augen ließen Margit nicht los. Hellblaue, bohrende, faszinierende Augen. Jetzt lächelte er. »Aber ich will ja gar kein Schweigegeld von dir, Margitchen. Du sollst mir nur helfen, wieder Boden unter die Füße zu bekommen. Vermittle mir eine anständige Stellung bei deinem Mann, und du bist mich ein für allemal los.«

»Unmöglich. Wie soll ich es ihm sagen? Woher sollte ich dich überhaupt kennen?«

»Durch einen tragischen Unfall in der Heide. An einem finsteren Abend hat man einen fremden Mann zu dir in die Heidekate gebracht. Du hast dich mit ihm unterhalten und dabei entdeckt, welch ein wertvoller Mensch da vom Himmel gefallen ist.« Pommer lachte leise. »Du hast ja genug Zeugen für diesen Zufall. Deine Haushälterin, den Schäfer und den Arzt, der morgen früh kommt. Dein Mann wird keinen Verdacht schöpfen.«

Margit schüttelte den Kopf. »So wird es immer weitergehen«, sagte sie gepreßt. »Nie wirst du mich in Ruhe lassen. Immer wirst du mit neuen Forderungen kommen ...« Sie ballte die Fäuste und preßte sie gegen den Mund, als müßte sie einen Schrei zurückdrängen.

»Bitte, Margit!« Pommer erhob sich vom Bett und stellte sich hin. Er war noch ein wenig schwach auf den Beinen und schwankte leicht. »Rede mit deinem Mann! Gib mir diese letzte Chance, ein anständiges Leben anzufangen. Ich verspreche dir, dann keinerlei Schwierigkeiten mehr zu machen.«

Sie starrte ihn verwundert an. Zweifel stiegen in ihr hoch. War das wieder nur gut gespieltes Theater? Oder hatte irgendein Ereignis ihn tatsächlich verändert? Suchte er wirklich nur eine Chance, eine Hilfe?

Margit schloß die Augen. Sie spürte, wie Pommer auf sie zukam, wie seine Hände ihre Schultern berührten, ganz sanft, nicht fordernd und brutal wie damals an der Ostsee, nein, beinahe demütig, bettelnd.

»Margit ...« Seine warme, weiche Stimme. »Ich weiß, daß ich vieles falsch gemacht habe, daß du mich hassen mußt nach allem, was passiert ist. Aber glaubst du wirklich, daß ich durch und durch schlecht bin? Wenn ich das wäre, hättest du mich dann jemals lieben können?«

Sie riß sich los, trat hastig zurück. Seine Worte hatten eine Saite in ihr angeschlagen, die sie längst zerrissen geglaubt hatte. Verwirrt fuhr sie sich mit der Hand über die Stirn. »Leg dich hin«, sagte sie tonlos. »Versuche zu schlafen. Wir können morgen früh weiterreden.« Sie verließ rasch die Kammer.

In dieser Nacht schlief sie kaum. Unruhig wälzte sie sich in ihrem Bett, ständig verfolgt von Gedanken, Erinnerungen, Ängsten und Konflikten.

Klaus, dachte sie immer wieder. Wenn du doch jetzt da wärst! In deiner Nähe ist alles so anders, so einfach, so sicher. Aber ich bin allein ... allein mit meiner Angst und meinem Geheimnis. Ich spüre, wie ich schwach werde, wie dieser Schuft nebenan in der Kammer wieder Macht über mich gewinnt, langsam, unmerklich fast, schleichend ...

Am Morgen stand sie gegen acht Uhr auf. In der Nacht hatte es gefroren. Über dem Land lag weißer, glitzernder Rauhreif. Das Geäst der Bäume war in bizarren Formen erstarrt.

Eine Stunde später, während Emma Fred Pommer das Frühstück ans Bett brachte, ging Margit allein durch die weiße Heide, in Stiefeln und Pelzmantel. Sie wollte Pommer jetzt noch nicht sehen, noch nicht mit ihm sprechen. Sie brauchte Zeit, Ruhe, Besinnung. Es war so schwer, einen Entschluß zu fassen. Als sie kurz nach zehn zum Heidehaus zurückkam, war gerade der Krankenwagen vorgefahren. Er brachte auch den Arzt aus Wulfbüttel mit.

»Der Patient hat tatsächlich eine Gehirnerschütterung«, sagte der Arzt nach einer kurzen Untersuchung. »Nicht schwer, aber immerhin.«

Margit nickte, murmelte etwas und ging an ihm vorbei in die Kammer. Fred Pommer saß ziemlich blaß auf der Bettkante und sah ihr mit großen fragenden Augen entgegen.

Sie schloß die Tür hinter sich und trat auf ihn zu.

»Nun?« fragte er mit einem flauen Lächeln.

Sie sprach leise, aber deutlich und scharf. »Ich habe es mir überlegt. Ich werde mit meinem Mann reden und versuchen, dir eine Stellung im Werk zu besorgen.«

»Danke, Kleines«, sagte er rauh. Er wollte nach ihren Händen greifen, aber sie wich zurück.

»Nur eins merke dir«, fuhr sie fort. »Du hast mir versprochen, mich danach in Ruhe zu lassen. Wenn du trotzdem noch einmal versuchst, mich zu behelligen, dann gnade dir Gott! Dann kenne ich keine Rücksichten mehr!«

»Keine Angst«, brummte er. »Freddy ist ja kein Unmensch.«

Eine Viertelstunde später brachten ihn zwei Sanitäter auf einer Trage ins Auto. Langsam rumpelte der Krankenwagen über den holprigen Weg davon. Margit sah ihm nach, in ihrem Herzen rangen Erleichterung und Angst vor neuem Unheil miteinander.

»So ein armer Mensch«, sagte Emma dicht hinter ihr. »Und dabei ist er so nett.«

Margit wandte sich so heftig ab, daß die Haushälterin ihr erschrocken nachblickte.

Sonja Richartz hatte schlecht geschlafen. Sie schlief oft schlecht in der letzten Zeit, und ihre Laune am Morgen war dann entsprechend. Um halb elf Uhr hatte sie nach ihrem Dienstmädchen geklingelt und im Bett gefrühstückt. Um elf kam das Mädchen wieder ins Schlafzimmer. »Ein Herr möchte Sie sprechen«, sagte sie.

»Ein Herr?« Sonja Richartz hob den Kopf. »Jetzt?«

»Ja. Julius Stämpfle heißt er. Sagt, es wäre sehr dringend.«

Sonja zuckte hoch. Julius Stämpfle, der Mann von der Detektivagentur »Wahrheit« ... Plötzlich war ihre schlechte Laune verschwunden.

So schnell hatte sie sich schon lange nicht mehr zurechtgemacht. Zwanzig Minuten später ging sie dem Detektiv im Salon entgegen, reichte ihm strahlend ihre kühle, gepflegte Hand, die leicht nach Maiglöckchen duftete, und ließ sich mit einem koketten Seufzer in einen der zierlichen Sessel fallen. »Was bringen Sie mir an Neuigkeiten, Herr Stämpfle?« hauchte sie und sah ihn erwartungsvoll an.

Stämpfle räusperte sich. »Wir haben ihn«, sagte er einfach.

»Wen?«

»Ihren Fred. Ich meine den Mann, dessen Namen diese Margit Blankers damals gerufen hat, als sie im Hafen ...«

»Ja, ja, ich weiß.« Sonja sprang auf, sie konnte nicht anders. Erregt lief sie im Raum auf und ab. »Nun los doch, berichten Sie«, sagte sie ungeduldig.

Stämpfle genoß den Triumph seiner Tüchtigkeit. »Ich hatte ursprünglich keine Hoffnung mehr, noch etwas über den Fall herauszubekommen«, begann er. »Aber dann sagte ich mir, wenn die Dame Margit in jener miesen Hafengegend ins Wasser gefallen ist ... wie kam sie überhaupt dorthin? Und da fiel mir ein, daß ja ganz in der Nähe dieser Bums ›Zum Dreimaster‹ ist. Probieren kann man es ja mal, dachte ich und bin in das ›Etablissement‹ gegangen. An jenem Abend war dort großer Ringelpiez, sagte der Portier. Ich habe ihm zwanzig Mark gegeben und ihn gefragt, ob ihm ein Mann namens Fred ein Begriff ist ...«

»Weiter! Weiter!« Sonja Richartz rang verzweifelt die Hände. »Seien Sie doch bitte nicht so umständlich, ich bitte Sie! Was hat der Portier gesagt?«

Stämpfle ließ sich nicht aus der Ruhe bringen. »Er hat gesagt, jawohl, einen Fred kennt er. Fred Pommer heißt er, muß ein ziemlicher Windhund sein, dauernd Frauengeschichten und so. Und als ich dem Portier noch einmal zehn Mark gab, da fiel ihm noch mehr ein.«

»Nämlich?« Spannung und heimlicher Triumph glitzerten in Sonjas Augen auf. Sie atmete heftiger.

»An dem fraglichen Abend ist eine junge Dame gekommen und hat nach Fred Pommer gefragt. Der Portier hat sie reingelassen, und dann ist Pommer mit dem Mädchen weggegangen. Kurz danach kam er allein zurück. Die Beschreibung, die der Portier von ihr gab, stimmt genau mit Margit Blankers, geborener Bernhardt, überein.«

»Wunderbar!« entfuhr es Sonja. Fast hätte sie den schmächtigen Detektiv umarmt. »Fred Pommer heißt er also. Wissen Sie schon Näheres über ihn?«

»Nicht viel.« Stämpfle blätterte in einem schmuddligen Notizbuch. »Sein momentaner Aufenthalt ist unbekannt.«

»Herr Stämpfle!« Sonja trat dicht auf ihn zu. »Ich verdopple Ihr Honorar, wenn Sie herausbekommen, wo dieser Fred Pommer jetzt steckt. Wie Sie das schaffen, ist Ihre Sache. Ich will diesen Mann finden, und zwar so schnell wie möglich, verstehen Sie?«

»Jawohl, gnädige Frau.« Stämpfle deutete im Sitzen eine Verbeugung an und klappte sein Notizbuch zu. »Ich will sehen, was sich machen läßt.«

Als er hinaus war, hätte Sonja Richartz vor Freude am liebsten gesungen. Fred Pommer ... dachte sie immer wieder. Diesen Namen werde ich Margit Blankers ins Gesicht schreien, bei der nächsten Gelegenheit. Will sehen, ob sie dann noch immer die Ahnungslose spielt. Ob Klaus, dieser Trottel, sie dann immer noch in Schutz nimmt?

Nach drei Tagen kam Julius Stämpfle wieder. »Ich hab's«,

sagte er beinahe atemlos. »Fred Pommer, dreiunddreißig Jahre alt, zur Zeit ohne Beruf. Liegt seit einer Woche mit Gehirnerschütterung im Krankenhaus von Uelzen in der Lüneburger Heide. Übermorgen soll er entlassen werden.«

»Danke.« Sonja Richartz setzte sich an ihren Biedermeierschreibtisch, füllte einen Scheck aus und gab ihn dem Detektiv. Ihre Hand zitterte dabei vor verhaltenem Triumph.

Stämpfle behielt recht. Zwei Tage später wurde Fred Pommer aus dem Uelzener Krankenhaus entlassen.

Er verließ die Klinik mit gemischten Gefühlen. Seine Lage war unangenehmer denn je. Er hatte kein Geld mehr. Und keine Bleibe. Er hatte das Fahrrad des Wirts von Wulfbüttel kaputtgefahren, vielleicht lag es noch in der Heide und verrostete. Und der Leihwagen, mit dem er von Hamburg bis Wulfbüttel gefahren war ... Fred Pommer spürte, wie ihm flau wurde. Die Rechnungen würde er nie und nimmer bezahlen können, wenn nicht ein Wunder geschah. Und das Wunder konnte nur Margit Blankers heißen.

Ich muß mich schleunigst wieder bei ihr melden, dachte Pommer und blieb auf der Straße vor dem Krankenhausgelände stehen. Ein dünner, eisiger Nieselregen sickerte vom Himmel. Fröstelnd schlug Pommer den Kragen seines Trenchcoats hoch und zündete sich eine Zigarette an.

Erst dann sah er den roten Karmann, der dicht vor ihm am Bordstein parkte. Und die blonde Frau, die durch die Seitenscheibe blickte. Eine bemerkenswert hübsche Frau und genau der Typ, der auf Fred Pommer flog. Das spürte er mit dem geübten Instinkt des berufsmäßigen Liebhabers.

Er starrte sie an, grinste und überlegte noch, welche

Taktik der Annäherung in diesem Fall die beste sei, da öffnete sich die Tür des Karmann, und die Frau stieg aus. Sie trug ein enges Jerseykostüm, und ihre Figur war atemraubend. Fred hielt den Atem an, als sie direkt auf ihn zukam und ihn anlächelte.

»Herr Pommer?« fragte sie mit einer dunklen, melodischen Stimme.

»Ja«, erwiderte er verdutzt. Woher, zum Teufel, kannte sie ihn?

Ihr Lächeln verstärkte sich. »Guten Tag. Sie werden erstaunt sein, daß ich Sie einfach so anspreche, nicht wahr? Mein Name ist Sonja Richartz. Ich bin eine gute Bekannte von Margit und Klaus Blankers.«

»Soso«, sagte er. Mehr fiel ihm in diesem Moment nicht ein. Auch für einen Fred Pommer kann das Leben Überraschungen bringen, die einem die Sprache verschlagen.

Sonja Richartz faßte ungeniert nach seinem Arm. »Kommen Sie, steigen Sie in meinen Wagen. Ich darf Sie doch nach Hamburg bringen, oder?«

»Ja . . . wenn es Ihnen nichts ausmacht . . .« Er spürte den Druck ihrer Hand auf seinem Arm, spürte die Wärme ihres Körpers durch den Stoff hindurch, schnupperte das süße, schwere Parfüm. Ei, ei, dachte Pommer. Da kommt ja das Glück persönlich auf mich zu.

Dann saß er neben ihr in dem eleganten kleinen Coupé. Sonja Richartz startete, fuhr sicher und flott durch die verregneten Straßen, und wenn sie das Lenkrad herumzog, klirrte leise der Schmuck an ihrem Handgelenk. Ein Klasseweib, dachte Pommer. Freddy, du bist und bleibst ein Sonntagsjunge.

»Margit Blankers ist Ihnen doch ein Begriff, oder?« fragte sie endlich, ohne den Blick von der Fahrbahn zu nehmen.

Fred zögerte. Dann entschloß er sich zur Flucht nach

vorn: »Ja, ich kenne sie. Ich werde demnächst in der Firma ihres Mannes anfangen.«

Vor Überraschung ließ Sonja Richartz sekundenlang das Gaspedal los. Der Karmann machte einen kleinen Ruck. »Aha«, sagte sie dann leise.

»Warum wollten Sie das wissen, gnädige Frau?« fragte Pommer.

Sie waren jetzt auf der freien, leeren Bundesstraße. Der Wind zerrte die kahlen Chausseebäume hin und her. Sonja Richartz ließ den Wagen ausrollen, stoppte am Rand der Fahrbahn und wandte Pommer lächelnd das Gesicht zu. »Weil ich von vornherein überzeugt war, daß wir beide gemeinsame Interessen haben, Herr Pommer. Jetzt weiß ich es definitiv.« Sie stellte den Motor ab und kam ein Stück näher an Pommer heran. »Lassen Sie mich alles erklären, mein Freund«, sagte sie, und ihre Stimme vibrierte dunkel und melodisch wie ein Cello.

Zwei Wochen lang blieb Margit mit der Köchin Emma in der Heidekate. Dann holte Klaus Blankers sie überraschend ab. Aus dem kleinen Birkenwald preschte gegen Mittag plötzlich eine hochrädrige Kutsche mit zwei Pferden, fröhliches Peitschenknallen füllte die Stille. Emma rannte ans Fenster, schlug die Hände über dem Kopf zusammen und schrie: »Der gnädige Herr kommt! Der gnädige Herr!«

Mit offenen Armen liefen sich Klaus und Margit entgegen. Nach den ersten Begrüßungsküssen, die Emma vom Küchenfenster aus mit feuchten Augen beobachtete, trat Margit einen Schritt zurück und sah Klaus an. »So sieht also ein Mann aus, der aus Spanien kommt«, sagte sie lachend. »Braun, gesund und noch voll der Erinnerung an die schönen, feurigen Mädchen.«

»Voll von Plänen!« Blankers hob Margit hoch und trug sie ins Haus. Behutsam setzte er sie auf den Sessel vor dem Kamin ab und küßte sie noch einmal auf den Mund. »Und du? Wie viele Männer haben dieses Haus nachts umschlichen?«

»Nur einer.«

»Ich bringe ihn um! Wie heißt er?«

»Es ist der Schäfer von Wulfbüttel.«

Sie lachten beide, küßten sich wieder und wirbelten einander an den Händen herum wie die Kinder, bis Margit der Atem ausging und sie keuchend und lachend in den Sessel zurückfiel.

»Ja, und dann war da noch jemand«, sagte sie, nachdem sie wieder zu Atem gekommen war. »Ein verunglückter junger Mann. Er hatte sich abends in der Heide verirrt, mit einem Rad, war gestürzt und wurde vom Schäfer zu uns gebracht. Am nächsten Morgen holte ihn der Arzt mit dem Krankenwagen ab. Der Mann hatte eine Gehirnerschütterung.«

»O je, der arme Kerl.« Klaus Blankers zog die Jacke aus und hängte sie über die Sessellehne. »Meine Frau als Samariterin in der Einsamkeit.« Er lachte und küßte sie noch einmal.

Jetzt müßte ich von der Arbeitsstelle für Fred anfangen, dachte Margit. Klaus gibt mir selbst das Stichwort. Aber irgend etwas in ihr sträubte sich dagegen. Er ist erst wenige Minuten hier, dachte sie. Ich will dieses Wiedersehen auskosten, ich will es unbeschwert genießen, ohne quälende heimliche Gedanken an den Mann, dessen Schatten mich verfolgt.

Sie lehnte sich zurück und streckte die Arme aus. »Komm zu mir, Klaus. Komm, küß mich. Du weißt ja, wir haben ein paar Wochen nachzuholen. Ich lasse mich um diese Wochen nicht betrügen . . .«

Am nächsten Tag räumten sie alles Gepäck in die Kutsche, verließen die Heidekate, verriegelten Fensterläden und Türen und fahren nach Wulfbüttel, wo der Chauffeur mit dem Mercedes wartete.

Unterwegs nahm Margit die Hand ihres Mannes. »Ich muß dir noch etwas beichten«, sagte sie lächelnd.

»Ja?« Er drückte ihre Hand. »Was hast du angestellt, Liebes?«

»Angestellt eigentlich nichts. Ich habe bloß über deinen Kopf hinweg jemandem etwas versprochen.«

»Heraus damit!« Er lachte unbekümmert. »Hast du etwa dem armen Kerl mit der Gehirnerschütterung zum Trost meine Fabrik übereignet?«

Margit zuckte zusammen. Zum Glück merkte Klaus nichts davon, weil die Kutsche in diesem Moment durch ein Schlagloch holperte. Er hält es für einen Scherz, dachte sie und fühlte, wie ihr Herz kalt wurde. Er hat keine Ahnung, wie nahe er vielleicht der Wahrheit kommt ... O Klaus, was werde ich dir noch an Unglück bringen?

Sie zwang sich zu einem Lachen. »Du hast es beinahe erraten«, sagte sie. »Es handelt sich tatsächlich um diesen Mann. An dem Abend, als er bei uns lag, habe ich mich ein wenig mit ihm unterhalten.«

»Ja, natürlich. Und was dann?«

»Er ... er tat mir leid. Er erzählte mir, daß er beruflich in der letzten Zeit sehr viel Pech gehabt hat. Und als er dann schließlich noch fragte, ob in deiner Firma vielleicht ein Posten frei sei, konnte ich nicht einfach nein sagen.«

»Das ist alles?« fragte Klaus Blankers.

»Ja.« Sie schluckte heimlich. »Das ist alles.«

Er lachte wieder und knallte mit der Peitsche. »Wenn es nicht mehr ist ... gute Arbeitskräfte brauchen wir ja immer. Wie heißt denn der Herr?«

»Pommer, glaube ich. Alfred Pommer.« Sie sagte Alfred, nicht Fred. Im letzten Moment war ihr die Szene mit Sonja Richartz eingefallen, damals auf dem Tennisplatz. ›Sagen Sie mal, wer ist Fred ...‹ Wenn Klaus den Namen jetzt wiederhörte, würde er vielleicht aufmerksam.

»Pommer. Aha.« Klaus griff in die Manteltasche, zog sein Notizbuch und schrieb sich den Namen auf. »Wenn er sich bei mir meldet, dann weiß ich Bescheid. Er machte einen guten Eindruck auf dich, nicht wahr?«

»Ja«, würgte Margit heraus. Wie gemein das alles ist, schrie es in ihr. O Klaus, wenn du wüßtest, was für ein Spiel ich da mit dir treibe! Aber ich muß es ja tun, ich habe keine andere Wahl.

In einer jähen Aufwallung von Schutzbedürfnis kuschelte sie sich an ihren Mann. »Ich liebe dich«, sagte sie. Ihre Stimme war dunkel vor Zärtlichkeit. »Du ahnst ja gar nicht, wie ich dich liebe.«

Emma, die hinter ihnen in der Kutsche saß, blickte diskret in den grauen, dunstigen Dezemberhimmel.

Die kurze Zeit bis Weihnachten verging wie im Fluge. Einmal, mitten in der Nacht, weckte Margit ihren Mann und legte stumm seine Hand auf ihren Leib.

»Es bewegt sich«, flüsterte Klaus. »Mein Gott, es lebt ... Wie schön ist das! Mein Kind ...« Er nahm die Hand weg, als habe er Angst, er könnte etwas zerdrücken.

Das Glück schien ungetrübt im Hause Blankers.

Heiligabend feierten sie alle in der Villa an der Elbchaussee. Wie es üblich ist bei werdenden Müttern, türmten sich Berge von Babywäsche auf dem Gabentisch. Jeder schenkte Jäckchen, Hemdchen, Mäntelchen, Pantöffelchen. Sogar aus England, von Margits Freundin Babette, traf ein Wäschepaket ein. Die Sachen waren gelb, und Babs schrieb lakonisch dazu: »Ob Junge oder Mädchen – Gelb ist immer modern und macht auch nicht blaß!«

»Damit kann ich zehn Kinder ausstatten!« lachte Margit, als sie alle Babysachen sortiert hatte.

Nach dem Essen und der offiziellen Bescherung wurde Klaus Blankers ganz geheimnisvoll, drehte die Lichter aus und ließ nur den Kerzenschein am großen Tannenbaum im Zimmer.

»Und nun, mein Liebling«, sagte er und nahm Margits beide Hände, »sollst du sehen, was der Weihnachtsmann dir noch gebracht hat.«

Er zog von einem kleinen Tisch eine weiße Decke fort. Vor Margits weiten, glänzenden Augen stand das Modell eines idyllischen kleinen Landhauses im Mittelmeer-Stil, mit weißen Mauern, orangefarbenem Dach, an einen felsigen Hang gelehnt. Alles war naturgetreu nachgebildet, das Haus aus Kunststoff, der Felshang aus bemaltem Pappmaché. Sogar Palmen und Agaven aus dunkelgrüner Plastikfolie umgaben das Miniatur-Grundstück.

»Wie schön ...«, sagte Margit leise. »Hast du das aus Spanien mitgebracht?«

»Es ist eine Schatulle«, sagte Klaus und drückte auf einen Knopf. Das Dach des Modellhauses sprang auf. Innen war roter Samt, und auf diesem Samt lag nichts als ein Schlüssel.

Ratlos blickte Margit zu ihrem Mann auf. Auch ihre Eltern sahen ihn fragend an.

Klaus genoß einen Augenblick lang die allgemeine Verwirrung. Dann räusperte er sich. »Dieses Haus gibt es in natura«, erklärte er. »Es steht an der Costa Brava, in einer idyllischen kleinen Bucht, wo noch nicht die Touristenschwärme alles überfluten. Ich habe es während meiner Reise gekauft. Für dich, Liebling!«

Mit einem Freudenschrei flog Margit ihm um den Hals. Hubert Bernhardt hüstelte und bekam feuchte Augen. Rasch goß er sich ein Glas Kognak ein.

»Süßer die Glocken nie klingen . . .«, sagte Emma, während sie mit einem Tablett hereinkam. Und einer nach dem anderen stimmte in das Lied ein.

Monate können wie Wochen sein, Wochen wie Tage, Tage wie Stunden, Stunden wie eben Erlebtes . . . wenn man glücklich ist.

Margit Blankers ging es so. Sie zählte keine Tage und Wochen, sie lebte ganz in der Liebe und Geborgenheit ihres Mannes. Sie besuchten Opernvorstellungen oder die Winterbälle der Hamburger Gesellschaft. Und Ostern, als Margits Zustand für solche Veranstaltungen zu offensichtlich wurde, fuhren sie in den Schwarzwald.

Von Fred Pommer kam in der ganzen Zeit kein Lebenszeichen mehr. Er schien spurlos verschwunden, und einmal sagte Klaus Blankers zu Margit: »Dein Schützling scheint es sich anders überlegt zu haben. Sonst wäre er doch längst schon mal bei mir aufgetaucht.«

»Wer nicht will, der hat schon«, erwiderte sie leichthin. Innerlich atmete sie auf. Oft erledigen sich die schlimmsten Probleme von selbst, dachte sie. Wer weiß, vielleicht hat Fred eine neue, bessere Geldquelle aufgetan. Oder er hat es aufgegeben.

Mitte Mai nahte die Stunde der Geburt.

Beim ersten Anzeichen der Wehen fuhr Klaus seine Frau in die Privatklinik Professor Möllers, wo seit einer Woche ein Zimmer für Margit freigehalten wurde. Natürlich fuhr Lisa Bernhardt mit. Sie hatte eine überzeugende Erklärung: »Erstens bin ich die Mutter. Zweitens werde ich die Großmutter. Und drittens habe ich Erfahrung im Kinderkriegen.« Punkt drei war etwas übertrieben, denn Margit war ja ihr einziges Kind.

Und dann begann das Warten. Das nervenzermürbende Warten, das von allen Männern, die Vater werden, schlimmer empfunden wird als von den Frauen die Wehen.

Hubert Bernhardt und Klaus Blankers hockten in der Bibliothek der Blankers-Villa, tranken ungewohnte Mengen Alkohol, liefen rauchend hin und her und starrten immer wieder auf das Telefon. Die Stunden vergingen endlos langsam, quälend.

»Ich warte noch eine Stunde«, meinte Klaus schließlich. »Dann fahre ich einfach in die Klinik.«

»Eine Stunde ist so lang«, stöhnte der Baurat. »Bis dahin habe ich längst einen Koller. Wenn ich daran denke, wie die arme Margit jetzt ...«

Das Telefon schellte. Blankers stürzte zum Apparat und riß den Hörer hoch. Auch Hubert Bernhardt kam leicht schwankend heran. »Was ist?« fragte er mit schwerer Zunge. »Klaus ... so sag doch was! Ist es die Klinik?«

Klaus Blankers winkte heftig ab, lauschte in den Hörer. Dann sah der Baurat, wie sich die Züge seines Schwiegersohnes aufhellten, wie ein Strahlen über sein Gesicht zog, ein beinahe überirdisches Leuchten. »Ein ... Mädchen?« stammelte Klaus in das Telefon. »Gesund?« Er warf den Hörer hoch in die Luft, fuhr zu Hubert Bernhardt herum. »Ich habe eine Tochter!« schrie er. »Eine gesunde Tochter von fünfeinhalb Pfund! Hurra!«

Die Oberschwester am anderen Ende der Leitung hatte längst aufgelegt. Sie kannte das.

Vierzehn Tage später fand die Taufe statt, in der Christuskirche.

Mutter Blankers war immer noch in Amerika ans Sanatorium gefesselt. Sie telegraphierte ihre innigsten Glückwünsche, wie schon zur Hochzeit. Natürlich war die alte Dame traurig. Es ging ihr nahe, die Taufe ihres ersten Enkelkindes nicht persönlich miterleben zu können.

Lisa Bernhardt trug das kleine, in Spitzen gehüllte Bündel Mensch auf den Armen, behutsam, jeder Zoll die glückliche, stolze Oma. Margit ließ die beiden nicht aus den Augen. Ihr Herz klopfte, sie kämpfte ständig gegen die Rührung an, die heiß in ihr aufkam. Sie hörte wie aus weiter Ferne das Orgelspiel, die Stimme des Pastors, seine Predigt.

Dann standen sie alle um das Taufbecken. Der Pastor hob die Hand, um mit der Taufzeremonie zu beginnen.

Plötzlich wurde Margit leichenblaß. Das kann doch nicht wahr sein, schoß es ihr durch den Kopf. Das muß eine Täuschung sein, ein teuflisches Phantom!

Aber es war Wirklichkeit. Hinter einer der dicken Säulen, keine vier Meter von ihr entfernt, stand Fred Pommer. Stand da in seinem grauen Trenchcoat, lächelnd, die hellen blauen Augen unverwandt auf Margit und das Kind gerichtet.

Die junge Frau spürte, wie sie zu wanken begann. Klaus Blankers griff besorgt nach ihrem Arm. Dabei hob er den Blick; aber Fred Pommer merkte es rechtzeitig und trat rasch hinter die Säule zurück.

»Und so taufe ich dich im Namen des Vaters, des Sohnes und des Heiligen Geistes auf den Namen Monika Lisa Blankers«, sagte mit lauter Stimme der Pastor.

Das Wasser. Das Kreuzzeichen. Die kleine Monika quäkte mit ihrem hellen, dünnen Stimmchen auf. Die Orgel begann wieder zu spielen.

Dann war alles vorbei. Der Händedruck des Pfarrers ...

der Segen ... und dann vor dem Kirchenportal die Gratulanten, Freunde, Nachbarn, Mitarbeiter, Verwandte ... Hände, Glückwünsche, Umarmungen, Höflichkeiten, Dankesworte ...

Und endlich Fred Pommer. Ja, er kam tatsächlich auf Margit und Klaus Blankers zu, lächelte, verbeugte sich. Seine Stimme, geschmeidig und galant wie immer: »Meinen Glückwunsch, gnädige Frau. Darf ich mir erlauben, als kleinen Ausdruck meines Dankes für Ihre selbstlose Hilfe der kleinen Monika eine Kleinigkeit zu überreichen?«

Ein Paket mit roten Schleifchen. Margit nahm es widerstrebend. Es brannte wie Feuer in ihren Händen.

Klaus Blankers nahm es ihr ab und sah Pommer interessiert an. »Ich entnehme Ihren Worten, daß meine Frau Ihnen einmal geholfen hat?« sagte er.

»Sie hat mich gerettet.« Pommer machte eine formvollendete Verbeugung. »Pommer. Ich bin der Unglücksrabe in der Heide. Ihre Gattin hat Ihnen sicherlich von meinem dramatischen Auftauchen erzählt.«

»Ach! Das waren Sie? Wie schön, daß Sie zu diesem Festtag gekommen sind.« Blankers drückte Pommer herzlich die Hand. »Ja, meine Frau hat mir von Ihnen erzählt. Und auch von Ihren ...« Er zögerte, bevor er fortfuhr: »... von Ihren beruflichen Sorgen. Warum haben Sie mich nicht längst einmal in der Firma besucht?«

Pommer setzte sein bescheidenstes Gesicht auf. »Ach, wissen Sie, Herr Blankers«, sagte er verlegen, »ich wäre mir aufdringlich vorgekommen. Es liegt mir einfach nicht, eine Zufallssituation so einfach auszunutzen. Zumal Ihre Gattin schon genug für mich getan hat.«

Margit stand dabei und sah ihn an. In ihren Augen stand die nackte Qual. Jedes seiner Worte hatte einen Doppelsinn, war zynische Drohung und treuherzige Biederkeit zugleich. Nein, bitte nicht! schrie ihr Blick ihm entgegen. Hab doch Mitleid, wenigstens in dieser Stunde! Bitte geh, laß mich wenigstens an diesem Tag in Ruhe, am Tag der Taufe meines ersten Kindes! Bitte, bitte, Fred . . .

Klaus Blankers bemerkte von all dem nichts. »Ich würde mich ehrlich freuen, wenn Sie in den nächsten Tagen einmal zu mir kämen, Herr Pommer«, sagte er. »Das heißt, wenn Sie nicht inzwischen anderweitig . . .«

»Nein, das nicht.« Pommer schüttelte den Kopf. »Aber ich will die Herrschaften jetzt wirklich nicht länger stören.« Noch einmal Händedruck, Verbeugung. Dann war der Spuk vorüber.

Margit sah, wie Pommer den Bürgersteig entlangging und immer mehr ihrem Gesichtskreis entschwand. Sie atmete auf.

Am Mittwoch danach ließ sich Fred Pommer im Chefbüro der Blankers-Werke melden. Er mußte zehn Minuten im Vorzimmer warten, seine Blicke schweiften heimlich durch den großen, mit schlichter Eleganz eingerichteten Raum. Hier steckt Geld, dachte er. Geld wie Heu. Und es müßte mit dem Teufel zugehen, wenn nicht auch für Freddy eine ganze Wagenladung davon abfiele.

Dann saß er Klaus Blankers gegenüber. Er nippte bescheiden an dem angebotenen Whisky, rauchte und sprach über seine berufliche Vergangenheit, seine Fähigkeiten und Hoffnungen. Exportkaufmann . . . zwei Jahre lang versucht, mit einem eigenen Geschäft Fuß zu fassen . . . Rückschläge, der Sog des amerikanischen Kapitals auf dem deutschen Markt . . . leider viel Pech gehabt, vielleicht auch eine unglückliche Hand, zugegeben . . .

O ja, Fred Pommer verstand sich zu verkaufen. Er log

ebenso hemmungslos wie geschickt. Schon nach einer halben Stunde hatte Klaus Blankers einen ausgezeichneten Eindruck von ihm. »Und Sie hätten also Interesse, in meine Firma einzutreten, Herr Pommer?« fragte er schließlich.

»Tja ...«, Pommer machte einen tiefen Zug aus seiner Zigarette. »Das muß reiflich überlegt werden, Herr Blankers.«

»Natürlich.« Blankers goß Pommer den zweiten Whisky ein. »Ich könnte Ihnen jedenfalls ein Angebot machen. Ich bin dabei, in meiner Firma die Spesenabteilung neu aufzubauen. Bei einer Belegschaft von über tausend Mann fallen große Spesen an, die man überprüfen muß. Der Posten eines Abteilungsleiters, eben der Spesenabteilung, wäre dann neu zu besetzen.« Er machte eine Pause und sah Pommer erwartungsvoll an. »Mein Angebot gilt. Ich brauche nur noch Ihr Wort.«

»Es kommt alles so plötzlich«, sagte Pommer heiser. »Abteilungsleiter ... damit hatte ich im Traum nicht gerechnet. Natürlich müßte ich mich erst einarbeiten, und ich bin selbstverständlich auch mit einer Probezeit einverstanden.«

Damit hatte er endgültig gewonnen. »Sie sind engagiert«, sagte Blankers und hob sein Glas. »Prost. Auf baldige gute Zusammenarbeit.«

Die Gläser klangen gegeneinander. Fred Pommer hatte es geschafft. Das Schicksal nahm seinen Lauf ...

Eine Stunde später saß Pommer bei Sonja Richartz im Salon. »Es hat geklappt«, sagte er. »Nächste Woche fange ich schon an.«

»Gratuliere.« Sonja lehnte sich in ihren Sessel zurück, der

Rock rutschte ihr über die Knie. Sie lächelte ihn an. »Und Sie werden mich doch nicht vor lauter Glück vergessen, oder?«

»Natürlich nicht.« Er trank hastig sein Kognakglas leer. »Wer könnte eine Frau wie Sie vergessen, Sonja?«

»Ich möchte es Ihnen auch nicht raten.« Sekundenlang hatte sie schmale Augen. Ein schönes gefährliches Raubtier, mußte Pommer denken. Ein Raubtier, das zu zähmen sich lohnt. Bei unserer ersten Begegnung, vor dem Krankenhaus in Uelzen, da glaubte ich, die hast du noch am selben Abend soweit. Aber Pustekuchen. Die weiß, was sie will. Und was sie nicht will.

»Sie müssen mir natürlich etwas Luft lassen, Sonja«, sagte er jetzt. »Wenn ich schon am Anfang meiner Tätigkeit gleich mit Ihrem . . . ich meine, mit unserem Anliegen käme, das wäre nicht gut.«

»Sicherlich nicht.« Sie wippte mit den aufregend schönen Beinen. »Aber bedenken Sie, Fred: Ich habe nicht mehr viel Zeit. Daß meine Firma überhaupt noch existiert, ist schon ein Wunder. Wenn Blankers mich nicht in den nächsten zwei, drei Monaten gründlich saniert, bin ich endgültig geliefert.« Sie schwieg ein paar Sekunden lang, dann fügte sie hinzu: »Und mit mir der Herr Abteilungsleiter Fred Pommer . . .«

Pommer schluckte. Ja, sie hatte ihn in der Hand. Wenn sie zu Blankers ging und ihm erzählte, wer er wirklich war – nicht auszudenken! Ein Teufelsweib, dachte er wieder. Und zugleich kam das Verlangen in ihm hoch. Das Verlangen nach ihrem herrlichen, reifen Körper, ihren vollen Lippen, ihren Armen . . .

Sie besprachen noch ein paar Einzelheiten. Dann verabschiedete sich Fred. An der Tür des Salons kam Sonja dicht an ihn heran, ihr Parfüm wehte ihm entgegen, ihre grauen

Augen schimmerten verlockend. »Sie sind mein rettender Engel«, flüsterte sie heiser. »Denken Sie immer daran.«

Er legte den Arm um ihre Schulter und wollte sie an sich ziehen.

Aber Sonja Richartz befreite sich mit einer geschickten, aufreizenden Drehung ihres Körpers. »Nicht doch, nicht doch«, sagte sie spöttisch. »Ich denke, unter Geschäftspartnern tut man so was nicht.«

»Sonja, ich ...«, keuchte er. Seine Hände zitterten.

»Auf Wiedersehen, Fred«, unterbrach sie ihn lächelnd. »Viel Glück bei Blankers. Und wenn es Ihnen gelingt, mich und meine Firma zu retten ... Aber warten wir's ab.«

Sie wippte mit den Hüften, während sie vor ihm her durch die Halle ging.

Noch auf der Straße spürte Fred Pommer, wie sein Herz hämmerte und das Blut in seinen Ohren rauschte.

Den August verbrachten Margit und Klaus mit dem Kind in dem neuen Haus an der Costa Brava. Es wurden unbeschwerte, sonnige Wochen. Die kleine Monika wurde dick und rund und braun und strampelte fröhlich ihrem jungen Leben entgegen.

Nur manchmal überfiel Margit eine dumpfe, geheime Traurigkeit. Sommer ... Meer ... Strand ... der Bootssteg ... das alles erinnerte sie an ihre Ferien im vergangenen Jahr. Dieses farbenprächtige, heiße, südliche Stück Mittelmeer war nicht die Ostsee, natürlich nicht. Und der Mann an ihrer Seite, der sie mit seiner unendlichen Liebe und Zärtlichkeit umgab, der sie und das Kind verwöhnte und umhegte, dieser Mann war auch nicht Fred Pommer, gewiß nicht. Und doch wichen die Schatten der Erinnerung nicht von ihr.

Fred ist in der Firma, dachte sie immer wieder. Klaus sagt, daß er sich ausgezeichnet eingearbeitet hat, auch in den Tagesberichten der Direktion steht das, die immer hier ankommen. Aber hat er wirklich sein Leben geändert? Arbeitet er wirklich ehrlich? Oder plant er bereits eine neue Teufelei?

Anfang September kehrten sie nach Hamburg zurück. Eine Woche später besuchte Margit ihren Mann gegen zwölf Uhr in seinem Chefbüro. Sie hatte die kleine Monika mitgebracht. Sie war mit ihr bei den Eltern gewesen und wollte Klaus nur rasch das neue Mäntelchen zeigen, das sie für die Kleine gekauft hatte.

Da meldete die Sekretärin Herrn Pommer.

Margit preßte die Lippen aufeinander. Ausgerechnet jetzt! Und sie konnte nichts dagegen tun, daß Klaus unbefangen sagte: »Er soll ruhig reinkommen! Dann kannst du ihn gleich mal begrüßen, Margit!«

Aber der allergrößte Schock stand ihr noch bevor. Dieser Schock kam, als Fred Pommer ins Chefzimmer trat, gutgelaunt, in einem tadellosen, unauffälligen grauen Anzug, ganz dezent nach Eau de Cologne duftend.

Er kam nicht allein. Hinter ihm erschien eine Dame, eine sehr attraktive blonde Dame in raffiniert einfachem Pariser Schneiderkostüm. »Ach, Frau Blankers!« rief sie und kam lächelnd auf Margit zu.

Die Dame war Sonja Richartz.

Margit verschlug es den Atem. Sie stand da, hielt das Kind an sich gepreßt, und ihr Herz begann zu hämmern. Sonja Richartz und Fred Pommer, dachte sie. Ausgerechnet die beiden haben zusammengefunden. Eine doppelte Gefahr für mich, eine tödliche Bedrohung.

»Guten Tag«, würgte sie hervor.

»Blendend sehen Sie aus«, sagte Sonja Richartz lächelnd.

»Und wie süß die Kleine ist! Das Glück strahlt einen nur so an.« Sie setzte sich unbefangen in einen Sessel und ließ den Rock hoch über die schönen Beine rutschen. »Ich wünschte, ich könnte auch so strahlen«, fügte sie seufzend hinzu.

Pommer trat hinter sie und räusperte sich. »Herr Blankers, es ist . . . Frau Richartz hat mit mir gesprochen . . . ich meine . . .« Er verlor den Faden und geriet ins Stottern. Mit Margits Anwesenheit im Chefzimmer hatte er nicht gerechnet. Sie störte sein Konzept.

Und dann sah er Blankers' abweisende Miene. O je, dachte Pommer. Das geht schief. Wenn mir wenigstens noch ein elegantes Rückzugsmanöver einfiele . . .

Es war Margit, die der Situation eine Wendung gab. Sie wandte sich an ihren Mann: »Ich muß gehen, Klaus. Ich wollte ja ohnehin nur kurz vorbeischauen. Tschüß, bis heute abend.« Sie nickte Sonja Richartz und Fred Pommer kurz und kühl zu und verließ das Zimmer. Klaus Blankers machte keinen Versuch, sie zurückzuhalten.

Dann wandte er sich Sonja Richartz zu. »Ich bin erstaunt, daß Sie es wagen, sich wieder bei mir blicken zu lassen«, sagte er kalt. »Habe ich Ihnen nicht deutlich genug zu verstehen gegeben, daß ich auf Ihre Besuche keinen Wert lege?«

Sonja Richartz wurde blaß unter dem Make-up. Hilfesuchend sah sie sich nach Pommer um.

»Herr Blankers, entschuldigen Sie bitte, aber es geht um die Firma von Frau Richartz . . .«, begann Pommer.

Klaus Blankers unterbrach ihn mit einer Handbewegung. »Wie kommen Sie überhaupt dazu, sich in diese Angelegenheit einzumischen, Herr Pommer?« fragte er scharf. »Ihre Aufgabe ist die Spesenabteilung. Über Fusionspläne entscheide ich!«

»Es tut mir leid . . . ein Mißverständnis . . . ich dachte nur . . .« Pommer wand sich.

Sonja Richartz stand auf. »Schon gut, schon gut.« Sie rang mühsam um Beherrschung, ihre Lippen zuckten vor verhaltener Wut. »Herr Pommer ist unschuldig. Ich habe mich an ihn gewandt und ihn überredet, ein gutes Wort für mich einzulegen. Nun ja.« Sie zuckte mit den Schultern, warf den Kopf zurück. »Fehlanzeige. Leben Sie wohl, Herr Blankers. Ich hätte es mir denken können.«

»Guten Tag«, erwiderte Blankers. Und dann: »Sie, Herr Pommer, bleiben bitte noch hier!«

Er wartete, bis Sonja Richartz hinaus war. Dann zündete er sich eine Zigarette an, inhalierte den Rauch, blickte vor sich auf die Schreibtischplatte. Pommer beobachtete ihn beklommen. Verdammt, das gibt ein Donnerwetter, dachte er. So sauer habe ich den Chef noch nie gesehen.

»Woher kennen Sie Frau Richartz?« fragte Blankers in die Stille hinein.

Pommer hatte mit dieser Frage gerechnet. »Ich kenne sie nur ganz flüchtig«, erwiderte er. »Bei einer Party sind wir uns vor etwa einer Woche begegnet. Und als sie hörte, daß ich bei Ihnen arbeite, fragte sie . . .«

». . . ob Sie nicht versuchen könnten, eine Firmenfusion oder so etwas bei mir zu vermitteln, nicht wahr?« ergänzte Blankers und hob den Kopf. »Und Sie haben ahnungslos zugesagt. Stimmt's?«

»Stimmt.« Pommer atmete heimlich auf. Das Gespräch lief in harmlosere Bahnen, als er befürchtet hatte. »Wenn ich gewußt hätte, daß die Dame bei Ihnen unerwünscht ist . . .«

»Sehr unerwünscht!« Blankers sah seinen Mitarbeiter eindringlich an. »Bitte verschonen Sie mich künftig mit solchen Überraschungen, Herr Pommer.«

»Selbstverständlich. Und entschuldigen Sie bitte, daß ich meine Kompetenzen überschritten habe.«

»Schon gut, Herr Pommer. Aber da Sie gerade hier sind: Über die Spesen von Herrn Direktor Hannemann müssen wir noch mal ausführlich reden . . .«

Der Rest des Gesprächs verlief in einer guten, sachlichen Atmosphäre. Fred Pommer war wieder einmal aus der Klemme. Dieser Blankers ist wirklich ein anständiger Kerl, dachte er. Fast tut es mir leid, daß ich ihn so an der Nase herumführe. Aber was sein muß, muß sein.

Am Abend fuhr Fred Pommer zu Sonja Richartz in die Wohnung. Sie erwartete ihn schon, saß auf der breiten Couch im Salon und spielte kokett mit einer Strähne ihres platinblonden Haares. Lächelnd streckte sie ihm die Hand entgegen. »Mein armer kleiner Gönner!« rief sie und ließ es geschehen, daß er ihre Hand länger als üblich festhielt. »Da haben wir beide ja heute ziemliches Pech gehabt. Aber nur nicht den Mut verlieren, Fred. Sie werden es schon noch schaffen.«

Er setzte sich neben sie. »Blankers hat mich anschließend noch mächtig angepfiffen«, sagte er. Das war übertrieben, aber es erhöhte in Sonjas Augen den Wert seiner Bemühungen. »Wenn ich geahnt hätte, daß seine Frau gerade bei ihm war . . .«

»Sie geben das Stichwort.« Sonja stand auf, öffnete die kleine Hausbar an der Wand und füllte zwei Whiskygläser. »Margit Blankers. Leugnen Sie immer noch, die Dame von früher her zu kennen?«

Pommer verzog das Gesicht. Das war das vierte Mal seit seiner Bekanntschaft mit Sonja, daß sie ihn nach Margit fragte. Er war dieser Frage bisher immer wieder ausgewichen, hatte sich nichts entlocken lassen. Margits Vergangenheit . . . das war ein Kapital, das Fred Pommer allein auszuwerten gedachte. Eine Mitwisserin konnte da nur schaden. Vor allem, wenn es eine so gefährliche, mit allen Wassern gewaschene Mitwisserin war wie Sonja Richartz.

»Nach meinem Unfall in der Heide kam ich in ihr Haus. Das ist alles«, sagte er. »Lieber Himmel, Sonja, wie oft soll ich Ihnen das noch erzählen?«

»Nie mehr.« Sie kam auf ihn zu, reichte ihm das Whiskyglas, setzte sich wieder zu ihm. »Sie sollen mir lieber endlich die Wahrheit sagen, mein Freund. Ich weiß definitiv, daß Margit Blankers, damals noch Margit Bernhardt, mehrmals ›Fred‹ gerufen hat, als man sie aus dem Hafenwasser zog.«

Er trank, zuckte mit den Schultern. »Es gibt mehr Freds in Deutschland als neugierige Frauen«, erwiderte er leichthin. »Auch das habe ich schon mehrmals versucht, Ihnen klarzumachen.«

»Sie meinen: mir vorzumachen!« Sie rückte dicht an Pommer heran. »Fred, lassen Sie doch endlich die Komödie. Margit kam in jener Nacht aus jenem Lokal. Ich weiß es, ich habe doch den Portier extra deswegen ausfragen lassen. Sie hat mit Ihnen gesprochen, bevor es passierte.«

»Auch Portiers können sich irren.« Er richtete sich auf und hob erregt die Hände. »Verdammt noch mal, Sonja, ich erkläre Ihnen jetzt zum letztenmal, ich habe mit Frau Blankers nichts gehabt! Ich war an dem Abend nicht im ›Dreimaster‹, das ist alles Unsinn. Sie haben den Detektiv für nichts und wieder nichts bezahlt!«

»Irrtum, lieber Fred.« Sie lächelte ihn an, ihre Augen glitzerten. »Durch den Detektiv habe ich immerhin erst von Ihrer Existenz erfahren. Ihm verdanken wir unsere Bekanntschaft. Obwohl er von mir auf Margit Blankers angesetzt worden war, mit der Sie angeblich nie etwas zu tun hatten. Seltsamer Zufall, nicht wahr?«

»Ja, seltsamer Zufall«, echote er.

Sonja Richartz gab es vorläufig auf. Natürlich lügt er, dachte sie. Irgendwann einmal wird er die Wahrheit sagen. Wer weiß, vielleicht noch heute nacht ...

Sie drehte sich zu ihm hin, langsam, mit trägen, aufreizenden Bewegungen. Das enge grüne Kleid spannte sich um ihren Körper wie ein Futteral. Eine Schlange, dachte Pommer. Eine schöne, erregende, schillernde, gefährliche Schlange. Ich muß auf der Hut sein.

»Fred«, sagte sie jetzt mit ihrer dunklen, schmeichelnden Cellostimme. Ihre Hände berührten die Revers seiner Jakke. »Wollen wir uns wirklich so weiter streiten? Wo wir doch beide in einem Boot sitzen? Sagen Sie mir lieber: Was wollen Sie demnächst tun? Ich meine, um Blankers doch noch umzustimmen?«

»Schwer zu sagen.« Er zuckte mit den Schultern. »Offen gestanden ... ich an Blankers' Stelle würde Ihren Pleiteladen auch nicht kaufen. Verzeihen Sie die Offenheit.«

»Bitte, bitte.« Sie ließ sich seufzend zurückfallen. »Ich liebe es, wenn Sie offen zu mir sind, Fred. Leider sind Sie es viel zu selten.«

Er gab keine Antwort, hielt das Glas in der Hand, ließ den Whisky darin kreisen.

»Und wenn er meiner Firma wenigstens Aufträge gäbe?« meinte sie. »Ich könnte Blankers ebensogut wie jeder andere elektrische Ausrüstungen und dergleichen liefern. Gegen langfristige Kredite, damit ich meine Gläubiger endlich beruhigen kann.«

»Hm.« Pommer dachte nach. »Und wie soll ich es Blankers beibringen, nach dem Reinfall heute mittag?«

»Aber Fred!« Sie lehnte sich leicht gegen ihn. Es war eine Berührung, die ihm heiße Wellen über die Haut jagte. »Sie sind doch sonst so erfinderisch.«

»Danke für das Kompliment.« Vorsichtig legte er den Arm um ihre Schulter. Sie ließ es sich gefallen. »Wie haben Sie sich eigentlich Ihre Gegenleistung an mich vorgestellt?« fragte er leise.

Sie wandte ihm das Gesicht zu. Ihre Lippen schienen in diesem Moment noch voller und verlockender, ihre Augen noch schillernder, ihr Lächeln noch verführerischer. »Ist das so schwer zu erraten, mein Lieber?« flüsterte sie.

Er küßte sie, und diesmal wehrte sie ihn nicht ab. Sie spürte, daß sie ihm endlich nachgeben mußte, daß sie ihn nur noch bei Laune halten konnte, wenn sie seine seit langem drängenden Wünsche erfüllte. Und so gab sie sich seiner Umarmung mit aller Leidenschaft und Heftigkeit hin, deren sie fähig war.

Immer wilder, immer heißer preßten sich ihre Lippen gegen seinen Mund. Ihre Hände umschlossen seinen Nakken, ihre Nägel bohrten sich leicht in seine Haut, ihre Brust drängte sich an ihn, ihr Atem wurde heftig und unregelmäßig, ein heißes, mitreißendes Stakkato der Liebe.

»Mein Liebster«, hauchte sie an sein Ohr. »Wir beide gehören zusammen. Ich habe es schon gefühlt, als ich dich zum erstenmal sah . . .«

Er blieb bis zum nächsten Morgen.

Margit Blankers verbrachte eine unruhige, qualvolle Nacht. Lange lag sie wach neben ihrem Mann, der zufrieden und glücklich mit tiefen Atemzügen schlief. Sie starrte in die Dunkelheit und wartete darauf, daß hinter den Fenstern der Morgen graute.

Die Gedanken wirbelten in ihr. Woher kennt Sonja Richartz bloß Fred Pommer? Wie gut kennt sie ihn? Damals, auf dem Tennisplatz, fragte sie: »Wer ist Fred?« Wußte sie da schon, wer er war? Und wenn sie es gewußt hat – warum schwieg sie damals? Was hat sie vor?

Oder ist alles genau umgekehrt gewesen? Hat Fred Pommer sich an Sonja Richartz herangemacht, um mit ihrer Hilfe eine neue, noch unbekannte Gemeinheit gegen Klaus und mich auszuhecken? Wer benutzt wen als Mittel zum Zweck? Gedanken, Vermutungen, Ängste, Vorwürfe. Und über allem immer die große, peinigende Frage: Was wird geschehen, wenn Klaus die Wahrheit erfährt? Wird unser Glück zusammenbrechen? Wird unser Kind schon als Säugling keine Eltern mehr haben?

Einmal in dieser Nacht stand Margit leise auf, schlich hinüber zum Kinderzimmer, beugte sich über das Bettchen und sah in das dicke, runde Gesichtchen der kleinen Monika. Ein Schluchzen würgte in ihrer Kehle, als sie zurückging und sich zu ihrem Mann auf die Bettkante setzte.

Du schläfst, dachte sie. Du schläfst so sorglos und zufrieden. Du hast eine junge Frau, ein hübsches Kind, eine große Fabrik und keine Geldsorgen. Du bist ein Glückskind des Schicksals, Klaus Blankers. Und was wirst du tun, wenn dir eines Tages die Wahrheit den Boden unter den Füßen wegreißt und du aus deinen Glücksträumen erwachst?

Verhüte Gott, daß dies jemals geschieht!

Am Morgen, nachdem Blankers ins Werk gefahren war, ließ Margit sich vom Chauffeur zu ihrer Mutter bringen. Sie brauchte nicht viel zu reden und zu erklären. Lisa Bernhardt sah ihre Tochter nur an und wußte Bescheid.

»Wieder die alte Geschichte?« fragte sie nur. »Neue Schwierigkeiten mit diesem Pommer?«

Margit nickte. Sie warf sich in den Sessel und bedeckte das Gesicht mit beiden Händen. »Er war da . . . bei Klaus im Büro«, stammelte sie. »Mit . . . mit dieser Sonja Richartz.

Die beiden müssen sich kennen! Ich ahne schon, was da auf mich zukommt. O Mama . . . ich habe Angst . . .«

»Hat er was gesagt? Irgendeine Andeutung gemacht? Oder sie?«

»Nein, nichts. Aber wer Fred kennt, der weiß, was diese Bekanntschaft bedeutet. Er treibt mich zum Wahnsinn, Mama. Ich fühle es, einmal kommt der Tag, wo ich nicht mehr kann, wo ich wieder dastehe wie damals am Hafen . . .« Margit nahm die Hände vom Gesicht. Ihre Augen waren gerötet von tausend ungeweinten Tränen.

In diesem Moment faßte Lisa Bernhardt einen kurzen, festen Entschluß. Sie packte Margit ins Bett, gab ihr Tee zu trinken, in den sie ein leichtes Schlafpulver gemischt hatte, rief dann eine Taxe an und ließ sich zu den Blankers-Werken fahren. Dort fragte sie bei der Auskunft nach Herrn Pommer.

Zehn Minuten später saß Lisa Bernhardt in einem kleinen Büro dem Mann gegenüber, der in seinen Händen das Glück von zwei Familien hielt. Sie erkannte ihn wieder, sie hatte ihn ja bei der Taufe der kleinen Monika kurz gesehen.

Ein blasierter, geschniegelter Affe, dachte sie. Diese wie gelackten schwarzen Haare, der kleine schwarze Schnurrbart, dieses maliziöse Lächeln . . . mein Gott, wie kann ein Mann wie Klaus Blankers nur auf so einen Blender hereinfallen? Und was noch schlimmer ist: Wie konnte Margit, meine Tochter, sich an einen solchen Kerl verlieren! Müßte man wieder neunzehn sein, um das verstehen zu können?

Lisa Bernhardt schüttelte unwillkürlich den Kopf.

Pommer zog die Augenbrauen hoch. »Im Zimmer geirrt, gnädige Frau? Wollten Sie nicht mich sprechen?« Eine kleine Verbeugung. »Mein Name ist Pommer.«

»Ich wollte Sie sprechen.« Lisa atmete tief ein. »Ich bin Margits Mutter . . .«

»Ach!« Er lächelte sie an. »Richtig, jetzt fällt mir auch

ein, wo ich Sie schon einmal gesehen habe. Nach der Taufe!« Er rückte ihr einen Sessel zurecht, bot ihr sehr galant Platz an. »Was kann ich für Sie tun, gnädige Frau?«

Zögernd setzte sie sich. Seine Höflichkeit entwaffnete sie für kurze Zeit. »Sie wissen, warum ich hier bin«, sagte sie endlich.

»Ehrlich gesagt, nein!« Sein Gesicht war glatt, undurchdringlich, eine höfliche Maske.

»Margit hat mir alles erzählt«, fuhr Lisa Bernhardt fort. »Leider nur zu spät.«

»Ich verstehe nicht ...« Pommer war ehrlich verwirrt. Was hat Margit erzählt? dachte er blitzschnell. Alles? Was bedeutet das: alles?

Er räusperte sich, zündete sich eine Zigarette an. »Wollen Sie sich nicht deutlicher ausdrücken, gnädige Frau? Ihre Tochter hat sich nach meinem Unfall in der Heide in rührender Weise ...«

»Lassen Sie endlich das Theater!« unterbrach Lisa Bernhardt ihn schroff. »Ich weiß alles. Von dem Urlaub an der Ostsee bis zum Treffen in der Heide ...«

»Aha.« Pommer ließ jetzt die Maske fallen. Das Versteckspielen hatte keinen Sinn mehr. »Und nun?« fragte er und setzte sich hinter seinen Schreibtisch.

»Ich bin gekommen, um Ihnen zu sagen: Lassen Sie endlich meine Tochter in Ruhe!«

»Aha«, sagte Pommer wieder. Ein dünnes Lächeln huschte über sein Gesicht. »Margit hat also Angst, und deshalb schickt sie Sie zu mir. Aber liebe gnädige Frau ... was kann ich schon gegen diese Angst tun? Eine Vergangenheit läßt sich nun mal nicht auslöschen.«

»Sie erpressen Margit!« stieß Lisa Bernhardt hervor. »Sie wollen mit dieser einen Nacht an der Ostsee ihr ganzes Leben zerstören. Sie sind ein Schuft!«

Fred Pommer hob die Brauen. Diese Frau ist zu allem entschlossen, dachte er. Eine Henne, die um ihr Küken kämpft. Mit solchen Gegnerinnen ist nicht zu spaßen. Ich werde sie einwickeln müssen.

Fred kratzte allen Charme zusammen, beugte sich vor und sah Lisa Bernhardt mit seinen großen blauen Augen an. »Jeden anderen Besucher, der mir so etwas zu sagen wagte, würde ich hinauswerfen«, sagte er leise, aber eindringlich. »Ihnen als Margits Mutter verzeihe ich es. Und nun hören Sie mir bitte gut zu, gnädige Frau: Ich habe nicht die geringste Absicht, Margits glückliche Ehe zu gefährden. Zugegeben, diese Stellung hier habe ich mir verschafft, indem ich Ihre Tochter ein bißchen unter Druck setzte. Wenn man so dasteht wie ich damals, darf man nicht zimperlich sein in der Wahl seiner Mittel.«

»Genau das habe ich von Ihnen erwartet!« rief Lisa empört.

Er hob die Hand. »Lassen Sie mich bitte ausreden. Tatsache ist, daß ich jetzt den Posten habe. Eine interessante Arbeit, ein gutes Gehalt. Herr Blankers vertraut mir. Abgesehen davon, daß es menschlich höchst schäbig wäre: Welches Interesse sollte ich um Himmels willen daran haben, weiter in die private Sphäre meines Chefs einzudringen? Wenn einer von nun an froh ist, daß die Geschichte von damals vergessen wird, dann doch wohl ich. Außer Margit natürlich«, fügte er mit einem bedeutungsvollen Lächeln hinzu.

Lisa Bernhardt suchte nach Worten, nach Argumenten. Aber sie fand keine. Was dieser Mann da sagte, klang logisch. Und sogar ehrlich.

»Sehen Sie«, fuhr er fort. »Die Dinge sind genauso gelaufen, wie es für alle Beteiligten am besten war. Ich habe meinen Job, Margit hat ihre Ruhe, Herr Blankers hat weiter die Illusion, ein unberührtes Mädchen geheiratet zu haben. Niemand tut dem anderen mehr weh. Warum wollen Sie nun alles wieder aufrühren, gnädige Frau? Warum?«

»Weil ... weil Margit Angst hat«, preßte Lisa Bernhardt heraus. »Sie fühlt sich von Ihnen bedroht.«

»So ein Unsinn!« Er stand auf, trat ans Fenster. »Sagen Sie ihr: Fred Pommer ist zufrieden mit dem, was er erreicht hat. Er ist ihr und vor allem Herrn Blankers sehr dankbar. Sie soll doch endlich aufhören, sich selbst verrückt zu machen!«

Auch Lisa hatte sich erhoben. Unschlüssig sah sie Pommer an. In ihr rangen Zweifel und Erleichterung miteinander. »Sie versprechen mir also, Margit in Ruhe zu lassen?« fragte sie.

»Großes Ehrenwort.« Er kam auf sie zu und zog die Schultern hoch. »Wenn Sie mir nicht glauben wollen, kann ich es nicht ändern. Ich warne nur vor unüberlegten Schritten!«

»Danke«, sagte Lisa Bernhardt leise. »Ich werde es Margit sagen.«

An der Tür zögerte sie ein paar Sekunden lang. Dann überwand sie sich und gab Pommer die Hand. Es war wie eine stumme Abbitte.

Als die Frau hinaus war, starrte Fred Pommer noch eine Zeitlang gedankenverloren hinter ihr her. Jetzt wird sie nach Hause kommen, dachte er, und Margit beruhigen. Dieser Pommer ist ja gar nicht so, wird sie sagen. Er hat versprochen, kein Unheil mehr zu stiften. Ich habe es wieder mal geschafft.

Und er dachte weiter: Fast wünschte ich mir, ich könnte dieses Versprechen halten.

Es war eine moralische Anwandlung, die genauso rasch wieder verging, wie sie gekommen war.

Vier Wochen später überraschte Klaus Blankers seine Frau mit der Mitteilung, daß er Fred Pommer aus der Spesenkontrolle herausgenommen habe. »Weißt du«, sagte er nach dem Abendessen, als sie gemütlich vor dem Kamin zusammensaßen und der Diener eine Ananasbowle servierte, »dieser Pommer, dein Protektionskind, ist wirklich ein talentierter Bursche, war viel zu schade für den Routinekram mit den Spesen. Er hat mich mit großartigen Rationalisierungsvorschlägen für die Betriebsverwaltung überrascht. Ich kann dir das im einzelnen nicht erklären ... aber dieser Pommer hat wirklich Köpfchen. Ich habe ihn deshalb ...«

»Befördert ...«, sagte Margit tonlos und rührte in ihrem Bowlenglas.

»Ja. Er ist ab nächstem Ersten mein Direktionsassistent. Sozusagen meine rechte Hand, verstehst du?«

»Nein!« Es war wie ein Aufschrei.

Blankers sah Margit erstaunt an. »Was soll denn das, Liebes? Hast du neuerdings was gegen ihn?« Er fischte mit einem silbernen Gäbelchen die Ananasstücke aus dem Wein und aß sie. »Ich jedenfalls freue mich, daß ihn der Zufall in unsere Firma gebracht hat. Was meine Direktoren seit Jahren nicht erkannten, das überblickt dieser Kerl in ein paar Wochen. Erstaunlich, alle Achtung.«

In diesem Augenblick war Margit versucht, ihrem Mann alles zu sagen. Aber dann sah sie in Klaus' Augen, wie fröhlich und gelöst von allen Sorgen er war, wie er sich ehrlich über Pommers Tüchtigkeit freute. Da verbiß sie sich die Worte, die in ihre Kehle drängten.

Zugleich jedoch stieg heißer Zorn gegen Pommer in ihr hoch. Ich muß seinen Aufstieg verhindern, hämmerte es in ihrem Hirn, in ihrem Herzen. Ich muß verhindern, daß er sich weiter in Klaus' Vertrauen einschleicht, nur um seine

Teufeleien um so raffinierter einfädeln zu können. Ich muß Klaus vor ihm warnen, ohne mich selbst zu gefährden.

»Klaus«, begann sie und legte ihre Hand auf seine Schulter. »Bist du tatsächlich so sicher, daß dieser Mann etwas taugt?«

»Aber ja.« Klaus Blankers nickte. »Er bringt alles mit, was einen guten Manager ausmacht: Intelligenz, Wendigkeit, Scharfblick, tadelloses Benehmen, gekonnte Menschenbehandlung, Einfühlungsvermögen . . .«

»Du sprichst ja geradezu begeistert von ihm«, sagte Margit, innerlich entsetzt.

»Ich bin es auch.« Er stieß mit ihr an, als wollte er Pommers Karriere feiern. »Aber mir scheint, du denkst genau das Gegenteil. Ist es, weil er vorigen Monat mit dieser Sonja Richartz ankam?«

Sie schwieg, preßte die Lippen zusammen.

»Ich kann dich verstehen«, fuhr Klaus fort. »Aber glaube mir, Pommer konnte im Grunde nichts dafür. Die Richartz hat sich einfach an ihn herangemacht und ihn eingewickelt. Heute würde ihm das schon nicht mehr passieren.«

Er füllte die Gläser nach, drückte Margit an sich. »So, und nun sprechen wir endlich von etwas anderem. Nächste Woche muß ich für ein paar Tage nach Schweden, es geht um größere Stahllieferungen für die neuen Maschinen. Und danach machen wir wieder mal einen kurzen Verschnauf-Urlaub in unserem Heidehaus, einverstanden?«

»Das wäre wunderbar, Klaus . . .«

Margit bemühte sich, fröhlich zu sein. Aber ihr Herz blutete. Nun ist alles vorbei, dachte sie. Ich habe die letzte Chance verspielt, ihm die Wahrheit zu sagen. Wenn Klaus sie jemals erfährt . . . er wird mir nicht mehr verzeihen.

Sie stand auf. »Ich will rasch mal nach dem Kind sehen«, sagte sie.

Monika. Die kleine, dicke, süße, unschuldige Monika. An ihrem Bettchen saß Margit wenig später, blickte unablässig auf das schlafende runde Gesichtchen, auf die geballten Fäustchen. Als müßte sie sich hier neue seelische Kraft holen für das, was ihr noch bevorstand.

Klaus Blankers hatte seine Reise nach Schweden angetreten, die letzte größere Geschäftsreise in diesem Jahr. Fred Pommer begleitete ihn. Er hatte Sonja Richartz vorher versprechen müssen, auf dieser Fahrt einen neuen Vorstoß in Sachen Firmenfusion zu unternehmen. Auf einer Reise bieten sich immer Gelegenheiten dazu, man sitzt abends an der Hotelbar zusammen, redet über dieses und jenes, kommt sich menschlich näher ...

»Ich werde es schon schaukeln«, hatte Pommer beim Abschied großspurig zu Sonja gesagt. »Den guten Blankers wickle ich inzwischen um den Finger.«

Aber Sonja Richartz begnügte sich nicht mit diesen Aussichten. Sie hatte noch ein anderes Eisen im Feuer: Margit Blankers. Es ließ sich weichklopfen, davon war Sonja überzeugt. Man mußte es nur richtig anfangen.

Als Geliebte Fred Pommers hatte sie noch dreimal versucht, ihn über sein früheres Verhältnis mit Margit auszuhorchen. Vergeblich. Auch in den zärtlichsten Stunden, in denen ein Mann sonst Geist und Gewissen verliert, war es ihr nicht gelungen, Pommer zum Sprechen zu bringen. Eiskalt wich er ihren Fragen aus und blieb bei seiner unglaubhaften Erzählung von dem Unfall in der Heide.

Nun entschloß Sonja Richartz sich zu einem Alleingang.

Am dritten Tag nach Blankers' und Freds Abreise rief sie in der Blankers-Villa an, stellte sich als Masseuse vor und fragte den Diener, wann die gnädige Frau allein sei.

»Sie können sofort kommen!« sagte der Diener und hängte ein.

Sonja kam. Sie wurde, als sie ihren Namen nannte, sofort in den Salon geführt.

Margit stand in einem langen Hauskleid vor dem Fenster. »Sie wünschen?« fragte sie steif.

Sonja Richartz lächelte. »Wenn Sie mich so direkt fragen: Ich brauche Geld. Bitte entschuldigen Sie diese Unverschämtheit, aber Sie wollten ja eine möglichst knappe und präzise Antwort. Sie kennen die Lage meiner Firma, Ihr Mann hat Ihnen bestimmt davon erzählt. Die Katastrophe wäre aufzuhalten, wenn Ihr Mann sich dafür erwärmen könnte, meinen Betrieb mit langfristigen Aufträgen wieder zu sanieren. Ich will ja nichts geschenkt haben! Ich kämpfe nur um das Erbe meines seligen Mannes ...«

Sonja machte eine wirkungsvolle Pause. Ihre Stimme wurde jetzt klagend, wehmütig. »Bevor Sie in das Leben von Klaus traten, sah alles so hoffnungsvoll für mich aus. Dann kamen Sie, und ich sah mich um alle Chancen gebracht. Eigentlich müßte ich Sie hassen, Frau Blankers. Denn wer ist einer Frau schon verhaßter als die Nebenbuhlerin? Aber ich kann solche niedrigen Gefühle gegen Sie nicht aufbringen, meine Beste. Im Gegenteil, ich habe tiefes Mitleid mit Ihnen.«

»Mitleid? Mit mir?« Margit hob den Kopf. »Was soll das?«

»Nun ...« Jetzt lächelte Sonja Richartz wieder. »Ich würde in Ihrer Situation auch nicht mehr ruhig schlafen können. Ich würde sogar halb wahnsinnig dabei. Der Gedanke, daß Ihr Mann keine Ahnung hat, wer Fred Pommer einmal für Sie war ...«

»Wie bitte?« Margit richtete sich kerzengerade auf und kam langsam auf die andere zu. »Was reden Sie da?«

Sonja Richartz wurde unsicher. Sie hatte Erschrecken bei Margit erwartet, Verwirrung. Hilflosigkeit, die ihr letzte Bestätigung ihrer Vermutungen gab. Statt dessen reagierte diese junge Frau, als gäbe es wirklich in ihrem Leben kein drohendes Geheimnis.

»Herr Pommer ist der Meinung . . .«, begann Sonja.

»Wenn Herr Pommer eine Meinung hat, so soll er sie meinem Mann vortragen.« Es klang stolz und sicher.

Sonja biß sich auf die Unterlippe. »Fred hat mir einiges erzählt«, sagte sie leichthin.

Margit hob den Kopf noch höher. »Was hat Herr Pommer erzählt?«

»Von früher . . .«

»Von dem Unfall in der Heide?«

»Noch früher.«

»Was habe ich mit seinen Jugenderinnerungen zu tun?«

»Sie spielen darin eine Rolle, Frau Blankers.«

»So? Sagte das Herr Pommer?« Margits Stimme war von entwaffnender Gleichgültigkeit. »Ich werde meinen Mann bitten, Herrn Pommer wegen Beleidigung zur Rechenschaft zu ziehen.«

Sonja gab es auf. Ihr Bluff war endgültig zusammengebrochen, und sie begann einzusehen, daß ihr ganzer Besuch hier eine große Dummheit gewesen war. Sie hatte nichts an Beweisen in der Hand. Und was Pommer mit ihr anstellen würde, wenn er von dieser Unterredung erfuhr – nicht auszudenken! Sonja hätte sich selber ohrfeigen können.

Margit klingelte nach dem Diener und sagte kalt: »Frau Richartz möchte gehen, Karl. Begleiten Sie sie bitte hinaus.«

Draußen im Wagen fiel die letzte Selbstbeherrschung von Sonja Richartz ab. Sie ließ den Motor aufheulen und weinte vor Wut und Enttäuschung.

Aber auch von Margit war die starre Maske der Selbstsicherheit abgefallen. Das Gespräch mit der Rivalin hatte wie mit glühenden Zangen an ihren Nerven gezerrt. Nur mit unmenschlicher Anstrengung war es ihr gelungen, die Rolle der nichtsahnenden, stolzen, überlegenen Frau durchzuhalten. Jetzt, da sie wieder allein war, ließ sie sich stöhnend in einen Sessel sinken und vergrub das Gesicht in den Händen.

Die Angst hatte sie wieder. Die Not. Die Verzweiflung.

Hörte das grausame Spiel denn niemals auf? Was wußte Sonja Richartz wirklich? Bluffte sie nur? Oder hatte Pommer ihr alles verraten?

Aus dem Kinderzimmer, das jenseits der großen Diele lag, kam jetzt helles, klagendes Weinen. Rasch lief Margit hinüber, hob die kleine Monika aus dem Bettchen, drückte sie an sich. Sie merkte kaum, wie sich die Tränen des Kindes mit ihren eigenen vermischten. O mein Kleines, dachte sie nur immer wieder. Noch ahnst du von allem nichts. Noch gibt es für dich keine Furcht, keine Bedrohung, kein Herzeleid. Wird Fred Pommers satanische Macht eines Tages auch dein Leben überschatten?

Später saß sie allein auf der Couch am Kamin, las in einem Buch, ohne den Inhalt in sich aufzunehmen, lauschte auf jedes winzige Geräusch in dem großen Haus. Außer ihr und dem schlafenden Kind war niemand mehr hier. Sie hatte den Diener Karl ins Kino geschickt, das Dienstmädchen hatte sowieso heute frei. Lähmende Einsamkeit breitete ihre Schwingen aus.

Gegen neun Uhr schellte es. Margit erhob sich zögernd, ging zur Haustür, öffnete.

»Gott zum Gruß!« Fred Pommer trat ein.

Margit hatte das Gefühl, ein Alptraum hätte sie überfallen. Der Boden unter ihr schwankte, das Haus schwankte,

Fred Pommers grinsendes Gesicht schwankte vor ihren Augen.

»Was . . . was soll das?« würgte sie hervor. »Wie kommst du hierher? Ich denke, du bist in Schweden . . .«

»Ich fliege morgen mittag zurück. Dein Mann hat mich nur für einen Tag hierhergeschickt, um ein paar wichtige Akten aus dem Tresor zu holen. Und da dachte ich mir: Was sollst du den ganzen Abend herumlungern? Besuche doch die liebe kleine Margit!«

»Und . . . und Sonja Richartz?«

»Die weiß gar nicht, daß ich in Deutschland bin. Vom Flugplatz zum Werk, vom Werk zu dir – wenn das nicht alte Liebe ist!«

»Laß das!« Margit hatte sich wieder halbwegs gefangen. Nur ihre Hände bebten noch, als hätte sie einen Schüttelfrost. »Was willst du hier? Unser Diener kommt gleich zurück.

»Irrtum, mein Mädchen.« Er schob sie einfach vor sich her durch die Diele, hinein ins Kaminzimmer, schloß die Tür hinter sich. »Ich habe euer Haus hier schon seit zwei Stunden im Auge behalten, diskret und vorsichtig, wie ich nun mal bin. Dein treuer Butler verließ es gegen Viertel vor acht. Sicherheitshalber bin ich ihm nachgegangen, bis er in einem Kino verschwand. Dort sitzt er jetzt warm und gemütlich und erbaut sich an der Filmkunst. Die zwei Gesichter einer Frau, heißt der Streifen. Sinnig, nicht wahr?«

Er machte einen weiteren Schritt auf sie zu.

»Bleib stehen!« schrie Margit. Ihr ganzer Körper begann zu beben. »Es geschieht ein Unglück, wenn du noch einen Zentimeter näher kommst! Laß mich in Ruhe und verschwinde!«

Pommer schob die Unterlippe vor. »Wenn du wüßtest, wie hinreißend du jetzt aussiehst«, sagte er mit seiner dunklen, weichen Stimme. Dieselbe Stimme wie damals an der Ostsee, mußte Margit denken. Sie erschrak selbst vor dieser Erinnerung. »Dein wunderbares blondes Haar, deine herrlichen Augen, in denen schon das Verlangen steht ... das Verlangen nach mir ...«

»Du bist wahnsinnig!« schrie sie. Die Angst schoß wie eine grelle Stichflamme in ihr empor. Sie ging rückwärts, langsam, zitternd, ließ Pommer nicht aus den Augen, der ihr ebenso langsam folgte, erreichte den Kamin, bückte sich. Plötzlich hatte sie einen eisernen Feuerhaken in der Hand. Sie hob ihn hoch und richtete die gebogene Spitze auf Fred Pommer.

»Leg das Ding weg«, sagte er dumpf.

»Nein! Geh, oder ich schlage zu!«

»Margit.« Wieder dieser dunkle, lockende, zärtliche Ton in seiner Stimme. »Spiel mir doch kein Theater vor. Du weißt genausogut wie ich, daß du mir nicht mehr ausweichen kannst. Wir beide kommen nicht voneinander los.«

Sekundenlang schloß Margit die Augen.

Diese Sekunden genügten Fred Pommer. Er machte einen Sprung, war bei ihr, packte ihre rechte Hand und drehte sie herum. Klirrend fiel der Feuerhaken zu Boden. Ehe Margit sich losreißen konnte, hatte er auch ihre linke Hand ergriffen, bog ihre Arme mit einem Ruck nach hinten, so daß sich ihre Brust unter dem dünnen Hauskleid spannte, und preßte sie mit unmenschlicher Gewalt an sich.

»Margit ...«, keuchte er. »Ich bin verrückt nach dir.«

»Nein!« schrie sie grell. »Nein, bitte nicht ... Fred ... es ist Wahnsinn ... laß mich los ... Freeed!« Ihre Stimme überschlug sich, hallte in dem leeren, großen Haus wider. In dem Haus ... und in ihrem Innern.

Plötzlich war alles wieder da. Die Sommernacht. Das Haus an der Ostsee. Der Mond. Freds Stimme an ihrem

Ohr, sein heißer Atem an ihrem Hals, seine Lippen auf ihrem Mund, seine Hände an ihrem Körper . . .

Wieder wurde sie hochgehoben, wieder trug er sie, sie wehrte sich verzweifelt, vergeblich, sie fiel, Stoff zerriß über ihrer Brust, alles verschwamm vor ihren Augen . . .

»Fred!« schrie sie noch einmal erstickt auf.

Aber Fred ließ sie nicht los. Er kannte kein Erbarmen.

Pommer hielt Margit noch immer auf den Armen, drückte sie an sich, küßte sie auf den Hals, auf den Nacken, obwohl sie sich wie wild wehrte und mit den Fäusten gegen seine Schulter hieb. »Warum tust du das?« keuchte er. »Du kannst mich ja doch nicht vergessen . . . du gehörst mir . . . und du weißt es, Margit . . .«

Wieder drohte ihr Widerstand zu erlahmen. Die dämonische Gewalt, die dieser Mann über sie ausübte, die Macht der Erinnerung an die Nacht an der Ostsee, der Ton seiner Stimme, die Einsamkeit dieses Hauses, die Resignation . . . Sekundenlang schloß Margit die Augen, ließ den Kopf an Pommers Schulter sinken.

Da hörte sie einen Schrei. Einen dünnen, quäkenden Schrei, der aus dem Zimmer jenseits der Halle kam. Monika, ihr Kind! Es war wach geworden, es rief sie. Rief sie zur Besinnung, zur letzten, verzweiflungsvollen Abwehr der Versuchung.

»Laß mich los!« schrie sie grell und hieb Pommer mit den Fäusten ins Gesicht.

Er zuckte zurück, auch er hatte das Kind schreien hören und war im Moment ein wenig irritiert. Er schwankte, Margit konnte sich aus seinem Griff befreien, hatte endlich wieder festen Boden unter den Füßen. Der Bann war gebrochen.

Ehe er sie erneut an sich ziehen konnte, hatte Margit den Raum verlassen und war zu Monika hinübergerannt. Sie warf die Tür des Kinderzimmers hinter sich zu, drehte den Schlüssel herum und lehnte sich schwer atmend gegen die Wand.

Die Kleine wälzte sich im Bettchen herum, ihre winzigen Händchen waren zu Fäusten geballt, ihr rundes rotes Gesichtchen war feucht von Tränen. Aber der kleine Mund lachte schon wieder, als sie die Mutter sah.

Margit trat zitternd näher und beugte sich zu dem Kind hinunter. Der Mond schien ins Zimmer, wahrscheinlich war Monika davon unruhig geworden. Der Mond, der Margit schon beim erstenmal auf dem Weg in Pommers Arme begleitet hatte, damals an der Ostsee ...

»Mein Kleines«, flüsterte sie und drückte das Kind an sich. »Beinahe wäre es ihm gelungen ... du hast mich gerettet ... mich und deinen Vater ... und dich ... uns alle, die wir zusammengehören ...«

Sie hob Monika hoch, legte sie wieder richtig in die Kissen, deckte den strampelnden kleinen Körper langsam und sorgfältig zu. Dann blieb sie noch lange an dem Bettchen sitzen. Was Pommer währenddessen draußen im Haus machte ... es war ihr egal.

Als Margit nachher herauskam, war er gegangen.

Aber sie wußte, er würde wiederkommen. Bei der nächsten Gelegenheit würde er erneut versuchen, sie unter seine satanische Gewalt zu bringen. Ein Fred Pommer kannte keine Gnade.

Froh gestimmt kam Klaus Blankers aus Schweden zurück. Er brachte Margit einen herrlichen Blaufuchspelz mit und für die kleine Monika eine entzückende Trachtenpuppe, mit der das Kind allerdings noch nicht viel anfangen konnte.

Am Abend erzählte Blankers von seinen erfolgreichen

Abschlüssen in Schweden. Er war noch voll von seinen Erlebnissen und sah gar nicht, daß Margit bleich und verschüchtert in der Sesselecke kauerte und nur zaghaft an ihrem Wein nippte.

»Dieser Pommer ist in gewisser Hinsicht ein Genie«, sagte Blankers. »Ich muß immer wieder sagen, dieser Unfall in der Heide war so etwas wie ein Wink des Schicksals für mich. Stell dir vor, was der Kerl fertiggebracht hat ...« Er beugte sich vor und legte beide Hände auf Margits Knie.

Eine Sekunde lang hatte sie den Drang, zurückzuschrecken und seine Hände wegzuschieben. Aber dann atmete sie tief auf und senkte den Kopf, damit ihre Augen nicht ihre abgründige Traurigkeit verrieten.

»Dieser Pommer hat bei der Verhandlung über die Stahlpreise so geblufft«, fuhr Blankers fort, »daß wir ab nächster Lieferung um fünf Prozent billiger einkaufen. Und wie macht er das, der Gauner? Er nimmt mitten im Gespräch einen Schnellhefter aus meiner Tasche, klappt ihn auf und sagt ganz trocken: Herr Svendson, darf ich Ihnen die Angebote der kanadischen Stahlwerke nennen? Bei frachtfreier Lieferung betragen die Preise für Roherze ... Und dann rasselt er Zahlen herunter, die ich nie gehört habe und die Direktor Svendson so beeindrucken, daß er sagt: Natürlich können wir uns der Konkurrenz angleichen. Und das waren fünf Prozent Rabatt! Nach der Verhandlung sehe ich mir Pommers Schnellhefter an. Und was ist drin? Leere Seiten! Alles war nur ein vollendeter Bluff! Was sagst du nun, Liebling?«

»Das sieht Pommer ähnlich«, antwortete Margit schwach. »Ich hätte Angst, mit solch einem Mann zu arbeiten.«

»Fünf Prozent sind ein paar hunderttausend Mark, mein Schäfchen.« Blankers lehnte sich zurück; ein zufriedener, erfolgreicher Unternehmer, der allen Grund hat, seinen neuen Fischzug zu begießen.

Margit musterte ihn mit einem kurzen Blick. Er strotzt vor Gesundheit und Energie, dachte sie bitter. Klaus Blankers, mein Mann. Energische Nase, energisches Kinn, energische Augen, energische Haltung. Der Idealtyp des jungen Erfolgsmenschen.

Und blind dazu. Blind vor dem, was sich unter seinen Augen abspielt. Blind vor der Gefahr, die seiner Frau, seiner Ehe droht.

Margit trank langsam den Wein und hörte zu, was Klaus noch alles von Schweden erzählte. Wie fremd er mir plötzlich ist, dachte sie und erschrak selbst darüber. Ich höre ihm zu wie einem fremden Märchenerzähler, nicke und lächle, und im Grunde meines Herzens spüre ich, wie fern er mir ist, wie viel auf einmal zwischen uns steht.

Wach auf, Klaus Blankers! Deine Frau ist bedroht! Von deinem »Genie« Fred Pommer, der dir fünf Prozent des Stahlpreises herunterhandelte.

Blankers blätterte jetzt in seinem Notizbuch. »Liebling«, sagte er. »In zwei Wochen wollten wir ein paar Tage Urlaub in der Heide machen, nicht wahr?«

»Ja. Der Vorschlag kam von dir.« Margit starrte ihn groß an. Bitte, bitte, dachte sie. Sag nicht, daß er verschoben wird! Laß uns fahren, Klaus ... bitte!

»Es wird gehen.« Blankers rechnete. »Es ist nämlich so ... Ich muß vorher noch einmal nach Spanien. Die neuen Stahleinkäufe machen eine Besprechung mit den spanischen Kunden notwendig. Ich kann dann vielleicht sogar die auf den Markt drängenden Japaner ausboxen. Was sagst du dazu?«

»Ich möchte mit«, sagte Margit leise. Wie ein frierendes Vögelchen kauerte sie im Sessel.

»Was möchtest du?« fragte Blankers überrumpelt.

»Mit nach Spanien.«

»Und Monika? Stell dir die Strapazen für die Kleine vor, Hinflug, Rückflug, zwei Tage Hotel. Länger als drei, vier Tage will ich ja ohnehin nicht in Barcelona bleiben.«

»Trotzdem, ich möchte mit.« Sie sagte es beinahe trotzig. »Auf Monika kann Mama aufpassen, diese vier Tage lang.«

»Du wirst an der Reise wenig Freude haben, Liebling. Ich werde mich kaum um dich kümmern können.«

»Aber am Abend bist du wenigstens da ... und in der Nacht ...« Margit hob den Kopf. Ihre Augen blickten gequält, sogar eine Spur vorwurfsvoll. »Immer bist du weg, bist du nicht da, wenn ich dich brauche«, sagte sie. »Über ein Jahr sind wir jetzt verheiratet. Hast du einmal zusammengezählt, wieviel Zeit wir davon für uns allein hatten? Ganz allein, ohne Besuch, ohne Verpflichtungen, ohne Partys, Theaterabende und gesellschaftliche Verpflichtungen? Und dann deine vielen Reisen ... München, Köln, Schweden, Barcelona ...«

»Im November muß ich auch noch nach Warschau«, sagte Blankers kleinlaut.

»Aha!« Sie sprang auf. Jetzt wurde sie richtig zornig. »Und ich sitze währenddessen hier, Klaus, und sehne mich nach dir. Ich bin so oft allein, so schrecklich allein. Allmählich bekomme ich davor Angst.«

Klaus Blankers war überrascht und hilflos. So hatte Margit noch nie mit ihm gesprochen.

»Du hast eben einen vielbeschäftigten Mann geheiratet«, erwiderte er matt. »Erfolge müssen erkämpft werden.«

»Ich weiß es, Klaus. Ich weiß es.« Sie trat auf ihn zu und legte ihre Hände auf seine Schultern. »Nimmst du mich mit nach Spanien?« fragte sie mit merkwürdig rauher Stimme. »Bitte, Liebster!«

»Aber ja, mein Schäfchen.« Er nickte und streichelte ihre Hände. »Nur, wie gesagt, ich habe in Barcelona den ganzen Tag über . . .«

»Das ist mir egal, Klaus. Ich will nur mal raus hier, eine andere Stadt sehen, andere Menschen. Und vor allem möchte ich in deiner Nähe sein, Klaus. Verstehst du das denn nicht?«

»Natürlich verstehe ich das, Schatz. Natürlich kommst du mit nach Barcelona.« Er zog sie zu sich herunter, auf seinen Schoß. »Also: In drei Tagen fliegen wir. Abgemacht?«

»Abgemacht.« Sie schlang die Arme um ihn und gab ihm einen Kuß. Auf einmal war sie wieder wie sonst, ihre Augen begannen vor Freude zu glänzen.

»Ich werde gleich bei Pommer anrufen«, meinte Klaus Blankers. »Damit er statt einer zwei Flugkarten bestellt.«

»Schon wieder Pommer . . .«, sagte Margit heiser.

»Er ist schließlich mein Direktionsassistent. Ich bin wirklich froh, daß er mir diesen ganzen Kleinkram abnimmt.«

Er schob Margit behutsam von sich, stand auf und ging hinüber in die Bibliothek, um mit Pommer zu telefonieren.

Margit hörte, wie Klaus mit ihm sprach. Sie sah Fred vor sich, den Hörer am Ohr, mit hochgezogenen Brauen, spöttischem Lächeln und aalglatter Höflichkeit. – Jawohl, Herr Blankers. – Wird sofort besorgt, Herr Blankers. – Geht alles in Ordnung, Herr Blankers . . .

»Herr Pommer läßt dich grüßen!« rief Klaus von der Bibliothek herüber. »Er wünscht dir viel Vergnügen in Spanien.«

Margit gab keine Antwort. Wie gemein das Leben ist, dachte sie und biß die Lippen zusammen. Und wie feig wir alle sind.

Am Abend vor dem Abflug trat Margit im Kinderzimmer an Monikas Bettchen, beugte sich über die Kleine und strich ihr zärtlich über den Kopf. Da erschrak sie. Die Stirn fühlte sich heiß an. Und jetzt bemerkte Margit auch die apathische Haltung des Kindes, die schlaff daliegenden Ärmchen, den seltsamen Glanz in den großen blauen Augen.

Fieber!

Margit fuhr hoch, lief aus dem Zimmer, rief nach Klaus und dem Dienstmädchen.

Minuten später standen sie zu dritt um das Kinderbett. Monika reagierte kaum auf Margits Hände, sie schnaufte leise, verzog immer wieder den Mund.

»Das Fieberthermometer«, sagte Margit zu dem Dienstmädchen.

Dann warteten sie gespannt, zwei Minuten lang, bis das Thermometer richtig anzeigte. 39,1.

Ratlos und deprimiert sah Margit ihren Mann an. Aus, sagte dieser Blick. Nun muß ich doch hier bleiben. Unsere gemeinsame Reise ist geplatzt. Als wenn das Schicksal uns diese Freude nicht gegönnt hätte.

»Ich rufe sofort Dr. Schrader an«, sagte Klaus Blankers und ging in die Bibliothek hinüber. Es war wie eine Flucht vor den traurigen Augen seiner Frau.

Der Hausarzt kam zehn Minuten später. Er untersuchte das Kind, horchte alles ab, maß die Temperatur noch einmal nach. »Tja ...« Er richtete sich auf und sah die Eheleute Blankers an. »Eine leichte Grippe, kein Grund zur Besorgnis. Man muß nur aufpassen, daß keine Lungenentzündung daraus wird. Das kommt bei kleinen Kindern leider sehr schnell.«

»Ich muß also hier bleiben«, sagte Margit dumpf.

»Ach was!« Dr. Schrader schüttelte den Kopf. »Sie können ruhig mit Ihrem Mann fahren, gnädige Frau. Ihre Mutter kommt ja her, das Mädchen paßt zusätzlich auf, und auch ich werde jeden Tag hereinschauen. Es kann gar nichts schiefgehen, glauben Sie mir.«

»Nein, nein.« Margit hob die Hände. Ihr Gesicht war blaß, aber entschlossen. »Glauben Sie, Herr Doktor, ich hätte auf der Reise auch nur eine ruhige Minute, wenn das Kind hier im Fieber liegt?«

Dagegen war nichts zu sagen. Dr. Schrader verabschiedete sich. Klaus Blankers zog seine Frau zärtlich an sich und strich ihr tröstend über das Haar.

»Das ist ja nun ausgesprochenes Pech«, sagte er. »Aber Kopf hoch, in vier Tagen bin ich ja wieder da.« Er küßte Margit und drückte sie an sich. »Wir holen es nach, Liebling. Im Frühjahr fahren wir alle drei nach Spanien, in unser Häuschen am Meer. Außerdem haben wir ja noch die Tage in der Heide vor uns. Und wenn es dir hier zu langweilig wird, ruf doch Herrn Pommer an. Ich werde ihn bitten, sich ein bißchen um dich zu kümmern. Weißt du, er hat so eine gewisse Art, andere Menschen aufzuheitern.«

»Ja, die hat er«, antwortete Margit tonlos. »Aber ich möchte es nicht . . .«

»Ist ja nur ein Vorschlag von mir«, sagte Blankers, beugte sich über das Bettchen und streichelte liebevoll über das glühende Gesicht. »Ich habe jedenfalls volles Vertrauen zu ihm.«

Margit nickte. Ihr Hals war wie zugeschnürt.

Er wird es schamlos ausnutzen, dachte sie. Er wird sagen: Was willst du? Es ist Befehl vom Chef! So gemein wird er sein.

»Kannst du die Reise nicht verschieben, bis Monika gesund ist?« fragte sie leise. »Vielleicht acht Tage?«

»Unmöglich.« Blankers schüttelte den Kopf. »In Barcelona ist alles auf die Minute organisiert. Morgen früh ist schon die erste Sitzung. Verschiedene Herren kommen aus dem Süden. Man kann sie nicht einfach wieder umdirigieren.«

Margit nickte müde. »Dann viel Erfolg, Klaus. Und komm so schnell wieder, wie du kannst.«

»Natürlich, Schäfchen.«

Am Morgen, gegen sechs Uhr, flog Blankers ab.

Am Nachmittag rief Fred Pommer bei Margit an.

Er war höflich, zurückhaltend und machte keinerlei anzügliche Bemerkungen. Er fragte nur, wie es der kleinen Monika gehe. Anscheinend war er nicht allein im Büro.

»Gnädige Frau«, sagte er noch. »Wenn es Ihnen recht ist, komme ich morgen nach Büroschluß vorbei ...«

»Nein!« rief Margit ins Telefon. »Sparen Sie sich diesen Weg! Ich will Sie nicht sehen!«

»Meinen verbindlichsten Dank, gnädige Frau. Also dann bis morgen, gegen zwanzig Uhr.« Pommers Stimme war glatt und unerschütterlich höflich. »Ich wünsche der kleinen Monika weiterhin sehr gute Besserung.«

Margit legte auf. Es gab kein Ausweichen mehr. Und auch kein Weglaufen. Sie mußte sich erneut dem Mann stellen, der Vergangenheit wieder zur quälenden Gegenwart machte, der sie verführen und vernichten, besitzen und erpressen wollte.

Morgen abend, gnädige Frau. Zwanzig Uhr ...

Wenn ich ihn doch umbringen könnte!

An diesem Abend ging Fred Pommer zu einem Empfang. Ein Lieferant von Blankers eröffnete ein neues Geschäftshaus. Blankers hatte Pommer gebeten, den Termin wahrzunehmen, weil auch seine drei Direktoren anderweitig beschäftigt waren.

Es war die übliche Art von Geschäftsfeier, mit Sekt und kaltem Büfett, mit Ansprachen und Vertretern der Lokalpresse, dezenten dunklen Anzügen und schlichten Abendkleidern. Pommer langweilte sich, trank ein bißchen mehr als nötig und ließ seine Blicke immer wieder umherwandern.

Da sah er seine Cousine Ursula Fürst. An der Seite eines großen, stämmigen jungen Mannes stand sie gerade mit dem Gastgeber zusammen an der vorübergehend als Bar aufgemachten Pförtnertheke.

Ei, ei, dachte Pommer und kniff die Augen zusammen. Die schöne Uschi. Der Abend ist doch nicht so langweilig ...

Er nickte dem jungen Lokalreporter zu, mit dem er gerade ein paar belanglose Worte gewechselt hatte, und steuerte auf das Paar an der Theke zu. »Guten Abend, Cousinchen«, sagte er mit einer samtweichen Stimme.

Ursula Fürst blickte erschrocken auf. In ihre Augen traten Abwehr und Widerwillen, aber sie beherrschte sich. »Nanu? Fred?« Sie reichte ihm kühl die Hand, stellte dann die Herren vor: »Mein Vetter Fred Pommer. Mein Verlobter Kurt Hofmann.«

Verbeugung, Händedruck.

Das ist er also, dachte Pommer und verzog das Gesicht. Kurt Hofmann heißt er. Der Knabe, der mir die Knochen zerschlagen wollte, wenn er mich trifft. So sagte Uschi wenigstens, als ich damals aus Mallorca kam und bei ihr unterkroch. Vorsichtig musterte er das Gesicht des jungen Mannes. Aber er entdeckte keine Feindseligkeit. Nichts wußte dieser Junge. Uschi, Uschi! Wann wirst du endlich begreifen, daß man Vetter Fred nicht so einfach aufs Kreuz legen kann?

»Gratuliere noch nachträglich zur Verlobung«, sagte er

und grinste Kurt Hofmann hintergründig an. »Mit meiner Cousine haben Sie wirklich eine prima Wahl getroffen. Sie ist ein Klassemädchen, das kann ich Ihnen sozusagen aus erster Hand bestätigen.«

Ursula Fürst wurde blaß und biß sich auf die Lippen. Dieses Schwein, dachte sie. Jetzt wird er nicht lockerlassen, bis er genau weiß, daß Kurt ahnungslos ist. Und dann wird er zu mir kommen, spätestens übermorgen, und seine Forderungen stellen. Wird Geld haben wollen. Oder mich. Oder beides. Wonach ihm gerade der Sinn steht.

Kurt Hofmann schien weiterhin arglos. Er strahlte bei Pommers Worten und hielt sie offenbar nur für ein Kompliment. Damit reizte er den anderen nur zu noch gewagteren Vorstößen.

»Unter uns«, sagte Pommer und grinste spitzbübisch. »Wenn Sie mal Schwierigkeiten mit dem Goldkind haben, holen Sie sich ein paar Tips von mir. Ich kenne sie etwas länger und weiß, wie man die süße kleine Katze zähmt.«

»Du bist gemein!« rief Ursula und boxte ihren Vetter heftig in die Seite.

Kurt Hofmann lachte laut auf. Die kleine Neckerei unter Verwandten fand er köstlich amüsant. »Dann sind Sie vorsichtshalber jetzt schon zur Hochzeit eingeladen, Herr Pommer«, sagte er und nickte ihm zu.

»Vielen Dank. Ich freue mich sehr.« Pommer wandte sich an Ursula, verbeugte sich. »Bis bald, Cousinchen. Du siehst, von nun an mußt du dich besonders gut mit mir stellen!«

In strahlender Laune verließ er den Empfangsraum, der sich allmählich leerte. Eigentlich habe ich's ja gar nicht mehr nötig, die gute Uschi anzuzapfen, dachte er. Aber eine kleine Rückversicherung kann nie schaden. Wer weiß, wer weiß.

Den haßerfüllten Blick, den Ursula Fürst ihm nachschickte, bemerkte er nicht mehr. Und auch Kurt Hofmann, dem Ahnungslosen, fiel er nicht auf.

Am nächsten Vormittag flog die Tür von Fred Pommers Büro mit einem heftigen Ruck auf. Ursula Fürst erschien wie eine Rachegöttin, warf die Tür krachend hinter sich zu und schrie: »Was fällt dir ein, mich vor meinem Verlobten so bloßzustellen, du Dreckskerl?«

Pommer lehnte sich in seinem Schreibtischsessel zurück. Zunächst betrachtete er schweigend seine Cousine, die sich heftig atmend auf die Tischkante stützte und ihn mit vor Haß flackernden Augen ansah. Ihr rotblondes Haar war ein wenig zerzaust, ihr schmales Gesicht gerötet, die Brust unter dem engen grauen Regenmantel bebte vor Erregung. In diesem Moment sieht sie hübscher aus denn je, dachte Pommer. Zum Anbeißen.

Er winkte lächelnd ab. »Nur ruhig, ruhig, Cousinchen! Dein Kurt war doch regelrecht begeistert von mir, oder? Was heißt da bloßstellen?«

»Ich könnte dich umbringen!« keuchte Ursula Fürst. »Ein Subjekt wie dich muß man vernichten . . .« Sie griff in die Tasche ihres Mantels.

Sekundenlang erschrak Pommer und schielte auf Ursulas Hand. Sie hat doch keine Waffe bei sich? dachte er. Sie wird doch wohl keine Dummheiten machen? Langsam erhob er sich aus dem Sessel und trat ans Fenster. Das war zwar kein Fluchtweg, das Büro lag im fünften Stock. Aber man konnte zur Not das Fenster aufreißen, um Hilfe schreien . . .

Ursula zog die Hand wieder hervor. Ohne Pistole. Pommer atmete auf. Es war nur eine unbewußte, nervöse Bewegung des Mädchens gewesen, nichts weiter.

»Ich weiß genau, was du vorhast«, sagte sie und folgte ihm zum Fenster hin. »Du wirst mich wieder verfolgen, wirst damit drohen, meinem Verlobten alles zu sagen.«

»Ich denke, er weiß es längst?« fragte Pommer ironisch zurück. »Oder habe ich dich damals, als du mir in eurer Gartenlaube Asyl gewährtest, falsch verstanden?«

Ursula schwieg, ballte die Fäuste.

»Tjaja«, lächelte er und blickte dreist an ihrer Figur hinunter. »Lügen haben hübsche Beine, wie?«

Er streckte die Hände nach ihr aus, aber mit einer wilden Drehung wich Ursula ihm aus. »Laß die Finger von mir!« rief sie erstickt. »Wenn du mich anpackst, schreie ich das ganze Haus zusammen!«

Er schüttelte verständnislos den Kopf. »Wozu bist du dann überhaupt hergekommen, Uschilein?«

»Um dich ein letztes Mal zu warnen!« zischte sie. »Gib dein dreckiges Spiel auf, Fred! Bleib mir und Kurt vom Halse! Du hast dich hier in ein warmes Nest gesetzt, indem du Margit schamlos erpreßt hast. Wer weiß, welche Teufelei du noch gegen Blankers aushecken wirst. Aber mich laß wenigstens jetzt in Ruhe! Wenn du noch ein einziges Mal bei mir auftauchst . . .«

»Daß ihr Frauen immer gleich so dramatisch werden müßt.« Pommer grinste zynisch. »Dabei hast du die Sachlage im Grunde schon richtig erfaßt, Cousinchen. Mir geht es gut, ich habe einen prima Job, an Geld ist endlich kein Mangel mehr. Das einzige, was mir ab und zu fehlt, bist du. Und deine Freundin Margit, unter uns gesagt. Unsere idyllische Dreisamkeit an der Ostsee will mir einfach nicht aus dem Sinn.«

Aus Ursulas Gesicht wich alle Farbe. So viel unverhohlene Gemeinheit hatte sie selbst bei Fred Pommer nicht erwartet. Sie trat zur Tür zurück, als er näher kommen wollte, und drückte die Klinke hinunter.

»Bleib hier, Cousinchen«, sagte Pommer. »Wir haben uns noch soviel zu sagen.«

»Nein!« schrie sie. »Nein! Niemals! Eher bringe ich dich um! Jawohl, ich bringe dich um, du Schwein! Und wenn es mein eigener Tod wäre . . . dich schaffe ich noch mal aus der Welt!«

Bei den letzten Worten hatte sie die Tür hinter sich geöffnet. Sie warf sich herum, knallte die Tür ins Schloß und rannte davon.

Am anderen Ende des Flurs standen gerade zwei Direktoren, die zum Konstruktionsbüro wollten. Erschrocken sahen sie sich um.

»Haben Sie das gehört?« fragte der Leiter der Exportabteilung. »Das war eine Morddrohung. Eine glatte Morddrohung.«

Sein Kollege, der technische Leiter, zuckte mit den Schultern. »Wütende Frauen sagen oft solche Dinge, man soll das nicht auf die Goldwaage legen. Immerhin, Pommer hat einen guten Geschmack. Haben Sie die Kleine gesehen, wie sie zur Treppe lief?«

Lachend gingen die beiden Herren weiter und vergaßen den Vorfall bald wieder. Erst viel später sollten sie erneut an diese Minuten erinnert werden . . .

Die Verhandlungen in Barcelona dauerten zwei Tage. Sie waren sehr hart und sehr schwierig. Die spanischen Geschäftsfreunde hatten langfristige Verträge mit Japan, und es kostete Blankers viel Mühe, doch noch eine Chance für die Produkte seiner Firma herauszuholen.

Jeden Abend rief er zu Hause in Hamburg an, sprach lange mit Margit, ließ sich von Monika erzählen, schickte viele Küsse durch den Draht und versprach, so schnell wie möglich zurückzukommen.

Am dritten Tag, nach dem Mittagessen, sagte Direktor

Escardos zu Blankers: »Lieber Freund, ich habe gehört, Sie haben sich an der Costa Brava ein herrliches Häuschen gekauft. Wir haben heute nachmittag etwas Zeit. Macht es Ihnen etwas aus, wenn Sie mir Ihre Erwerbung einmal zeigten? Ich habe nämlich die Absicht, mich in Ihrer Nachbarschaft niederzulassen. Und Sie wissen ja, Bauherren wollen immer von den Fehlern ihrer Vorgänger lernen.«

Blankers war einverstanden. Er hatte ohnehin dem Haus am Meer einen kurzen Besuch abstatten und ein wenig nach dem Rechten sehen wollen.

»Wissen Sie was?« schlug er vor. »Ich fahre schon voraus und mache, wenn nötig, ein bißchen Ordnung im Haus. Sie kommen dann gegen vier Uhr nach.«

»Sehr gut.« Direktor Escardos nickte und ließ sich von Blankers die genaue Adresse geben. Pinea de Mar. »Vielleicht haben Sie auch einen guten Tropfen vorrätig«, lachte er.

Eine Stunde später saß Klaus Blankers in dem großen Seat 1800, den Escardos ihm für die Tage in Barcelona zur Verfügung gestellt hatte, und fuhr über die breite Ausfallstraße in Richtung Norden. Vergnügt pfiff er am Steuer vor sich hin. Er hatte wieder einmal Erfolg gehabt. Und morgen ging es zurück nach Hamburg, zurück zu Margit und Monika. Kann ein Mann glücklicher sein als ich? dachte Klaus Blankers immer wieder.

Hinter Arenys de Mar wurde die Straße schmal und führte an felsigen Hängen vorbei bergauf. Die Sonne stand orangerot über dem Meer, die Wellen schimmerten wie flüssiges Gold. Ein milder spanischer Herbst, ein Tag wie zum Malen. Übermütig zog Klaus den Wagen in die nächste Kurve. Die Reifen quietschten ein wenig, der Motor summte kraftvoll.

Nach ein paar Kilometern stieg die schmale Straße noch

steiler an, führte immer häufiger an wildzerklüfteten Abhängen vorbei. Tief unten rechts lag das Meer. Immer wieder warf Blankers einen faszinierten Blick hinunter. Wenn Margit jetzt dabeisein könnte, dachte er. Wenn wir diese Fahrt gemeinsam genießen könnten.

Die nächste Kurve. Jetzt kam ein gerades Stück, Blankers gab wieder Gas. Danach ging es scharf links herum.

In diesem Moment geschah es. Plötzlich war da eine große, bräunlich schillernde Öllache auf der Fahrbahn, mitten in der Kurve. Der Seat begann zu rutschen, plötzlich fühlte sich das Lenkrad spielend leicht an, als hätte es allen Kontakt mit den Rädern verloren. Blankers fluchte, versuchte durch Gasgeben und Gegensteuern den Wagen einzufangen – vergebens! Rasend schnell kam die weiße eiserne Umzäunung der Straße auf ihn zugeschossen, dahinter die Schlucht, tief unten das Meer, schimmernd, unergründlich ...

Es krachte. Der Seat durchbrach die Umzäunung, die Motorhaube klappte hoch und nahm Blankers jede Sicht. Aber was hätte er jetzt auch noch sehen sollen?

Er fühlte, wie der Wagen sich auf den Kopf stellte, frei in der Luft hing, wie eine Tür aufflog, etwas Hartes seinen Kopf traf und ihn betäubte.

Dann kam der endlose, tiefe, furchtbare Sturz ins Nichts.

Zwei Stunden später trafen Direktor Escardos und zwei seiner Herren in Pinea de Mar ein. Sie fanden Blankers' Haus am Meer, aber nicht den Besitzer. Schweigend und mit verschlossenen Fensterläden lag das Gebäude da.

»Seltsam«, meinte Escardos und blickte über die Bucht auf das Meer. »Sieht aus, als wäre er noch gar nicht hier gewesen. Aber ein Paradies ist das hier, wirklich. Und dieses betörende Fleckchen Erde hat er nun seiner Frau geschenkt. An einen solchen Platz sollte man seine Geliebte führen, nicht seine Ehefrau!«

»Er sagt, seine Frau sei seine Geliebte«, warf der Einkaufsleiter ein. Ein schlanker junger Mann mit feurigen dunklen Augen.

Escardos verzog das Gesicht. »So kann man bloß als junger Ehemann sprechen.«

Die Herren lachten. Aber dann wurden sie wieder ernst. Blankers' Verschwinden war schon seltsam, sehr seltsam.

»Ob er sich verfahren hat?« meinte der technische Direktor, ein kleiner Dicker mit Glatze.

»Aber nein.« Escardos schüttelte den Kopf. »Blankers kennt den Weg genau.«

»Vielleicht eine Panne?«

»Dann hätten wir ihn ja unterwegs irgendwo sehen müssen.«

Plötzlich hob der Einkaufsleiter die Hand. »Señor Escardos! Erinnern Sie sich an die Kurve kurz vor Blanes? Wo die verdammte Öllache war und das Loch in der Leitplanke?«

Der Direktor wurde plötzlich grau im Gesicht. »Wir haben kaum darauf geachtet und bloß geschimpft! Sie meinen, daß er dort ...«

Keiner der drei Herren wagte den Gedanken zu Ende zu denken.

Sie fuhren sofort zurück und hielten auf dem Weg immer wieder Ausschau nach dem dunkelgrünen Seat. Vergeblich. Endlich erreichten sie die Stelle oberhalb des Felsabhanges. Inzwischen war die Polizei mit Motorrädern und einem Streifenwagen eingetroffen, das Öl war mit Sägespänen und Sand entfernt worden. Zwei Beamte kletterten gerade vorsichtig durch das klaffende Loch in der Planke hinunter.

Angstvoll starrte Escardos in die Tiefe. Und plötzlich

schrie er auf. »Da!« Seine Hand zeigte auf eine verkrüppelte Baumgruppe an einem Felsvorsprung, auf halber Höhe zum Meer. »Madre de Dios ... Sehen Sie!«

An einem der Bäume hing eine zerbeulte und abgerissene einzelne Autotür. Sie wackelte im Wind hin und her, und man konnte sie leicht übersehen. Denn die Tür war dunkelgrün, wie das Laub der Bäume.

Die rechte Vordertür eines Seat 1800.

»Madre de Dios«, keuchte Direktor Escardos wieder. Er schwankte und wäre zusammengebrochen, wenn ihn die Polizisten nicht festgehalten hätten. Es dauerte zehn Minuten, ehe er imstande war, die Personalien des vermutlich hier Verunglückten zu Protokoll zu geben.

Margit saß mit ihren Eltern im Kaminzimmer der Villa. Sie hatte die beiden jeden Abend hergebeten und damit verhindert, daß Pommer sie behelligen konnte. Klein-Monika ging es besser, das Fieber war gefallen. Morgen kommt Klaus zurück, dachte Margit immer wieder. Sie war fast übermütiger Stimmung.

Da brachte ein Telegrammbote ein Telegramm aus Spanien.

Margit sprang auf, als der Diener ihr das Telegramm reichte, riß es ihm fast aus der Hand und las zunächst den Aufgabeort. BLANES.

Sie schüttelte den Kopf. Blanes? Das lag doch an der Costa Brava, nicht weit von Pinea, wo ihr neues Haus stand. Was machte Klaus in Blanes? Er wollte doch in Barcelona bleiben.

»Was telegrafiert er denn, Kind?« fragte Lisa Bernhardt, der es schon zu lange dauerte. »Kommt er schon diese Nacht?«

Margit faltete das Formular auseinander.

KOMMEN SIE BITTE SOFORT NACH BLANES, COSTA BRAVA ES IST DRINGEND LEUTNANT CORDOBEZ POLIZEISTATION BLANES.

»Polizeistation ...«, murmelte Margit kaum hörbar. Das Blatt fiel ihr aus den Händen und segelte zu Boden.

Baurat Bernhardt sprang auf, hob das Telegramm auf und las es. »Das kann alles bedeuten«, meinte er. »Vielleicht hat er einen Autounfall? Oder ... oder ...« Auch Bernhardt versagten die Worte. Wie kann man lügen, wenn man selbst das Schlimmste glaubt?

»Kommen Sie sofort ...« Das hieß: Klaus Blankers war etwas Schreckliches zugestoßen.

»Wann ... wann kann ich fliegen?« stammelte Margit mit starrem Blick. Sie war wie versteinert.

Baurat Bernhardt rannte zum Telefon. Nach zehn Minuten kam er zurück, einen Notizzettel in der Hand. »In zwei Stunden fliegt die letzte Maschine nach Paris. Dort mußt du umsteigen nach Barcelona ...« Bernhardt schluckte. Die Erregung machte ihn schwach und hilflos. »Es war nur noch ein Platz frei, ich habe ihn sofort gebucht. Wir fahren gleich zum Flughafen, zieh dich rasch um. Ich sage inzwischen dem Chauffeur Bescheid.«

Mit bebendem Herzen und vibrierenden Nerven stieg Margit wenig später in den Wagen, dann ins Flugzeug. Um 22.15 Uhr landete sie in Orly bei Paris. Dort wartete sie in der Halle bis Mitternacht, dann ging es endlich weiter. Zweieinhalb Stunden später war sie in Barcelona, nahm sich sofort einen Mietwagen und erreichte gegen sechs Uhr morgens die Stadt Blanes an der Küste des Mittelmeeres.

In der Polizeistation empfingen sie Leutnant Cordobez und zwei unrasierte, übernächtigte Polizisten.

»Was ist mit meinem Mann?« rief Margit, kaum daß sie

in dem nüchternen Polizeibüro stand. »Ich bin Frau Blankers. Sie haben telegrafiert. Bitte, sagen Sie mir ohne Umschweife: Was ist geschehen?«

Leutnant Cordobez senkte den Kopf. »Nehmen Sie erst einmal Platz, Señora«, sagte er in gebrochenem Deutsch. Es fiel ihm schwer, der schönen jungen Frau die Wahrheit zu sagen. Er wartete, bis Margit auf einen Stuhl gesunken war. Dann fuhr er leise fort: »Señora . . . Ihr Mann ist tot. Mit dem Auto ins Meer gestürzt, ertrunken. Wir haben keine Hoffnung mehr, ihn zu finden. Das Meer hat ihn offenbar weggetragen . . .«

Margit stützte sich mit beiden Händen auf den Tisch. Ihre Augen waren groß und starr.

»Tot?« sagte sie tonlos. »Tot?«

Polizeileutnant Cordobez sah über Margit hinweg gegen die Wand. Es war ihm unmöglich, weiter in die starren, von Schmerz und Entsetzen erfüllten Augen der jungen Frau zu blicken. Auch die anderen Polizisten im Büro sahen irgendwohin und schwiegen erschüttert.

»Tot . . .«, wiederholte Margit. »Ertrunken . . .«

»Ja.« Leutnant Cordobez nickte. »Sein Wagen kam auf einem großen Ölfleck an der Küstenstraße ins Schleudern, durchbrach eine Absperrung und stürzte die Felsen hinunter ins Meer. Wir haben mit allen verfügbaren Mitteln nach Señor Blankers gesucht, stundenlang. Mit Hubschraubern, Motorbooten . . . vergeblich. Vermutlich war er schon tot, als er aus dem Wagen geschleudert wurde. Das Meer hat ihn dann weggeschwemmt.«

Margit nickte.

So endet ein Traum vom glücklichen Leben, dachte sie. So plötzlich ist alles vorbei, verdunkelt sich die Welt, bleibt nur Leere übrig. Ein Ölfleck auf der Straße ... Wie gemein, wie infernalisch lächerlich das Schicksal sein kann.

Direktor Escardos erschien im Polizeibüro. Er war die Nacht über in Blanes geblieben. Jetzt hatte man ihn im Hotel verständigt, daß die Witwe seines Geschäftsfreundes eingetroffen sei.

Blaß und mühsam beherrscht ging er auf Margit zu, stellte sich vor und drückte ihr beide Hände. Sein rundes Gesicht zitterte dabei. »Er war mein Freund«, sagte er heiser. »Wenn Sie wüßten, wie fröhlich wir gestern mittag noch waren, wie glücklich er von Ihnen sprach, Señora ...«

Margit sah ihn an. Und plötzlich brach der Damm der Starrheit; mit einem wilden Aufschluchzen preßte sie die Hände auf ihr Gesicht, sank über dem Tisch zusammen, weinte und weinte ...

Direktor Escardos zündete sich rasch eine Zigarette an, aber er konnte trotzdem nicht verhindern, daß auch ihm die Tränen über die Wangen liefen.

Es dauerte zehn Minuten, bis Margit Blankers sich wieder gefaßt hatte. Mühsam hob sie den Kopf.

»Ich habe eine Bitte, meine Herren«, sagte sie mit schwankender Stimme. Ihre Hände umklammerten das Taschentuch, schienen es zerreißen zu wollen. »Führen Sie mich zu der Stelle, wo Klaus ... wo er abgestürzt ist ... Ich möchte es sehen ...«

»Wird das nicht zuviel für Sie werden, Señora?« meinte Leutnant Cordobez.

»Nein.« Sie schüttelte den Kopf. »Bitte, fahren Sie mich hin.«

Die Fahrt dauerte eine knappe halbe Stunde.

Dann standen sie zusammen an der Felsenküste und starrten hinab in die Brandung, die brüllend gegen die Klippen und Riffe anrannte. Auf halber Höhe, festgeklemmt zwischen Steinen und windverkrüppelten Bäumen, hing noch immer die abgerissene Tür des zerschellten Autos. Das Wrack selbst ragte zwischen den Klippen aus der Gischt heraus, die über das zerbeulte Blech hinwegspritzte.

Wer dieses Bild in sich aufnahm, wußte, daß alle Hoffnung, auch die leiseste, sinnlos war. Hier gab es keinen Überlebenden mehr.

Margit stützte sich auf Direktor Escardos und sah hinab zu der einsamen abgerissenen Autotür.

So straft Gott, dachte sie. Ich habe Klaus belogen, vom ersten Tag unserer Ehe an. Aus Angst, ihn zu verlieren, habe ich ein gemeines, falsches Spiel mit ihm getrieben. Nun ist er mir genommen, für immer. Nicht einmal als Toten werde ich ihn wiedersehen.

Sie wandte sich ab und legte sekundenlang das Gesicht gegen die Schulter von Direktor Escardos. »Lassen Sie uns gehen«, sagte sie erstickt. »Wenn ich mein Kind nicht hätte ... ich wüßte, was ich jetzt täte. So aber bleibt mir nichts übrig, als weiterzuleben.«

Am Nachmittag brachte Direktor Escardos sie nach Barcelona, zum deutschen Konsulat. Wie in Trance ließ Margit die amtlichen Dinge über sich ergehen, gab Auskünfte, Unterschriften, Erklärungen. Sie hörte die Worte des Konsulatsbeamten wie durch einen Nebel hindurch: »Ihr Gatte ist offizell noch nicht tot, gnädige Frau ... Solange man seinen Leichnam nicht findet, gilt er lediglich als vermißt ... Sie sollten das als Trost betrachten, als einen Schimmer Hoffnung ... Wir haben da schon die tollsten Fälle erlebt, gnädige Frau ... Bitten Sie Gott um ein Wunder.«

Margit zuckte müde mit den Schultern.

Ein Wunder ...

Wer glaubte schon daran?

An dieser Felsenküste, in diesem schäumenden Meer, in dieser tosenden und saugenden Hölle gab es keine Wunder.

So dachte Margit Blankers, und so dachten sie im Grunde alle, auch wenn sie es der jungen Frau gegenüber nicht zugaben.

Und doch dachten sie alle falsch.

Was wirklich an jenem Felsenhang bei Blanes nach dem Absturz der grünen Limousine geschehen war, wußte niemand.

Niemand ... außer dem jungen Fischer Juan Cortez von der Insel Baleanès.

Juan Cortez war wegen einer Erbschaft an die Costa Brava gekommen, nach Tossa de Mar. Dort war ein Onkel gestorben, und Juan war der einzige Hinterbliebene. Zwei Tage hielt er sich in Tossa auf, dann lud er alles, was ihm der Onkel hinterlassen hatte, auf sein altes Motorboot – rund 50 000 Peseten, ein paar Möbelstücke, ein bißchen Wäsche und einen Stapel vergilbter Familienfotos.

Am frühen Nachmittag tuckerte Juan mit seinem Boot wieder die Küste entlang, seiner heimatlichen Insel entgegen.

Auf der Höhe von Blanes wollte er von der Küste abdrehen und aufs offene Meer zuhalten, in Richtung Baleanès. Doch plötzlich stutzte er, drosselte mit einem raschen Griff den Motor und hielt die Hand über die Augen. Rechts von ihm, etwa fünfzig Meter entfernt, schwamm etwas zwischen den im Sonnenlicht glitzernden Wellen. Etwas Dunkles, Kreisrundes, das auf dem Wasser auf und ab tanzte.

Ein Autoreifen!

Juan warf das Ruder seines Bootes herum, ließ den Diesel wieder auf Touren kommen und hielt auf den schwimmenden Reifen zu. Jetzt erkannte er, daß es ein komplettes Rad war, mit Schlauch und Felge.

Und dann erstarrte Juan Cortez. Was er sah, schien ihm wie ein Spuk und ließ ihm die Haare zu Berge stehen. Durch das große Loch in der Mitte der Felge ragte ein menschlicher Arm. Eine Hand klammerte sich um die Felgenhörner, schneeweiß, wie die Hand eines Toten. Und nun tauchte auch der Kopf aus dem Wasser auf, sekundenlang nur, wirres Haar, blutige Stirn, ein wie zum stummen Schrei aufgerissener Mund ...

Nach dem ersten Schreck handelte Juan rasch und entschlossen. Er erreichte den treibenden Reifen, beugte sich über den Bootsrand und packte mit seinen kräftigen Fäusten zu. Nach dem zweiten Versuch erwischte er die Schulter des Menschen, zerrte ihn keuchend hoch, obwohl das schwer beladene Boot bedrohlich schwankte, und hievte den regungslosen Körper an Bord.

Es war ein Mann, ein großer, blonder Mann Mitte Dreißig. Er schien ohne Leben, Wasser rieselte ihm aus dem Mund, aus der Nase, aus den völlig durchnäßten Kleidern. Aber die rechte Hand hielt immer noch den Autoreifen fest, schraubstockartig, eine krampfhafte Umklammerung, ein letztes Aufbäumen des Lebenswillens.

»Madre de Dios!« stöhnte Juan Cortez und wischte sich den Schweiß von der Stirn. Er mußte erst zwei Stühle aus Onkel Pedros Nachlaß beiseite rücken, bevor er den Körper des Mannes ausgestreckt auf den Boden des Bootes legen konnte. Sofort begann er mit der Wiederbelebung, er hatte Übung darin. Kleider runter, dann die Arme gepackt, hochgerissen, an die Brust gedrückt, kräftig in regelmäßigem, raschem Rhythmus.

Der Fremde begann zu husten, bäumte sich auf, ein Schwall Wasser schoß ihm aus dem Mund. Unermüdlich pumpte Juan weiter, keuchend vor Anstrengung. Er sah, wie in die hellen Augen des halb Bewußtlosen das Leben zurückkam, sah das Zucken um den blutverschmierten Mund.

Sekundenlang hörte er auf mit Pumpen. Und siehe da, der Mann atmete weiter. Unregelmäßig noch, schwer und mit rasselnden Bronchien. Aber er atmete weiter! Er war gerettet!

Juan Cortez bekreuzigte sich. Dann griff er in ein kleines Fach unter dem Bootsrand, holte eine Flasche selbstgebrannten Obstschnaps hervor, trank erst selbst einen tiefen Schluck und drückte dann den Flaschenhals dem Fremden an den Mund.

Der Mann schluckte, hustete, hob ein wenig den Kopf. Langsam, ganz langsam kam Farbe in sein totenblasses Gesicht. Er murmelte etwas in einer Sprache, die Juan nicht verstand. Dann fiel der Kopf zurück, die Augenlider klappten wieder zu.

Jetzt schläft er, dachte Juan und legte dem Fremden vorsichtig einen zusammengerollten Jutesack unter den Kopf. Er schläft, er hat's überstanden.

Ein paar Minuten zögerte der junge Fischer noch. Dann ging er ans Ruder und drückte den Gashebel des Motors ganz nach vorn. Tuckernd zog das Boot einen Bogen und stampfte aufs offene Meer zu.

Die Insel Baleanès ist so klein, daß sie auf keiner gebräuchlichen Landkarte steht. Nur Seekarten und die Stabsblätter der Armee verzeichnen sie als einen fast kreisrunden Fleck im Mittelmeer, südöstlich der zu den Islas Columbretes gehörenden Insel Churruca. Ein Eiland, das nur von Fischern bewohnt wird, von genau sechzehn Familien mit neunundachtzig Kindern, einigen Kühen und Ziegen, Hühnern und Hunden, schwarzen Schweinen und neununddreißig Eseln. Wenn man sich anstrengt, hat man die Insel in zwanzig Minuten Fußmarsch umrundet, wobei man vom höchsten Punkt der Insel, einem Hügelchen mit einer Fahnenstange, überall gesehen werden kann.

Diese Fahnenstange war eine Idee von Dr. Carlos Lopez.

Wer die Insel Baleanès jemals betreten hat, wird wissen, daß es hier so etwas gab wie paradiesische Ordnung. Sechzehn Fischerfamilien lebten ohne Sorgen unter der fast ewig scheinenden Sonne; das Meer und der Boden ernährte sie; jeden Monat einmal kam ein Schiffchen von der Insel Columbrete Grande herüber und brachte Gewürze, Kleidung, Öl, Petroleum und Wein, Netzkordeln und andere Seile, aber nie Post oder eine Zeitung – denn was kümmerte die Fischer von Baleanès die große Welt, wenn ihre kleine Welt so ein Paradies war. Und dies dank der strengen Hand des »Erzengels« Dr. Lopez. Er residierte in einem weißen Steinhaus am Hügelfuß, baute Wein an und achtete auf die Gesundheit der sechzehn Familien, der neunundachtzig Kinder, die er alle aus den Schößen der Mütter geholt hatte, und der Kühe und Esel, die auf der Insel so wertvoll waren wie ein Mensch.

Mit Dr. Lopez hatte es eine besondere Bewandtnis. Vor fast dreißig Jahren kam er auf die einsame Insel, mit einem Motorboot, abgerissen, aufgedunsen, vom Alkohol zerstört. Als er auf Baleanès landete, fiel er in den Sand und schlief seinen Rausch aus. Dann, am nächsten Morgen, zerhieb er mit einer Axt den Motor und das Boot und sagte zu den Fischern – es waren damals neun Familien – mit einer bärenlauten Stimme: »Freunde, ich bleibe bei euch. Für immer. Ich habe das Leben da draußen satt. Es ekelt mich an. Gebt mir ein Stückchen Land, und ich will euch ein guter Arzt sein.«

Nach vier Jahren regierte Dr. Lopez die Insel. Die Revolution ging an der kleinen Insel genauso spurlos vorbei wie der 2. Weltkrieg. Nur einmal landete ein deutsches U-Boot, aus purer Neugier, um festzustellen, ob dieses Eiland bewohnt sei. Von diesem Tage an gab es die Fahnenstange auf dem Hügel. Die Flagge Spaniens knatterte im Wind. Und es wuchs mit den Jahren ein stolzes Geschlecht heran, Fischer und Bauern, die sich »Baleanos« nannten und in Dr. Lopez so etwas wie ihren König sahen. Ihre Abneigung gegenüber dem Festland vererbten sie weiter; sie blieben Fischer, wurden auf der Insel geboren und starben dort, ein Menschenschlag, hart wie die Stürme und wetterbraun wie die Bootsplanken.

In diesen Tagen nun erlebte die kleine Insel eine Sensation. Der Fischer Juan Cortez, der nach vier Wochen Abwesenheit zurückkehrte, weil er einen weitläufigen Onkel bei Tossa an der Costa Brava beerbt hatte und mit Erlaubnis von Dr. Lopez hinfahren durfte, um das Geld abzuholen – er brachte nicht nur Peseten und einige Möbel als Erbe mit, sondern auch einen todkranken fremden Menschen.

»Ich habe ihn aus dem Meer gefischt«, berichtete Juan Cortez. »In einem Autoreifen hing er drin, wie andere in Rettungsringen. Und er war besinnungslos. Ein paarmal ist er auf der Rückfahrt aufgewacht, hat etwas in einer fremden Sprache gesagt und ist dann wieder besinnungslos geworden.«

Man trug den Fremden sofort zu Dr. Lopez.

In dem Haus des alten Arztes roch es ständig nach Alkohol. Vor dreißig Jahren war er geflüchtet vor dem Trunk; hier auf der Insel gab es kein Entrinnen mehr. Aber es gab auch keine ärztliche Standesordnung; es gab keine Gosse, in der man ihn auflesen konnte; es gab keine vornehme Gesellschaft, die ihn ausstieß, und es gab keine Menschen, die mit Fingern auf ihn zeigten und ihm auf der Straße nachriefen: »Seht doch, seht, da geht der versoffene Carlos!«

Was Dr. Lopez jetzt trank, war selbstgekelterter Wein. Er trank morgens, mittags und abends eine Flasche, aber nicht wie ein Trinker, sondern wie ein Kranker seine Medizin: gläserweise, mit kleinen Schlucken. Er genoß das langsam aufsteigende Gefühl der Trunkenheit – und erst, wenn auf der Insel die Petroleumlampen erloschen, gab er sich den Rest und sank betrunken auf sein Bett. Nacht für Nacht. Und doch schworen seine Inselbewohner auf ihn, denn er hatte über achtzig Kinder geholt, hatte drei Fischer operiert und ihnen das Leben gerettet, hatte Maria, einer jungen Frau, einen Tumor aus dem Leib geschnitten und dem Fischer Miguel ein Myom weggenommen. Er kannte jeden Körper auf dieser Insel und wußte, welche Medizin ihm guttat. Ohne Dr. Lopez war die Insel Baleanès nicht mehr denkbar.

»Das ist ein schwerer Fall«, sagte Dr. Lopez, als er den Fremden untersucht hatte. »Er hat einen Schädelbruch, bekommt eine Lungenentzündung, hat den Körper voller Blutergüsse und leidet an einem labilen Kreislauf. Wie bist du an den gekommen, Juan?«

Der Fischer Cortez kratzte sich den Kopf. »Er schwamm im Meer. In einem Autoreifen. Sollte ich ihn schwimmen lassen?«

»Natürlich nicht, du Idiot! Aber warum hast du nicht die nächste Küstenstation angesteuert?«

»Ich dachte, daß Sie ...« Der Fischer Cortez sah sich hilfesuchend um. Das halbe Dorf stand im Zimmer des Arztes. »Sie bekommen doch jeden hin, Señor Lopez. Wenn er gerettet werden kann, so dachte ich, dann nur von unserem Doktor ...«

»O Himmel, wenn ihr anfangt zu denken!« Dr. Lopez gab dem Fremden zunächst eine Herzinjektion. Jeden Monat, wenn das Schiff von Columbrete Grande kam, brachte es auch die Medikamente mit, die Lopez einen Monat vorher bestellt hatte. So hatte er immer einen Vorrat an Spritzen, Tabletten und Salben für alle Krankheitsfälle. »Bin ich ein Wundermann?«

»So etwas Ähnliches, Doktor.«

»Der Mann ist halbtot!« Lopez horchte wieder das Herz des Fremden ab. »Er muß irgendwo ins Meer gestürzt sein.«

»Mit einem Reifen um den Hals?«

Dr. Lopez kniff die Augen zusammen. Ein merkwürdiger Fall, dachte er. Cortez hatte recht. Gewöhnlich trägt man keine Autoreifen um den Hals. Ob man ihn ersäufen wollte, und zu seinem großen Glück trieb gerade dieser Reifen vorbei, der ihm das Leben rettete?

»Macht, daß ihr hinauskommt!« sagte Lopez grob. Er deckte den Fremden zu und griff zu seiner Flasche Wein, nachdem die Fischer gegangen waren. Dann setzte er sich an das Bett, gab noch einmal Kreislaufmittel, umwickelte den Kopf mit Binden und wartete darauf, daß das Bewußtsein des Fremden wiederkehrte, daß er ansprechbar wurde und erklären konnte, was mit ihm geschehen war.

Äußerlich gab es keine Anhaltspunkte dafür, wer es sein konnte. Als der Fischer Cortez ihn aus dem Meer holte, hatte er nur noch eine Hose und ein Hemd an. Aber an seiner Hand trug er einen goldenen Trauring, und rechts tragen nur die Deutschen einen Ehering, dachte Dr. Lopez. Alle anderen steckten ihn an die linke Hand. Ob er ein Deutscher ist? Dann gehört er zu den Bewohnern jener Villen an der Costa Brava, von denen die Schiffer so viel zu berichten wußten. Zu den reichen Deutschen, die aus Spaniens wilder Felsenküste eine Goldgrube machten.

In der Nacht, genauer gegen Morgen, schlug der Fremde die Augen auf. Dr. Lopez zuckte hoch, als sich der Verletzte neben ihm bewegte.

»Hören Sie mich?« fragte Lopez zunächst auf spanisch. »Bitte, bleiben Sie ganz ruhig liegen. Ihre Hirnschale ist angeknackst. Sehen Sie mich? Wenn Sie nicht antworten können, so schließen Sie die Lider ...«

Der Fremde sah Dr. Lopez aus weiten blauen Augen an. Er bewegte ganz leicht den Kopf, sah sich im Zimmer um und ließ den Blick zu dem alten Arzt zurückkehren. Seine Lippen bewegten sich, und dann kam ein Laut hervor, zunächst unkenntlich, dann, nach drei neuen Ansätzen, deutlicher in den Worten.

»Was ist denn?« fragte der Fremde. »Wer sind Sie?«

Dr. Lopez atmete auf. Der Unbekannte sprach englisch. Das Geheimnis begann sich langsam zu lüften.

»Ich bin Carlos Lopez. Sie sind verletzt, einer meiner Fischer hat Sie aus dem Meer gezogen. Sind Sie ins Meer gestürzt, und wo geschah das?«

»Ins Meer?« Die Augen des Verletzten wurden noch größer. »Ich war im Meer? Wieso denn?«

»Sie hingen in einem Autoreifen.«

»Autoreifen?«

Der Fremde wollte sich aufrichten, aber Dr. Lopez drückte ihn auf das Bett zurück. »Still liegen!« befahl er auf englisch. »Ganz flach! Wo kommen Sie her?«

Der Fremde schien zu überlegen. Dann zuckten seine Augen.

»Ich weiß es nicht«, flüsterte er.

»Wie heißen Sie?«

Wieder Schweigen. Dann ein leichtes Schulterzucken. »Mike, oder so ähnlich. Ich weiß es nicht ... Ich bin leer ... vollkommen leer ...«

Ein Zucken lief durch den langgestreckten Körper, die Augen drehten sich nach oben. Er verlor wieder die Besinnung.

Dr. Lopez nahm die Flasche und trank den letzten Rest, indem er sie einfach an die Lippen setzte. Dann ging er hinaus in den fahlen Morgen und sah, wie die Fischer bereits wieder an ihren Booten standen und die Netze zusammenlegten. Das Meer war ruhig, die Sonne kletterte über den Horizont, der Himmel war streifig. Es würde ein heißer Tag werden.

»Was macht er?« rief Juan Cortez vom Strand herüber. »Ist er aufgewacht, Doktor?«

Lopez nickte und schob den ausgefransten Strohhut in den Nacken.

»Ja!« rief er zurück. »Aber du hättest ihn im Meer lassen sollen, den kriege ich auch nicht mehr hin!«

Die Fischer schüttelten die Köpfe und wandten sich wieder ihren Netzen zu. »Es wäre das erstemal, daß Lopez etwas nicht heilen kann«, sagte Cortez zu den anderen. »Ich glaube es nicht. Er will es nur ein bißchen dramatisch machen. In Wirklichkeit weiß er selbst, daß er schon gewonnen hat. Wetten, daß der Fremde schon im Bett sitzt und Eier ißt?«

Dieses Mal irrten sich die Fischer von Baleanès. Dr. Lopez wußte wirklich keinen Rat mehr. Er saß am Bett des Unbekannten und betrank sich wie in alten Zeiten. Gegen Mittag war er so weit, daß er zu grölen begann wie in einer Hafenkneipe. Dann fiel er um, lag neben dem Besinnungslosen und schnarchte wie ein Wasserbüffel. Er merkte nicht, wie der Fremde wieder aufwachte, sich langsam aufrichtete, sich umblickte und mühsam aus dem Bett wälzte. Indem er sich mit beiden Händen an der Mauer entlangtastete, ging er zum Tisch, trank wie ein Verdurstender einen der immer mit Wein gefüllten Tonkrüge Dr. Lopez' halb leer, schwankte zurück, ließ sich neben dem Schnarchenden wieder aufs Bett fallen und schlief ein.

Am Abend wachte Dr. Lopez auf und beugte sich über den regungslosen Fremden. Er schnupperte, verzog die Nase, schnupperte nochmals und zog die Nase kraus.

»Er stinkt nach Alkohol!« sagte Dr. Lopez verblüfft. »Der Kerl stinkt nach Suff! So lange nach dem Unfall noch ... unglaublich, was der gesoffen haben muß!«

Er gab dem Unbekannten noch einmal eine Herzinjektion und machte sich dann daran, irgend etwas zu kochen.

Als er in die Küche kam, stand dort am Herd schon ein junges Mädchen mit langen, offenen, windzerzausten schwarzen Haaren. In einer Pfanne brutzelte Fleisch, über dem Feuer siedete Wasser.

»In einer halben Stunde können Sie essen, Don Lopez«, sagte das Mädchen.

Dr. Lopez schob seinen Strohhut brummend in die Stirn. Er war über das Alter hinaus, wo man bemerkt, wie hübsch das Mädchen war trotz der vielfach geflickten Bluse und des ausgefransten Rockes, der Strohsandalen und der nackten braunen Beine. Es hatte feurige Augen und den Körper einer Zigeunertänzerin, einen Mund mit vollen roten Lippen und eine Haut wie hellbrauner Samt.

»Wer hat dir erlaubt, hier zu sein?« brummte Lopez. »Ich koche mir allein, also raus, Estrella!«

»Mein Vater sagt, jetzt, wo der Kranke bei Ihnen ist, könnte ich Ihnen helfen.« Estrella wendete das Fleisch in der Pfanne. Das Fett zischte, und es roch köstlich. »Zu Hause haben wir genug Hände. Aber für Sie wird es zu viel.«

»Dein Vater soll Fische fangen!« bellte Dr. Lopez. »Was kümmert er sich um mich? Sag ich dem Juan Cortez, daß er falsche Netze nimmt, wenn er auf Thunfisch geht? He?!« Lopez wendete sich um, aber an der Tür drehte er den Kopf zurück. »Wann ist das Essen fertig, Töchterchen?«

»In zwanzig Minuten, Don Lopez.« Estrella lachte. Dann wurde sie ernst, Schatten senkten sich über das schöne Gesicht. »Und was soll ich für den Fremden kochen?«

»Für den? Nichts.« Dr. Lopez winkte mit beiden Händen ab. »Der braucht nichts mehr zu essen, der beißt noch heute ins Gras . . .«

In der Hamburger Geschäftswelt schlug die Nachricht vom Tode Klaus Blankers' wie eine Bombe ein. Die Zeitungen berichteten im Lokalteil über den Hergang des Unfalles. Daß der junge Unternehmer den Sturz in die Tiefe nicht lebend überstanden hatte, daran zweifelte niemand.

In der Villa an der Elbchaussee hatte der Diener Karl drei Tage lang zu tun, um all die Beileidsbesuche höflich, aber bestimmt abzuwimmeln. »Frau Blankers ist krank«, sagte er immer wieder. »Sie bittet um Entschuldigung, daß sie Sie nicht empfangen kann . . .«

Margit war nicht krank. Aber sie hatte sich völlig isoliert, wollte niemanden sehen außer ihren engsten Angehörigen, verließ das Haus keine Minute lang. Nachts schlief sie auf einer Couch in der Bibliothek. Es war ihr unmöglich, sich ins Schlafzimmer zu legen, neben das leere Bett ihres Mannes. Es hätte sie seelisch zerbrochen.

Ihr einziger Trost war in diesen furchtbaren Tagen Monika, das Kind. Stundenlang saß sie am Bettchen der Kleinen, hielt die warmen, weichen Händchen fest, streichelte das runde, rosige Gesichtchen. Wenn es draußen nicht regnete, fuhr sie Monika ab und zu mit dem Kinderwagen im Garten der Villa spazieren. Der November ging seinem

Ende zu, es roch nach vermodertem Laub, nach Begräbnis und Vergänglichkeit. Margit hielt es nie lange aus hier draußen und kehrte immer wieder rasch ins Haus zurück.

»So geht das nicht weiter«, sagte Baurat Bernhardt eines Abends. »Es muß etwas geschehen. Sie wird uns ja noch wahnsinnig.«

Aber was geschehen mußte, wußte keiner. Auch der Hausarzt hob die Schultern. »Man sagt sonst, Tapetenwechsel sei die beste Medizin, andere Menschen, Luftveränderung, Abwechslung! Das alles trifft auf Frau Blankers nicht zu. Es würde ihren Zustand nur noch verschlimmern. Wenn man nur wüßte, woher diese seltsame Starrheit bei ihr kommt. Der Tod ihres Mannes allein kann es nicht sein. Da muß noch eine andere gewaltige seelische Erschütterung vorliegen.«

Lisa Bernhardt glaubte den Grund zu kennen. Als sie einmal mit ihrer Tochter allein in der Bibliothek saß, sagte sie: »Kind, du darfst dir keine Vorwürfe machen. Rede dir bloß nicht ein, dieses Unglück sei die Strafe des Schicksals, weil du nicht ehrlich zu Klaus warst. Das ist doch dummer Aberglaube. Du hast Klaus aufrichtig geliebt, nur das zählt!«

Aber Margit hörte kaum hin. »Ach, laß doch, Mutter«, sagte sie nur mit tonloser Stimme. »Warum müßt ihr alle so viel reden ...«

Sie verließ schnell das Zimmer, ging zu dem Kind und schloß sich ein.

Eine knappe Woche lang hielt Fred Pommer sich in der Fabrik betont im Hintergrund. Die Direktoren führten die Geschäfte in dieser Zeit provisorisch weiter; einen offiziellen Stellvertreter des Chefs gab es nicht, der jetzt die Firmenleitung automatisch in die Hand genommen hätte. Die Stimmung in den Büros war gedrückt, man sprach leiser als sonst miteinander, hier und da begann man sich bereits verstohlen gegenseitig zu belauern.

Dann kam die große Direktorenkonferenz. Pommer als Assistent des verunglückten Chefs wurde hinzugeladen. Bescheiden lächelnd betrat er den großen Sitzungsraum, warf einen langen, schmerzumflorten Blick auf Blankers' leeren Sessel am Kopf des langen Tisches und setzte sich dann auf einen freien Platz, neben den Syndikus Dr. Preußig.

Zunächst wurden nur betriebliche Einzelheiten besprochen, Routinekram. Dann endlich räusperte sich Dr. Preußig, zog heftig an seiner Zigarre und sagte langsam: »Meine Herren ... da unser verehrter Chef nicht mehr unter uns sein kann, wird die Frage nach dem Nachfolger akut. Einer von uns muß künftig das Werk von Herrn Blankers weiterverwalten. Die junge Frau Blankers tritt zwar juristisch in die Rechte ihres Mannes ein, solange seine Mutter krank in Amerika liegt. Aber sie hat mich ausdrücklich gebeten, zunächst alle Firmenangelegenheiten möglichst von ihr fernzuhalten. Zumal Frau Blankers noch zuwenig von diesen Dingen versteht.«

Dr. Preußig räusperte sich, machte eine Pause. »Tja ... es ist also so, daß wir uns hier intern über die vorläufige Firmenleitung einig werden müssen.«

In diesem Moment meldete sich überraschend Fred Pommer zu Wort. Mit gutgespielter Verlegenheit erhob er sich von seinem Stuhl, blickte in die Runde und sagte dann: »Meine Herrn! Wie Sie wissen, hatte ich in den letzten Monaten die Ehre, besonders eng mit unserem auf so tragische Weise von uns gegangenen Chef zusammenzuarbeiten. Es entwickelte sich ein echtes Vertrauensverhältnis ...«

Er unterbrach sich sekundenlang, als er den konsternierten Blick des Syndikus sah und die ungläubigen, entsetzten, entrüsteten Blicke der anderen Direktoren. Na wartet, dachte er heimlich. Euch lege ich alle aufs Kreuz. Dies ist meine Stunde, auch wenn ihr es jetzt noch nicht merkt.

»Es mutet heute wie ein makabrer Zufall an«, fuhr er fort, »daß Herr Blankers auf unserer Schwedenreise über das Problem sprach, das heute tatsächlich zur Debatte steht. Es war im Flugzeug, wir unterhielten uns ganz allgemein über die Gefahren des modernen Lebens und so weiter. Plötzlich sagte er: Herr Pommer, wenn mir mal etwas zustoßen sollte – bitte, kümmern Sie sich weiter um meine Fabrik.«

Pommer machte eine ergriffene Pause und senkte den Kopf. »Heute ist es an mir, dieses Versprechen einzulösen, meine Herren.«

»Mit anderen Worten: Sie, Herr Pommer, wollen sich plötzlich zum Generaldirektor aufschwingen, wie?« Der kaufmännische Direktor fuhr auf. Seine Kollegen fielen mit Protestrufen und bissigen Bemerkungen ein. Minutenlang war die würdige Direktorenkonferenz in ein Wespennest verwandelt.

Pommer lächelte mokant. »Aber meine Herren! Ich würde niemals so unbescheiden sein. Ich habe nur versucht, korrekt das wiederzugeben, was als einziges konkretes Vermächtnis von Herrn Blankers vorliegt.«

Es wurde noch eine stürmische Sitzung. Irgendwann hob Dr. Preußig die Konferenz auf. Wenige Minuten später saßen sie alle, mit Ausnahme Pommers, in Preußigs Arbeitszimmer zusammen.

»Ich gehe!« rief der kaufmännische Leiter. »Wenn es tatsächlich dazu kommt, daß dieser hergelaufene Rotzjunge mir vor die Nase gesetzt wird, dann mache ich Schluß! Wenn Sie, meine Herren, das mitmachen – ich nicht!«

»Ich auch nicht!« Der Chef der Forschungsabteilung legte die Fäuste auf den Tisch. »Ich fahre jetzt erst einmal in Urlaub. Mir stehen sowieso noch zwei Monate Urlaub zu.«

»Solange dieser Pommer hier ist, betrete ich die Fabrik nicht mehr!« Der Direktor des Verkaufsbüros knöpfte seine Jacke zu.

»Meine Herren! Meine Herren!« Dr. Preußig war der einzige, der in diesen erregten Minuten nüchtern dachte. »Lassen Sie sich doch nicht von Ihrer Empörung hinreißen! Bedenken Sie: Wir arbeiten nicht für diesen Pommer, sondern für die Blankers-Werke, für die Familie unseres Chefs. Wollen Sie Frau Blankers in dieser verzweifelten Situation im Stich lassen?«

Die Direktoren schwiegen betreten und gingen wieder zu ihren Abteilungen. Am Nachmittag aber reichten sie vorsorglich eine Beschwerde und ein Kündigungsersuchen bei Margit Blankers ein. Margit las die Briefe selbst gar nicht. Sie gab sie an Dr. Preußig weiter, der sie einfach in seinen Schreibtisch einschloß und zunächst nicht mehr darüber sprach.

Nach dem Auftritt bei der Konferenz steckte Pommer zunächst einmal wieder zurück. Er hoffte sein Ziel dennoch zu erreichen – mit Geduld, Geschick und Zähigkeit. Zweimal versuchte er sich telefonisch bei Margit anzumelden, zweimal erhielt er eine Abfuhr. Sie wollte ihn nicht sehen.

Dafür kam eines Morgens Sonja Richartz in sein Büro. Sonja, die er in der letzten Zeit beinahe schon vergessen hatte.

Sie trat ein, in einem hautengen Jerseykostüm und mit wiegenden Hüften, setzte sich ungeniert auf die Schreibtischkante und sagte: »Fred, ich habe Sehnsucht nach dir. Warum läßt du nichts mehr von dir hören?«

Er zündete sich eine Zigarette an und beobachtete sie mit schmalen Augen. »Habe eben viel zu tun hier, weißt du. Seit Blankers tot ist ...«

»Jaja.« Sie seufzte und nickte vor sich hin. »Der arme Klaus Blankers. Es ist mir richtig nahegegangen. Sag mal ... wirst du demnächst den Laden hier übernehmen? Oder habe ich da ein falsches Gerücht gehört?«

»Abwarten«, erwiderte er ausweichend.

»Aha.« Sie rutschte auf dem Schreibtisch ein Stück näher an ihn heran. »Du wirst es schon schaffen. Trümpfe genug hast du ja in der Hand, nicht wahr?«

»Wie meinst du das?«

»Na, mit Margit und so ...« Sie lächelte tückisch. »Jedenfalls hoffe ich, daß du mich bei deinem unaufhaltsamen Aufstieg nicht vergißt, Fred. Denn auch ich habe Trümpfe in der Hand.«

Pommer stand aus seinem Sessel auf. »Jetzt hör mir mal gut zu, Sonja«, sagte er kalt. »Wenn du glaubst, du könntest Blankers' tragischen Tod dazu ausnutzen, einen Haufen Geld hier rauszuholen: Ohne mich! Im Augenblick muß ich alle Kraft und Diplomatie aufwenden, um mich gegen ein paar widerborstige Direktoren durchzusetzen. Meinst du, ich setze jetzt deinetwegen alles aufs Spiel? Für deinen chronischen Pleiteladen?«

»Endlich sind wir beim Thema.« Sonja rutschte von der Tischkante und trat auf Pommer zu. Seine Worte hatten sie nicht im geringsten beeindruckt. »Mein Süßer, übermorgen ist bei mir ein Wechsel fällig«, sagte sie schlicht. »17 000 Mark. Eine Kleinigkeit für dich, wie ich die Sachlage überschaue.«

»Du bist wohl übergeschnappt!« Pommer hob abwehrend die Hände. »Wie stellst du dir das vor? Die Blankers-Werke sind weder ein Wohlfahrtsverein noch ein so chaotischer Laden wie deiner. Als wenn ich hier einfach 17 Mille rausholen könnte, und nächste Woche wieder 10 000, und so weiter und so weiter ...«

»Tja ... so ähnlich wird es schon gehen«, erwiderte Sonja Richartz mit kühler Bestimmtheit. »Du hast dich mit mir zusammengetan, als du hier anfingst. Jetzt zahle die Zeche! Oder wäre es dir lieber, ich würde deinen zornigen Direktoren erzählen, was du in Wirklichkeit bis vor kurzem gemacht hast? Starr mich nicht so an, ich habe keine Angst vor dir. Im Gegenteil! Ich habe dich in der Hand, falls du das vergessen haben solltest.«

In diesem kurzen Augenblick entschloß sich Pommer, alles auf eine Karte zu setzen. Es war ein Vabanquespiel; aber wenn es gelang, war er diese Frau zunächst einmal los. Er ging an ihr vorbei zur Tür, legte die Hand auf die Klinke und machte eine Kopfbewegung: »Raus!« zischte er. »Raus ... und laß dich nie mehr sehen!«

Sie war völlig überrascht. »Du wirfst mich hinaus?« schrie sie. »Du wagst es, mich einfach ...«

»Raus!« brüllte er. »Und wenn du reden willst: Dr. Preußig hat Zimmer Nummer 101. Direktor Mansfeld sitzt in Zimmer Nummer 89. Nun los doch, geh hin ...«

Er riß die Tür weit auf. Sonja Richartz zögerte noch immer. Dann verließ sie endlich das Zimmer. Die Tür knallte hinter ihr zu. Pommers Rechnung ging auf. Sonja suchte weder Dr. Preußig noch Direktor Mansfeld auf. Sie war zu überrumpelt, zu eingeschüchtert. Sie stieg in den Fahrstuhl und ließ sich nach unten bringen.

Aus, dachte sie. Meine Wechsel sind praktisch jetzt schon geplatzt. Selbst wenn ich diesen Preußig über Pommer aufgeklärt hätte – mein Geld kriege ich doch nicht.

In diesem Augenblick, während sie draußen vor der Fabrik in ihren roten Karmann stieg, haßte sie Fred Pommer mehr als alle anderen Menschen auf der Welt.

Fernando Exposito, das heißt Ferdinand der Findling, saß auf dem Rand eines alten Bootes und starrte über das Meer. Hinter ihm, an einen der Pfähle gelehnt, die zum Netzetrocknen in den kiesigen Strand gerammt waren, lehnte Estrella und ließ ihr langes schwarzes Haar im Seewind flattern.

Drei Wochen waren nun vergangen, seitdem der Fischer Juan Cortez den Unbekannten aus dem Meer gefischt und mit nach Baleanès gebracht hatte. Dr. Lopez hatte das Kunststück fertigbekommen, eine Lungenentzündung abzuwenden und den Schädelbruch so anheilen zu lassen, daß der Fremde nach drei Wochen aufstehen durfte und ungeachtet aller medizinischen Bedenken herumgehen konnte.

»Frische Luft ist besser als jede Medizin«, sagte Dr. Lopez, als er den Fremden zum erstenmal an den Strand führte und in den Schatten setzte. »Die Salzluft des Meeres ersetzt eine ganze Apotheke. Atmen Sie tief ein, mein Lieber, aber hüten Sie sich noch vor der Sonne. Und wenn es Ihnen zu langweilig wird, dann angeln Sie.«

Im Dorf gewöhnte man sich an den neuen Bewohner. Jeder bedauerte ihn, denn Dr. Lopez hatte etwas verraten, was für die biederen Fischer das Schrecklichste war, was sie sich vorstellen konnten: Der Unbekannte hatte sein Gedächtnis verloren und wußte nichts von seinem früheren Leben.

»Es ist so, Leute«, hatte Dr. Lopez ihnen erklärt. »Er hat einen Schädelbruch erlitten, und irgendein Gehirnzentrum ist eingequetscht worden – gerade der Teil, der für die Erinnerung verantwortlich ist. Ich habe ihn gefragt; er weiß nicht, wie er heißt, wo er herkommt, was er ist; er weiß nicht, daß er im Meer getrieben hat. Er weiß nur, daß er lebt, hier fremd ist und daß er vergessen hat, wohin er zurück will. Aber einen Namen muß er ja haben, nicht wahr. Und so wollen wir ihn Fernando Exposito nennen.«

Dabei blieb es, und der Fremde nahm diesen Namen an, als sei er schon immer Fernando der Findling gewesen.

»Ja, so heiße ich«, sagte er sogar und sprach ein gebrochenes, aber doch verständliches Spanisch. »So hat mich meine Mutter immer gerufen . . . Fernando . . . Jetzt erinnere ich mich ganz genau . . .« Dabei lächelte er glücklich, und in seine blauen Augen trat so etwas wie ein Glanz des Glückes.

Für Dr. Lopez wurde Fernando ein medizinisches Experiment, der letzte große Fall als Arzt, eine Lebensaufgabe für die letzten Jahre, die ihm seine immer mehr verhärtende Leber noch ließ. Er beobachtete Fernando Exposito wie einen Homunkulus in der Retorte, er unterhielt sich mit ihm stundenlang über England, Frankreich, Deutschland, Spanien, Italien . . . und wartete darauf, daß einmal, bei irgendeinem Wort, die Erinnerung wie ein Blitz einschlüge und daß aus dem Findling wieder ein namentragender Mensch würde.

Aber nichts geschah. Fernando zeigte eine große Intelligenz, aber wenn er sich erinnern sollte, lief er gegen eine schwarze Mauer. »Ich weiß es nicht«, sagte er dann, und man sah, wie er sich anstrengte, aus seinem teilweise stillgelegten Hirn lebende Bilder hervorzuholen. »Ich kann mich an nichts mehr erinnern. Es ist mir, als habe ich immer schon hier bei euch gelebt. War ich denn wirklich nicht immer auf Baleanès?«

Estrella kümmerte sich rührend um Fernando. An ihrem

Arm ging er zum erstenmal durch das Dorf, saß an dem kleinen Hafen, wenn die Boote ausliefen, lernte von ihr, wie man Netze flickt und Löcher zuknüpft; sie angelten im seichten Wasser, oder er half ihr, die Fische auf dünne Stecken zu spießen und über einem Laubfeuer zu räuchern.

»In einer Woche kommt das Schiff von Columbrete Grande«, sagte Juan Cortez zu Dr. Lopez. »Geben Sie Fernando mit zur Küste, damit er dort weiter betreut wird?«

»Bist du verrückt?« Dr. Lopez hob drohend beide Arme. »Wehe, wenn einer von euch nur ein Wort über Fernando sagt! Zu Hackfleisch mache ich euch! Er bleibt hier, ich bilde ihn aus zu meinem Assistenten, und wenn ich einmal nicht mehr bin, habt ihr einen guten Nachfolger für mich. Fernando gehört zu uns, ich will nichts anderes mehr hören!«

»Schon gut, Don Lopez.« Juan Cortez ging ins Dorf zurück. Er machte sich seine eigenen Gedanken. Estrella kam nur noch selten nach Hause. Sie lebte nun fast wie selbstverständlich im Haus von Dr. Lopez, und man sah sie immer in Begleitung Fernandos. Die anderen Familien sprachen schon darüber. »Wann heiraten sie denn?« neckte man Juan Cortez. »Paß auf, eines Tages kommt sie zurück und sagt: Mein liebes Väterchen, ich habe mir etwas gefangen. Haha!«

Für Juan Cortez waren dies unhaltbare Zustände, und er beschloß, einmal mit Fernando darüber zu sprechen.

An diesem Tag saßen Fernando und Estrella am Boot, sahen über das Meer und schwiegen lange. Estrella hatte sich in den Sand gelegt, der zerschlissene, ausgebleichte, geflickte Rock war hoch über ihre Schenkel geglitten, unter der ehemals roten Bluse spannten sich die festen, runden Brüste. Estrella war ein gesundes junges Frauenzimmer mit dem Zauber einer Zigeunerin aus der Sierra Nevada.

»Erzähl von dir«, sagte sie und faßte nach dem nackten Fuß Fernandos.

Er lächelte zu ihr hinunter und hob die Schultern.

»Ich weiß nichts, Estrella.«

»Woran denkst du, wenn du übers Meer blickst?«

»Ich denke, wie es hinter dem Meer aussehen mag. Ich kenne die Länder dort alle mit Namen, und ich versuche, mich zu erinnern, woher ich sie kenne. Aber ich weiß es nicht; da ist einfach eine Lücke.« Er beugte sich über Estrella und rollte einige Strähnen ihrer langen schwarzen Haare um seine Finger. »Und woran denkst du?«

»An die Küste, dort weit hinten. Da soll es große Städte geben mit hohen Steinhäusern. Und die Mädchen tragen seidene Blusen und Röcke aus Samt, und über dem Kopf haben sie Schleier aus Spitzen. Es muß wunderbar sein, Fernando!« Sie legte die Arme unter den Kopf und schloß die Augen. »Aber ich werde nie dorthin kommen ... es wird immer ein Traum bleiben.«

»Träumst du gern?«

»Ja, sehr gern.«

»Ich auch.« Fernando setzte sich neben Estrella. Er sah auf ihre atmende Brust und ihre braunen, kräftigen Schenkel. Ein Gefühl unsagbarer Geborgenheit und Zärtlichkeit überflutete ihn. Er beugte sich hinunter und legte sein Gesicht auf Estrellas nackte Schulter. Sie riecht nach Meer, dachte er glücklich. Und nach den Blüten in ihrem Garten. Und nach Jugend und Unschuld. »Auch ich werde diese Insel nicht mehr verlassen«, sagte er leise. »Ich bin so glücklich bei euch. Dr. Lopez ist wie ein Vater ... und du ... du ...«

»Und ich, Fernando?« Estrellas Stimme war ganz klein geworden. Sie hielt sogar den Atem an, und ihre Finger kratzten im heißen weißen Sand.

»Ich liebe dich, Estrella.«

»Ich dich auch, Fernando.«

»Wir werden uns ein Haus bauen . . .

». . . und du wirst ein Boot bauen und aufs Meer fahren und mit den anderen fischen . . .«

». . . und du wirst für mich kochen, und Kinder bekommen und immer zärtlich sein und . . . und . . .«

». . . und wir werden einen Garten haben, Hühner und Esel, eine Kuh und ein paar Ziegen . . . und wir werden am Schiff unseren Räucherfisch verkaufen und die Ziegenkäse und uns dafür Stoffe holen und Decken und neues Handwerkszeug . . . es wird wunderbar sein, Fernando.«

»Wunderbar durch dich und mit dir.«

Dann küßten sie sich. Das Meer rauschte dazu. In den aufgespannten Netzen flüsterte der Wind.

Dr. Lopez saß vor seinem Haus und putzte seine alten, kaum gebrauchten chirurgischen Werkzeuge mit einer Chrompaste. Neben ihm stand die nicht wegzudenkende Kanne mit rotem Wein.

»Was gibt's?« fragte er, als Fernando und Estrella Arm in Arm vom Strand heraufkamen.

»Wir wollen heiraten, Don Lopez!« rief Estrella und küßte Fernando auf den Nacken. »Wir sind so glücklich.«

»Das ist ein guter Gedanke.« Dr. Lopez schrubbte eine breitschaufelige Geburtszange. »Meinen Segen habt ihr. Seit zwei Jahren ist auf der Insel kein Kind geboren worden. Das muß anders werden! Man kommt ja ganz aus der Übung.«

Fred Pommer kam nicht recht weiter. Die Ablehnung der Direktoren wurde zur offenen Feindschaft, ihr Widerstand eskalierte zu immer gefährlicheren Attacken. Er mußte sich etwas einfallen lassen. Da sich Margit Blankers nach wie vor weigerte, mit ihm zu sprechen, schlug Pommer einen anderen Weg ein.

Er suchte einen bekannten Rechtsanwalt auf und holte sich Rat.

»Es wäre zum Nutzen der Fabrik«, sagte er mit ernster, besorgter Miene, »daß der Tod von Herrn Blankers endlich amtlich festgestellt wird. Damit wieder klare Verhältnisse geschaffen werden können. Welche Möglichkeiten haben wir da?«

»Gar keine.« Dr. Mühlen hob die Schultern. »Erst wenn man die Leiche findet . . .«

»Und wenn man sie nie findet?«

»Dann kann man nur abwarten, bis die gesetzliche Frist bis zur Todeserklärung abläuft.«

»Aber das dauert ja Jahre!« Pommer sprang auf und ging erregt in dem vornehmen Büro hin und her. »Es muß doch einen Weg geben, das Todeserklärungsverfahren irgendwie zu beschleunigen. Wenn zum Beispiel eine Kommission an den Unglücksort fährt und sich dort davon überzeugt, daß kein Mensch einen solchen Absturz überleben kann . . .«

Dr. Mühlen wiegte den Kopf. »Selbstverständlich kann man versuchen, ein solches Verfahren einzuleiten. Aber dazu brauche ich offizielle Vollmachten von Frau Blankers und dem Syndikus der Firma.«

»Selbstverständlich.« Pommer lächelte verbindlich. »Ich wollte mich zunächst nur einmal informieren. Einstweilen also besten Dank.«

Er verabschiedete sich und fuhr ins Werk zurück.

Am Nachmittag suchte er Dr. Preußig in seinem Arbeitszimmer auf. Er setzte sich, machte sein bescheidenstes Gesicht und sagte: »Herr Doktor . . . ich fürchte, ich habe mich in den letzten Tagen ziemlich ungeschickt benommen. Was von mir loyal und gut gemeint war, hat vor Ihnen und den anderen Herren wie Größenwahnsinn ausgesehen.« Er lächelte zerknirscht. »Wollen wir nicht wieder Frieden schließen?«

Dr. Preußig sah Pommer aufmerksam an. Aha, dachte er. Der gute Herr wird schon nervös. Wie recht ich hatte mit meinem Entschluß, ihn einfach leerlaufen zu lassen.

Laut sagte er: »Einverstanden, Herr Pommer. Es ist nett, daß Sie es einsehen und zu mir kommen. Begraben wir also das Kriegsbeil. Ich werde auch bei meinen Direktionskollegen in diesem Sinne gut Wetter für Sie machen.«

»Das ist sehr freundlich von Ihnen«, sagte Pommer und machte im Sitzen eine kleine Verbeugung. Und dann kam er, ganz vorsichtig und behutsam, auf seine Unterhaltung mit dem Anwalt zu sprechen. »Verstehen Sie mich bitte richtig«, sagte er abschließend. »Ich habe nichts anderes getan, als mich bei Dr. Mühlen über die juristischen Möglichkeiten zu informieren. Konkrete Schritte muß ich selbstverständlich Frau Blankers und Ihnen überlassen.«

Das war genau der richtige Ton. Auch Dr. Preußig fand, daß die Firma so schnell wie möglich klare Verhältnisse brauchte. Er versprach, so bald wie möglich mit Margit Blankers zu sprechen, und verabschiedete Pommer ausgesprochen leutselig.

Am nächsten Morgen suchte Dr. Preußig Margit auf und trug ihr mit wohlgesetzten, schonungsvollen Worten sein Anliegen vor.

Margit nickte apathisch. Sie unterschrieb die Vollmacht für Dr. Preußig und bat ihn, alles Sonstige nach Möglichkeit ohne ihre Mitwirkung abzuwickeln.

Pommer trieb die Sache sofort weiter voran. Schon eine Woche später konnte er Dr. Preußig einen Erfolg melden. Rechtsanwalt Dr. Mühlen hatte erreicht, daß eine von Staatsanwalt und Gericht gebildete Kommission unter der

Mitarbeit von Unfallexperten bereit war, an die Costa Brava zu fahren und einen Lokaltermin abzuhalten.

»Fahren Sie mit nach Spanien?« fragte Dr. Preußig.

Pommer nickte. »Es wird mir nicht leichtfallen, auf diese Weise unseren verehrten Chef sozusagen endgültig zu Grabe zu tragen«, sagte er mit öliger Pseudotrauer in der Stimme. »Aber ich bin sicher, wir handeln in seinem Sinne – und zum Besten der Firma und der Familie.«

Drei Tage später saß Pommer zusammen mit den Mitgliedern der Kommission im Flugzeug. Er rauchte, blätterte in einem Aktenstück und war zufrieden mit sich und der Welt.

Mit seinen Plänen lief es wie am Schnürchen. In Kürze würde Klaus Blankers auch amtlich tot sein. Und er, Fred Pommer, hatte das alles ins Rollen gebracht. Seine Position in der Firma war besser denn je. Gestern abend hatte er noch mit Dr. Preußig und den anderen Direktoren ein kleines Abendessen veranstaltet, zur endgültigen Versöhnung sozusagen.

Ich habe sie alle eingewickelt, dachte er und blickte durch das Fenster der Maschine in den trüben Winterhimmel. Ich schaffe es! Fred Pommer, Chef der Blankers-Werke – welch ein phantastischer Aufstieg!

Er schrak zusammen. Plötzlich roch er ein schweres, süßes Parfüm. Ein Parfüm, das Fred Pommer nur zu gut kannte.

Mit einem Ruck fuhr er herum.

Hinter ihm saß Sonja Richartz und lächelte ihn verstohlen an.

In Barcelona wurde die Gruppe von dem spanischen Oberstaatsanwalt erwartet. Während Sonja Richartz sofort weiterfuhr nach Blanes und dort in dem neuerbauten, mondänen Strandhotel wohnte, um als »unbefangener Gast« die Meinungen des Hotelpersonals zu studieren, erklärte der Oberstaatsanwalt in seinem Büro anhand von Karten und Bildmaterial noch einmal den Stand der Ermittlungen.

»Es ist alles ein großes Rätsel, Señores«, sagte er abschließend. »Es ist fast unmöglich, so einen Sturz zu überleben. Aber es ist andererseits ungewöhnlich, daß der Körper des unglücklichen Señor Blankers nicht längst angeschwemmt wurde. Die Strömung – das haben wir vom Seeforschungsdienst – ist an dieser Küstenstelle so, daß sie erst ins Meer hinaustreibt und dann in einem weiten Halbkreis zur Küste zurückkehrt. Angeschwemmte Gegenstände, darunter auch ein Autoreifen, beweisen dies. Nach allen Erfahrungen müßte also auch der Körper des Verunglückten angetrieben worden sein.«

»Sie wollen doch nicht etwa behaupten, daß Herr Blankers noch lebt?« fragte Pommer steif.

»Es ist alles rätselhaft.« Der spanische Oberstaatsanwalt wich aus. Er war vorsichtig. Hier habe ich Preußen vor mir, dachte er. Von ihnen sagt man, daß sie zweihundertprozentig genau und korrekt sind. Aber uns Südländern wird immer eine Schlampigkeit nachgesagt, eine lasche Untersuchung, eine schnelle Entscheidung. Wollen wir also ganz genau sein vor diesen Preußen. Nach spanischer Auffassung ist dieser Blankers natürlich längst tot, von den Fischen angeknabbert. Aber wir wollen einmal so überkorrekt sein wie die Deutschen. Wir haben ja Zeit.

»Welche Möglichkeiten bestehen noch?« fragte Rechtsanwalt Mühlen.

»Er kann also noch leben?« hakte der Experte der Lebensversicherung ein. Für ihn galt es, der kleinsten Hoffnung nachzugehen. Fünfhunderttausend Mark Versicherungssumme standen auf dem Spiel, bei Unfall das Doppelte. Für eine Million Mark kann man schon bohrende Fragen stellen und nachdenklich werden.

Der spanische Oberstaatsanwalt hob beide Hände.

»Señores«, sagte er philosophisch, »man sieht einer Nuß, wenn sie am Baum hängt, nicht an, ob sie hohl ist.«

»Aber man kann sie knacken«, warf Mühlen ein. »Und dazu sind wir ja da.« Der deutsche Vertreter der Staatsanwaltschaft, ein forscher Assessor, klatschte in die Hände. »Wann ist die Lokalbesichtigung?«

»Morgen, Señores.« Die Amtsmiene des spanischen Oberstaatsanwalts verwandelte sich in den Gesichtsausdruck eines lebenslustigen älteren Herrn: »Heute bitte ich Sie, Gast der spanischen Justiz zu sein und sich meiner Führung anzuvertrauen.«

Am nächsten Morgen fuhr eine Autokolonne auf der gleichen Straße, die auch Klaus Blankers benutzt hatte, zur Küste, nach Pinea de Mar.

Die Stelle mit dem großen Ölfleck war nun gesäubert, aber man hatte dort, wo das Öl die Straße zum Mordwerkzeug gemacht hatte, mit roter Farbe einen Kreis gezogen. Ein Polizist hielt Wache an diesem Kreis. Am Felsenrand standen ebenfalls vier Polizisten und grüßten stramm, als die Wagen hielten. Leutnant Cordobez eilte herbei und machte Meldung.

»Wie beim alten deutschen Kommiß«, flüsterte Mühlen amüsiert zu Fred Pommer. Aber dieser hatte keinen Blick für die Szene ... er sah etwas seitlich der Absturzstelle ein weißes Kleid im Gras liegen und zwischen den Büscheln flatternde aschblonde Haare.

Sonja war also schon da, und sie hatte unter Garantie mit

dem jungen, feueräugigen Leutnant gesprochen. Daß sie so ruhig und unbeteiligt im Gras lag und übers Meer blickte wie eine sonnenhungrige Urlauberin, mußte einen ganz bestimmten Grund haben. Wußte sie bereits Genaueres? Pommer nagte an der Unterlippe. Auch der junge Staatsanwaltsassessor bemerkte das weiße Kleid und die hellen Haare im Sand und erkannte die attraktive Frau wieder, die hinter ihm im Flugzeug gesessen und deren Beine ihn so aufgeregt hatten. Er wurde ein wenig unsicher, zog an seinem Krawattenknoten und sprach sich innerlich Mut zu, nach dem dienstlichen Geschäft auch ein privates zu beginnen. Vielleicht wurde der Ausflug nach Spanien noch mit einem kleinen Abenteuer gekrönt!

Die folgenden Stunden gehörten einer systematischen Arbeit; vor allem der Versicherungsexperte erwies sich als ein unangenehmer Mensch, der keinen Augenblick Ruhe gab und die Polizei in Bedrängnis brachte mit der immer wieder gestellten Frage: »Also besteht doch eine Möglichkeit des Überlebens?«

An Seilen wurden die Mitglieder der deutschen Delegation den steilen Felsen hinuntergelassen, bis zu dem Plateau, an dem die abgerissene Autotür an einem Baum hing. Es war die erste gründliche Untersuchung des Unfallortes, denn Leutnant Cordobez hatte den Tatbestand für klar gehalten: Wo eine Autotüre abgerissen ist, ist das Auto kaputt. Daß es kaputt war, bewies überdies das Autowrack zwischen Gischt und Klippen im Meer. Wozu also noch herumklettern?

Der deutsche Versicherungsmann aber war genau. Wenn eine Versicherung eine Million auszahlen soll, kann man auch am Seil pendeln, um festzustellen, ob man sie zahlen muß.

Und man fand etwas. Neben der Tür, im verfilzten, harten, salzverkrusteten Gras. Einen Lippenstift!

Unter den Herren brach ein großes Staunen aus. Selbst Pommer war verblüfft. Dr. Mühlen hielt den Fundgegenstand, eine schöne, goldziselierte Hülse mit einem hellroten Stift, hoch in die Luft.

»Ich glaube nicht, daß Herr Blankers zu der Kategorie der Männer gehörte, die sich die Lippen schminkt«, sagte er sarkastisch. »Es war also noch eine Frau im Wagen.«

Betretenes Schweigen. Nur das Gehirn Pommers begann wieder wie ein Automat zu arbeiten. Das werde ich Margit erzählen, gleich als erstes, dachte er. Kläuschen fährt nach Spanien und hat im Wagen eine Mieze! Das wird sie umwerfen, die schöne, stolze Margit. Das wird ihr zeigen, daß alles seine zwei Seiten hat. Der gute, treue, korrekte Klaus Blankers. Der liebe Ehemann. Und hat in Spanien ein Püppchen, mit dem er in seinem Landhaus Eiapopeia machen will. Es wird für Margit ein Schock werden, der sie in meine Arme treibt.

»Uns ist nichts von einer Dame bekannt«, sagte der spanische Oberstaatsanwalt konsterniert. »Auch Direktor Escardos weiß davon nichts.«

»Natürlich nicht.« Mühlen gab den Lippenstift an Leutnant Cordobez zurück. »Man posaunt ja seine Abenteuer nicht in die Welt hinaus.«

»Aber die Lage wird dadurch nur noch verwickelter.«

Der junge Assessor kratzte sich den Haaransatz. »Nun müssen wir nach zwei Leichen suchen.«

Das große Wort war gefallen. Ein Wort, das der Versicherungsexperte wie Glockenläuten hörte. Alles war nun offen, alles war ungeklärt. Ein Körper kann schon mal spurlos verschwinden. Aber zwei ...? Das ist zuviel der Wunder.

»Es muß also zunächst festgestellt werden, wer die Dame war«, sagte er mit fast jubelndem Tone. »Ohne die Dame ist nun gar nichts mehr zu machen.«

»Was geht uns die Mieze an?« schrie Pommer. Seine Beherrschung verließ ihn plötzlich. Er übersah die Folgen, die dieser dumme Lippenstift heraufbeschwor. »Gut. Blankers hatte jemanden im Wagen. Und sie ist mit abgestürzt. Ändert das etwas daran, daß der Wagen zertrümmert ist, daß er vierzig Meter tief ins Meer stürzte, daß ein Mensch nach einem solchen Sturz unkenntlich unten ankommt und weggeschwemmt wird? Meine Herren, seien wir doch nicht härter als diese Felssteine! Blankers ist tot!«

»Wir müssen genau sein, Señor«, sagte der spanische Oberstaatsanwalt. Nun kann man den Preußen einmal zeigen, wie korrekt man bei uns arbeitet, dachte er erfreut. »Uns ist keine vermißte Frau gemeldet worden. Aber es saß eine im Wagen. Was bedeutet das? Entweder hat sie den Sturz überlebt, dann haben wir eine Zeugin – oder sie ist ebenfalls umgekommen, dann muß ja irgendwann einmal eine Vermißtenmeldung kommen.«

»Bravo«, rief der Versicherungsmann. »Und so lange müssen wir warten ... notgedrungen ...« Er machte das Gesicht eines Kasperls vor Freude. Eine Million gerettet, dachte er. Ich werde vielleicht Oberinspektor.

Noch einmal wurde der Lippenstift herumgereicht. Pommer, Fachmann in solchen Dingen, gab ihn wütend an Dr. Mühlen weiter.

»Ein französisches Fabrikat«, sagte er dabei. »Das gibt es überall.«

»Also auch in Deutschland?« fragte der Oberstaatsanwalt schnell.

»Ja.«

»Das kompliziert die Angelegenheit noch mehr. Dann kann die Dame auch eine Deutsche gewesen sein, die Señor Blankers mitgenommen hat. Wir müssen also auch die deutschen Vermißtenmeldungen durchsehen.«

»Scheiße!« sagte Pommer ungeniert. Er stieß Rechtsanwalt Mühlen an. »Gibt es da keinen anderen Ausweg? Müssen Juristen immer so um siebzehn Ecken denken?«

»Die Jurisprudenz ist eine logische Sache.« Mühlen gab den Lippenstift zurück an Leutnant Cordobez. »Logisch ist hier, daß es jetzt *zwei* Vermißte gibt statt einen. Mit anderen Worten: Es besteht nun auch noch ein zweiter Anspruch auf Klärung des Vorfalls, auch wenn sich von seiten der Dame niemand melden wird. Die Wahrnehmung dieser Interessen übernimmt dann der Staat. Er hat für Ordnung und Aufklärung zu sorgen.«

»Ihr Staat kann mich mal, Doktor!« sagte Pommer grob. »Es geht hier darum, ob Blankers tot ist oder nicht. Und jeder vernünftige Mensch muß an diesem Ort sagen: Ja, er ist tot! Ob mit oder ohne Lippenstift, das ist doch wurscht! Wenn Sie es nicht glauben, meine Herren . . .«, Pommer wandte sich an die Gruppe, die am Rand der Felsenküste stand, ». . . bitte, springen Sie hinunter! Wenn Sie unten heil ankommen, will ich glauben, daß auch Blankers überlebt hat.«

Schaudernd trat der Oberstaatsanwalt nach hinten. Auch der deutsche Assessor wich zurück.

»Es gibt unwahrscheinliche Dinge auf der Welt, die sich als wahr entpuppen können«, sagte er dabei zögernd. »Obzwar hier . . .«, er blickte auf die spitzen Klippen im Meer, auf die donnernde Brandung und die Gischt, die hoch gegen die Küste schäumte, » . . . obzwar hier wirklich jeder sagen kann, daß nach menschlichem Ermessen . . .«

»Für uns gelten nur Tatsachen!« Der Versicherungsmann hob wie anklagend seine Stimme. »Wir brauchen Beweise, kein menschliches Ermessen!«

»Man sollte die Versicherungen in die Luft sprengen!« schrie Pommer und ging zu den Wagen zurück.

Der Lokaltermin war damit beendet, ohne einen Erfolg erbracht zu haben, wenn man von dem Lippenstift absah, der das Ganze noch komplizierter gemacht hatte. Die Wagenkolonne fuhr nach Blanes und quartierte sich in dem Strandhotel ein. Leutnant Cordobez schlug sich mit dem Protokoll des Lokaltermins herum, aus Barcelona wurde Direktor Escardos nach Blanes gerufen. Er sollte in aller Offenheit Auskunft über die geheimnisvolle Dame geben, sofern er etwas über sie wußte. Kavaliersschweigen war hier nicht mehr angebracht und konnte die Versicherung eine Million und Fred Pommer die Blankers-Werke kosten.

An diesem Abend lernte der junge deutsche Staatsanwaltsassessor an der Hotelbar die attraktive Sonja Richartz kennen. Man sprach über den Flug, über die Landschaft, über den Cocktail und über das Wetter. Später auch über die Liebe. Aber da saß der junge Assessor bereits auf der Couch in Sonjas Hotelzimmer und trank Sekt.

Am Morgen war die deutsche Staatsanwaltschaft davon überzeugt, daß der Fabrikant Klaus Blankers beim Absturz ins Meer getötet worden war.

Der Bericht, den der junge Assessor schrieb, entsprach in allem nur den nüchternen Tatsachen. Es war unerheblich, daß die Versicherung dagegen protestieren und mit einem Verfahren drohen würde.

Wer vierzig Meter tief in ein wildes Meer fällt und mit seinem Auto zerschellt, ist tot! Wer anders denkt, weiß nicht, was Logik ist.

Zwei Tage später flog die deutsche Kommission nach Hamburg zurück. Sonja Richartz blieb in Blanes. Sie hatte ihre Pflicht erfüllt, nun erholte sie sich. Denn der Assessor war ein junger, kräftiger und unverbrauchter Mann.

Das Todeserklärungsverfahren schleppte sich trotz des klaren Berichtes mühsam hin. Das Gericht zögerte und verschanzte sich hinter dem spanischen Oberstaatsanwalt, der noch einige Berichte angekündigt hatte. Das Verhör von Direktor Escardos hatte gar nichts ergeben. Blankers war allein von Barcelona weggefahren. Er mußte die Dame also unterwegs eingeladen haben. Eine deutsche Anhalterin? Ein kleines spanisches Nuttchen? Oder eine Geliebte, die er an einem bestimmten Punkt abgeholt hatte? Die Ermittlungen liefen sich tot.

Die einzige, die darüber Auskunft hätte geben können, war Sonja Richartz, aber sie schwieg. Als sie den Lippenstift geschickt den Felsen hinab, neben die abgerissene Tür hatte fallen lassen, wollte sie damit den Mythos der Treue zerstören, der Blankers wie ein Heiligenschein noch im Tod umwehte. Der Lippenstift sollte der letzte, und zwar der tödliche Streich gegen Margit werden. Als Sonja dann erkannte, welche Komplikationen sie damit heraufbeschworen hatte, welche Verzögerungen und ungeahnte Schwierigkeiten, schwieg sie verbissen – aus Angst vor Pommer. Sie blieb auch nicht nur wegen der nötigen Erholung in Blanes zurück, sondern vor allem auch um einen örtlichen Abstand von Pommer zu halten – jedenfalls so lange, bis alles in Deutschland geregelt war und sie nachkommen konnte. Ihre große Hoffnung war der liebe, kleine Assessor, der sich schweren Herzens aus ihren Armen gerissen hatte, um in die Heimat zu fliegen und seine Pflicht zu tun.

Fred Pommer dagegen war aktiver als je zuvor.

Nun, da feststand, daß Blankers amtlich als tot galt, wenngleich die gerichtliche Anerkennung verzögert wurde – die Versicherung hatte prompt durch ihre Anwälte Beschwerde einreichen lassen und forderte ein Obergutachten an –, ging es Pommer jetzt darum, die Macht in der

Fabrik endlich ganz an sich zu reißen, bevor dieser widerliche Dr. Preußig Margit zu anderen Schritten überreden konnte.

Margit hatte keine Möglichkeit, Pommer erneut abzuweisen, als er sich nach der Spanienreise bei ihr melden ließ. Selbst Dr. Preußig riet dazu, ihn anzuhören. Es war eine Information aus erster Hand, die man nicht wegstoßen sollte.

Pommer kam sich vor wie vor einem Femegericht, als er den Salon der Blankersvilla betrat und sich einer ernsten, düster blickenden Menschenreihe gegenübersah. Dr. Preußig, Baurat Bernhardt, Lisa Bernhardt, zwei Direktoren und, mitten unter ihnen, klein, zierlich, wie ein verängstigtes Vögelchen, Margit in einem dunklen, hochgeschlossenen Kleid. Sie sah ihn nicht an, und da Pommer auch niemand aufforderte, Platz zu nehmen, blieb er stehen und sah mit hochgezogenen Brauen auf das Muster des Perserteppichs.

»Ich will ohne Umschweife sprechen«, sagte er mit einer aufreizend hochnäsigen Stimme, nachdem er die beiden Direktoren gemustert hatte wie Landstreicher. »Ich bitte die gnädige Frau . . .«, leichte Verbeugung vor Margit, ». . . meine Offenheit zu verzeihen, aber sie ist notwendig.« Er holte tief Atem und sagte dann seinen Spruch her, den er immer wieder zu Hause memoriert hatte und mit wirkungsvollen Worten anreicherte. »Die Todesursache ist klar: Absturz ins Meer aus vierzig Meter Höhe. Sie, gnädige Frau, kennen ja die Stelle. Die Behörden sind sich einig, nur die Versicherung schießt quer, was bei einer Million Versicherungssumme von ihrem Standpunkt aus verständlich, für mich aber eine anmaßende Unverschämtheit ist. Der Todeserklärung stände nichts im Wege, wenn nicht noch die Suche nach der Dame hinzukäme.«

Das war leichthin gesagt, aber es schlug ein wie eine Bombe. Baurat Bernhardt zuckte zusammen, Margits Gesicht versteinerte sich. Zum erstenmal sah sie Pommer an, haßerfüllt und doch fragend. Lisa Bernhardt faltete zitternd die Hände.

»Eine Dame?« fragte Dr. Preußig heiser. »Welche Dame?«

»Die Dame, die bei Herrn Blankers saß, als er verunglückte. Sie ist zusammen mit ihm umgekommen. Man fand in den Wagentrümmern ihren Lippenstift.« Pommer machte wieder eine Kunstpause, ehe er den neuen Schuß abließ. »Keiner kennt die Dame. Sie muß sozusagen ein Geheimnis des Herrn Blankers gewesen sein . . .«

Wortlos stand Margit auf und verließ den Salon. Lisa eilte ihr nach, einen verzweifelten Blick auf ihren Mann werfend. Baurat Bernhardt wartete, bis die beiden das Zimmer verlassen hatten.

»Das hätten Sie auch anders sagen können!« rief er dann. »Rücksicht kennen Sie wohl nicht?«

»Ich bat im voraus um Verzeihung.« Pommers Stimme war glatt wie gewachst. »Besagte unbekannte Dame ist ebenfalls im Meer versunken. Das ist der einzige Haken, der eine amtliche Todeserklärung bislang verhindert hat. Für alle Behörden aber steht fest, daß Blankers tot ist. Für mich steht es auch fest. Ebenso klar ist es, daß die Werke eine einheitliche Leitung brauchen. Aufgrund des Vertrauensbeweises von Herrn Blankers, den ich schriftlich habe, bitte ich zur Kenntnis zu nehmen, daß ich die Fabriken ab sofort als treuhänderischer Verwalter für Frau Margit Blankers übernehme. Bitte!«

Er trat zwei Schritte vor und überreichte Dr. Preußig ein Schriftstück. Es war die Ernennung Pommers zum Generalbevollmächtigten der Blankers-Werke. Dr. Preußig las das Schriftstück dreimal, ehe er es an die beiden Direktoren weitergab. Etwas irritiert sah er Pommer an.

»Das ist . . . eine Generalvollmacht«, sagte er gedehnt.

»Allerdings, Doktor.«

»Da ist gar nichts daran zu deuteln, meine Herren.« Dr. Preußig wandte sich an die verblüfften Direktoren. »Die Leitung der Werke liegt in der Hand von Herrn Pommer.«

»Von mir aus!« Der kaufmännische Direktor gab mit spitzen Fingern das Schriftstück an Pommer zurück. »Ich kündige hiermit und bin bereit, etwaige Konventionalstrafen zu tragen. Das ist mir mein Ausscheiden wert.«

»Ich schließe mich an.« Der andere Direktor preßte die Lippen aufeinander. »Ich war zwar schon beim Vater von Herrn Blankers in der Firma, als die Fabrik nur einhundert Mann beschäftigte – aber unter diesen Umständen . . . ich gehe sofort.«

»Bitte, meine Herren!« Pommer machte eine winkende Handbewegung. »Direktoren sind zu ersetzen, Facharbeiter nicht. Und diese bleiben mir. Und Ihre Konventionalstrafe, mein Lieber? Glauben Sie, ich nehme von Ihnen Geld an? *Ich* bin bereit, Ihnen ein Jahresgehalt zu zahlen, wenn Sie sofort gehen!« Er wandte sich mit einem Ruck um und sah Dr. Preußig an. »Und Sie, Doktor? Sie bleiben? Ich habe schon damit gerechnet, einen neuen Justitiar engagieren zu müssen.«

»Sie täten gut daran, sich um einen Ersatz zu kümmern.« Dr. Preußig sagte es mit steifer, aber heiserer Stimme. Die Erregung preßte ihm die Kehle zu. So geht ein altes Werk zugrunde, dachte er bitter. Und wir haben keine Macht, das aufzuhalten. Er hat eine Generalvollmacht.

»Dr. Mühlen wird sofort eintreten.« Pommers Gesicht glänzte vor Triumph. »Ich nehme an, daß auch Sie fristlos kündigen.«

»Natürlich«, stotterte Dr. Preußig. »Das war meine Absicht.«

Er ist ein Satan, dachte er. Gegen ihn kommt niemand an. Er überfährt jeden, und man ist sogar noch glücklich, daß man überlebt.

Als Sieger verließ Fred Pommer die Blankers-Villa. Als Herr über tausend Arbeiter.

Der nächste Schritt würde Margit sein.

Nach der Todeserklärung die Hochzeit mit ihr.

Die endgültige Festigung des kleinen Pommer-Imperiums.

Was dann folgte, sollte ein Rachefeldzug gegen die hochnäsige Verwandtschaft werden. Eine Rache, die man nie vergessen sollte.

Es waren große Pläne, die Pommer im Kopf wälzte, als er aus der Blankersvilla kam. Und es waren Pläne, deren Verwirklichung er greifbar vor sich sah. Das kleine Hindernis Sonja Richartz, das letzte Hindernis überhaupt, konnte man mit Geld wegräumen. Es war kein Problem mehr.

Wer hätte das geglaubt, dachte er, als er durch den Schnee zu seinem Wagen ging, damals, in jener Nacht an der Ostsee?

Wie merkwürdig und märchenhaft doch das Leben sein kann.

Fernando Exposito, der Findling von Juan Cortez, Gehilfe von Dr. Lopez und Geliebter der schönen, heißblütigen Estrella, gesundete sichtlich unter der liebevollen Pflege. Der Schädelbruch heilte aus ohne sichtbare Stauungen im Gehirn, ohne Kreislaufstörungen, ohne Intelligenzverletzung. Nur das Erinnerungsvermögen war gelöscht – hier mußte eine Quetschung des Hirnes die für diese Funktionen verantwortlichen Nerven und Ganglien abgetötet haben.

»Er bleibt also dein Fernando«, sagte Dr. Lopez nach einer letzten Untersuchung. »Kinder, zeugt ein neues Inselgeschlecht; das alte droht ohnehin zu degenerieren.«

Das Leben auf der kleinen Insel Baleanès war paradiesisch. Krank wurde kaum jemand, Dr. Lopez beschäftigte sich damit, seinen herrlichen Garten zu pflegen, und Fernando und Estrella saßen jetzt oft oben auf der Hügelkuppe neben der Fahnenstange und blickten weit übers Meer, vor allem, wenn die Sonne wie ein Feuerball unterging, das Meer violett wurde und die silbernen Körper der Tümmler durch ein flüssiges Gold schnellten.

Für Juan Cortez, den biederen Fischer, aber ergaben solche Situationen ein Problem. Wenn er auch ein armer Tropf war, so lebte doch in ihm die alte spanische Ehre, die verlangte, daß jemand, der mit einem unbescholtenen Mädchen abends Hand in Hand spazierengeht, ohne elterliche Begleitung wohlverstanden, dieses Mädchen auch heiraten muß.

»Er wird sie heiraten, Juan«, beruhigte Dr. Lopez die erregten Vorhaltungen von Cortez. »Mein Gott, er läuft ja nicht davon!«

»Worauf wartet er dann noch?« schrie der Fischer.

»Er wartet nicht, sondern *ich.* Du hast ihn aus dem Meer gefischt, und er trug an seiner rechten Hand einen Ring. Also ist er bereits verheiratet.«

»Ich bringe ihn um!« sagte Cortez dumpf. »Estrella wird keinen ehrbaren Mann mehr bekommen, wenn das bekannt wird.«

Dr. Lopez winkte ab. »Du bist zu hitzköpfig, Juan. Abwarten, heißt es. Wir wissen nicht, wer er ist. Dort, woher er gekommen ist, wird er als tot gelten. Hier heißt er Fernando Exposito. Aber das erkennt keine Behörde an. Kein Pfarrer wird ihn mit deiner Tochter trauen.«

»Also bringe ich ihn doch um«, sagte Cortez dumpf.

»Aber warum denn?« Dr. Lopez setzte Cortez ein Glas seines schweren roten Weines vor. »Als ich vor vielen Jahren auf eure Insel kam, warst du zehn Jahre alt, ein Lausejunge wie alle. Deine Mutter habe ich gepflegt, als sie an der Schwindsucht starb. Auf dem Sterbebett hat sie mir gebeichtet, daß der alte Cortez, dessen Namen du trägst, gar nicht dein Vater ist. Es war ein Landarbeiter aus Castellon, den deine Mutter kennenlernte, als sie für sechs Monate an der Küste in der Konservenfabrik beschäftigt war.«

»Das ist nicht wahr!« Juan sprang auf und warf dabei das Glas um. Sein Gesicht war dunkelrot. »Da lügen Sie, Don Lopez!« Er bebte am ganzen Körper und war in der Stimmung, das Dach über Lopez' Kopf einzureißen. »Meine Mutter war die ehrbarste Frau!«

»Hinterher. Natürlich. Dein Vater hätte sie durchgeprügelt wie einen störrischen Esel.« Dr. Lopez zog den bebenden Cortez wieder auf die Bank zurück. »Wie ehrlich ist da deine Estrella. Sie zeigt, wen sie liebt, und fragt nicht lange. Fernando wird diese Insel nie mehr verlassen; er wird treuer sein als Millionen anderer Ehemänner mit Papier und Segen.«

»Sie lästern, Don Lopez«, stammelte Juan leise. »Sie verleugnen die gottgewollte Ordnung.«

»Ich sehe, wie das Leben ist, du Idiot.« Dr. Lopez goß die Gläser wieder voll. »Ich habe mein ganzes Leben lang die Menschen studiert. Man kann das vorzüglich, wenn man als Trinker immer abseits steht. Man hat den richtigen Blickwinkel dazu. Und was habe ich gesehen? Betrug, Heuchelei Bigotterie, Lüge und Verrat. Alles, was wir Ordnung nennen, ist Heuchelei! In Wirklichkeit sind wir Menschen nichts anderes als Pflanzen und Tiere, Luft und Wasser mit dem Ballast des denkenden Hirns. Deine Estrella, die lebt so, wie sie soll: frei ihrem Herzen gehorchend. Sie wird Kinder kriegen, eines nach dem anderen, sie wird ihr Haus gut versorgen, sie wird glücklich sein mit diesem Fernando, und dieser Fernando wird sie nie prügeln, wie du deine Alte, sie werden das Muster einer Ehe sein, auch ohne Papiere, und sie werden Gott jeden Abend danken, wieder einen solch glücklichen Tag erlebt zu haben. Sie werden sein wie die Wildkirschen, süß und voll Saft, trunken von Sonne. Was willst du eigentlich mehr, du Idiot?«

Verwirrt ging Juan Cortez zurück ins Fischerdorf und sprach mit seiner Frau darüber. »Es ist alles unrecht, was Don Lopez sagt«, meinte er nachdenklich. »Es ist gegen Gott und die Moral, es ist überhaupt gegen alles, was Ordnung ist. Aber wenn man es genau überlegt: Ein bißchen recht hat er doch. Nur, daß dies mir passieren muß ... ich werde darüber ein alter Mann vor Gram.«

Mit einer Woche Verspätung – es kam ein wilder Sturm auf, der allen Schiffsverkehr unmöglich machte und die halbe Insel überfluten ließ – traf von Columbrete Grande der Versorgungsdampfer ein. Fernando war im kleinen Hafen und ruderte mit den anderen Fischern hinaus zu dem vor den Untiefen ankernden Schiff, um die Ware abzuholen und den Salz- und Trockenfisch abzuliefern. Außerdem nahm der Kapitän gern die Schnitzereien mit, die an den langen Abenden in den Hütten entstanden: Schiffe, bizarre Vögel, Aschenbecher und Blumenkübel.

Verwundert starrte der Kapitän von der Kommandobrücke auf das Boot, in dem Fernando saß und Fischsäcke an den Haken des Krans band. »Wer ist denn das da?« fragte er und zeigte auf den weißhäutigen Mann. »Der ist doch neu auf der Insel. Wo kommt der denn her? Das ist doch keiner aus dem Süden.«

»Noch nie gesehen, Käpt'n«, antwortete der 1. Offizier. »Soll ich ihn an Bord holen?«

»Das ist ein guter Gedanke.«

Zehn Minuten später stand Fernando Exposito in der Kapitänskajüte und wunderte sich, wie offensichtlich erregt der Kapitän war. Fernando hatte seinen breitkrempigen geflochtenen Strohhut vom Kopf genommen. Seine mittelblonden Haare waren lang geworden und hingen ihm fast bis auf die Schultern.

»Exposito heißen Sie?« wiederholte der Kapitän. »Ja mein Gott, wo kommen Sie denn her?«

»Ich weiß nicht. Ich lebe auf der Insel.«

»Und vorher?«

»Ich glaube, ich war immer auf der Insel.«

»Ich habe Sie aber noch nie gesehen.«

»Ich auch nicht.« Fernando wischte sich über das Gesicht. »Ich bin Assistent von Dr. Lopez.«

»Ach so.« Der Kapitän nagte an der Unterlippe. »Es freut mich jedenfalls, Sie kennengelernt zu haben.«

Auf der Insel tobte unterdessen Dr. Lopez. Als spüre er, welche Gefahr herankam, schrie er Juan Cortez an und drohte mit Ohrfeigen und ärztlichem Boykott.

»Wie könnt ihr ihn weglassen zum Schiff?« brüllte er. »Wie könnt ihr Vollidioten ihn allein fahren lassen? Soll er Estrella sitzenlassen? Wenn er nun mitfährt mit dem Schiff? Man sollte euch allen das Gehirn aus den Schädeln reißen, denn es ist ja doch nur Ballast! Lassen sie Fernando zu dem Schiff, während ich gerade schlafe! O ihr Blöden! Ihr Fischköpfe! Ihr Hosenscheißer! Wißt ihr denn, was daraus werden kann?«

Sie wußten es nicht, und Dr. Lopez hütete sich, es näher

zu erklären. Er atmete nur auf, als Fernando zwei Stunden später mit dem Boot zurückkehrte und auf Befragen sagte: »Der Kapitän hat mir hundert Peseten extra geschenkt. Er war sehr lieb zu mir und will mir in vier Wochen Zeitungen mitbringen.«

Dr. Lopez stöhnte dumpf und schwieg. Er ahnte, daß der Frieden auf Baleanès vorbei war. An diesem Tag betrank er sich so sinnlos, daß er sich drei Tage stöhnend auf seinem Lager wälzte und Fernando beschwor, ihn mit der Axt zu erschlagen.

Am fünften Tag nach dem Schiffsbesuch kreiste ein Hubschrauber über der Insel, ging tiefer und landete auf der Wiese vor Dr. Lopez' Haus. Der alte Arzt saß auf seiner Bank vor der Tür und rührte sich nicht. Auch als die beiden Flieger auf ihn zukamen und sich als Polizisten zu erkennen gaben, stand er nicht auf, sondern kaute an einer Orange.

»Wo ist dieser Fernando?« fragte einer der Polizisten mit dem Rangabzeichen eines Leutnants.

»Sucht ihn!« gab Dr. Lopez zur Antwort.

»Er ist ein gesuchter Mörder!« schrie der Leutnant und warf den Tisch um, an dem Dr. Lopez saß. »Los, Mann, wo ist er? Seit Monaten jagen wir ihn! Wenn Sie uns nicht sagen, wo er ist, werden wir Sie zum Reden bringen!«

Dr. Lopez sah die beiden Flieger groß an, stand auf und ging in seine Hütte. Dort legte er sich auf sein Bett, kreuzte die Hände im Nacken und schloß die Augen.

»Alles Idioten«, sagte er halblaut. »Oh, alles Idioten! Wie kann man nur unter solchen Rindviechern weiterleben? Man sollte sich wirklich zu Tode saufen.«

Die beiden Polizisten fanden Fernando Exposito im Wäldchen hinter dem Haus. Er hackte Holz für den Kochherd. Erstaunt, aber ohne Widerstand, ließ er sich zum

Hubschrauber führen, stieg ein und war wenige Minuten später hoch über der Insel und flog dem Festland entgegen.

Zwei Stunden später kam Estrella in das Doktorhaus und suchte Fernando. Dr. Lopez lag, umgeben von Alkoholdunst, im Bett und lallte unzusammenhängende Töne.

»Haben Sie Fernando gesehen, Don Lopez?« rief Estrella und rüttelte Dr. Lopez an den Schultern. »Wo ist Fernando?«

»In der Luft. Ein Vögelchen, haha!« Dr. Lopez machte mit beiden Armen die Bewegung des Fliegens. »Ein Pelikan, der flog davon und klapperte gar sehr ... haha! Die Welle kommt, die Welle geht, ein toter Fisch, der liegt am Strand ... hihi! Du mußt weit laufen und schwimmen und fliegen, mein Mädchen, ehe du ihn wiedersiehst. Weg ist er! Weg! Hui, weg! Haha! Germania est patria nautae! Oder Britannia? Oder ... haha ... der gute Juan Cortez! Sag, bist du schon schwanger, Estrella?«

Dann fiel er um und schnarchte.

Und für Estrella begann ein Rätsel, das sie nie verstand.

Fernando war gekommen aus dem Nichts und gegangen ins Nichts ... Wer sollte das verstehen?

In Barcelona, wohin man den Unbekannten von Valencia aus brachte, war seine Herkunft bald kein Rätsel mehr. Der Oberstaatsanwalt zog Fernando Exposito den Ehering vom Finger, las die innen eingravierte Inschrift »Margit« und das Heiratsdatum und sagte:

»Sie sind Klaus Blankers, stimmt es?«

Fernando schüttelte den Kopf. »Aber nein. Wieso denn? Ich heiße Fernando.«

»Klaus Blankers!«

»Ich habe diesen fremdartigen Namen nie gehört.«

»Und der Ring? Der Name in dem Ring? Der Name Ihrer Frau?«

»Meine Frau heißt Estrella.« Fernando sah den Ring groß an. »Ich weiß nicht, wie ich zu diesem Ring komme. Ich hatte ihn schon immer, solange ich denken kann.«

Der Oberstaatsanwalt brach das Verhör ab. Fernando wurde in das Krankenhaus gebracht und gründlich untersucht. Schon die ersten Untersuchungen ergaben, daß der Unbekannte einen schweren Unfall gehabt hatte, vor allem einen Schädelbruch. Das Enzephalogramm zeigte große Hirnstörungen und den Ausfall einiger Zentren.

»Die Sache ist völlig klar. Dieser Fernando ist Klaus Blankers, aber er hat durch den Unfall seine Erinnerung verloren.« Der Oberstaatsanwalt legte die Untersuchungsergebnisse zur Seite. »Wir werden jetzt die Frau kommen lassen, und alles ergibt sich von selbst. Eine Frage bleibt nur offen: Wer war die Frau in Blankers' Wagen, und wo ist sie? Darauf werden wir wohl nie eine Antwort bekommen. Zum Kotzen ist das!«

Noch am gleichen Tag ging ein Telegramm zur Staatsanwaltschaft in Hamburg. Am nächsten Mittag landeten Margit Blankers und ihr Vater, Baurat Bernhardt, in Barcelona. Gleichzeitig fand eine erregte Konferenz zwischen Pommer und Dr. Mühlen statt.

»Das ist unmöglich!« schrie Pommer immer wieder. »Doktor – wie stehen wir jetzt da? Irgend etwas ist faul an dieser Sache. Diesen Sturz kann kein Mensch überleben.«

»Abwarten, Herr Pommer.« Mühlen las noch einmal das Telegramm durch, das er von der Staatsanwaltschaft abschriftlich bekommen hatte. »Hier steht: ›Erbitten Anwesenheit Frau Blankers' zwecks Identifizierung von Klaus Blankers.‹ Identifizierung kann alles heißen. Man kann auch einen Toten identifizieren. Wo steht hier, daß er lebt?«

»Das stimmt.« Pommer las den Text auch noch einmal. »Kein Wort, daß er lebt. Er kann auch endlich angeschwemmt sein.«

»Genau das glaube ich.« Mühlen putzte sich die Brille, sie war vor Aufregung beschlagen. »Warten wir also ab ...«

Im Garten des Krankenhauses in Barcelona fand das Wiedersehen statt. Der Oberstaatsanwalt, der Polizeidirektor, Baurat Bernhardt und der Chefarzt hatten sich in den Büschen versteckt, als Fernando Exposito langsam über den geharkten Weg kam und der Banknische entgegenging, in der Margit wartete. Man hatte Margit rücksichtslos alles erklärt ... Unfall, Gehirnquetschung, Ausschaltung des Erinnerungsvermögens ... Vielleicht half jetzt der große Überraschungsmoment.

Vier Schritte vor der Bank trat Margit heraus in den Weg und breitete die Arme nach Fernando aus. Ihre Stimme zerflatterte, als sie rief:

»Klaus! Du lebst ... Klaus ...« Sie wollte mit offenen Armen auf ihn zustürzen, aber Fernando blieb ruckartig stehen, sah im Gebüsch den weißen Kittel des Chefarztes und trat zur Seite.

»Wer ist diese Dame, Señor?« fragte er steif. »Was will sie?«

»Klaus!« schrie Margit verzweifelt. »Klaus! Erkennst du mich denn nicht?« Sie schwankte, und Baurat Bernhardt sprang aus seinem Versteck, um seine Tochter zu stützen. Auch seinen Schwiegervater sah Blankers wie einen völlig Unbekannten an und hob beide Arme.

»Ich kenne diese Dame nicht«, sagte er zu dem Oberstaatsanwalt, der hinter der Bank hervorkam. »Was wollen sie alle von mir?«

»Das ist Ihre Frau, Herr Blankers«, sagte der Chefarzt eindringlich. Fernando starrte Margit aus weiten Augen an und schüttelte dann langsam den Kopf.

»Meine Frau ist Estrella . . .«, sagte er leise.

»Wer ist Estrella?« Der Oberstaatsanwalt witterte die Lösung des Geheimnisses. »Fuhr sie mit Ihnen im Auto?«

»Ich habe kein Auto. Nur ein Boot.«

»Als Sie abstürzten, wo war da Estrella?«

»Ich bin nie abgestürzt. Nur einmal hatte das Boot ein Loch . . . aber wir erreichten noch das Ufer. Juan hat es sofort mit einem Pfropfen verschlossen.«

»Mein Gott! Mein Gott!« stotterte Bernhardt und zog Margit an sich. »Er hat völlig den Verstand verloren.«

Mit weit aufgerissenen Augen sah Margit ihren Mann an. Sein Blick war weit weg . . . über das Meer flogen seine Gedanken, zu der kleinen Insel Baleanès und dem schwarzhaarigen Fischermädchen Estrella.

»Klaus . . .«, stammelte Margit. »Klaus . . . ich bin es doch. Margit! Sieh mich doch an . . . bitte, bitte, sieh mich an . . . Denk an die Heidekate . . . an unser Haus . . . an unser Kind . . . Klaus! Monika!« schrie sie plötzlich grell. »Monika! Erinnere dich doch! Monika! Monika!«

Klaus Blankers – so wollen wir ihn wieder nennen – drehte sich wieder zu dem Chefarzt um. »Was will diese Frau von mir?« fragte er in fließendem Spanisch. »Ich kenne sie nicht. Warum schreit sie so? Ich möchte überhaupt wissen, was das alles soll. Ich habe nichts verbrochen. Ich möchte auf die Insel zurück. Estrella wartet und weiß nicht, wo ich bin.«

Behutsam führten der Chefarzt und Baurat Bernhardt die haltlos weinende Margit fort, während der Oberstaatsanwalt sich mit Blankers in entgegengesetzter Richtung entfernte.

»Sie müssen Mut haben, kleine Frau, viel Mut«, sagte der Chefarzt später in seinem Zimmer. Er hatte in Bonn studiert und sprach ein gutes Deutsch. »Eine Operation kann Erleichterung verschaffen. Wir sind hier nicht darauf eingerichtet, aber die neurochirurgischen Kliniken in Köln und Bonn, die weithin bekannt sind, werden auf jeden Fall operativ etwas erreichen können. Es wird aber – das will ich nicht verschweigen – eine sehr schwierige Operation werden.«

»Ich verstehe das alles nicht. Ich verstehe es einfach nicht.« Margit legte beide Hände über ihr zuckendes Gesicht. »Wie kann ein Mensch so völlig anders werden?«

»Das beweist wieder, wie armselig so ein genial durchkonstruierter Mensch in Wirklichkeit ist. Ein paar Nerven weniger, und schon brechen Welten auseinander.« Der Chefarzt sah Baurat Bernhardt an und nickte ihm zu. »Sie müssen sehr tapfer sein. Man weiß nie, was noch alles kommt. Das verletzte Hirn eines Menschen birgt tausend Überraschungen, und meistens keine guten.«

Die nächsten Tage waren ein Gang durch die Hölle.

Klaus Blankers wurde trotz seiner Proteste mit dem Flugzeug nach Deutschland gebracht. Wie ein Fremder, den man an einen ekligen Ort entführt hat, ging er durch seine Villa, stand er vor dem Bettchen seines Kindes und sah es völlig unbeteiligt an, sah er durch Pommer hindurch, sprach Dr. Preußig nicht an und besichtigte die Fabrik wie ein Museum. Und immer wieder sagte er auf Spanisch:

»Ich protestiere! Ich will zurück nach Baleanès. Wenn das nicht möglich ist, dann geben Sie wenigstens Nachricht an Dr. Lopez und meine Frau Estrella.«

Das war das Schrecklichste, was Margit hören mußte. Meine Frau Estrella.

»Ich halte es nicht mehr länger aus«, sagte sie drei Abende später zu ihrem Vater, als Klaus Blankers schon oben in seinem alten Schlafzimmer schlief. »Ich werde selbst noch irrsinnig. Ich kann einfach nicht mehr.«

»Nächste Woche sollen wir nach Köln kommen«, tröstete Bernhardt seine Tochter. »Dann wird er operiert, und wenn er aus der Narkose aufwacht, wird alles ein böser Traum gewesen sein.«

»Und wenn nicht? Wenn er auch nach der Operation uns alle nicht erkennt ... nicht mal sein Kind ...«

Bernhardt schwieg und sah an die Decke. Ja, was dann, dachte er.

Man sollte einfach heute noch nicht daran denken. Es war zu fürchterlich.

Allein für Fred Pommer war die Lage erfreulich. Nach dem ersten Schock, daß Klaus Blankers noch lebte, beruhigte ihn Mühlen mit einer juristischen Auskunft.

»Es ist gar kein Grund zur Panik vorhanden«, sagte Mühlen fröhlich. »So, wie der Geisteszustand Blankers' heute ist – das reicht völlig aus, um ihn zu entmündigen. Sie werden also die Leitung der Werke weiter haben, Herr Pommer. Als Vormund gewissermaßen. Lassen Sie das nur die Sorge von uns Juristen sein.«

»Und wenn die geplante Operation gelingt?« fragte Pommer, nur teilweise beruhigt.

»Glauben Sie das?« Mühlen lächelte mokant. »Und selbst wenn sie gelingt: Blankers bleibt immer ein geistig Gehemmter. Ein Mann, der nicht mehr voll geschäftsfähig ist.«

Pommer nickte. Er begann es zu glauben.

Vormund von Klaus Blankers. Mein Gott, was es alles gab! Nun erbte man nicht nur eine Fabrik, eine Frau und ein Kind, sondern auch noch einen fast vierzigjährigen Säugling. Und plötzlich lachte er, lachte so laut und hemmungslos, daß Mühlen sich konsterniert umwandte.

»Was haben Sie denn?«

»Ich ersticke!« lachte Pommer, und seine Augen quollen hervor. »Ich ersticke bei dem Gedanken, daß ich mein großes Pflegekind in die Heia schicke und nebenan mit seiner Frau ins Bett gehe. Soviel Phantasie hat selbst der Teufel nicht ...«

Eine Woche später saß Klaus Blankers – ebenfalls unter Protest – dem Gehirnchirurgen Dr. Mayfelder gegenüber.

Professor Mayfelder hatte seinen Skiurlaub in St. Moritz unterbrochen und war nach Köln zurückgekehrt, um diesen komplizierten Fall selbst zu übernehmen. Sein 1. Oberarzt hatte ihn angerufen und durchblicken lassen, daß so etwas eine »Chefsache« sei. Nun hatte er sich mit »Fernando Exposito« spanisch unterhalten, hatte allerlei über das Leben auf Baleanès erfahren, von Dr. Lopez und Estrella, von Juan Cortez und den anderen Fischern, hatte die neuesten Röntgenbilder angesehen und war sich mit allen anderen Ärzten seines Operationsteams einig, daß eine Absplitterung der Schädeldecke das Erinnerungszentrum blockierte. Nur: Man sah diesen Splitter auf keinem Röntgenbild. Er mußte so winzig sein, daß selbst eine extreme Vergrößerung der Röntgenaufnahmen keinen Aufschluß gab.

»Es bleibt uns nichts anderes übrig, meine Herren, als auf gut Glück zu operieren«, sagte Professor Mayfelder nach dem letzten Arztkonsilium. »Machen wir also den Schädel auf und suchen wir mit dem Knochenmagneten den Blokker.«

Der sogenannte Knochenmagnet war eine Erfindung Professor Mayfelders. Es war eine Sonde, die wie Radar auf winzigste Fremdkörper im Gehirn reagierte, wenn sie die Festigkeit von Knochen oder Knorpel hatten. Dann summte es leise in der Sonde, und meistens fanden dann die Pinzetten der Ärzte in der Hirnmasse den Fremdkörper.

Meistens.

Die Chance war 70:30. Gehörte Klaus Blankers zu den 70 Prozent der Geheilten? Oder blieb er einer der 30 Prozent Hoffnungslosen?

»Ich operiere nächsten Dienstag«, sagte Professor Mayfelder zu Margit, als zwei Pfleger den sich wehrenden Blankers weggeführt hatten. »Bis dahin haben wir Ihren Gatten so beruhigt, daß keine Komplikationen mit dem Kreislauf eintreten. Ob es uns allerdings gelingt ...« Er hob beide Arme und ließ sie an den Körper zurückfallen.

»Bitte, versuchen Sie alles ... alles ...« Margit sah den Chirurgen aus bettelnden Augen an. Es war fast, als wollte sie die Hände falten. »Bitte!«

»Wir werden unser ganzes Wissen mobilisieren, gnädige Frau. Glauben Sie mir.« Professor Mayfelder sah an Margit vorbei in den tief verschneiten Klinikgarten. »Aber die letzte Entscheidung liegt in der Hand eines Höheren. Dienstag früh ... das ist eine Stunde, in der selbst hartgesottene Mediziner erkennen, daß hinter ihnen Gott stehen muß und sie auch bloß Menschen sind.«

»Und ... und Sie haben Hoffnung, Herr Professor?«

»Ein wenig ...« Aber während er es sagte, sah Professor Mayfelder aus dem Fenster in den Garten. Er konnte schlecht in fragende Augen lügen.

Der Wegflug Fernandos von der Insel Baleanès mit einem Hubschrauber der Polizei löste bei der Familie Juan Cortez Panik und großes Geschrei aus. Während Estrella sich weinend in ihre Kammer einschloß und auf alles Klopfen, ja sogar auf die Drohung, die Tür werde eingeschlagen, nicht antwortete, rannte der Fischer Juan herum, von Haus zu Haus, eine Axt in der Hand, und verkündete mit brüllender

Stimme, daß er den Schänder der Ehre seiner Tochter umbringen werde, jawohl, mit seinen Händen, mit der Axt. Den Kopf würde er ihm spalten bis zum Kinn. Juan machte diese Runde durch das Dorf, um allen zu zeigen, wie sehr er auf die Sittlichkeit hielt und welche ungerechte Schande über seine Familie gekommen war. Er wurde bedauert, und man gab ihm recht, wenn er Fernando den Tod androhte.

Dr. Lopez war nach drei Tagen wieder soweit nüchtern, daß er den Besuch Juans empfangen konnte. Er saß vor dem Haus, reinigte seine blitzenden Arztbestecke mit einem Lappen und legte ab und zu seinen schweren Kopf zurück an die Wand, um tief Luft zu holen.

Es geht bald zu Ende, dachte er dabei. Ich saufe mich zu Tode. Aber was hat man denn noch vom Leben außer dem Wein?

»Don Lopez!« brüllte Juan, als er vor dem Arzt stand, und fuchtelte mit seiner Axt herum. »Sie haben alles gewußt. Sie haben Estrella und Fernando gewähren lassen. Sie haben mir gesagt, daß er sie einmal heiraten wird. Und nun ist er weg! Was soll ich tun? Ich will ihn umbringen!«

»Fahr hinüber nach Valencia, melde dich bei der Polizei, leg deine Axt auf den Tisch und sage, daß du ihm den Schädel einhauen willst. Sie werden dir Fernando bestimmt herausgeben.«

Dr. Lopez legte die blitzenden Zangen und Pinzetten auf das Putztuch und suchte in seiner Rocktasche nach dem Rest einer Zigarre. Juan starrte den Arzt mit blutunterlaufenen Augen an, dann setzte er sich an den Tisch und begann plötzlich zu weinen.

»Diese Schande!« jammerte er. »Diese Schande, Don Lopez! Meine Familie wird man meiden wie Aussätzige. Was soll aus Estrella werden? Kein ehrbarer Mann wird sie mehr zur Frau nehmen. In ein Hurenhaus nach Valencia oder Barcelona kann sie gehen. O diese Schande! Ich bringe mich um!«

»Erst Fernando, dann dich, du willst wohl alles umbringen, was?« Dr. Lopez rollte die Arztbestecke in das Putztuch und schob die Rolle in eine alte, ausgeblichene Ledertasche. »Was ist denn schon geschehen? Warum müßt ihr den Himmel einreißen, wenn euch die große Zehe juckt?«

»Don Lopez!« stöhnte Juan. »Estrella ist keine große Zehe.«

»Mit Fernando werden noch große Dinge geschehen.« Dr. Lopez hatte den Zigarrenstummel gefunden und brannte ihn an. »Man wird ihn operieren, und dann wird er gar nicht mehr wissen, daß es eine Estrella gegeben hat.«

»Ich zerhacke ihn!« stöhnte Juan dumpf.

»Das wäre ungerecht, Juan. Fernando war ein kranker Mann. Als du ihn aus dem Meer fischtest, war er ein Nichts. Ein atmender Körper, weiter nichts. Verstehst du das?«

»Nein, Don Lopez.«

Dr. Lopez winkte ab und blies den Rauch von sich gegen den blauen Himmel. »Erklären wir es anders: Fernando hatte sein Gedächtnis verloren. Er wußte nicht mehr, wer er war. Jetzt operiert man ihn, und er bekommt sein Gedächtnis wieder, er weiß wieder, wer er ist. Aber er wird durch diese Operation alles vergessen, was er als Fernando getan hat.«

»Auch Estrella?«

»Auch sie!«

Juan sprang auf und nahm seine Axt. »Meine Tochter kann man nicht vergessen! Sie wissen, wo Fernando ist, Don Lopez?«

»Ich nehme an, in Valencia.« Dr. Lopez sah übers Meer. »Ich warte ja selbst auf eine Nachricht. Irgend jemand wird schon kommen und uns sagen, was aus ihm geworden ist.«

Und so war es. Am zehnten Tag nach dem Wegflug Fernandos, als Juan und die anderen Fischer auf dem Meer waren und ihre Netze nachschleppten, kreiste wieder ein Hubschrauber über Baleanès und landete am Sandstrand vor dem Hause von Dr. Lopez. Juan sah von weitem den Hubschrauber zur Insel fliegen, und er wußte, daß jetzt jemand Nachricht von Fernando brachte.

»Die Netze rein!« brüllte er. »Fahrt ab! Mit Volldampf! Zurück zur Insel! Verdammt noch mal, hört ihr nicht? Die Netze rein! Ich muß zurück!«

Aber das war unmöglich. Man kann einen Tagesfang nicht wegen eines einzelnen Mannes unterbrechen. Und so schleppte man weiter die Netze durchs Meer, und Juan stand an der Reling, hieb mit seiner Mütze auf die Eisenstangen und fluchte und tobte wie ein Irrer.

Zwei Polizisten stiegen unterdessen aus dem Hubschrauber, grüßten Dr. Lopez höflich durch Handanlegen an die Mützen, und sie wurden noch höflicher, als sie Estrella aus dem Haus treten sahen. Ihre wilde Schönheit begeisterte auch die Polizisten, aber da sie dienstlich sein mußten, glänzten nur ihre Augen, während ihre Worte nüchtern zu klingen hatten.

»Señorita Estrella?« fragten sie, als das Mädchen neben Dr. Lopez stand. Ihre Blicke blieben auf ihrem heftig atmenden Busen haften, und man sah, wie sehr der Anblick sie erfreute.

»Ja.« Estrella ballte die Fäuste vor Erregung. »Bringen Sie Nachricht von Fernando, Señores?«

»Wir haben den Befehl, Sie mit zum Festland zu nehmen. Bitte, packen Sie das Nötigste ein. Sie werden zwei oder drei Tage drüben bleiben müssen. Es sollen Protokolle aufgenommen werden. Können wir in einer Stunde abfliegen?«

»Ich werde Fernando wiedersehen?« Die Augen Estrellas glänzten wie schwarze Diamanten. Und da die Polizisten keine Antwort gaben, nahm sie das Schweigen als Zustimmung und breitete die Arme weit aus. »Fernando läßt mich holen, Don Lopez!« rief sie glücklich. »Er hat mich nicht vergessen! Aber ihr habt es alle geglaubt! Ihr habt ihn schlechtgemacht! Ich wußte, daß mich Fernando holt. Wir können gleich fliegen, sofort, Señores!«

Mit wirbelnden Beinen lief sie den Strand entlang zum Dorf, um ein Hemd, Seife, Schuhe und vor allem das Festtagskleid zu holen. Ihre langen schwarzen Haare wehten im Wind wie die Fahne eines Freibeuters.

Dr. Lopez wartete, bis sie außer Hörweite war, und wandte sich dann an die beiden Polizisten. Er ahnte die Wahrheit.

»Fernando ist nicht mehr bei euch?« fragte er, aber es klang mehr wie eine Feststellung.

»Er ist abgeholt worden, so berichtete man aus Barcelona. Seine Frau identifizierte ihn und nahm ihn mit. Nach Deutschland.«

»Aha. Nach Deutschland.« Dr. Lopez nickte. »Ich ahnte so etwas. Wer ist er denn?«

»Er soll Blankers heißen. Ein Fabrikant aus Hamburg. Ist mit einem Wagen die Klippen hinuntergestürzt ins Meer. Bei Blanes.« Die Polizisten kamen mit zur Terrasse des Doktorhauses und ließen sich einen Becher Rotwein einschenken. Wein gilt nicht als »Alkohol im Dienst«. Wein gehört zum Leben wie Atmen und Lieben.

»Jetzt soll das Mädchen aussagen, was dieser Blankers als Fernando hier getan hat«, sagte der eine der Polizisten. »Auch Sie wird man noch verhören, Dr. Lopez. Wir holen Sie nächste Woche aufs Festland.«

»Das wäre nach dreißig Jahren zum erstenmal wieder.«

Dr. Lopez starrte in seinen Becher. »Es hat sich bestimmt vieles geändert, nicht wahr?«

»In dreißig Jahren? Eine Menge, Dr. Lopez.«

»Ich werde die Welt nicht wiedererkennen.«

Von weitem sahen sie Estrella heranlaufen. In der rechten Hand schwenkte sie ein Bündel. Sie hatte alles, was sie mitnehmen wollte, in eine Mantilla gewickelt und verschnürt.

»Sagen Sie ihr bitte nichts davon, daß seine Frau ihn abgeholt hat«, bat Dr. Lopez mit schwerer Zunge. »Sie wird es früh genug erfahren. Lassen Sie ihr bis zuletzt den Glauben, daß sie Fernando wiedersieht. Sie ist ein so gutes, glückliches Mädchen. Und laßt sie, wenn sie alles weiß, nicht aus den Augen. Liefert sie wieder hier ab. Versprecht mir das.«

Die Polizisten nickten, nahmen Estrella in ihre Mitte, und Minuten später hob sich der Hubschrauber wieder vom Strand ab und flatterte über das Meer, hinüber zur Küste, an den Fischerbooten von Baleanès vorbei und auch an dem Boot, an dessen Reling Juan Cortez stand und fluchte, daß es ausreichte für hunderttausend Jahre Fegefeuer.

Drei Tage wartete man auf die Rückkehr Estrellas vom Festland. Am vierten Tag tobte Juan Cortez wieder, am fünften Tag betete Doña Cortez vor dem Marienbild, am sechsten Tag machte Juan sein Boot klar für große Fahrt und fuhr hinüber nach Valencia.

Estrella war verschwunden. Die Polizeibeamten waren zu Juan höflich, aber sehr verlegen. Nach den Verhören und Protokollen, und nachdem man Estrella die Wahrheit gesagt hatte, war sie zum Mädchenheim der Schwestern vom Heiligen Herzen gebracht worden, wo man ein Bett für sie bereitstehen hatte. In der Nacht war sie ausgebrochen, durchs Fenster, dessen Scheibe sie zerbrach, denn das Fenster war verriegelt. Als man am Morgen das Fehlen Estrellas merkte und die Polizei alarmierte, waren alle Spuren schon verwischt.

»Wo soll man sie suchen, Señor?« fragte der Polizeikommandant ziemlich hilflos. »Wir sind vollkommen angewiesen auf Fingerzeige der Bevölkerung.«

Juan Cortez benahm sich tapfer. Zunächst hatte er große Lust, mit dem Kopf gegen die Bäuche der Polizisten zu rennen, das Zimmer zu zertrümmern und zu brüllen wie ein verwundeter Stier – aber dann sah er ein, daß dies alles keinen Sinn hatte, Estrella nicht zurückbrachte und das Schicksal nicht änderte, das über seine ehrbare Familie gekommen war.

»Wenn ihr sie findet, ruft mich sofort«, sagte er dumpf und faltete die Hände. »Ich bleibe so lange hier, ich such mir Arbeit in der Fischfabrik. Ich gehe nicht eher zur Insel zurück, bis ich Estrella wiederhabe. So wahr es einen Gott gibt, Señores.«

Aber niemand sah Estrella wieder.

Die Operation fand, wie festgesetzt, am Dienstagmorgen statt.

Ab 9 Uhr wartete das Team der Hirnchirurgen auf seinen Chef Professor Mayfelder. Im Vorbereitungsraum des OP war Blankers bereits auf den Tisch gelegt worden. Sein Körper war abgedeckt mit angewärmten grünen Laken, der Schädel kahlrasiert und die Stelle, an der die Schädeldecke geöffnet werden sollte, mit einem roten Kreis bezeichnet. Der Anästhesist saß schon hinter Blankers und kontrollierte Atmung, Puls und Herztätigkeit. Die Narkose war eingeleitet.

Zwei Zimmer weiter stand Professor Mayfelder mit seinem Oberarzt, Dozent Dr. Willkens, noch einmal vor dem Leuchtkasten und betrachtete die vor der Mattscheibe eingespannten Röntgenbilder. Außer der Eindruckwölbung in der Schädeldecke war nichts zu erkennen, und doch verbarg sich in der grauschimmernden, im Röntgenbild glasig-gallertigen Hirnmasse ein winziger Fremdkörper, der einen Nervenstrang abklemmte und Klaus Blankers die Erinnerung nahm.

»Wir werden an zwei Stellen suchen müssen«, sagte Professor Mayfelder langsam und überdachte Wort für Wort. Denn was er jetzt sagte, war der Marschplan der Hirnchirurgen, und jedes einzelne Wort galt soviel wie ein Eingriff ins Gehirn. »Die Aufnahmen zeigen ganz deutlich zwei große und einen kleineren Kontusionsherd an der Hirnbasis. Der ›Contrecoup‹ ist klar. Der eine große Herd sitzt im Stirnlappen und drückt auf das Persönlichkeitszentrum. Der andere große Herd ist verhältnismäßig harmlos und überdeckt leicht den Präcuneus zur Körperfühlsphäre. Aber hier, der kleine Flecken am Gyri occipit. lat. macht mir den größten Kummer. Hier könnte die Wurzel der Erinnerungslücke sein. Wir wissen, daß Verletzungen am Gyri occipit. lat. zur sogenannten Seelenblindheit führen.« Professor Mayfelder knipste das Licht im Leuchtkasten aus. Das Hirn von Blankers war jetzt nur mehr eine dunkle Fotoplatte. »Wir gehen zuerst zum Gyri, lieber Willkens. Ich möchte vermeiden, daß wir die ganze Schädeldecke trepanieren.«

Im OP kam Bewegung in die weißen Mäntel, als der Chef mit dem 1. Oberarzt in das Vorbereitungszimmer trat. Der Narkosearzt nickte, als Professor Mayfelder zu ihm blickte. Alles in Ordnung. Ein Blick zur OP-Schwester. Auch alles klar. Das Instrumentarium für alle erdenklichen Vorfälle lag bereit: Giglisäge, elektrischer Bohrer, Stillescher Handbohrer, Lüersche Hohlmeißelzange zur schrittweisen Abknabberung des Knochenlückenrandes; das Elektrokoagulationsgerät, mit dem die feinen, seidenhaarartigen Äderchen im Hirn verschmort und so die Blutungen zum Stehen gebracht werden; feinste Sonden und Pinzetten, atraumatische Nadeln, Seide zur Gefäßumstechung, große Glasbehälter mit Tupfern, Gazestreifen, angewärmter Mull.

Um 9.20 Uhr stand Professor Mayfelder am Kopf von Klaus Blankers, ließ die Lage des Schädels verändern und machte den ersten runden Hautschnitt. Der sogenannte Lappen wurde fixiert, der später wieder übergedeckt wurde und die Wunde verschloß, so daß in ein paar Monaten nur eine dünne weiße Narbe die Stelle anzeigte.

Um 10 Uhr lag der kleine Kontusionsherd am Gyri occipit. lat. frei. Das Koagulationsgerät schnurrte leise, über die Mattscheibe des Herzoszillographen zuckten die Zakkenreihen der Herzschläge.

»Ich glaube, wir haben am richtigen Ende angefangen«, sagte Professor Mayfelder und hob unendlich vorsichtig die Schichten und Fäden des geronnenen Hirnblutes von den zarten Adern und Nervensträngen ab. »Es ist kein Fremdkörper im Hirn. Das Hämatom hat einfach auf das Zentrum gedrückt. Es ist eine Stauungsstörung, meine Herren. Wir – und der Patient – haben ein unverschämtes Glück gehabt.«

Die Operation dauerte trotzdem noch vier Stunden, ehe man Klaus Blankers mit einem dick verbundenen Kopf und leichenblaß aus dem OP in sein Einzelzimmer fuhr. Dort nahm in die Schwester in Empfang, die mit zwei anderen Schwestern in drei Schichten drei Tage und drei Nächte lang an Blankers' Bett wachen mußte, um alle Erregungsimpulse, die sich beim Erwachen aus der Narkose einstellen konnten, sofort abzufangen.

Margit hatte am Operationstag die ganzen langen Stunden über in einem Nebenraum gewartet, starr aus dem Fenster blickend, als sei sie kein lebender Mensch, sondern eine auf den Stuhl gesetzte Schaufensterpuppe. Baurat Bernhardt hingegen lief ruhelos hin und her, rauchte und ließ sich Rotwein bringen, sah immer wieder auf die Uhr und sagte verzweifelt: »So lange kann doch eine Schädeloperation nicht dauern. Man hat uns vergessen. Man hat uns bestimmt vergessen.«

Erst am Abend erschien Professor Mayfelder, nachdem er noch einmal den zwar aus der Narkose erwachten, aber noch völlig benommenen Blankers untersucht hatte.

Margit stürzte ihm entgegen, als er das Wartezimmer betrat, und klammerte sich an ihn. Jetzt war sie nicht mehr eine Ehefrau und die Mutter eines Kindes, jetzt war sie selbst noch das Kind, das Trost brauchte, ein gutes Wort und Hoffnung.

»Er lebt!« stammelte sie. »Nicht wahr ... er lebt ...? Sie haben ihn gerettet! Sie haben Klaus nicht sterben lassen –«

Professor Mayfelder legte beide Hände um den Kopf Margits. Über ihre zerwühlten Haare hinweg sah er auf Baurat Bernhardt, der bleich unter der Lampe stand und ihn stumm mit großen Augen anstarrte. In seinem Blick las Mayfelder die stumme Bitte: »Wenn er tot ist ... bitte, bitte sagen Sie es jetzt nicht. Ich werde es ihr sagen ... im Laufe der Nacht ... Sie wird wahnsinnig, wenn Sie ihr es jetzt sagen ...«

Professor Mayfelder versuchte ein Lächeln. Er war müde. Mit dreiundsechzig Jahren ist eine stundenlange Operation am Gehirn, diese feinste Operation der Chirurgie, eine körperliche Tortur.

»Wir haben alles getan, was wir konnten«, sagte er zu Margit und hielt noch immer ihren zitternden Kopf fest. »Wir haben die Ursache seiner Wesensveränderung gefunden und beseitigt. Vom Medizinischen her ist die Operation voll gelungen. Was nun folgt, das muß die Natur mit unserer Unterstützung allein tun. Aber ich habe berechtigte Hoffnung, daß Ihr Mann in sechs oder acht Wochen wieder an Ihrem Arm an der Alster spazierengehen kann.«

»Ich danke Ihnen, Herr Professor«, stammelte Margit mit kaum hörbarer, erstickter Stimme. Dann verließen sie die Kräfte, sie knickte in den Knien ein und wurde von Mayfelder und ihrem Vater zum Stuhl zurückgeleitet.

»Kann ich Klaus sehen?« fragte sie Minuten später. Baurat Bernhardt hatte ihr ein Fläschchen mit Kölnisch Wasser unter die Nase gehalten und mit wenigen Tropfen ihre Schläfen, die Stirn und den Nacken eingerieben. »Nur einen Blick, Herr Professor ... bitte ...«

Mayfelder nickte. Wieviel Schädel habe ich in meinem Leben schon geöffnet, dachte er. Es mögen einige tausend sein. Und jedesmal ist es das gleiche: Mich ergreift immer wieder der Augenblick, in dem ich sagen darf: Es ist gelungen. Ich habe mich nie an den Gedanken gewöhnen können, daß Leben und Tod selbstverständlich seien. Vielleicht, weil ich sehe, wie winzig die Dinge sind, von denen Leben und Tod abhängen.

Nur für einen Blick öffnete die wachhabende Schwester die Türe um einen Spalt, als Professor Mayfelder leise anklopfte.

Blankers lag auf dem Rücken, im Nacken unterstützt durch ein Wasserkissen. Sein Kopf war dick verbunden, spitz stachen Nase und Kinn aus den Bandagen hervor, der Mund war schmal und blutleer. Aber er atmete tief und kräftig. Die Augen hielt er geschlossen, obwohl im Zimmer nur eine kleine Tischlampe brannte, an der die Schwester mit einem Buch gesessen hatte.

»Es geht ihm vorzüglich, wie Sie sehen«, sagte Professor

Mayfelder leise und zog die Tür wieder zu. »Wenn er damals nach dem Sturz gleich in richtige ärztliche Versorgung gekommen wäre, hätte man das Hämatom noch auflockern können, und es wäre nicht zu dieser tiefen Erinnerungslücke gekommen. Aber danken wir Gott, daß seine Verletzung so schnell reparabel ist.«

Am nächsten Tag fuhr Baurat Bernhardt zurück nach Hamburg. Er mußte zum Dienst. Dafür wollte Lisa am Wochenende nach Köln kommen; sie kümmerte sich jetzt um die kleine Monika. Margit blieb. Sie hatte ein Zimmer in der Nähe der Neurochirurgischen Klinik gemietet und erschien jeden Tag auf der Privatstation. Vier Tage lang wartete sie vergebens im Nebenzimmer. Die Krisis hatte eingesetzt. Blankers wechselte von kurzer Klarheit in tiefe Bewußtlosigkeit hinüber, von Unruhe in völlige Apathie. Professor Mayfelder konnte nichts tun, als Kreislaufmittel geben und das Herz stützen. Es waren die Tage, in denen die Natur sich allein helfen mußte und der Arzt nur beobachtend dabeisaß und hoffte, wie alle in diesen Tagen nur hoffen konnten. Hält er es aus, oder versagt das Herz? Entsteht eine neue Blutung im Gehirn, oder kapseln sich die kleinen Hämatomherde ein und verschwarten?

Es waren vier Tage, die Margit wie eine Buße für all das empfand, was sie Klaus Blankers verschwiegen hatte. Vier Tage einer inneren Hölle, die sie um zehn Jahre reifen ließen.

In diesen vier Tagen geschahen aber auch sonst noch wichtige Dinge:

Sonja Richartz beschloß, sobald Klaus Blankers Besuch empfangen durfte, nach Köln zu reisen und ihm einen großen Blumenstrauß zu bringen. Das würde ihn überzeugen, wie innerlich verbunden sie sich ihm fühlte und wie ungerecht es gewesen war, sie so ablehnend zu behandeln.

Jeden Tag rief sie in der Klinik an und ließ sich von der Station berichten, wie es Herrn Blankers gehe. Daß Margit immer in der Klinik wartete, störte sie nicht im geringsten. Wer kann es einem verbieten, höflich zu sein? Und ein Blumenstrauß für einen Kranken ist kein Anlaß zu haßerfüllter Abwehr.

Das zweite Ereignis dieser vier Tage fand unbemerkt an der deutsch-französischen Grenze bei Kehl statt.

Auf der Toilette eingeschlossen, fuhr mit dem D-Zug Straßburg-Freiburg ein paßloser, blinder Reisender nach Deutschland.

Ein schönes Mädchen mit Glutaugen und langen schwarzen Haaren. Neben ihr auf dem Boden lagen ihre wenigen Habseligkeiten, eingedreht in eine alte Mantilla.

Estrella Cortez suchte ihren Fernando im kalten Deutschland.

Mit wachen Augen verfolgte auch Fred Pommer die Entwicklung in Köln. Dr. Mühlen hatte ihn durch harte Wahrheiten in seinem Tatendrang etwas gezügelt. »Blankers ist wieder da, ob mit Erinnerung oder ohne, das ist im Augenblick unwichtig. Auch wenn die Operation mißlingt und er nicht mehr geschäftsfähig sein sollte und es uns gelingt, treuhänderisch die Geschäfte für Frau Blankers zu führen, sollten Sie sich hüten, allzu energisch aufzutreten. Denken Sie daran, daß Sie Zeit haben, viel Zeit. Rom ist auch nicht an einem Tag erbaut worden.«

Pommer nickte und rührte mit einem Silberlöffel das Eis in seinem Whisky um. »Was raten Sie also, Doktor?«

»Freundlichkeit. Hilfsbereitschaft. Versöhnung mit den Direktoren, bevor sie ihre Kündigung wahrmachen und ausscheiden.«

»Muß das sein?«

»Es wäre taktisch klug. Dr. Preußig ist, das weiß ich jetzt, nur geblieben, um – wie er sagte, im vertrauten Kreis – das Schlimmste zu verhüten.«

»Das Schlimmste bin ich.«

»In seinen Augen ganz natürlich.«

»Und da soll ich freundlich sein?«

»Da Blankers nun lebt, haben es sich auch die anderen Direktoren, die ihre Entlassung einreichten, anders überlegt und werden bleiben.«

»Ach! Das ist mir neu.« Pommer trank den Whisky mit schnellen, kleinen Schlucken. Diese Mitteilung enthielt eine große Gefahr, er spürte sie fast körperlich. »Seit wann wissen Sie das?«

»Ich erfuhr es zufällig von einem Mann des Personalbüros. Frau Blankers hat die entsprechenden Gesuche auf Anraten Dr. Preußigs sofort angenommen. Die Herren warten mit der Rückkehr in ihre Büros nur so lange, bis Blankers wieder aus dem Krankenhaus entlassen wird.«

»Ach.« Pommer sah in das leere Glas. Eine Verschwörung hinter meinem Rücken. Die Herren Direktoren wollen Intriganten spielen. Aber sie haben einen Pommer als Gegner, und Intrigieren muß gelernt sein. Ein Amateur fliegt dabei schnell auf die Nase. Er lächelte spöttisch und stellte das Glas auf den Tisch zurück.

»Seien wir also wie Limonade, lieber Doktor«, sagte er sarkastisch. »Süß und klebrig. Einen Bruderkuß brauche ich den Herren wohl nicht zu geben?«

»Ich glaube kaum.« Dr. Mühlen lächelte fade. »Ich würde sogar raten, an die Herren einen persönlichen Brief zu schreiben und sie zu bitten zurückzukommen. Das macht sich gut, auch wenn sie nicht darauf antworten werden, wie ich sie kenne.«

»Auch dieses tue ich. Alles für die Firma!« Pommer sprang auf. »Und wenn Blankers *gesund* entlassen wird?« fragte er gedehnt.

Dr. Mühlen schob die Unterlippe vor. »Für diesen Fall sollten Sie zweierlei bereithalten. Entweder eine große Show mit dem Tenor: Ich wollte immer nur das Beste! Fehlgriffe sind auf meine seelische Erschütterung zurückzuführen ... oder: Ausscheiden aus der Firma, und dann sofort! – Ich nehme an, daß Sie sich ein finanzielles Polster geschaffen haben.«

Ein finanzielles Polster, dachte Pommer. Natürlich habe ich es nicht. Aber Margit wird mich weich betten und mir die Zukunft vergolden, wenn ich sie an Vergangenes erinnere. Die Aussprache wird scheußlich sein – aber was bleibt einem Mann anderes übrig, dessen Leben immer nur aus der Tasche der anderen floß?

Am zehnten Tag erkannte Blankers seine Frau Margit wieder.

Er schlug die Augen auf, starrte das Gesicht, das sich über ihn beugte, lange an ... dann glitt ein ganz, ganz zaghaftes Lächeln über seine Lippen, er versuchte die Arme zu heben, und als sich Margit tief zu ihm hinunterbeugte, hörte sie, wie ein Wehen, ihren Namen. »Margit ... Liebling ...«

»Klaus ...«, stammelte sie. »O Klaus!« Sie küßte ihn auf die zitternden Lippen und schob ihre Finger in seine über die Bettdecke tastende Hand. »Nun bist du wieder bei mir. Nun wird alles gut!«

Blankers schloß die Augen. Wirre Bilder kreisten in seinem Kopf. Eine Straße an der spanischen Küste, ein Auto, das sich plötzlich um die eigene Achse drehte, eine Absperrung zersplitterte, und dann war plötzlich eine Leere da, die aus Himmel und Meer bestand, wie schwerelos schwebte er dahin ... und nun lag er in einem weißen Bett, der Kopf schmerzte höllisch, er konnte sich nicht bewegen, wie Blei rann das Blut durch seine Adern.

»Was ist, Margit?« flüsterte er. »Wo bin ich denn? Wo ist das Auto?«

»Du bist in Köln, Liebster.« Margit hielt seine unruhigen Hände fest. »Du bist operiert worden.«

»Der Sturz ... über den Felsen ... ins Meer ...«

»Ich weiß, Liebster.« Margit streichelte seine Hände. »Nun ist alles gut, Klaus. Sprich nicht zuviel.«

»Du bleibst hier?«

»Ich bin Tag und Nacht bei dir. Ich gehe bestimmt nicht weg.«

»Das ist schön!« Der Körper Klaus Blankers' streckte sich. Er schlief ein, erschöpft von den wenigen Worten wie nach einer ungeheuren Anstrengung.

Professor Mayfelder kam am Nachmittag und war sichtbar erfreut. »Wir haben gewonnen!« sagte er, und in seiner Stimme war keinerlei Skepsis mehr. »Er erinnert sich, er spricht zusammenhängende Sätze, Herz und Blutdruck sind verhältnismäßig gut. Liebe kleine Frau, wir haben hier das Glück für uns gepachtet.«

Nach vierzehn Tagen war Blankers so kräftig, daß er zum erstenmal für zehn Minuten Dr. Preußig empfangen konnte.

Dr. Preußig hatte genaue Anweisungen dafür, was er sagen durfte. Keine Aufregung für den Patienten. Nur Erfreuliches erzählen. Lügen, alles liefe normal. Bei der Frage nach Pommer: Ja, Herr Pommer handelt ganz in Ihrem Sinne. Die Wahrheit sollte erst gesagt werden, wenn Blankers wieder selbst entscheiden konnte. Wann das war, das konnte selbst Professor Mayfelder noch nicht sagen.

In diesen Tagen fand auch die Odyssee der kleinen Estrella Cortez ein Ende. Es war eine traurige Fahrt: von Stuttgart wieder als blinder Passagier nach Hamburg, wo sie in der Bahnhofshalle Landsleute, Gastarbeiter eines Hamburger Werkes, traf. Zwei Tage wohnte sie heimlich bei einer spanischen Familie in einem Barackenwohnheim, bis ihre Landsleute erfahren hatten, daß der Fabrikant Klaus Blankers in Köln sei und daß man ihn operiert habe. Ein Metallarbeiter aus Murcia, der in den Blankers-Werken in der Dreherei arbeitete, brachte die Nachricht mit.

Von Hamburg nach Köln fuhr Estrella mit einer Fahrkarte, für die man unter den spanischen Gastarbeitern gesammelt hatte. Außerdem hatte sie noch 200 Mark übrigbehalten, um sich in Köln ein billiges Pensionszimmer zu mieten und nicht zu verhungern.

So kam sie in der Domstadt an, in ihrem Sonntagskleid, die alte Spitzenmantilla über den schmalen Schultern, ein Kunstlederköfferchen in der Hand und in der Rocktasche einen Zettel, auf den ein der deutschen Sprache schon kundiger Gastarbeiter geschrieben hatte: »Bite, wo gäts es zum Hosbital für Kopf? Hellfen si mich weitter.«

In der großen, modernen, gläsernen Bahnhofshalle des Kölner Hauptbahnhofes zeigte sie diesen Zettel einem Mann in Uniform, von dem sie annahm, daß er ein Polizist sei. Aber es war nur ein Postsekretär. Wer kennt sich schon aus bei den deutschen Uniformen?

Der Postsekretär las den Zettel, lächelte freundlich und sagte: »Da müssen Sie mit der Straßenbahn nach Lindenthal fahren. Verstehen Sie mich?«

Estrella schüttelte den Kopf.

»Nix capito?« Der Postsekretär war im vorigen Sommer in Italien gewesen, mit Touropa, in Rimini, und sprach nun mit allen italienischen Worten, die er behalten hatte, eindringlich auf Estrella ein. Als er sah, daß sie ihn nur hilflos anstarrte, nahm er sie an der Hand, führte sie aus dem Bahnhof zur Straßenbahnhaltestelle, wartete, bis die Linie nach Lindenthal hielt, schob Estrella in den Wagen und hielt dem Schaffner den Zettel hin.

»Zur Neurochirurgischen?« Der Schaffner las den Zettel, sah Estrella an und nickte. »Machen wir, Mädchen. Nix deutsch? Nix germania? Äwwer dat kriegen wir hin! Isch sach dir Bescheid.«

So kam Estrella zur Klinik Professor Mayfelders. Die Pfortenschwester las ebenfalls den Zettel, zuckte die Schultern und fragte: »Zu wem wollen Sie denn?«

»Blankers«, sagte Estrella mit dünner Stimme. »Klaus Blankers ... o Fernando ...«

»Fernando? Zu wem wollen Sie denn?«

»Blankers o Fernando ...«

Die Pfortenschwester rief den Stationsarzt an und winkte Estrella, in der Halle zu warten.

Es dauerte eine Stunde, bis man Estrella durch Zimmer und über Gänge geführt hatte, von Arzt zu Arzt, bis schließlich der 1. Oberarzt Dr. Willkens sie mitnahm zu Professor Mayfelder.

Verschüchtert, das Köfferchen an die Knie gedrückt, mit langen, strähnigen Haaren und großen, ängstlichen Augen, stand Estrella in dem großen, lichtdurchfluteten Chefzimmer und atmete wie eine Erstickte, die plötzlich frischen Sauerstoff bekommt, hörbar auf, als Professor Mayfelder sie in einem mühsamen, holprigen, mit italienischen Worten durchsetzten Spanisch ansprach.

»Sie wollen Herrn Blankers sprechen, mein Fräulein?«

Estrella nickte. »Fernando, Señor. Hier soll er Klaus Blankers heißen.«

»Sie kennen ihn?«

»Er ist mein Verlobter, Señor.«

Professor Mayfelder warf einen schnellen Blick auf seinen 1. Oberarzt. »Die Sache wird interessant, aber kompliziert, Willkens. Blankers nannte sich in Spanien Fernando, das wissen wir. Aber von diesem Mädchen war nie die Rede.« Er wandte sich Estrella zu, die noch immer ängstlich und mit flackernden Glutaugen mitten im Zimmer stand. Ihr schwarzes Haar glänzte in der kalten Wintersonne. »Wie sind Sie hierhergekommen?«

»Mit dem Zug, Señor.«

»Und warum?«

»Ich will bei Fernando sein.«

Professor Mayfelder nahm die Brille ab, putzte sie, hauchte gegen die Gläser und dachte scharf nach. Das ist eine verteufelte Situation, überlegte er. Wer weiß, was Blankers als Fernando in Spanien alles angestellt hat? Wird er sich an dieses Mädchen erinnern können, wenn er es sieht? Oder ist mit der gelungenen Operation dieser Zeitabschnitt in seinem Hirn ausgelöscht?

Plötzlich gewann diese Frage in Mayfelder das Interesse eines großen Experimentes. Wo kommt man schon in die Lage, wo hat man eine solche Möglichkeit, Erinnerungsprozesse zu studieren, wie jetzt im Falle Blankers? Ein Gehirn ist ein Erinnerungsspeicher wie ein Elektronenrechner. Versagt es, läßt es Erinnerungen fallen, wenn man bestimmte Nervenimpulse ausschaltet oder Fehlkoppelungen normalisiert?

»Wie heißen Sie, mein Fräulein?« fragte Mayfelder.

»Estrella Cortez, Señor.«

»Kommen Sie mit, Fräulein Estrella.«

»Sie wollen wirklich, Herr Professor?« Oberarzt Dr. Willkens legte alle Bedenken, die er hatte, in diese Frage. Mayfelder drehte sich nach ihm um.

»Ich weiß, was Sie denken, Willkens. Aber es hat keinen Sinn, Realitäten aus dem Wege zu gehen. Dieses Mädchen existiert nun einmal, ich kann sie nicht wegzaubern. Und es ist besser, ich bin bei der Begegnung dabei, als wenn es später außerhalb der Klinik geschieht und dann vielleicht zu einem Skandal kommt.«

Mit zitternden Beinen folgte Estrella dem Mann in dem weißen Kittel über einen stillen Gang mit vielen weißen Türen. Gleich werde ich Fernando sehen, klopfte ihr Herz. Gleich wird er die Arme ausstrecken und »Mein Vögelchen!« zu mir sagen. Und ich werde vor seinem Bett auf die Knie fallen, ihn küssen und umarmen und dann der Madonna danken, daß sie uns beschützt hat.

Eine weiße Tür wie alle anderen. Mayfelder klopfte kurz an und trat ein. Estrellas Beine zitterten so stark, daß sie sich draußen an die Flurwand lehnte und der kleine Kunstlederkoffer auf den blanken Mipolamboden fiel.

Klaus Blankers saß im Bett, im Rücken durch vier dicke Kissen gestützt, und aß den vom Mittagessen zurückbehaltenen Vanillepudding mit Erdbeersirup.

»Sie haben Besuch, Herr Blankers«, sagte Professor Mayfelder. »Eine junge Dame.« Er drehte sich zur Tür, winkte in den Flur und zog dann Estrella in das Zimmer.

Verwundert sah Blankers das langhaarige Mädchen im spanischen Sonntagskleid und der schwarzen Mantilla an. Dann wanderte sein Blick zu Mayfelder, und er hob leicht beide Schultern. Besuch? Wer ist das?

Estrellas Herz setzte einen Schlag lang aus, um dann wie rasend in der Brust zu hämmern. Sie hob die Arme, streckte sie Blankers entgegen, aber sie kam nicht näher. Ihre Beine waren wie gelähmt.

Er ist es, durchjagte es sie. Wie elend er aussieht unter dem dicken Verband, wie spitz er geworden ist, wie blaß und eingefallen. Und wie braun und stark und schön war er auf Baleanès. Weißt du noch, wie wir am Strand saßen und aufs Meer blickten, und die Delphine sprangen aus den Wellen, und ihre silbernen Leiber glitzerten in der Sonne ...

»Fernando ...«, sagte sie leise. Soviel Zärtlichkeit, so unendliche Liebe lag in diesem Wort, daß Professor Mayfelder erschüttert den Kopf senkte. »Fernando ...«

Klaus Blankers starrte das Mädchen an und stellte die Puddingschale auf das Nachttischchen. In seinen Augen spiegelte sich Erstaunen.

»Guten Tag«, sagte er. Seine Stimme war wieder klar und deutlich, wenn auch noch nicht so kraftvoll wie früher.

»Fernando!« stammelte Estrella wieder.

Blankers schüttelte leicht den Kopf. »Ich bedauere, Herr Professor – aber wer ist die junge Dame? Ich kenne sie nicht. Meint sie mit Fernando etwa mich?«

»Ich glaube ja«, antwortete Mayfelder ausweichend. »Eine Bekannte von Ihnen aus Spanien, sagt sie.«

»Ich kann mich nicht erinnern.« Blankers betrachtete Estrella. Man sah es an seinen Augen, daß er nach innen forschte, daß er versuchte, dieses plötzliche Rätsel zu lösen. Er dachte an Barcelona, an Blanes, an irgendeine Bekanntschaft auf dem Markt, an Händler, mein Gott, man kommt mit Hunderten von Menschen zusammen. Nur an die kleine Insel Baleanès dachte er nicht ... er hatte sie vergessen, als habe es sie für ihn nie gegeben.

»Ich weiß wirklich nicht, wo ich die junge Dame hintun soll«, sagte er zu Mayfelder. »Kann sein, daß ich sie in Spanien einmal gesehen habe.«

»Sie ist die Tochter eines Fischers«, erklärte Mayfelder.

Wieder schüttelte Blankers leicht den Kopf. »Völlig rätselhaft, Herr Professor. Ich habe keinen spanischen Fischer in meiner Bekanntschaft.«

Estrella verstand von diesem Gespräch nichts, aber sie sah, daß Fernando mehrmals den Kopf schüttelte, daß er sie wie eine Fremde ansah, daß er sie verleugnete. Das gab ihr einen heißen Stich ins Herz, sie warf die Arme hoch empor, und ehe Professor Mayfelder sie festhalten konnte, stürzte sie auf das Bett zu und fiel neben Blankers auf die Knie.

»Fernando!« schrie sie dabei. »Hast du alles vergessen? Du liebst mich doch! Du liebst mich! Du kannst mich doch nicht wegtreten wie einen Hund ...«

In diesem Augenblick wurde die Tür aufgerissen. Zuerst erschien ein riesiger Strauß weißen Treibhausflieders, dann ein kokettes Hütchen, schließlich in einem Pelzkostüm Sonja Richartz.

»Mein lieber, lieber Klaus!« rief sie, ehe der sprachlose Mayfelder einschreiten konnte. »Wie glücklich bin ich, daß Gott Sie so beschützt hat! Sie wissen ja gar nicht, wie ich um Sie gezittert habe ...«

»Wo kommen Sie denn her?« Professor Mayfelder faßte Sonja Richartz ungalant am Ärmel und zog sie zur Tür zurück. »Wie kommen Sie unangemeldet auf die Station?«

Am Bett hatte sich Estrella aufgerichtet. Mit funkelnden Augen stand sie da, leicht nach vorn gebeugt, wie ein zum Sprung bereites Raubtier. Instinktiv spürte sie, daß diese andere Frau eine Gefahr für sie bedeutete. Sie war bereit, Fernando mit Krallen und Zähnen zu verteidigen.

Sonja Richartz legte den großen Fliederstrauß auf einen Tisch und sah Professor Mayfelder stolz an. »Ich nehme an, Sie sind hier Arzt?« sagte sie voller Hochmut. »Ich will Ihnen einen Trick verraten: An der Pforte sagte ich, ich wolle privat zu Professor Mayfelder. Privat und der Blumenstrauß, das genügte, um nicht zu fragen. Natürlich kenne ich Ihren Chef gar nicht. Dann war ich hier – die Zimmernummer von Klaus wußte ich – und hatte mir genau ausgerechnet, daß sich um diese Zeit die Schwestern in der Kapelle zum Gebet versammeln und nur die Putz- und Teeküchenmädchen auf Station sind. Glauben Sie, ein Putzmädchen könnte mich hindern, dahin zu gehen, wohin ich will?«

»Bitte, verlassen Sie sofort das Zimmer!« sagte Professor Mayfelder höflich, aber bestimmt. »Der Kranke braucht Ruhe.«

»Und der kleine schwarze Teufel da? Wer ist das?« Sonja Richartz musterte Estrella mit giftigen Blicken. Eine südliche Schönheit, dachte sie. Ein wunderbares Mädchen. Wie kommt Blankers an solch ein Tierchen?

»Hinaus!« sagte Mayfelder jetzt grob. »Zwingen Sie mich nicht, Hilfe zu holen!«

»Das ist Frau Richartz«, sagte in diesem Augenblick Blankers. Er war aus seiner Erstarrung erwacht, in die ihn der wilde Ausbruch des fremden spanischen Mädchens gestürzt hatte. »Frau Richartz ist nun wirklich eine alte Bekannte von mir, Herr Professor.«

»Da soll man sich noch auskennen!« Mayfelder sah auf seine Uhr. »Eine Viertelstunde, Herr Blankers, dann komme ich wieder mit zwei Pflegern und räume das Zimmer! Erwarten Sie sonst noch Besuch? Ich habe heute Überraschungen genug erlebt!«

Mayfelder verließ das Zimmer, ohne eine Antwort abzuwarten. Sonja Richartz nahm den Fliederstrauß, legte ihn Blankers aufs Bett und setzte sich auf der anderen Bettseite auf einen Stuhl. Estrella starrte sie mit verkniffenen Lippen an. Könnten Blicke tödlich sein, so wäre Sonja Richartz jetzt eines mehrfachen Todes gestorben.

»Sie sehen gut aus, Klaus«, sagte Sonja heuchlerisch. »O Gott, war das eine Aufregung in den letzten Wochen. Als ich von dem Unglück erfuhr, bekam ich einen Herzanfall.«

Sie sah über das Bett hinweg auf Estrella. »Eine Bekannte von Ihnen aus Spanien?«

»Ich danke Ihnen für die Blumen, Sonja.« Blankers lächelte schwach. »Ich finde es nett, daß Sie sich nach Köln verirrten, um mich zu besuchen.«

»Ich habe an nichts anderes mehr gedacht.« Sonja Richartz legte ihre gepflegte Hand mit den langen roten Nägeln auf Blankers' blasse Hand. Estrella sah es mit einem bösen Knurren. Es klang wie das Rumoren eines gereizten Tigers. »Ein hübsche junge Dame, Klaus. Tochter eines Geschäftsfreundes?«

»Sie werden es nicht glauben, aber ich kenne sie gar nicht.«

»Und das soll ernst sein?« Sonja lachte perlend. »Klaus, halten Sie mich nicht für dumm!«

»Das habe ich nie getan, Sonja.« Blankers schielte zu Estrella. Ihre Augen glühten, ihr wunderschönes, wildes Gesicht war unter der natürlichen Bräune gerötet. Es wirkte jetzt wie Kupfer. »Ich weiß selbst nicht, was ich davon denken soll. Ich kenne die junge Dame wirklich nicht ... leider.«

Sonja Richartz verzog den Mund. Man sah, daß sie nichts glaubte. Aber einer Antwort wurde sie enthoben. An der Tür klopfte es schnell und leise, und dann trat Margit ein. Sie machte einen Schritt ins Zimmer, schloß die Tür und blieb dann erstarrt stehen. Sonja Richartz lächelte böse.

»Guten Tag, meine Liebe«, sagte sie gedehnt. »So trifft sich alles am Krankenbett. Sie sehen übrigens etwas abgespannt aus. Kein Wunder bei diesen Aufregungen. Oh, wie ich Ihnen das nachfühlen kann!«

Stumm sah Margit von Sonja Richartz zu Estrella Cortez. Die Gedanken wirbelten durch ihren Kopf. Sie ist eine Spanierin ... sie sitzt an seinem Bett ... der Lippenstift neben dem Autowrack ... eine Frau war bei ihm, als er abstürzte ... ist sie es ... natürlich ist sie es ... warum sitzt sie sonst an seinem Bett ... Und wie sie mich anstarrt ... wie eine Raubkatze ... Wenn sie es könnte, würde sie mich anspringen ...

Sonja Richartz interessierte sie wenig. Mit dem feinen Instinkt der Frau spürte sie, daß die große Gefahr von dem wunderbaren, zigeunerhaften Mädchen ausging. Mit hölzernen Bewegungen legte sie die Dinge auf den Tisch, die sie mitgebracht hatte: eine Tüte mit Weintrauben, eine Flasche Rotwein, Apfelsinen, ein paar Zeitungen und Illustrierte.

»Margit, sieh dir bloß diesen herrlichen Flieder an«, sagte Blankers unbefangen. »Kannst du einer Schwester klingeln, damit sie eine Vase bringt?«

Margit nickte. Es war das Nicken einer Puppe.

»Wer ist die andere Dame?« fragte sie, und ihre Stimme kam ihr selbst fremd vor.

»Sie soll Estrella heißen«, sagte Blankers und rutschte im Bett etwas höher. Er sagte es mit der Klarheit eines Menschen, der kein Falsch kennt. »Sie behauptet, mit mir bekannt zu sein. Aber ehrlich – ich kenne sie gar nicht.«

Margits Lippen waren schmal wie ein Strich. Und dann sagte sie etwas, was sie noch nie zu ihrem Mann gesagt hatte und was sie nie für möglich gehalten hätte: »Bitte, rede nicht weiter! Du lügst!«

Es war wie der Einschlag eines Blitzes. Betroffen, stumm vor Ratlosigkeit, mit den Augen eines unschuldig gestraften Kindes sah Blankers seine Frau an.

Es war der Augenblick, in dem sich Estrella zu ihm vorbeugte und ihn auf den Mund küßte.

»Amado mio!« sagte sie dabei.

Mein Liebster ...

Zwei drei Sekunden lang war es still im Zimmer, so unheimlich still, als halte alles Lebende den Atem an, um dann mit einer Explosion die Spannung zu lösen. Auch Sonja Richartz saß mit starrer Haltung am Bett und sah Estrella wie etwas ganz Entsetzliches an.

Erst als die Tür wieder mit ihrem typischen saugenden Ton, den die Gummidichtungen verursachten, zuklappte, löste sich die Spannung. Professor Mayfelder überblickte die Situation sofort und legte der sich abwendenden Margit die Hand auf den Arm.

»Sie sollten jetzt nicht flüchten, kleine Frau«, sagte er leise. »Denken Sie daran, daß Ihr Mann ein paar Wochen lang sein Gedächtnis verloren hatte. Noch wissen wir nicht genau, was in dieser Zeit alles geschehen ist.«

Margit nickte und biß die Zähne aufeinander. Zusammen mit Professor Mayfelder trat sie an das Bett, beugte sich über Klaus und küßte ihn auf die Stirn.

Estrella sprang auf und ballte die kleinen Fäuste.

»Vete al diablo!« schrie sie. Sie stampfte mit den Füßen auf und wollte dann um das Bett herum zu Margit laufen. Mayfelder hielt sie fest und zog sie in die Mitte des Zimmers.

»Kommen Sie«, sagte er in einem holprigen Spanisch. »Hier können wir nicht bleiben. Das ist seine Frau.«

Estrella starrte Margit an. Ihre schwarzen Augen funkelten wild. »Fernando liebt mich! Nur mich!« schrie sie. »Oh, ich lasse ihn töten, ehe ihn eine andere bekommt!«

Blankers hielt Margits Hände fest, als er merkte, daß sie sich aufrichten wollte. »Ich weiß wirklich nicht, was sie will«, sagte er leise. »Es kann sein, daß ich sie irgendwo kennengelernt habe. Professor Mayfelder deutete so etwas an, ich soll auf einer Insel gelebt haben, ein Fischer hat mich aus dem Meer geholt und mitgenommen ... und wenn ich ganz scharf nachdenke, ist es mir, als wenn ich einen Strand sähe, das Meer, Fischerkähne, aber alles ist wie in einem dichten Nebel ... Margit!« Er umklammerte ihre Hände. »Glaube mir doch, daß ich mich an nichts mehr erinnern kann.«

»Ich glaube es dir, Klaus.« Margit setzte sich auf die Bettkante und sah zu Sonja Richartz hinüber, die mit unruhigen Fingern an dem Blumenstrauß spielte. »Ich möchte mit meinem Mann gern allein sein!«

Sonja Richartz sprang auf, ihr Gesicht glühte plötzlich.

»Bis morgen, Klaus!« sagte sie aggressiv und warf den Kopf in den Nacken. »Es freut mich jedenfalls, daß mein Besuch Ihnen nicht so unangenehm war wie Ihrer Frau. Vielleicht muß man erst schwer krank werden, um den Wert eines Menschen zu erkennen.« Sie nickte Margit hochmütig zu und ging mit stolzer Haltung, ganz die große, beleidigte Dame, aus dem Zimmer.

»Fernando!« rief Estrella. Professor Mayfelder hielt sie noch immer fest. Es war ihm unmöglich, ohne Gewalt das Mädchen aus dem Zimmer zu bringen. Und Gewalt war das letzte, zu dem Mayfelder fähig war.

»Was soll mit ihr geschehen?« fragte Margit leise. Es kostete sie viel Überwindung, das zu fragen, aber sie sah, wie die Aufregung sich in Klaus' Gesicht spiegelte, wie seine Augen einfielen, dunkle Schatten sich bildeten und das Gesicht wieder spitz und elend wurde. »Soll ich sie mit zu uns nehmen?«

»Wenn du das kannst, Margit«, sagte Blankers erschöpft. Dieser Tag war zuviel für ihn gewesen. Er sehnte sich nach Ruhe, Schlaf, Alleinsein. In seinem Kopf hämmerte das Blut, und er hatte das Gefühl, als werde er auseinandergesprengt.

»Wo soll sie denn hin? Spricht sie überhaupt kein Wort Deutsch?«

»Ich weiß es nicht, Liebste. Ich kenne sie ja gar nicht.« Blankers schloß die Augen. Sein Kopf sank zur Seite. Die Erschöpfung übermannte ihn. Margit erhob sich vom Bett und trat an Estrella heran. Wie eine angegriffene Katze duckte sich das Mädchen etwas und spreizte die Finger. Sie sah herrlich aus in ihrer unbezähmbaren Wildheit.

»Kommen Sie mit mir«, sagte Margit leise. Mayfelder übersetzte es leidlich, aber Estrella schüttelte heftig den Kopf. Die schwarzen Haare flogen um ihr Gesicht wie ein Schleier im Sturmwind.

»No!« sagte sie kurz und schroff.

Margit wandte sich ab und ging zur Tür. Damit gab sie den Blick frei auf das Bett und auf den schlafenden Kranken. In diesem Augenblick sah Blankers unter dem dicken Verband wie ein Toter aus, starr, mit spitzer weißer Nase und blutleeren Lippen.

»O Madre ... Madre ...«, stammelte Estrella und begann plötzlich zu weinen. Ihr Widerstand zerbrach. Willenlos ließ sie sich auf den Flur führen, wo Margit sie erwartete, ohne weitere Worte unterfaßte und aus der Klinik führte.

Professor Mayfelder blieb allein bei Blankers, fühlte den Puls, hörte das Herz ab und schellte dann nach der Stationsschwester.

»Ab sofort kommt niemand mehr zu Herrn Blankers!« sagte er leise, aber im Befehlston. »Nur seine Frau! Sonst keiner! Ich werde den Pfleger Naumann herunterschicken, daß er Sie unterstützt, Schwester Else. Der Kranke darf ab sofort keine Minute ohne Wache bleiben, damit solche Pannen wie das Auftauchen der Frau Richartz vermieden werden.« Er zog hinter sich leise die Tür zu, und erst dann, auf dem Flur, sprach er wieder laut. »Ich mache Sie persönlich für alles haftbar, Schwester Else, was von heute an hier passiert! Und wenn sich die Besucher nicht abweisen lassen, dann drücken Sie auf den Alarmknopf. Ich habe nicht die geringste Lust zu erforschen, wie sich eine psychische Krise bei Herrn Blankers äußert.« Er sah auf seine goldene Armbanduhr, die auch ein Kalenderfenster hatte. »Heute ist der zehnte Dezember«, sagte er nachdenklich. »Am Dreiundzwanzigsten wird Blankers entlassen, versuchsweise. Er soll Weihnachten zu Hause sein.«

Mayfelder verließ die Station 1 in tiefer Nachdenklichkeit. Wir wissen so viel über das menschliche Hirn, dachte er, aber im Grunde genommen wissen wir erschreckend wenig. Wie wird Klaus Blankers reagieren, wenn er wieder in seiner gewohnten Umgebung ist? Ist ihm die Intelligenz geblieben? Werden sich Spätschäden herausstellen? Konzentrationsschwäche, Vergeßlichkeit, Jähzorn, Depressionen, Halluzinationen, Schübe von Schizophrenie, manische Psychosen? Alles ist möglich, wer kann es voraussagen? Verkürzt man einen Magen, so weiß man, wie er hinterher reagiert. Nimmt man die Galle heraus, kennt man den weiteren Verdauungsvorgang. Nur wie ein Hirn sich einstellt, wie es sich wandelt, wie es sich weiterentwickeln wird, das weiß man nicht. Man muß sich überraschen lassen.

Würde auch Klaus Blankers für eine Überraschung sorgen?

Die Blankers-Werke zeigten keinerlei Stagnation durch den Ausfall ihres Chefs. Man mochte in den Fabriken und vor allem bei den Abteilungsdirektoren denken, wie man wollte, man konnte Pommer bis zum Mordgedanken hassen oder ihn als erbärmlichen Emporkömmling verachten, eines konnte man ihm nicht absprechen: Er zeigte ein ungeheures geschäftliches Geschick.

Vier neue Großverträge hatte Fred Pommer in die Firma

eingebracht: Ein Japangeschäft, dessen Zustandekommen als ein wahres Kunststück betrachtet wurde, da Japan für nahezu fünfzig Prozent unter Weltmarktpreis fast alles selbst produzierte. Zwei Aufträge für schwarzafrikanische Staaten, deren Bürgschaft die Bundesregierung in Bonn mit Entwicklungshilfegeldern übernahm. Und einen Auftrag aus Indien; die Blankers-Werke verpflichteten sich, innerhalb von fünf Jahren für zehn Millionen Feinmechanikausrüstungen zur Einrichtung von Lehrwerkstätten zu liefern. Zehn Meister waren ausgewählt worden, diese Werkstätten aufzubauen.

Dr. Preußig nutzte die Abwesenheit Pommers – er verhandelte in Schweden wieder wegen Spezialstahl – aus und berief eine Direktionssondersitzung ein. »Meine Herren«, sagte er mit aller Ehrlichkeit, »es läßt sich nicht leugnen, daß die Aktivität Herrn Pommers der Firma eine Auftragsdecke von sechs bis sieben Jahren verschafft hat. Wir können in keine Krise mehr kommen, sofern nicht die allgemeine Weltlage krisenhaft wird.«

»Wozu diese Laudatio?« rief der kaufmännische Direktor und legte den Bericht mit einem Knall auf den Tisch. »Wollen Sie damit sagen, Dr. Preußig, daß dieser Pommer unentbehrlich ist?«

»Wenn der Chef zurückkommt, wird er diesen Eindruck gewinnen, und wir können es ihm nicht einmal übelnehmen. Deshalb habe ich Sie ja hergebeten zu einer Sondersitzung, über die wir natürlich kein Protokoll abfassen. Sie ist intern und bleibt ganz unter uns. Frage: Was können wir tun, um Pommer abzuschießen, wenn der Chef wiederkommt?«

»*Wann* kommt er denn wieder?« fragte der Exportdirektor.

»Weihnachten soll er zu Hause sein. Ich nehme an, daß

er Ende Januar zum erstenmal wieder im Betrieb sein kann. Aber er wird sich natürlich vorher über alles informieren.«

»Durch Sie, Dr. Preußig.«

»Und durch Pommer. Wir können es nicht verhindern, wenn er ihn sprechen will. Deshalb meine Frage: Was ist gegen Pommer zu tun? Hat einer der Herren Beobachtungen gemacht, die ihn beim Chef in Mißkredit bringen können?«

»Laufend Weibergeschichten!«

»Das ist privat. Der eine spielt Tennis, der andere Golf, der dritte mit Frauen. Das ist Sache der Lebensauffassung und der Kondition. Hat sich Pommer geschäftlich etwas ankreiden lassen?«

»Die Exportpreise nach Japan liegen um fünf Prozent Gewinn für uns, das ist keine Kalkulation mehr«, sagte der Exportdirektor. »Man kann nicht Geschäfte um jeden Preis machen.«

Dr. Preußig hob die Augenbrauen und dann beide Arme. »Man kann, lieber Dr. Wolff. Pommer hat berechnet, daß uns der Japanauftrag trotz der nur fünf Prozent Gewinn auf die Dauer von fünf Jahren mehr einbringt als ein anderer, zeitlich kleiner Abschluß mit zwanzig Prozent Gewinn. Meine Herren, Pommer mag ein Ganove sein – rechnen kann er.«

Die Sitzung dauerte eine Stunde. Dann war man sich einig, daß Pommers Stellung im Augenblick unangreifbar war. Vor allem die merkwürdige Generalvollmacht, die er besaß, machte ihn zum Alleinherrscher nach Blankers. Daran war nicht zu rütteln.

»Ich verstehe es nicht, meine Herren«, sagte Dr. Preußig abschließend, »wieso der Chef eine solche Vollmacht ausstellen konnte. Und ich habe das Gefühl, daß auch hier etwas nicht stimmt. Nur Beweise brauchen wir, meine Herren. Beweise! Mein Gott, ich kann doch Herrn Blankers nicht fragen: Haben Sie das unterschrieben, wenn seine Unterschrift daruntersteht. Und sie ist *nicht* gefälscht. Das habe ich untersuchen lassen.«

»Warten wir also weiter ab.« Der kaufmännische Direktor schloß seine Aktenmappe. »Ich bin da einer Sache auf der Spur, über die ich eigentlich noch nicht sprechen wollte – aber wenn ich Ihr Wort habe, meine Herren: Die Aufträge für die beiden Entwicklungsländer in Schwarzafrika kamen über einen Lobbyisten zustande. Julius Freddeli heißt der Mann. Ein Schweizer. Seine Provision von 45 000 Schweizer Franken wurde auf ein Züricher Konto überwiesen. Nur: Diesen Freddeli kennt keiner im internationalen Geschäft, obwohl dort doch sonst alle untereinander bekannt sind. Auch in Bonn, das ja das Geld geben wird, ist er nicht aufgetaucht. Alles ging schriftlich von Zürich aus, Vorbesprechungen, Verträge, Unterschriften. Alles per Post.«

»Sie meinen – Pommer und ein Strohmann in der Schweiz?« fragte Dr. Preußig atemlos.

Dr. Hallersleben, der kaufmännische Direktor, hob die Schultern.

»Ich weiß nicht ... aber Pommers Anwalt, Dr. Mühlen, war in letzter Zeit oft in der Schweiz.«

»Puh! Das wäre etwas!« Dr. Preußig atmete tief auf. »Wenn sich das beweisen ließe, meine Herren ... Es wäre ein glatter Denkmalssturz.«

Zwei Tage später fuhr Estrella zurück nach Spanien.

Der spanische Konsul hatte ihr nach einer Aussprache mit Margit alles erklärt. Zunächst begriff es Estrella nicht, denn wie kann ein einfaches Fischermädchen verstehen, daß es einen Fernando gar nicht gibt. Daß der Mann, der sie am Strand von Baleanès küßte, nicht mehr weiß, daß er sie geliebt hatte. Daß der Mann, der im Krankenhaus lag, ein völlig anderer war und doch derselbe ... Sie schüttelte immer wieder den Kopf, hob dann beide Hände und beteuerte eindringlich:

»Aber er wohnte doch bei Don Lopez, dem Arzt. Ich weiß doch, wen ich geküßt habe. Das gibt es doch gar nicht, daß er mich nicht mehr kennt!«

»Er war krank, sehr krank«, war das einzige, was der Konsul sagen konnte. Es hatte keinen Sinn, der kleinen Estrella medizinische Erklärungen zu geben. So traurig es war, und die spanische Edelmannsseele des Konsuls schmerzte dabei, es blieb keine andere Wahl: Estrella mußte vergessen, daß es jemals einen Fernando gegeben hatte.

Die Heimfahrt bezahlte Margit. Sie kaufte für Estrella Kleider und Wäsche und legte Geld zwischen die Sachen.

Wortlos ließ sich Estrella zum Flugplatz führen, stumm, ohne sich umzusehen, stieg sie in das Flugzeug. Nie mehr würde sie die Insel verlassen, und keiner auf der Insel würde sie zur Frau nehmen. Ihr ganzes weiteres Leben lang würde sie nur in der Erinnerung an Fernando leben, von dem man sagte, daß es ihn nicht gäbe.

Die Tür fiel zu, die Turbinen gellten auf, die Gangway wurde weggefahren. Aber an keinem Fenster erschien der Kopf Estrellas. Sie saß, in sich zusammengesunken, auf ihrem Platz, hatte die Hände vor das Gesicht geschlagen und weinte.

Auf dem Flugplatz von Barcelona würde ihr Vater warten, das wußte sie. Und er würde sie mitnehmen auf das Schiff, ohne zu fragen, was gewesen war. Aber nie mehr würde sie lachen können. Wie eine Sklavin würde sie arbeiten müssen, in einem schwarzen Kleid, einer Witwe gleich.

»Bitte anschnallen!« sagte eine Stimme aus dem Lautsprecher. Ein Zittern glitt durch den glänzenden Leib des Flugzeuges. Es rollte langsam zur Betonbahn.

In diesem Augenblick erschien der Diener von Blankers mit einem Taxi, einen Koffer in der Hand. Der Koffer mit den neuen Kleidern und den Geldscheinen.

Estrella hatte ihn vergessen, oder wollte sie ihn vergessen?

Zögernd winkte Margit dem entgleitenden silbernen Vogel nach. Auch der spanische Konsul an ihrer Seite winkte.

»Madame«, sagte er, als sich der Düsenriese in die kalte, klare Dezemberluft hob, »um ehrlich zu sein: Auch ich verstehe nicht völlig, daß ein Mensch zweimal leben kann, ohne sich an das andere Leben erinnern zu können.«

»Ich verstehe es auch nicht, Herr Konsul.« Margit bückte sich und nahm den von Estrella vergessenen Koffer vom Boden. »Aber es ist so. Was bleibt uns anderes übrig, als das Unfaßbare zu ertragen?«

Wie versprochen wurde Klaus Blankers am 23. Dezember aus der Klinik entlassen. Sein dicker Kopfverband war abgenommen worden; nur ein Pflaster am Hinterkopf und der kahlgeschorene Schädel, den jetzt millimeterlange Haarstoppeln bedeckten, erinnerten daran, daß Klaus Blankers vom Schicksal reich beschenkt worden war: Er durfte weiterleben.

Professor Mayfelder hatte bisher keinerlei Nachwirkungen entdecken können. Intelligenztests fielen vorzüglich aus. Blankers erinnerte sich an alles – nur nicht an Spanien und die Insel Baleanès. Er konnte rechnen und logisch denken, wußte sogar Worte und Sätze seines Schullateins und nannte geschichtliche Jahreszahlen. Nur bei Wetterumschwüngen klagte er über stechende Schmerzen im Kopf, aber das war nicht beunruhigend. Ein Gehirn ist wie ein Seismograph, es reagiert auf die kleinsten Schwingungen.

In der Blankersvilla empfing den »Chef« ein »großer Bahnhof«, wie Pommer es nannte. Von der Köchin bis zum Direktor standen sie Spalier in der großen Halle, in den Händen Blumen und Geschenke. Das Hausmädchen weinte vor Ergriffenheit, der Diener kaute an der Unterlippe, selbst Dr. Preußig spürte ein Brennen in den Augen. Nur Fred Pommer, in einem dunkelblauen Maßanzug mit silbergrauer Krawatte, blieb gelassen und eröffnete elegant und gewandt den Reigen der Gratulationen.

»Es ist sinnlos, große Worte zu machen«, sagte er, nach einem kurzen Blick auf Margit, die Blankers untergefaßt hatte und Pommers Blick auswich, indem sie über seinen Scheitel hinweg auf ein Bild an der Wand starrte, »denn was wir alle jetzt empfinden, ist nicht in Worte zu fassen. Sagen wir schlicht: Wir sind glücklich, Sie wieder unter uns zu wissen. Es ist wahrhaftig unser schönstes Weihnachtsgeschenk.«

Die Reihe der Gratulanten nickte stumm Beifall. Margits Blick ging zu Pommer zurück. Sein Lächeln war aufreizend, aber nur für den, der wußte, was sich hinter dieser glatten Maske verbarg.

»Ich danke Ihnen aus vollem Herzen«, sagte Blankers sichtlich ergriffen und nahm den großen Blumenstrauß entgegen, den Dr. Preußig im Namen des Werkes überreichte. »Glauben Sie mir, daß ich nach all dem Erlebten doppelt zu schätzen weiß, was Freundschaft bedeutet.« Demonstrativ reichte er Pommer beide Hände und drückte sie lange. »Ich weiß jetzt, daß ich wirkliche Freunde habe. Das macht mich glücklich.«

»O Gott, auch das noch«, sagte Dr. Wolff leise. »Jetzt panzert er den Pommer ein.«

»Und jetzt trinken wir einen!« sagte Blankers fröhlich. »Und bitte nicht so offiziell, das ist ja schrecklich. Ich komme mir vor wie eine zurückgebrachte Mumie, die vom Museumsvorstand begrüßt wird. Wenn Sie wüßten, wie ich mich wieder auf die Arbeit freue!«

Am Heiligabend und an den Weihnachtsfeiertagen waren Margit und Klaus allein mit ihrem Kind Monika Lisa. Der Gärtner hatte eine riesige Tanne aufgestellt, der Diener hatte sie mit bunten Kugeln und goldenem Lametta geschmückt. Echte Wachskerzen brannten in einem milden Licht, es roch nach Wald, heißem Honig und Pfeffernüssen.

Klaus trug sein Kind herum, als habe er die verlorenen Wochen an diesem Heiligen Abend nachzuholen. Nach der Bescherung lag er neben Monika auf dem Teppich und spielte mit der Holzeisenbahn, ließ eine Watschelente durch das Zimmer spazieren und sang mit dem Glockenspiel einer Spieluhr um die Wette. Erst als das Kindermädchen die kleine Monika ins Bettchen brachte, gönnte er sich Ruhe, warf sich in den tiefen Kaminsessel und streckte die Beine von sich.

»O Himmel, ist es schön, zu Hause zu sein!« sagte er aus tiefster Seele. »Manchmal kommt mir alles unwirklich vor, weil es so schön ist. Und daß du da bist, Margit, daß du meine Frau bist – ich glaube, es gibt kein größeres Glück für mich auf dieser Welt. Weißt du eigentlich, wie sehr ich dich liebe?«

»Ich weiß es, Klaus.« Margit stand hinter ihm und legte ihr Gesicht auf seine stoppeligen Haare. Alle Schatten waren in diesen Stunden von ihr genommen, alle Erinnerung an Pommer, alle Angst vor der Zukunft. Alle Widerwärtigkeiten versanken. Diese Tage gehören uns ganz allein, dachte sie. Es sind Tage, wie sie nie wiederkommen werden. Tage, von denen ich immer träumte.

»Ich habe dir dieses Jahr nichts schenken können, Liebling«, sagte er und hielt mit beiden Händen ihren Kopf fest.

»Du hast mir alles geschenkt, was es auf der weiten Welt geben kann: dich!«

»Ich habe nie zu hoffen gewagt, daß du mich so lieben könntest.«

»Ich habe auch noch niemals eine solche Liebe gekannt.«

Die Kerzen an dem großen Weihnachtsbaum waren niedergebrannt. Halbdunkel lag in dem weiten Raum, im Kamin knackte das Buchenholz.

»Willst du noch etwas trinken?« fragte er, und seine Stimme war dunkler als sonst.

Margit schüttelte stumm den Kopf.

»Sollen wir warten, bis der Kamin . . .«

Wieder schüttelte sie den Kopf. Dann beugte sie sich vor und küßte ihn auf den noch blassen Mund und legte die Arme um seine Schulter.

»Komm!« sagte sie leise. »So viele Nächte war ich einsam . . . es war schrecklich, Liebster.«

Gegen halb zwölf Uhr nachts löschte der Diener das Feuer im Kamin und räumte die Gläser ab.

Er war der letzte im Haus, der noch nicht schlief.

Es dauerte nicht bis Ende Januar, daß Klaus Blankers wieder an seinen Schreibtisch im »Chefzimmer« zurückkehrte. Vielmehr ließ er sich schon gleich nach den Feiertagen zum Werk fahren, schenkte dem Portier eine Kiste Zigarren und stieg in den Paternosteraufzug. Dies alles kam so unerwartet, daß der Portier die Meldung: »Chef im Haus« erst an

Dr. Preußig durchgab, als Blankers schon sein früheres Chefzimmer betreten hatte.

Diese Schreckminuten entschieden, ohne daß es der Portier ahnen konnte, über die ganze weitere Zukunft der Blankers-Werke. Denn als Blankers sein Zimmer betrat, ohne anzuklopfen – denn wer klopft schon an sein eigenes Zimmer –, saß hinter dem Schreibtisch Fred Pommer, hatte die Beine auf den Tisch gelegt und rauchte eine Virginiazigarre. Dabei studierte er die Morgenpost.

Auch hier erzeugte das plötzliche Erscheinen von Blankers eine Schrecksekunde, aber es war eben nur eine Sekunde, dann hatte sich Pommer schon wieder gefangen. Er nahm die Beine vom Tisch, warf die Post weg und sprang wie ein Ball auf. Sein einen Augenblick lang verblüfftes, leeres Gesicht wurde freundlich, dienerisch, aalglatt.

»Guten Morgen, Herr Blankers!« sagte er, wieselte um den Tisch herum und half Blankers aus dem Mantel. »Ich habe nicht gewußt, daß Sie heute schon . . .«

Klaus Blankers überblickte sein Zimmer, ging hinter seinen Schreibtisch und warf einen Blick auf die Post.

»Guten Morgen, Herr Pommer«, sagte er etwas rauh. »Ich sehe, die Post. Aber wieso lesen Sie die Post? Ich denke, Dr. Preußig . . .«

»Ich hatte es mir nach Ihrem Unfall vorbehalten, die Vorauswahl zu treffen, Herr Blankers.« Pommers Gesicht war ein einziges freudiges Leuchten. Aber in seinem Gehirn arbeitete es. Die kommenden Minuten, das wußte er, entschieden alles. Jetzt galt es, einen Trumpf auf den Tisch zu legen. Den großen Trumpf der Vollmacht, der alle Gegner im voraus wegfegte.

»Vorauswahl? Wieso?« Blankers sah Pommer fragend an.

»Ich habe vier große Geschäfte abgeschlossen, über die man Sie ja schon informiert hat. Diese Geschäfte erforderten eine unbedingte Geheimhaltung, denn die Konkurrenz hat noch nie geschlafen. Deshalb ließ ich die Post zuerst zu mir statt zu Dr. Preußig kommen.«

»Soll das heißen, daß Sie Dr. Preußig mißtrauen?« Blankers setzte sich. »Haben Sie konkrete Anlässe, so zu denken?«

»Konkrete nicht, aber in der Geheimhaltung ist irgendwo ein Loch. Ich habe noch nicht entdecken können, wo. Zwei Tage nach dem Japanabschluß kam die Konkurrenz mit einem ähnlichen Angebot. Ein Glück, daß ich schneller war. Ich erfuhr, daß die Konkurrenz einen Wink bekommen hatte.«

»Wenn das wahr ist, Herr Pommer ...« Blankers schob unruhig die Briefe hin und her. Verrat in der Direktion, dachte er. Unmöglich! Alle Direktoren arbeiteten schon unter meinem Vater. Sie sind mit dem Werk verwachsen. Es ist undenkbar, daß jemand der Konkurrenz unsere Pläne weitergibt. »Sie müssen sich irren«, sagte er laut.

»Fast zur gleichen Zeit mit dem Indienprojekt kam eine Offerte der Konkurrenz nach Neu-Delhi. Ist das auch ein Zufall?«

»Das ist eine Schweinerei!« Blankers sprang auf. »Rufen Sie alle Herren zu einer Konferenz in einer Stunde. Ich werde vorher mit Dr. Preußig unter vier Augen sprechen.«

Zufrieden, aber doch mit Angst im Nacken verließ Pommer das Chefbüro und ging hinüber zu seinem Büro, das er seit dem Unfall von Blankers nicht mehr betreten hatte. Was wird Dr. Preußig ihm sagen? dachte er. Ich habe Mißtrauen in Blankers' Herz gesät, aber reicht es aus, um Dr. Preußig zu stürzen?

Die bösen Ahnungen Pommers waren berechtigt. Seine Intrige reichte nicht aus. Ehe Klaus Blankers dazu kam, die rätselhaften Gegenangebote der Konkurrenz zu erwähnen, hatte ihm Dr. Preußig eine gut vorbereitete Mappe vorgelegt.

Blatt 1: Eine Fotokopie der Generalvollmacht Fred Pommers.

»Was ist das?« fragte Blankers, als er die Kopie sah. »Eine Vollmacht für Herrn Pommer? Wieso denn?«

»O Verzeihung. Die Kopie ist sicherlich falsch abgeheftet worden. Diese neuen Sekretärinnen haben keine Ahnung.« Dr. Preußig wollte listig das Aktenstück an sich nehmen und die Kopie herauslösen, aber Blankers hielt die Mappe fest.

»Einen Augenblick noch, Doktor.« Langsam las Blankers den Text durch, und je weiter er kam, um so rätselhafter wurde sein Blick. Dann löste er die Kopie aus der Mappe und schob sie in die Schublade seines Schreibtisches. »Ich glaube, das hat sich erledigt«, sagte er dabei. »Ich bin ja nun wieder da.«

»Gott sei Dank.«

Blankers nickte. »So ein Gefühl habe ich auch.«

Nach zehn Minuten Vortrag verließ Dr. Preußig das Chefzimmer. Im Nebenflur warteten die Direktoren Wolff und Hallersleben. »Nun, was sagt er?« fragten sie. »Wie reagierte er?«

Dr. Preußig hob die Schultern. »Nüchtern wie immer. Ohne Kommentar. Ich weiß immer noch nicht: Hat er nun den Wisch wirklich unterschrieben, oder ist es ein Pommer-Trick?«

Es dauerte eine halbe Stunde, bis ein diskreter Summton Fred Pommer zu Blankers rief. Blankers stand am Fenster und sah hinaus auf sein Werk. Auf dem leeren Schreibtisch lag nur ein Blatt Papier. Die Fotokopie der Generalvollmacht. Pommer sah es sofort, und sein glattes, höfliches Gesicht wurde hart.

»Sie waren ungemein erfolgreich, Herr Pommer«, sagte Blankers, ohne sich vom Fenster umzudrehen. »Japan, Indien, zweimal Afrika, die Firma ist auf Jahre hinaus gesichert.«

»Das war auch mein Bestreben, Herr Blankers.« Pommer legte die schmalen Hände vor sich übereinander. »Es war mir nur möglich dank Ihrer großherzigen Vollmacht.«

Der Schuß saß. Er schlug ein. Blankers drehte sich abrupt herum.

»Dieser Vollmacht da?«

»Ich habe zwar noch keinen Blick darauf geworfen, aber wenn sie Ihnen von Dr. Preußig gegeben wurde, muß sie es sein. Sie war für Dr. Preußig mehr als ein Dorn im Auge.«

»Auch für mich!«

»Ich verstehe nicht, Herr Blankers ...«, sagte Pommer mit kindlich aufgerissenen, unschuldigen Augen.

»Wann habe ich diese Vollmacht unterschrieben?«

»Ich weiß es nicht mehr. Das Datum steht sicherlich auf dem Dokument.«

»Natürlich steht es drauf! Aber es wäre mir nie eingefallen, so etwas zu diktieren, geschweige zu unterschreiben!«

»Aber Sie haben es mir so diktiert, und ich habe Ihnen die Vollmacht in der Unterschriftsmappe vorgelegt, zusammen mit anderen Briefen.«

Blankers preßte die Lippen zusammen. Das glatte, höfliche, untertänige Gesicht Pommers ekelte ihn plötzlich an, und er wußte nicht einmal, warum. Pommer war ein geschäftliches Genie, er war erfolgreich, er hatte dem Werk Millionenaufträge verschafft, und die Unterschrift unter dem Dokument war ohne Zweifel echt. Und doch ahnte Blankers in diesen Minuten, wie alles gewesen war: Ein Berg von Briefen, Pommer stand hinter ihm, legte ihm Brief nach Brief vor, und er, Blankers, unterschrieb routinemäßig alles, im Vertrauen darauf, daß alles in Ordnung sei. Auch die Vollmacht, ohne sie durchzulesen, im Glauben, auch das sei ein Brief. Nur so konnte es gewesen sein, so und nicht anders. Ein übler Trick, mit dem man sein Vertrauen ausgenutzt hatte. Aber wer konnte es Pommer jetzt noch beweisen?

»Wo haben Sie das Original, Pommer?« fragte Blankers. Zum erstenmal nannte er Pommer nicht »Herr«, sondern einfach beim Namen.

»In meiner Brieftasche.« Pommer holte die Vollmacht heraus, entfaltete sie und übergab sie Blankers. Noch einmal las Blankers sie durch:

». . . ernenne ich hiermit Herrn Fred Pommer zu meinem Generalbevollmächtigten. Seine Unterschriften und Anordnungen sind so zu betrachten, als seien sie von mir gegeben . . .«

Ganz langsam, als bereite es ihm eine große Wonne, zerriß Blankers die Vollmacht und warf sie in den Papierkorb. Steif stand Pommer daneben, wortlos, mit einem traurigen, verschleierten Blick, als gehe für ihn die Welt voll Sonnenschein zugrunde. In seinem Innern aber fiel in dieser Sekunde, als Blankers' Finger den ersten Riß vollführten, eine schreckliche Entscheidung: das Todesurteil für den Chef.

»Nun bin ich ja wieder da, mein lieber Pommer«, sagte Blankers betont gemütlich und setzte sich. »Und ich fühle mich gesund wie noch nie. Wozu bedarf es da dieser Vollmacht, nicht wahr? Ich möchte böses Blut in der Firma vermeiden, verstehen Sie? Sie bleiben deshalb doch meine ›rechte Hand‹, wie man so sagt.«

Pommer nickte. Er erweckte den Anschein eines völlig gebrochenen, zu Unrecht böse behandelten Mannes, der seine Enttäuschung über die perfide Menschheit nicht mehr verbergen kann. Mit gesenktem Kopf verließ er das Chefbüro.

Aber in seinem eigenen Büro griff er sofort zum Telefon und wählte die Privatnummer von Blankers.

»Hier ist dein Schätzchen«, sagte er mit ekelhafter Süße, als der Diener an Margit weitergegeben hatte. »Ich komme in einer Stunde zu dir hinaus. Küßchen, mein Süßes!«

Er wartete Margits Antwort gar nicht ab, sondern legte auf.

Die letzte Runde, dachte er und steckte sich eine Zigarette an. Fünfundvierzigtausend Fränkli liegen für einen gewissen Herrn Freddeli auf einer Züricher Bank. Aber das genügt nicht für den langen Lebensabend. Es müßte eine runde Summe sein.

Pommer sah auf seine Uhr, holte den Mantel aus dem Schrank und verließ das Verwaltungsgebäude. Von seinem Fenster aus sah ihn Blankers abfahren. Irgendwie tat ihm Pommer leid. Er war begabt, aber haltlos. War er ein Opfer seiner Umwelt?

Die Sekretärin trat nach einem kurzen Anklopfen ein, den Stenoblock unter dem Arm.

»Die Herren warten im Konferenzzimmer, Herr Blankers.«

Blankers nickte. Die Sonderkonferenz. Das Loch in der Geheimhaltung. Pommer wollte es belegen, aber nun war er weg. Man mußte ein anderes Thema nehmen. Vielleicht: Welche Chancen haben wir auf dem vorderasiatischen Markt, vor allem bei den Türken . . .

»Ich komme!« sagte Blankers laut. »Bitte, sorgen Sie für ein paar gute Flaschen Wein, Fräulein Heinen.«

Es war unmöglich, Pommer auszuweichen, das erkannte Margit, als sie, mit Energie geladen, auf ihn wartete. Sie wollte ihm auch nicht mehr ausweichen. Sie wollte einen Schlußstrich ziehen unter alles, was Vergangenheit war. So wie Blankers ein neues Leben geschenkt bekommen hatte, so wollte auch sie von vorn anfangen.

Mit Ehrlichkeit gegenüber ihrem Mann, mit einer Abrechnung gegenüber Fred Pommer.

Angst hatte sie nicht. Baurat Bernhardt war gekommen, um mit seiner Enkelin zu spielen. Lisa, Margits Mutter, lag mit einer Grippe im Bett. Der Diener war im Haus, im Garten kehrte der Gärtner die Wege vom Schnee frei. Es waren genug Männer um sie herum, die ihr helfen würden, wenn sie um Hilfe rufen sollte.

Von weit her, durch mehrere Türen, hörte sie leise die Haustürklingel. Dann ein Stimmengemurmel, der Diener trat ein, auf dem Tablett eine Visitenkarte. »Ich weiß«, sagte Margit und nahm die Karte nicht auf. »Herr Pommer. Führen Sie ihn herein und sagen Sie meinem Vater, daß ich Besuch habe.«

»Sehr wohl, gnädige Frau.« Der Diener entfernte sich, ließ die Visitenkarte von dem Tablett in einen Papierkorb rutschen und führte dann Fred Pommer in die Bibliothek. Niemand hörte, daß im gleichen Augenblick, rein zufällig, durch die andere Tür vom Eßzimmer aus Baurat Bernhardt die Bibliothek betrat. Als er Pommer bemerkte, stellte er sich hinter eines der freistehenden Bücherregale und rührte sich nicht. Allein schon die Begrüßung, die er hörte, ließ ihm den Atem stocken.

»Guten Tag, mein Häschen«, sagte Pommer und reichte Margit die Hand hin. Sie übersah es, wandte sich ab und ging hinter den Sessel, so eine deutliche Schranke zwischen sich und Pommer aufrichtend.

»Was willst du?« fragte sie hart. »Ehe du anfängst, deine Sprüche herzusagen: Das hier ist unsere letzte Begegnung!

Ich habe sie fast herbeigewünscht. Darum bist du auch vorgelassen worden.«

»Zu gütig, Prinzeßchen.« Pommer setzte sich und schlug die Beine übereinander. »Auch ich hoffe, heute zum letztenmal hier zu sein.«

Margit sah Pommer fragend an. »Das ist etwas ganz Neues. Willst du auswandern?«

»Erraten, Süßes. Nein, nein, wirklich, es ist kein Scherz. Ich habe die Absicht, meine Zelte in Deutschland abzubauen. Es drängt mich nach Süden. Nur – es soll ein Abgang in allen Ehren sein, mit einem gesicherten Alter.«

»Das alte Lied! Geld!« Margit lächelte böse. »Geh zu meinem Mann, pumpe ihn an.«

»Es ist jetzt nicht die Zeit, mein Häschen, uns in dieser Form zu unterhalten. Die Sache ist zu ernst, zu dringend und zu hautnah, als daß wir uns in Wortgeplänkel verlieren könnten. Dein Mann hat mir das Vertrauen entzogen. Ich nehme an, daß Dr. Preußig dahintersteckt. Um gegen ihn zu kämpfen, bin ich – ehrlich gesagt – zu faul. Außerdem habe ich es nicht nötig, denn ich habe ja dich.«

»Du hast gar nichts mehr! Ich werde heute den Schlußstrich ziehen!«

»Ach!« Pommer legte die Hände übereinander, als säße er in einem amüsanten Theaterstück. »Sei bitte nicht so impulsiv, so sehr ich dein Temperament auf anderer Basis schätze . . .«

»Du Schwein!« sagte Margit gepreßt.

»Dein Mann ist noch nicht wieder voll hergestellt. Ihm reichte es schon, als er entdecken mußte, daß mit der Generalvollmacht nicht alles astrein war. Nur das *wie*, das weiß er noch nicht. Und nun willst du ihm verraten, was einmal zwischen uns gewesen ist. Mein Süßes, das wird ihm einen Schock geben, der sein Hirn erneut durchschüttelt.«

»Was willst du?« fragte Margit heiser. Sie wußte, wie recht Pommer hatte. Ein Geständnis in dieser Zeit war zu früh. Klaus Blankers würde es nie überwinden können.

»Ich brauche, wie gesagt, eine Sicherheit. Mein Plan ist simpel, meine Beste. Dein Mann galt einige Wochen lang für tot, du warst als Alleinerbin der Werke ausersehen. In dieser Zeit hast du mir schriftlich dein vollstes Vertrauen ausgesprochen, und zwar in einem Brief, in dem steht, daß ›nach dem tragischen Tode meines Mannes Herr Fred Pommer als mein alleiniger Bevollmächtigter meine Interessen vertritt. Da ich überzeugt bin, daß mein Mann nicht mehr lebt, tritt diese Vollmacht ab sofort in Kraft. Ferner beteilige ich Herrn Pommer mit zehn Prozent am Reingewinn aller meiner Firmen . . .‹ und so weiter. In einem zweiten Schrieb übergibst du mir als Anzahlung der Gewinnausschüttung sechzigtausend Mark – steuerfrei.« Pommer entfaltete die beiden Papiere und legte sie auf den Tisch vor sich. »Deine Unterschriften, mein Kleines, und in drei Tagen ist der gute Fred Pommer für immer aus deinem Leben verschwunden.«

Margits Augen funkelten, ihr Gesicht war bleich und steinern geworden. »Das unterschreibe ich nie!« sagte sie laut. »Ich habe nie geglaubt, daß Klaus tot ist! Und was nützen dir übrigens diese Briefe? Klaus lebt, sie sind, selbst wenn sie echt wären, damit hinfällig.«

»Streng juristisch natürlich. Aber man muß Köpfchen haben, Kleines.« Pommer lächelte sein glattes Lächeln. »Ich werde diese Briefe deinem Mann vorlegen, und er wird sie mir für die erwähnten sechzigtausend Mark abkaufen, um keinen Skandal heraufzubeschwören. Ich werde ihn sogar bitten, mit dir über diese Angelegenheit nicht zu sprechen.«

»Du bist der größte Lump, der . . .«

»Häschen, warum diese Worte?« Pommer stand auf,

nahm die Papiere und reichte sie Margit hin. »Komm, unterschreib, und du wirst nie mehr Anlaß haben, dich an mich zu erinnern.«

»Nie unterschreibe ich! Nie!« schrie Margit.

»Ist dieses Nie nicht ein wenig dumm? Ist dein ganzes weiteres Glück nicht diese lumpigen sechzigtausend Mark wert?« Er kam um den Sessel herum, faßte plötzlich Margits Handgelenke und zerrte sie zum Tisch. »Unterschreib!« sagte er in einem völlig anderen, harten, befehlenden Ton. »Zum Teufel noch mal, stell dich nicht so an! Es ist ein reelles Geschäft ... du hast Ruhe, und ich habe einen sorglosen Lebensabend. Daß man euch dämliche Frauenzimmer immer zum Glück zwingen muß. Selbst damals, an der Ostsee, mußte ich dich zum Glück zwingen.«

»O du Schuft! Du Lump! Du Saukerl!« stöhnte Margit. Sie wand sich unter seinem Griff, wollte sich losreißen, stieß mit dem Kopf nach ihm, ihre Haare fielen über ihr Gesicht, sie trat nach Pommer, aber er wich aus und hielt ihre Handgelenke fest.

»Sei vernünftig, Kindchen!« keuchte er. »Ich schwöre dir, es ist unsere letzte Begegnung!«

»Ich schreie!« stöhnte Margit. »Ich schreie nach dem Diener! Der Gärtner ist draußen vor dem Fenster, mein Vater spielt oben mit Monika ... wenn ich schreie, kommen sie alle hierher ...«

Pommer schüttelte den Kopf. Mit einem Ruck zog er Margit an sich, ein geübter Griff, ein Ruck, und das Kleid rutschte von Margits Schultern. »Nun schreie ...«, sagte er leise. »Wenn sie kommen und sehen dich so in meinen Armen ...«

Hinter der Bücherwand stand Baurat Bernhardt, starr, stumm, mit geballten Fäusten, sah zu, hörte alles und spürte sein Herz erkalten. Es war ihm, als friere seine Seele ein.

Mein Kind, dachte er immer nur, mein armes Kind. Wenn ich das alles vorher gewußt hätte!

Verzweifelt rang Margit mit Pommer. Es war ein wortloser Kampf, nur unterbrochen von gepreßten Ausrufen und keuchendem Atem. Dann gelang es Margit mit einem wilden Ruck, sich zu befreien. Ehe Pommer wieder zugreifen konnte, hatte sie sich geduckt, entschlüpfte ihm und rannte aus der Bibliothek, im Laufen noch das Kleid wieder über ihre Brust zerrend.

Pommer wartete, ob sich etwas im Hause rührte. Da weder der Diener kam noch der Gärtner noch der alte Baurat, faltete er die zwei Briefe wieder zusammen, steckte sie ein und verließ ruhig, wie ein zufriedener Besucher, die Blankersvilla.

Während der Fahrt durch die Innenstadt Hamburgs bemerkte er nicht, daß ihm ein Taxi folgte; auch als er vor seinem Hotel ausstieg, in dem er seit einigen Tagen zwei Zimmer gemietet hatte, achtete er nicht auf das ebenfalls haltende Taxi und den Mann im pelzbesetzten Ulster, der den Chauffeur bezahlte und ihm dann in die Hotelhalle folgte.

»Zimmer 167«, hörte der Mann Pommer zum Portier sagen. Er wartete, bis der Fahrstuhl wieder zurückkehrte, stieg dann ein und fuhr hinauf in die erste Etage.

Fred Pommer hatte gerade seine Jacke ausgezogen und wollte zum Telefon gehen, um sich beim Etagenkellner einen Kognak zu bestellen, als die Tür aufging und Baurat Bernhardt eintrat. Ohne ein Wort schloß er die Tür hinter sich ab und steckte den Schlüssel in die Tasche seines Pelzulsters.

»Herr Baurat!« Nach dem ersten Schrecken hatte sich Pommer schnell gefangen. Er nahm seinen Rock, zog ihn wieder an und kontrollierte sogar den Sitz seiner Krawatte.

»Ihr Besuch ist ungewöhnlich, wenn man es so ausdrücken darf. Ich weiß auch nicht, warum Sie ...«

Baurat Bernhardt ging stumm zum Zimmertelefon, zog den Stecker aus der Leitung, ging von dort zum Fenster und schloß es. Dann zog er die Gardine vor und griff in die rechte Tasche seines Mantels. Langsam, als handle es sich um einen zerbrechlichen Gegenstand, nahm er eine Pistole heraus und legte sie vor sich auf den Rauchtisch. Die Augen Pommers weiteten sich plötzlich vor Angst und Entsetzen.

»Ich habe vorhin Ihre Unterhaltung mit meiner Tochter angehört«, sagte Baurat Bernhardt völlig leidenschaftslos, mit einer erschreckend geschäftsmäßigen Stimme. »Von Anfang an. Ich stand hinter dem Bücherregal.« Er zeigte auf die Pistole und legte dann die Finger um den Griff. »Meine Dienstwaffe von 1939 bis 1945. Ich habe sie damals nicht abgeliefert, sondern gut geölt versteckt. Später dann, als die Taxiüberfälle begannen und eine Großstadt wieder zum gefährlichen Dschungel wurde, habe ich sie aus dem Versteck geholt und trug sie heimlich bei mir. Ich habe nie geglaubt, daß ich sie wirklich einmal benutzen müßte.«

»Herr Baurat ...« Pommer versank in einem Meer aus Angst und Feigheit. Er hob seine zitternden Hände und versuchte, einen Schritt auf Bernhardt zuzugehen. Aber seine Beine versagten, er schwankte bloß und alles Blut wich aus seinem Gesicht. »Machen Sie sich nicht unglücklich! Man kann Mißverständnisse aufklären ... Ich bitte Sie, Herr Baurat!«

Hubert Bernhardt nahm die Pistole wieder vom Tisch. Es knackte leise, als er den Sicherungsflügel herumschob.

Pommers Augen weiteten sich unnatürlich. »Herr Bernhardt«, stotterte er. »Ich flehe Sie an ... wir können doch in aller Ruhe ... lassen Sie sich nicht hinreißen ...«

»Ich handle nicht im Affekt«, sagte Bernhardt ganz ruhig. »Das hier ist eine Hinrichtung! Menschen wie Sie dürfen nicht leben. Ob es nach dem Gesetz ist oder nicht, das kümmert mich nicht mehr. Ich werde mich in einigen Minuten, wenn alles vorbei ist, der Polizei stellen. Ich bin ein alter Mann, und ich habe mein Leben gelebt. Aber meine Tochter soll von allem befreit werden, was ihr Leben zerstören könnte. Mein Kind ist meine Welt, und für das Glück und die Ehre meines Kindes werde ich sogar zum Mörder. Verstehen wir uns, Pommer?«

»Herr Bernhardt!« Pommers Stimme wurde schrill. Er schielte zum Fenster ... es war zu weit entfernt. Er sah zur Tür. Sie war verschlossen, und ehe er klopfen konnte, würde Bernhardt schießen. Das Telefon war ausgeschaltet. Er stand in einer Todeszelle, es gab kein Entrinnen mehr. »Noch ein Wort, Herr Baurat!« schrie Pommer grell. »Ich schwöre Ihnen, daß ...«

Hubert Bernhardt winkte ab. »Was sind Schwüre aus Ihrem Mund.« Er sah kurz auf seine Uhr. »In einer Stunde ist die offizielle Dienstzeit des Untersuchungsrichters zu Ende. Ich möchte sie einhalten, um Herrn Amtsgerichtsrat Dr. Zinner nicht auch noch die verdiente Ruhe und Freizeit zu stehlen.«

Mit einem Schrei riß Pommer einen Stuhl an sich, hob ihn hoch und hielt ihn schützend vor seinen Körper. »Hilfe!« brüllte er. »Hilfe! Mörder!«

Baurat Bernhardt hob die Pistole. Sein Gesicht, bleich und ausdruckslos, versteinerte noch mehr. Auch er stand nun an der Grenze seines Lebens, und der Schuß, der Pommer tötete, würde auch das Leben des Baurats Bernhardt auslöschen. »Diese alten Pistolen haben eine große Durchschlagskraft«, sagte er langsam und betont. »Der Stuhl nützt Ihnen gar nichts, Pommer.«

»Zum letztenmal: Ich flehe Sie an, Herr Baurat!« brüllte Pommer. Die Augen quollen ihm über seine Glattheit, sein ebenmäßiges Gesicht, das die Frauen so faszinierte, verwandelte sich zu einer Fratze, zu einem Froschgesicht. Schweiß rann ihm über die Augen, kalter, klebriger Angstschweiß. In diesen Minuten der Todesfurcht büßte er für alles, was er in seinem Leben an Schuftereien begangen hatte. Er wußte, daß es keinen Sinn hatte, zu flehen, zu betteln und zu hoffen, daß Bernhardt die Pistole wieder sinken ließ und ihm das Leben schenkte. Und trotzdem versuchte es Pommer noch einmal in letzter, wimmernder Verzweiflung; er hob den Stuhl hoch, ließ ihn dann fallen, breitete die Arme aus und blickte zitternd an die Zimmerdecke.

»Ich schwöre Ihnen, daß ich morgen früh abreise . . . daß ich nie wiederkomme . . . daß . . . daß . . . Nein! Schießen Sie nicht! Nein!«

Pommers letzter Blick erfaßte Baurat Bernhardt und das kleine runde Loch der Pistolenmündung. Dann spürte er einen Schlag in seiner Brust und bemerkte, wie ein winziges Pulverwölkchen aus dem schwarzen Loch schwebte, hörte einen ganz, ganz fernen Knall, so, als wenn jemand in die Hände klatscht . . . aber die Zimmerdecke wurde merkwürdig rot, und das Licht erlosch langsam . . . Noch einmal riß er die Augen auf, sah sich auf dem Teppich liegen, halb auf der Seite; in seiner Brust brodelte es wie in einem Wasserkessel . . .

»Nein . . .«, stammelte er kaum hörbar. »Nein. nein . . .«

Dann sank die große Finsternis über ihn. Der Körper streckte sich.

Fred Pommer war tot.

Baurat Hubert Bernhardt steckte ruhig die Pistole wieder in die Tasche seines Ulsters, schloß die Tür auf, verließ das Zimmer 167, fuhr mit dem Lift nach unten, grüßte den

Portier in der Rezeption und trat hinaus auf die Straße. Dort winkte er eines der wartenden Taxis heran, stieg ein und sagte mit völlig normaler Stimme:

»Zum Polizeipräsidium. Aber bitte schnell. Sie machen gleich Feierabend.«

»Und die Protokolle wegen zu schnellen Fahrens?« fragte der Fahrer zurück und schob die Mütze in den Nacken.

»Zahle ich. Ich bin Baurat Bernhardt und ein Freund des Polizeipräsidenten.«

»Wenn's so ist ... denn mal los!«

Mit heulendem Motor schoß die Taxe auf die Straße, überfuhr bei Gelb die Ampel und jagte durch die Stadt zum Polizeipräsidium. Viermal wurde sie von Schutzleuten notiert. Baurat Bernhardt nahm keine Notiz davon, er saß zurückgelehnt in den Polstern und starrte an die mit einem grauen Wollstoff bespannte Wagendecke.

Er ist tot, dachte er. Ich habe Margit endlich Ruhe verschafft. Natürlich wird es Aufsehen geben, einen Prozeß, Presseberichte, Sensationsmache in Illustrierten und Wochenblättern – aber nach ein paar Wochen wird niemand mehr davon sprechen, neue Ereignisse werden den »Fall Bernhardt« überdecken und vergessen lassen. Doch Margit hat Ruhe. Endlich Ruhe! Mein armes, armes Kind ... mein einziger Lebensinhalt!

»Präsidium!« sagte der Fahrer und bremste knirschend. »Fünf vor fünf. Wie gewünscht. Und die Protokolle ...«

»Ich regle alles mit dem Präsidenten.« Bernhardt stieg aus, gab dem Fahrer einen Zwanzigmarkschein, winkte ab, sagte: »Der Rest für den Schrecken, mit mir zu fahren« und betrat das Polizeipräsidium.

An der Anmeldung ließ er den Beamten nach Zimmer 100 telefonieren und sagen: »Herr Baurat Bernhardt möchte dringend den Herrn Präsidenten sprechen.« Der Oberwachtmeister war verblüfft, daß der Baurat sofort hinaufgebeten wurde, denn Polizeipräsidenten haben sonst nie Zeit; sie gehören zu den seltenen Beamten mit Zeitmangel.

»Was gibt es denn so Eiliges, Hubert?« fragte Dr. Hochheuser und kam Bernhardt mit ausgestreckten Händen entgegen. »Ist einer deiner Bauten eingestürzt? Oder willst du außer der Reihe Revanche haben für deinen verlorenen Skat vom letztenmal? Komm, setz dich. Einen Kognak? Ich habe eine Flasche im Schreibtisch, im Geheimfach. Jeder denkt, da liegen Staatsgeheimnisse drin, dabei ist's nur eine Flasche ›Prince de Reims‹. Alter Junge, du siehst ja ganz zerknirscht aus! Also doch eine Schadenssache, was?«

Baurat Bernhardt sah seinen Freund stumm an. Ebenso stumm griff er in die Tasche und legte die Pistole auf den Schreibtisch. Polizeipräsident Dr. Hochheuser nickte.

»Eine Walther PPK, Vorkriegsmodell«, sagte er sachkundig. »Solche Dinger trugen früher die politischen Leiter der Partei und alle, die sich kriegerisch fühlten. Woher hast du das Ding?«

»Es gehört mir. Zum vorletzten Mal habe ich im Krieg damit geschossen.«

»Na ja.« Dr. Hochheuser goß Kognak in zwei Kognakschwenker. »Was soll das überhaupt? Wieso ›vorletztes Mal‹?«

»Das letzte Mal war vor zehn Minuten. Ich habe soeben einen Menschen erschossen.«

Dr. Hochheuser starrte seinen Freund an wie einen Geist. Mit einem Knall setzte er die Kognakflasche ab.

»Du?« sagte Dr. Hochheuser ungläubig. »Einen Menschen ... getötet ... Hubert, das ist ein saublöder Witz ...«

»Im Hotel Renstmann. Erster Stock. Zimmer 167. Der Tote hieß Fred Pommer. Direktor bei den Blankers-Werken.«

Polizeipräsident Dr. Hochheuser zögerte. Noch einmal sah er seinen Freund an, und als ihre Blicke sich kreuzten, lief es Hochheuser kalt über den Rücken. In Bernhardts Augen las er die Wahrheit. Er griff zum Telefon und rief die Mordkommission an.

»Hier Hochheuser. Fahren Sie zum Hotel Renstmann. Zimmer 167. Ein Mann wurde erschossen. Ich weiß nicht, ob Mord oder Totschlag oder Unglücksfall . . .«

»Mord!« sagte Baurat Bernhardt laut.

». . . das werden wir alles noch untersuchen. Der . . . der Täter ist hier bei mir. Ja, ich warte auf Ihre Rückkehr. Danke.«

Dr. Hochheuser wählte noch eine Nummer, rief den Haftrichter Dr. Zinner an und bat ihn zu sich. Dann schob er das Telefon weit von sich und starrte wieder auf Bernhardt.

»Ich muß dich verhaften lassen, Hubert«, sagte er heiser. »Mein Gott!« Dr. Hochheuser fuhr sich mit beiden Händen durch das schüttere Haar. »Wie ist denn das passiert? Geschah es im Affekt? Wie konntest du überhaupt . . . Hubert . . .«

Baurat Bernhardt setzte sich in einen der Sessel, nahm das Glas Kognak und trank einen kleinen Schluck. »Er war ein Teufel. Und Teufel muß man ausrotten.«

»Das ist kein Grund, den die Gerichte anerkennen werden. Mensch, Hubert, du mußt doch von Sinnen gewesen sein!«

»Nein. Ich war ganz klar, so klar wie nie in meinem Leben. Ich habe ihn mit der Sicherheit niedergeschossen, wie ich eine mathematische Formel errechne. Ein Herzschuß. Der Gerichtsarzt wird es bestätigen.«

»Du bist verrückt! Total verrückt!« Dr. Hochheuser kippte den Kognak und schüttete sich wieder nach, randvoll. Seine Hände zitterten dabei, als sei er der Täter. »Wir müssen uns klar sein, Hubert, bevor die Kriminalpolizei kommt und dein Geständnis protokolliert. Du *mußt* in einem Fall von psychischem Schock gehandelt haben, in einer Affektphase. Du hast doch keinen wohlüberlegten Mord begangen!«

»Doch!« Baurat Bernhardt nickte mehrmals. »Ich wollte Pommer töten. Ich sah keine andere Lösung mehr, um meine Familie vor diesem Ungeheuer zu retten.«

»Ich weiß nicht, was dieser Pommer getan hat, aber ich weiß, was deine Tat für Folgen hat. Hubert . . . wenn du bei deiner Starrheit bleibst – und die ist ja auch ein Teil deiner noch jetzt anhaltenden Unzurechnungsfähigkeit –, ist das Unglück, das du über deine Familie bringst, größer als das, was du durch den Tod dieses Pommer verhindern wolltest.«

»Ich glaube nicht. Ich habe meine Tochter gerächt.«

»Himmel noch mal, wir leben nicht im alten Griechenland, in Sizilien oder im wilden Kurdistan!« Dr. Hochheuser schlug mit der flachen Hand auf den Tisch. Seine Erregung war ebenso groß wie seine Angst um den Freund. »Ein Mann wie du, und redet von Blutrache! Hubert! Du *bist* nicht mehr normal! Du hast einen Mann getötet, das ist nicht mehr zu leugnen . . .«

»Ich gestehe es ja.«

». . . über die Motive wird das Gericht entscheiden, aber ich muß dir erklären, daß zwischen Mord und Totschlag ein ziemlich großer rechtlicher Unterschied besteht.«

»Ich kenne ihn, Franz.« Baurat Bernhardt hielt dem Polizeipräsidenten das Kognakglas hin. »Noch einen . . . wenn du willst. Kann ich noch mal nach Hause, oder muß ich so mitkommen, wie ich bin? Ich hätte meinen Schlafanzug und die anderen Utensilien mitnehmen sollen.«

»Jeder Psychiater, der dich jetzt hört, bescheinigt dir den

Paragraphen einundfünfzig!« stöhnte Dr. Hochheuser. Er goß das Glas Bernhardts voll Kognak und reichte es ihm zurück. »Mein Gott, wo kommen wir denn hin, wenn jeder sich das Recht nimmt, den anderen, der ihm nicht gefällt, einfach umzulegen! Hubert, ich begreife das alles nicht. Ausgerechnet du!«

Baurat Bernhardt nickte. Und plötzlich fiel er zusammen, als brächen in ihm alle Knochen. Er hing im Sessel, und sein Gesicht verfärbte sich zu einer leichengelben Farbe. Es war, als erwache er jetzt aus einem tiefen, schrecklichen Traum und erkenne mit Entsetzen, daß es keine Bilder waren, sondern Wahrheiten. Der unnatürlichen Starre, in der er bisher verharrt hatte, folgte eine völlige Auflösung. Er schlug beide Hände vor das Gesicht und warf den Kopf nach hinten an die Sessellehne.

»Ich konnte nicht anders ...«, stammelte er. »Gott möge mir verzeihen ... Ich war so verzweifelt, so völlig mit den Nerven fertig ... Dieses Schwein, dieser Saukerl ... und dann meine kleine, arme Margit!«

»Na also«, sagte Dr. Hochheuser mit belegter Stimme. »Da haben wir es. Aber der Skandal ist perfekt.«

Als die Mordkommission, vom Hotel Renstmann kommend, im Präsidium eintraf und das Zimmer 100 betrat, saß ein Arzt vor Baurat Bernhardt und gab ihm eine Beruhigungsinjektion.

Bernhardt weinte und schluchzte wie ein Kind. Er hatte einen Nervenzusammenbruch.

Polizeipräsident Dr. Hochheuser erreichte es tatsächlich, daß die Verhaftung Bernhardts nicht an die Öffentlichkeit drang. Die Polizei und auch die Justizpressestelle gaben lediglich bekannt, daß der Täter, ein gewisser B., in Untersuchungshaft sitze und gestanden habe. So sehr die Presse auf ihre Informationsrechte pochte – Dr. Hochheuser lehnte alle Erklärungen ab. Auch im Hotel Renstmann wußte man gar nichts. Erst durch das Erscheinen der Mordkommission hatte man erfahren, daß auf Zimmer 167 ein Toter lag und ein Mord geschehen war. Hätte sich Bernhardt nicht selbst gestellt, würde die Hamburger Kriminalpolizei vor einem »perfekten Mord« gestanden haben.

Dr. Hochheuser ließ es sich auch nicht nehmen, die Nachricht, daß Hubert Bernhardt im Gefängnis saß, der Familie Bernhardt/Blankers höchstpersönlich zu überbringen. Lisa versank in eine tiefe Ohnmacht, Margit saß wie versteinert da und starrte auf ihre Hände. Nur Blankers lief aufgeregt hin und her und schüttelte immer wieder den Kopf.

»Pommer! Er erschießt Pommer! Aber warum denn bloß? Er kennt doch Pommer kaum! Höchstens dreimal oder viermal waren sie zusammen und wechselten ein paar Worte miteinander. Das war aber auch alles! Herr Präsident, ich finde keine Erklärung dafür. Mein Schwiegervater muß ... muß ... so leid es mir tut, das zu sagen ... in einem Anfall von geistiger Umnachtung gehandelt haben.« Er blieb stehen und sah auf Margit hinunter. »Oder hast du eine Erklärung dafür, Liebes?«

Margit schüttelte langsam den Kopf. »Nein ...«, sagte sie dann langsam. Dieses eine Wort war qualvoll wie ein Ersticken. Oben im Schlafzimmer behandelte der herbeigerufene Hausarzt die noch immer ohnmächtige Lisa Bernhardt.

»Ich werde natürlich die besten Gutachter aufbieten«, sagte Klaus Blankers. »Mein Schwiegervater zählt immerhin dreiundsechzig Jahre, und da ist es durchaus möglich, daß durch eine plötzlich auftretende Arteriosklerose solche grauenhaften Dinge geschehen.«

Er sah Dr. Hochheuser bittend an: »Was halten Sie davon, Herr Präsident?«

»Eine geistige Umnachtung wäre natürlich ein Freibrief. Aber ...«, Dr. Hochheuser stockte und sah zu Margit, ehe er weitersprach, »... eine solche Form der Zurechnungsunfähigkeit würde für Hubert lebenslangen Aufenthalt in einem Sanatorium bedeuten.«

»Immerhin bleibt er straffrei.«

»Ja. Doch ich weiß nicht, was besser ist ... Verurteilung wegen Totschlags im Affekt oder für immer Klapsmühle. Das letztere ist gar nicht ausdenkbar.«

»Ich werde für die Verteidigung Professor Weber nehmen.« Blankers nahm seine unruhige Wanderung wieder auf. »Wenn man nur wüßte, warum er gerade Pommer erschossen hat.«

»Das wird er morgen aussagen, nehme ich an.«

Margits Kopf flog hoch. Ihr Blick irrte zwischen Blankers und Dr. Hochheuser hin und her. »Kann ... kann ich Vater morgen sprechen?« sagte sie stockend. »Vielleicht sagt er mir den Grund, wenn er vor der Polizei schweigt?«

»Kein übler Gedanke.« Dr. Hochheuser nickte zustimmend. »Ich werde mit der Staatsanwaltschaft darüber sprechen.«

Margit erhob sich und ging mit bleiernen Beinen zum Fenster. Sie ahnte alles und wagte doch nicht, es jetzt zu sagen. Pommers Besuch an diesem Tag, die Erpressung, ihre Flucht aus dem Zimmer, die Suche nach dem Vater, der nicht mehr im Kinderzimmer war bei Monika und den auch keiner hatte gehen sehen, der Diener nicht und nicht der Gärtner – alles paßte genau zusammen, gab das Motiv her für die schreckliche Tat: Irgendwie mußte er das Gespräch mit Pommer belauscht haben, war ihm nachgefahren und hatte ihn erschossen. O Vater, Vater, nun bist du das letzte Opfer Pommers!

Sie drückte die heiße Stirn gegen die Scheiben und starrte hinaus in den verschneiten Garten. Vor dem Futterhäuschen zankten sich die Spatzen, die Dämmerung glitt fahl die Elbe hinauf.

»Wir müssen uns um Mutter kümmern«, sagte sie leise. »Für sie ist der Schock am größten. Wenn ihr mich nicht mehr braucht...«

Sie wartete keine Antwort ab und rannte hinaus. Dr. Hochheuser sah ihr nach und wandte sich dann erst an Klaus Blankers.

»Wußten Sie, daß Pommer ein Erpresser war?« fragte er.

»Nein!« Das Erstaunen Blankers' war ehrlich. »Ich bitte Sie! Sagen Sie bloß noch, er habe meinen Schwiegervater erpreßt. In Hubert Bernhardts Leben gibt es keine dunkle Stelle, das wissen Sie so gut wie ich.«

»Nicht Hubert hat er erpreßt.« Dr. Hochheuser wandte sich ab und starrte in das Feuer des offenen Kamins. Blankers wischte sich mit einem Taschentuch die Stirn. Ihm war, als säße er in einer überheizten Sauna.

»Lisa, meine Schwiegermutter? Das ist doch absurd.«

»Ich brauche Ihr Ehrenwort, Herr Blankers, mit niemandem darüber zu sprechen. Mit keinem! Ich sage es Ihnen auch nur, um Klarheit hier im Hause zu schaffen; das bin ich meinem Freund Hubert schuldig. Aber nur unter der Bedingung, daß Sie – was Sie auch hören – absoluter Ehrenmann bleiben.«

Dr. Hochheuser sah Blankers fordernd an. Blankers hob die Schultern.

»Das ist doch selbstverständlich, Herr Präsident«, sagte er steif. »Sie haben mein Ehrenwort.«

»Gut denn!« Dr. Hochheuser würgte an den Worten, man sah es deutlich. »Pommer erpreßte Ihre Gattin.«

»Margit . . .?« Blankers' Stimme hatte jeden Klang verloren. Er sah Dr. Hochheuser an, als habe dieser Chinesisch gesprochen, dann schüttelte er den Kopf, setzte sich und legte die Hände zusammen. »Das ist . . . das ist doch mehr als absurd . . .«, stotterte er. »Margit war Pommer völlig unbekannt, bis er bei einem Ausflug in der Lüneburger Heide verunglückte und Margit ihn durch den Schäfer zum Arzt bringen ließ. Bloß dadurch wurden wir mit ihm bekannt.«

Dr. Hochheuser nagte an der Unterlippe. Er dachte an die erste Aussage Bernhardts und schwieg.

»Wir müssen uns auf böse Wochen gefaßt machen«, sagte er nach einer Weile des Schweigens. »Vor allem müssen wir starke Herzen haben und sehr, sehr viel Liebe – sonst bricht alles zusammen, was die Familie Blankers für andere so beneidenswert macht.«

Blankers nickte stumm. Er verstand den tiefen Sinn dieser Worte noch nicht ganz. Er grübelte darüber nach, wieso man hatte Margit erpressen können. Und er kam zu der Überzeugung, daß dies unmöglich sei und man wirklich viel Liebe im Herzen haben mußte, um Margit vor solchen dummen Anschuldigungen zu schützen.

Als am nächsten Morgen in den Blankers-Werken bekannt wurde, daß ein Unbekannter Fred Pommer erschossen habe, war die erste Reaktion der Direktoren, daß drei der Herren laut sagten:

»Es gibt doch noch Gerechtigkeit!«

»Ich bitte Sie, meine Herren!« unterbrach Dr. Preußig den spontanen Freudenausbruch. »Es handelt sich um einen Mord!«

»Sie sind Jurist, lieber Preußig«, meinte der kaufmännische Direktor. »Sie sehen das vom Paragraphen aus. Aber ich . . . bei Gott, ich hätte ihn auch erschlagen können. Und damals, als die junge Dame . . . Himmel noch mal, die junge Dame!«

Der kaufmännische Direktor sah den technischen Direktor erschrocken an. Blitzartig erinnerten auch sie sich an die Situation von damals: Ein hübsches Mädchen, das aus Pommers Zimmer rennt, aufgelöst und deutlich bis zum Äußersten erregt, und das laut ruft: »Ich bringe dich noch einmal um! Ja, ich bringe dich um!«

»Ich muß sofort die Polizei anrufen!« verlangte der kaufmännische Direktor. »Wir . . . wir kennen den möglichen Täter . . .«

»Man hat Baurat Bernhardt verhaftet«, sagte Dr. Preußig mit dumpfer Stimme. »Aber das ganz unter uns, meine Herren.«

»Blödsinn! Die junge Dame hat deutlich genug gesagt, daß sie . . .«

»Bernhardt hat gestanden.«

»Man hat ihn fertiggemacht bei der Polizei. Das kennt man ja. Auf jeden Fall sollte man den damaligen Besuch melden. Im Kontrollbuch des Portiers muß ja der Name stehen . . .«

Ein paar Minuten später wußten die Direktoren, wer die junge Dame von damals war: Ursula Fürst. Der technische Direktor übernahm es, die Polizei zu informieren, während der kaufmännische Direktor den Portier verhörte und einige Sekretärinnen, die alle die erregte junge Dame gesehen hatten.

Zwei Stunden später – bei solchen sensationellen Sachen arbeitet die Polizei immer schnell – wurde Ursula Fürst im Stall der Reitschule an der Unterelbe festgenommen. Sie hatte gerade ihr Pferd gesattelt und wollte ausreiten in den kalten, sonnigen Wintermorgen. Sie war deshalb ausgesprochen verblüfft, als zwei Beamte der Mordkommission in Zivil in den Stall kamen, ihre Polizeimarken vorwiesen und Ursula Fürst baten, sofort mit aufs Präsidium zu kommen.

»Aber warum denn?« fragte sie und lehnte sich gegen das gesattelte Pferd. »Bin ich irgendwo zu schnell gefahren? Habe ich bei Rot die Kreuzung passiert? Das ist doch kein Grund, um mit zwei Kriminalbeamten ...«

»Reden Sie nicht soviel. Mitkommen!« sagten die Beamten in bester deutscher Beamtenhöflichkeit. »Das erfahren Sie alles auf dem Präsidium.«

Sie ließen Ursula Fürst in ihren Wagen einsteigen und bewachten sie wie einen ertappten Parksünder. Früher hätte man gesagt: wie einen Mörder ... aber diese Zeiten, in denen man Unterschiede machte, sind vorbei. Wer falsch parkt, ist für die Bullen genauso ein Bösewicht wie ein Bankräuber.

Im Zimmer der Mordkommission herrschte Ruhe. Der »Fall Pommer« war ausgesprochen langweilig. Keine Fahndung nach dem Täter, keine großen Tatortuntersuchungen, keine komplizierten Spurensicherungen. Es war alles so klar wie Aalsuppe: Ein Toter, Herzschuß, ein geständiger Täter, Affekthandlung. Die Vorführung Ursula Fürsts war nur eine Routinesache und mehr Neugier als Notwendigkeit. Einer offiziellen Anzeige muß man nach dem Gesetz nachgehen, und Ursula war offiziell von zwei Herren der Blankers-Werke angezeigt worden.

Der diensthabende Kriminalkommissar blätterte in dem Reisepaß Ursulas herum, legte ihn dann weg und sah mit einem wohlwollenden männlichen Blick auf die hübsche, attraktive junge Dame im Reitdreß.

»Sie kannten einen gewissen Fred Pommer?« fragte er.

Ursula atmete auf. Endlich ein Hinweis, in welcher Richtung dieses komische Theater sich bewegte. »Natürlich kenne ich den«, antwortete sie burschikos. »Seinen Vetter sollte man kennen.«

»Ach so, Ihr Vetter. Sie hatten engeren Kontakt mit ihm?«

»Wie man unter Verwandten verkehrt. Man sieht sich hier und da.« Ursula Fürst hob die Augenbrauen. »Hat Vetter Fred wieder etwas ausgefressen?«

»Fraß er öfter etwas aus?« ging der Kommissar auf Ursulas Ton ein.

»Hin und wieder. Fred ist ein Gauner. Ein kleiner Ganove, wissen Sie, der sich von reichen Frauen aushalten läßt. Aber das ist ja meines Wissens nicht strafbar.«

»Sie mögen Ihren Vetter Fred nicht?«

»Er ist mir zu glatt, zu gewissenlos, zu clever ...«

»Sie hatten Streit miteinander?«

»Streit? Nein.« Ursula Fürst schüttelte den Kopf. »Ich habe ihn fast ein dreiviertel Jahr nicht mehr gesehen.«

Der Kommissar beugte sich vor. Plötzlich war sein Blick nicht mehr freundlich, sondern hart. Auch seine Stimme bekam einen zuhackenden Ton.

»Und warum haben Sie gedroht, ihn umzubringen?«

Ursula Fürst zuckte leicht zusammen. »Das? Ach ... hat Fred Ihnen das erzählt? So ein Schuft!« Ihre Augen flimmerten. »Hat er Ihnen alles erzählt?«

»Alles«, bluffte der Kommissar.

»Dann wissen Sie es ja. Nach dieser Episode an der Ostsee hat er mich erpreßt. Immer, wenn er etwas brauchte, Geld oder Kleidung, kam er zu mir, und ich gab ihm Geld, damit meine Eltern nichts erfuhren, und vor allem jetzt nicht mein Verlobter. Das hat er Ihnen sicherlich nicht erzählt.«

»Und darum hassen Sie ihn?«

»Ja.«

»Und könnten ihn auch töten?«

»Das sagt man so daher in der Erregung. Natürlich könnte ich keinen Menschen töten. Womit denn? Schon der Gedanke ...« Ursula Fürst ballte die Fäuste. »Warum hat Fred das alles erzählt? Was hat er denn ausgefressen? Was habe ich mit seinem Lebenswandel zu tun?«

»Ihr Vetter Fred hat da eine ganz dumme Sache gedreht.« Der Kriminalkommissar lehnte sich zurück und beobachtete scharf die kommende Reaktion Ursulas. »Er hat sich ermorden lassen ...«

»Was hat er?« Ursulas Augen blickten ungläubig auf den Beamten. Es war deutlich, daß sie nicht begriffen hatte. »Er hat ... hat gemordet ...«

»Er ist ermordet worden! Pommer ist tot! In seinem Hotelzimmer wurde er erschossen.«

»O Gott!« Ursulas Fäuste fuhren an den Mund. Ihr Aufschrei war klein und spitz. »Tot! Erschossen! Der arme Fred. Weiß man, wer es war?«

»Ja.«

»Eine Frau?«

»Ja.«

»Wer?«

»Sie!«

Alles Blut wich aus Ursulas Gesicht. Aber sie blieb stehen, sie schwankte nicht und suchte keinen Halt. »Das ist doch Dummheit ...«, sagte sie ganz leise. »Nur weil ich damals gedroht habe ... Ich werde doch nicht meinen Vetter ...« Sie senkte den Kopf, und ihre vollen Lippen zuckten. »Ich habe ihn doch geliebt. Immer noch ... ich bin nie über die Zeit mit ihm hinweggekommen, so sehr ich mich auch bemühte und gegen mich ankämpfte. Er hatte eine Art, Frauen zu faszinieren ...«

Der Kriminalkommissar sah auf seine Hände. Das Mädchen tat ihm leid. Pommer mochte ein Schuft gewesen sein. Nach allem, was er bis jetzt von ihm gehört hatte, verkörperte er jenen Typ Mensch, dessen Gegenwart man sucht und doch gleichzeitig verdammt. Außerdem lag in den Akten ein Bericht, den niemand kannte außer ihm, auch nicht Polizeipräsident Dr. Hochheuser. Ein Bericht, der ihm die Möglichkeit gab, Ursula Fürst vorläufig in Haft nehmen zu lassen.

»Einer meiner Beamten wird mit Ihnen nach Hause fahren, Fräulein Fürst, damit Sie Ihre nötigsten Sachen einpacken können. Ich weiß, Sie sind ein kluges Mädchen und machen keine Dummheiten.«

»Soll das heißen, daß ich ... ich verhaftet bin?« fragte Ursula tonlos.

»Leider ist es so.« Der Kommissar erhob sich und drückte gleichzeitig auf einen Klingelknopf unter der Schreibtischplatte. Ein Polizist in Zivil trat ein und blieb an der Tür stehen.

»Und warum?« fragte Ursula. Die Minuten der Schwäche waren vorüber. Sie warf den Kopf in den Nacken, ihre schöne Gestalt straffte sich. »Was wirft man mir vor?«

»Mord an Fred Pommer.«

»Das ist doch absurd!«

»Nach dem Geständnis des ›anderen Täters‹ muß es so aussehen.« Der Kommissar sah Ursula Fürst scharf und doch bittend an. »Fräulein Fürst ... erleichtern Sie uns die Arbeit, indem Sie ein Geständnis ablegen.«

»Ich habe nichts zu gestehen!«

»Schade. Ich hätte geglaubt, Sie seien mutiger und trügen auch die Konsequenzen. Es paßte besser zu Ihnen.«

Mit einem verwunderten Blick, aber stumm, ließ sich Ursula Fürst abführen. Der Kommissar klappte den Deckel der Akte vor sich wieder zu, stellte ein in der Tischschublade laufendes Tonband ab und griff zum Telefon.

»Zimmer 100, bitte. Ja, den Präsidenten.« Er wartete, bis sich Dr. Hochheuser meldete, und sagte dann dienstlich knapp: »Herr Präsident, ich wollte Ihnen nur melden, daß die verantwortliche Person für den Mord an Fred Pommer soeben verhaftet wurde.«

Ein paar Sekunden war es still am anderen Ende der Leitung. Es war klar, daß Dr. Hochheuser verständnislos auf die Sprechmuschel des Telefons starrte. Endlich sagte er: »Das ist doch ein dummer Witz! Herr Bernhardt . . .«

»Der Täter ist eine Frau. Oder besser: ein hübsches, junges Mädchen aus gutem Hause.«

»Ist hier bei uns denn der Irrsinn ausgebrochen?« rief Dr. Hochheuser in höchster Erregung. »Herr Bernhardt hat doch den Hergang der Tat genau geschildert!«

»So wie er sie gesehen hat, Herr Präsident.«

»Mir brummt der Kopf, Herr Kommissar. Kommen Sie zu mir und erklären Sie mir alles. Hat die Täterin denn gestanden?«

»Nein. Es fällt mir nicht schwer, die Tat zu rekonstruieren. Mir fehlt nur noch ein Beweisstück, und das werde ich gleich bei der Haussuchung bekommen. Wenn ich in ein, zwei oder drei Stunden erst kommen darf, Herr Präsident?«

»Selbstverständlich. Und Herr Bernhardt? Kann er aus der U-Haft entlassen werden?«

»Bitte noch nicht. Lassen Sie mir Zeit bis morgen früh.«

Dr. Hochheuser legte auf und schüttelte sich wie ein nasser Hund. Er war ehrlich genug, sich zu gestehen, daß er sich nicht mehr auskannte. Es war ihm, als blicke er gegen eine weißgekalkte Wand.

Etwa um die gleiche Zeit, als man Ursula Fürst verhaftete, rief in den Blankers-Werken Sonja Richartz an. Nach kurzer Rückfrage stellte man das Gespräch zu Klaus Blankers durch, der für eine Stunde ins Büro gekommen war, um wichtige Briefe und Verträge zu unterschreiben.

»Das ist ja schrecklich, Klaus«, sagte Sonja Richartz, und ihre Stimme vibrierte, als unterdrücke sie ein Weinen. »Pommer erschossen! Ich las es eben in der Zeitung. Seit Wochen habe ich ja keine Verbindung mehr zu Pommer. Wissen Sie Genaueres?«

»Ja«, sagte Blankers kurzangebunden. »Aber ich spreche darüber nicht. Am allerwenigsten mit Ihnen!«

»Natürlich, natürlich.« Sonja Richartz machte eine Kunstpause. »Wie hat es Ihre Frau aufgenommen?«

Durch Blankers' Herz lief ein heißer Stich. Das zweite Mal, daß man Margit im Zusammenhang mit Pommer erwähnt, dachte er, und diese Feststellung schmerzte körperlich. Was wußten die anderen, was hatten sie vor ihm verborgen? Er mußte es jetzt erfahren, und wenn es von Sonja selbst war, soviel Überwindung es ihn auch kostete. »Margit? Was hat Margit damit zu tun?« fragte er steif. »Natürlich ist sie, wie wir alle, sehr erschüttert.«

Wieder schwieg Sonja einige Sekunden. Sekunden, die Blankers zur Qual wurden und die er innerlich verfluchte.

»Wissen Sie, daß Pommer eine Art Tagebuch führte?« fragte Sonja dann. Ihre Stimme girrte wieder wie zu der Zeit, als sie Blankers für sich interessieren wollte.

»Nein! Woher soll ich das wissen?«

»Ich kenne es. Es war ein Notizbuch, in das er kurze, aber prägnante Ereignisse notierte. Zum Beispiel: 11. Juni. 1000 DM von Marion erhalten. Oder: 23. August. Bei Lulu. – Kurz und einprägsam. Auch Ihre Frau steht in diesem Buch.«

Blankers atmete tief auf. Es war ihm, als habe ihn jemand in den Nacken geschlagen. Sein Kopf, sein Hals, sein Rumpf schmerzten unerträglich.

»Woher wollen Sie das wissen?«

»Ich habe Pommer dieses Notizbuch aus dem Rock genommen, als er betrunken bei mir schlief. Sie wissen doch, daß ich eine Zeitlang Pommers Geliebte war?«

»Ihr Privatleben interessiert mich nicht.«

»Aber die Notizen über Margit sollten Sie interessieren. Ich habe sie herausgeschrieben. Mit Datum. Wieviel sind sie Ihnen wert?«

»Aha.«

»Mühsam ernährt sich das Eichkätzchen, mein Lieber ...«

»Wenn sie authentisch sind – zehntausend Mark!« sagte Blankers rauh. Sein Herz schmerzte, als läge es unter einem Schmiedehammer. Jeder Schlag zuckte durch den ganzen Körper. Margit, dachte er immer wieder. Das ist nicht wahr, Margit. Das kannst du mir nicht antun. Das ist einfach nicht wahr. Du und dieser Pommer! Margit, laß mich nicht den Glauben an alles verlieren, was mir bisher heilig war.

»Einverstanden. Zehntausend!« Sonjas Stimme war mädchenhaft fröhlich. »Soll ich zu Ihnen kommen, Klaus?«

»Es wäre mir lieber, wenn wir uns an einem neutralen Ort träfen«, sagte Blankers müde.

»Wie wäre es mit dem Fährhaus Hollenbeck? Da sind wir um diese Jahreszeit ganz allein und können einen guten Grog trinken.«

»Gut. Ich komme. In einer Stunde?«

»Ich werde schon da sein, Klaus. Tschüß!«

Mit schwerer Hand legte Blankers den Hörer auf.

Margit eingetragen im Tagebuch Pommers! Wenn das wahr war, wenn das nicht wieder ein gemeiner Trick Sonjas war, dann mußte eine Welt zusammenbrechen – seine Welt!

Mit einem Taxi fuhr Klaus Blankers hinaus an die Unterelbe zum Fährhaus Hollenbeck. Es war ein kleines Ausflugslokal, in dem im Sommer die Ausflügler am Elbeufer unter bunten Sonnenschirmen saßen und hinausblickten auf die träge nach Hamburg fahrenden Schiffe, Schlepper und Kähne. Jetzt, im Winter, war nur die große Fischerstube geheizt. Es gab einen weitbekannt guten Grog. Und Aalsuppe. Und von der großen gläsernen Stubenwand aus hatte man einen wundervollen Blick über die verschneiten Elbewiesen, die bizarren Bäume vor dem Winterhimmel und auf das Treibeis im Strom.

Sonja saß schon am Fenster, als Blankers eintraf, seinen Kamelhaarmantel ablegte und an der Theke einen Grog bestellte. Entgegen seiner Gewohnheit, Frauen die Hand zu küssen, begrüßte er Sonja nur mit einem steifen Nicken, setzte sich ihr gegenüber und legte ein dickes Kuvert auf den Tisch.

»Zehntausend Mark!« sagte er hart. »Darf ich die Eintragungen sehen?«

»Sie sehen mich an, Klaus, als wollten Sie mich auffressen, und dabei kann ich doch wirklich nichts ändern. Ich hielt es bei unserer langjährigen Freundschaft einfach für meine Pflicht . . .«

»Lassen wir das!« Blankers wartete, bis der Fährhauspächter den Grog hingestellt hatte und wieder ging. »Ich kenne Ihre Uneigennützigkeit.«

»Warum so bitter, Klaus?« Sonja legte ihre Hände auf seinen Arm, aber Blankers lehnte sich zurück; ihn widerte diese gespielte Zärtlichkeit an. »Wir alle haben in unserem Leben Enttäuschungen erlitten und sind darüber hinweggekommen. Sie werden es auch . . .«

»Kann ich die Eintragungen endlich sehen?« fragte Blankers grob.

»Bitte!« Sonja Richartz klappte ihre Lacklederhandtasche auf, entnahm ihr einen Zettel und schob ihn Blankers über den Tisch.

Mit schnellem Blick überlas Blankers die Notizen und kniff dabei die Augen zusammen. Sein Mund wurde schmal.

»Was soll das?« fragte er laut. »Diese Notizen bedeuten gar nichts. Da stehen Daten und dahinter nichts als Margit. Ist das alles?«

»Genügt es Ihnen nicht, Klaus?« Sonjas Stimme flatterte. »Erstens schreibt er Margit, also den Vornamen, wie bei den anderen Frauen; wie bei Lulu, Marion, Uschi oder Babette. Er bringt sie also auf eine Linie mit seinen Freundinnen.«

»Das sind dumme, niederträchtige Auslegungen!«

»Und dann würde ich einmal die Daten lesen. Sommer vor zwei Jahren ... da war Margit noch nicht Ihre Frau. Und da hat Pommer in sein Tagebuch geschrieben, zehn Tage hintereinander im August: Margit! Mit Ausrufezeichen. Wer Pommer kennt, weiß genau, was dieses Ausrufezeichen bedeutet.«

»Sie sind ein gemeines Frauenzimmer.« Blankers nahm den Zettel an sich und schob das dicke Kuvert zu Sonja. »Nehmen Sie Ihren Judaslohn. Ich hoffe, daß ich Sie niemals wiedersehen muß.«

Sonja Richartz blieb sitzen. Er kann mich beleidigen, dachte sie. Ich habe das Geld. Aber der Heiligenschein seiner Frau soll auch fallen! Ich will ihr die Tünche vom Gesicht wischen! Oh, wie ich sie hasse!

»Wissen Sie noch, wann Margit Pommer zum erstenmal gesehen haben will? Damals, in der Heide, als Pommer verunglückte, nicht wahr? Dabei kannten sich Margit und Pommer schon fast ein Jahr, und Pommer fuhr nach Wulfbüttel, um Margit zu treffen. Vergleichen Sie das Datum mit der Heidezeit Ihrer Frau. Sie finden es. Margit mit Ausrufezeichen.«

In Blankers breitete sich eine schreckliche Kälte aus. Wogegen er sich gewehrt hatte, auch jetzt noch, das sprach Sonja Richartz mit aller Brutalität aus: Margit hatte ihn vom ersten Tag der Ehe an belogen. Sie kannte Pommer schon vor der Hochzeit und nicht erst durch den Unfall. Aber warum log sie? Warum erzählte sie nicht von Pommer, wenn alles harmlos gewesen war ... wenn das Ausrufezeichen nur ein Satzzeichen und nicht eine Erinnerung war?

Blankers erhob sich abrupt. Der Stuhl fiel um, er hob ihn nicht auf. Auch Sonja stand auf, ihre Augen glühten. Es hat eingeschlagen, triumphierte sie. Er ist weich wie glühendes Eisen, jetzt muß man ihn schmieden.

»Ich verstehe, wie Ihnen jetzt zumute ist, Klaus«, sagte sie mit zärtlicher Stimme. »Ich kann Sie auf gar keinen Fall alleinlassen. Fahren wir zu mir, und Sie trinken einen guten Kognak ...«

»Danke!« Blankers zog seinen Mantel an und setzte den braunen Lederhut auf. »Ich möchte Sie nicht wiedersehen.«

Ohne weiteren Gruß lief er aus dem Fährhaus und zu dem Taxi, das er hatte warten lassen. Sonja biß sich auf die Lippen und rannte ihm dann hinterher. »Klaus!« rief sie. »Nur noch eine Minute! Klaus!«

An der Tür stellte sich ihr der Wirt in den Weg. Sein breites Gesicht lächelte, aber sein ausgestreckter Arm war wie eine Schranke. »Zwei Grogs, zweizwanzig ohne«, sagte er. »Dann können Sie Ihrem Liebsten nachlaufen.«

Sonja nestelte wütend aus ihrer Tasche einen Zehnmarkschein und warf ihn dem Wirt gegen die Brust. »Da! Den Rest behalten Sie für die Pflege der Höflichkeit! Und nun lassen Sie mich durch!«

Der Wirt gab den Weg frei, und Sonja rannte aus dem Fährhaus. »Biest!« sagte der Wirt noch und warf mit dem Fuß die Tür zu.

Sonja Richartz kam zu spät. Das Taxi mit Klaus Blankers bog gerade auf die Elbchaussee ein. Da ballte sie die Fäuste und stampfte in den Schnee. Sie wußte, daß zwischen ihr und Klaus Blankers endgültig der Vorhang gefallen war.

Irgendwo an der Alster ließ sich Blankers absetzen und betrat ein Lokal. Er bestellte sich einen doppelten Kognak und dachte mit einer wilden Wonne der Selbstzerfleischung daran, daß Professor Mayfelder in Köln ihm Alkohol streng verboten hatte. Im ersten Jahr keine hohen Prozente, hatte er gesagt. Ein Gläschen Wein oder Bier – nichts dagegen einzuwenden. Aber um Himmels willen keine starken Knochen!

Wie ein Gewohnheitstrinker kippte Blankers den Doppelstöckigen in sich hinein und reichte dem Ober das Glas gleich wieder zurück.

»Noch einen!«

Dann saß er brütend am Tisch, hatte den Zettel herausgenommen und las noch einmal die Daten.

Alles, alles stimmte, wie es Sonja Richartz gesagt hatte. Der Sommer an der Ostsee, die Heidezeit, die Termine, zu denen er verreist gewesen war, nach Schweden, Spanien, Südamerika. Auch während der Zeit seines Unfalls in Spanien fand er mehrmals: Margit! Mit Ausrufezeichen.

Stöhnend stützte Blankers den Kopf in beide Hände und bestellte den vierten Kognak. In seinen Schläfen rauschte es wie das Meer an den Klippen von Blanes. Was soll ich tun? dachte er. O Gott, was soll ich tun? Ich liebe sie doch, ich liebe sie mehr als alles auf der Welt. Ich kann mich doch nicht von ihr trennen, ich würde es nicht aushalten. Sie ist doch der ganze Inhalt meines Lebens – sie und die kleine Monika Lisa.

Unser Kind! Unser ewiger Sonnenschein ...

»Noch einen!« sagte Blankers und zeigte auf das Kognakglas. Er mußte einen häßlichen Gedanken ertränken, den widerlichsten Gedanken, den er je gedacht hatte: Ist Monika Lisa überhaupt mein Kind? Oder ist es Pommers Kind ...?

Er verglich die Daten auf dem Zettel mit dem Datum der Geburt Monikas und rechnete zurück. Da war keine Eintragung, da war eine Lücke von mehreren Wochen. Aber entsprach sie der Wahrheit? Hatte Pommer bewußt diese Daten weggelassen?

Häßliche, scheußliche Gedanken eines Mannes, der seine Frau über alles liebt. Gedanken, die wahnsinnig machen können.

Blankers bezahlte seine Zeche und verließ mit unsicheren Schritten das Lokal. Er winkte wieder ein Taxi heran und ließ sich zum Polizeipräsidium fahren. Dort empfing ihn Dr. Hochheuser sofort.

»Mein lieber Blankers!« rief Dr. Hochheuser aufgeräumt. Was ihm der Kriminalkommissar vor wenigen Minuten vorgelegt hatte, war Anlaß genug, fröhlich zu sein. »Sie kommen im richtigen Moment. Ich bin in der Stimmung, Sekt zu trinken. Aber wie ich sehe, haben Sie schon geladen.«

»Ich bin gekommen, Herr Präsident«, sagte Blankers mit mühsamer Beherrschung, denn in seiner Kehle würgte es, und er hatte große Lust, aufzuschreien und zu toben wie ein Irrer, »um die Erlaubnis zu erbitten, meinen Schwiegervater sprechen zu können.«

»Jetzt?«

»Jetzt sofort. Die Sache verträgt keinen Aufschub. Es ist etwas eingetreten, was unser ganzes Leben ändert. Wenn ich mit meinem Schwiegervater gesprochen habe, kann ich Ihnen das Motiv seiner Tat nennen. *Ich* weiß es jetzt! Leider zu spät.«

»Interessant!« Hochheusers Gesicht verlor den fröhlichen Glanz nicht. »Da bin ich aber gespannt. Unter diesen Umständen rufe ich sofort den Gefängnisdirektor an, und in einer halben Stunde können wir den guten Hubert sehen. Dieser am Anfang scheinbar so simple Fall scheint ja allerlei Kapriolen zu schlagen.«

»Ich weiß nicht, ob das Kapriolen sind, Herr Präsident.« Klaus Blankers wischte sich mit dem Taschentuch über das gerötete, alkoholgedunsene Gesicht. In seiner Kopfwunde klopfte es wie mit tausend kleinen Hämmern. »Mein Schwiegervater soll mir eine moralische Stütze geben«, sagte er mit bebender Stimme. »Ich ... ich habe vor, mich von meiner Frau zu trennen, Herr Präsident. Sie sind der erste, der es weiß.«

»Blankers, Sie sind ja sturzbetrunken!«

»Ja. Aber von der Wahrheit. Ich weiß, daß ich an diesem Schritt selbst zugrunde gehe, ich kann ohne meine Frau nicht leben; aber die Ehre als Mann und als hanseatischer Kaufmann ...«

»Ich lasse Ihnen Sprudelwasser bringen, lieber Klaus«, sagte Dr. Hochheuser und schellte nach seiner Sekretärin. »Und bei der Unterhaltung mit Hubert bin ich dabei. Ich glaube, ich kann da auch sehr vieles klarstellen.«

Eine halbe Stunde später saßen sich Baurat Bernhardt, Klaus Blankers und Dr. Hochheuser im Büro des Polizeipräsidenten gegenüber. Vor der Tür stand der Wachtmeister des U-Gefängnisses, der Bernhardt hergebracht hatte. Es gehörte zu den Vorschriften. Baurat Bernhardt sah eingefallen und elend aus, aber mehr noch wirkte Blankers wie ein Verfallender; wie ein Mensch, der sich von innen heraus auflöst.

»Ich möchte dir nur eine Frage stellen, Vater«, sagte Blankers mit hohler Stimme und sah an Bernhardt vorbei. »Nur eine Frage, aber sie entscheidet alles in meinem Leben.«

Baurat Bernhardt nickte. Er umklammerte das Napoleonglas, das ihm Polizeipräsident Hochheuser voll Kognak geschüttet und an dem er nur genippt hatte. Der Alkohol brannte in seiner Kehle wie ein Gesöff aus Negerpfeffer. Wieviel Stunden war ich jetzt in meiner Zelle, dachte Bernhardt. Und jede Stunde ist mir wie ein Jahr geworden. Ob ich es aushalte, fünf oder zehn oder noch mehr Jahre in einer Zelle zu leben? Nein, ich halte es nicht aus. Ich werde eingehen, wie eine Pflanze ohne Licht und Luft.

»Wenn du fragen willst, ob ich Pommer wirklich umgebracht habe – ja! Ich habe es!« sagte Bernhardt fast traurig. »Ich weiß, daß es einen Skandal geben wird ... aber wie schnell wächst da Gras drüber.«

»Ob du Pommer getötet hast, ist nicht so wichtig, Vater.« Blankers wischte sich mit zitternden Händen über die Augen. O diese Frage, dachte er. Diese verdammte Frage, die ich stellen muß. Ich habe nie geglaubt, daß es überhaupt eine solche Frage geben kann.

»Was ist es dann?« Baurat Bernhardt sah seinen Schwiegersohn erstaunt an.

»Sage nur ja oder nein, Vater. Mehr will ich nicht wissen!« Blankers holte tief Atem. »Hatte ... hatte Margit mit Pommer ein Verhältnis?«

Baurat Bernhardt zögerte nicht. Mit klarer Stimme antwortete er:

»Ja!«

»Danke, Vater.« Blankers stand auf. Sein Gesicht wirkte grau und leblos.

»Was heißt hier danke?« Bernhardt stellte das Napoleonglas auf den Rauchtisch. »So einfach ist das nicht! In deinem starren Danke sehe ich soviel wie einen Abschluß.«

»Es ist ein Abschluß, Vater.«

»Du bist ein Idiot, Klaus!« sagte Bernhardt grob. »Die Bekanntschaft zwischen Margit und Pommer war *vor* der Ehe.«

»Sie hat mir nie davon erzählt.« Steif stand Blankers am Fenster und starrte hinaus auf die Straße. Aber er sah keine Autos, Omnibusse, Menschen und Straßenbahnen, sondern vor seinen Augen kreisten Nebel, und in seinen Ohren summte es und tickte es wie in einem Zeitzünder. Gleich zerplatze ich, dachte er, gleich sprenge ich mich auseinander.

»Hast du sie danach gefragt?«

»Erlaube mal! Unter Eheleuten ... fragt man ... wenn man glaubt, daß das Mädchen, das man liebt und heiratet, schon mit einem anderen ... Allein der Gedanke bringt mich um!«

»Du hast vor Margit auch noch nie ein anderes Mädchen im Arm gehalten, was?«

»Das ist schließlich etwas anderes.«

»Natürlich ist das etwas anderes! Das Recht des Mannes, nicht wahr? Die Polygamie seines Wesens. Der Tiger in der männlichen Brust! Ein Mann ohne Erlebnisse ist ein Schlappschwanz! Nur die Frau muß glockenrein sein, ein Porzellanpüppchen ohne ein Stäubchen.«

»Ich habe Margit bedenkenlos vertraut.«

»Und das konntest du, mein Junge.« Bernhardt beugte sich vor. »Weißt du, was Margit in diesen Jahren durchgemacht hat? Kannst du die seelischen Qualen ermessen, die

Tag für Tag über sie hereinstürzten, wenn Pommer mit ihr sprach, wenn er ihr drohte, sie erpreßte, sich immer neue Rechte anmaßte? Himmel noch mal, *warum* hat sie dir nichts gesagt? Aus Liebe! Aus Angst, ihr Leben an deiner Seite könnte daran zerbrechen! Sie hat alles erduldet, um die Ehe zu retten. Jetzt sehe ich, daß ihre Angst berechtigt war: Du bist ein sturer Kerl, der einen Moralbegriff zelebriert, an den du selbst nicht glaubst, aber den du hochhalten mußt, weil er zu deiner ›männlichen Würde‹ paßt!« Bernhardt trank das Glas Kognak jetzt in einem Zug leer und hustete mehrmals hinterher. »Du willst dich scheiden lassen?« fragte er. »So verstehe ich doch deine Haltung.«

»Ja, Vater. Was bleibt mir anderes übrig?« Blankers drückte die Stirn gegen die kalte Scheibe. Margit, dachte er. Warum hast du das getan? Warum hast du kein Vertrauen zu mir gehabt? Warum hast du mich Tag für Tag belogen?

»Und Monika Lisa?«

»Das Kind behalte selbstverständlich ich.«

»Selbstverständlich. Alles ist klar wie eine einfache Rechnung. Zwei mal zwei ist vier! Da gibt es nichts dran zu rütteln!« Baurat Bernhardt sprang auf. Nun wirkte er vital und energiegeladen wie immer, während Blankers sichtlich mehr und mehr in sich zerfiel. »Nein, mein lieber Schwiegersohn, so einfach ist das Leben nicht! Glaubst du, ich hätte diesen Pommer erschossen, um Margits Glück völlig zu vernichten? Ich habe es getan, um sie und dich von diesem Pommer zu befreien, damit ihr glücklich leben könnt. Die paar Jahre, die mir bleiben, zählen nicht. Ich habe das Leben hinter mir. Verdammt noch mal, wie ich dich so stehen sehe, wäre es einfacher gewesen, Pommer leben und Margit mit *ihm* wegfahren zu lassen!«

»Vater!« Blankers fuhr herum. Seine Augen waren starr

und rot unterlaufen. »Ich habe mir keine Verfehlungen zuschulden kommen lassen! Ich habe Margit auf den Händen getragen . . .«

»Hättest du sie auf der Erde gelassen, es wäre besser gewesen. Ich weiß jetzt, wie oft sie angesetzt hat, dir alles zu sagen – aber dann sah sie dich wieder an, hörte irgendeine Bemerkung, wie etwa ›Wenn du mir untreu würdest, ich überlebte es nie!‹, und da schwieg sie eben wieder und verkroch sich in Angst und Panik.«

»Wie willst du das beurteilen können?«

»Sie hat es mir gesagt. Sie hat mich im Gefängnis besucht und alles erzählt. Damals, in diesem Sommer, im Ferienhaus an der Ostsee, hat Pommer sie überrumpelt. Schamlos hat er die Situation ausgenutzt. Eine warme Sommernacht, allein im Haus, man schwimmt zusammen im Meer, Mondschein und süße Worte, und man ist so jung und neugierig und fühlt zum erstenmal, daß man kein kleines Mädchen mehr ist, sondern eine erwachende Frau . . .«

»Ich bitte dich, hör auf, Vater!« rief Blankers und legte die Hände gegen die Ohren. »Es ist scheußlich, was du sagst!«

»Das Leben ist scheußlich, mein Junge. Es läßt aus Träumen und wenigen schwachen Stunden Höllen entstehen. Für diese eine Nacht, diese eine verdammte Nacht der Versuchung war Margit bereit, ein ganzes Leben zu büßen. Verstehst du überhaupt, begreifst du denn, welch eine Frau du hast? Nicht, weil sie Pommer etwa liebte, hat sie geschwiegen, sondern um dir, dir sturem Hund, nicht weh zu tun!« Bernhardt setzte sich erschöpft. »Ich sehe jetzt ein, daß Margit völlig falsch gedacht hat. Wer nicht verzeihen kann, ist auch nicht wert, selbst geschont zu werden.«

Blankers schwieg. Er hatte die Augen geschlossen und sich wieder zum Fenster gewandt. Stumm saß Polizeipräsident Hochheuser hinter seinem Schreibtisch. Was in den nächsten Minuten geschehen würde, war die zweite Bereinigung eines Irrtums. Aber erst mußte die Privatsache geklärt werden ... das, was vor der Tür wartete, war sowieso schon klar genug.

»Weißt du, wie schrecklich es ist, kein Vertrauen mehr zu haben?« fragte Blankers leise.

»Weißt du, wie fürchterlich es ist, Wochen und Monate lang unter Druck zu leben und alles zu tun, um eine Katastrophe abzuwenden? Selbst vor dem Tod scheute Margit nicht zurück ...«

»Das ... das Unglück im Hafen?« stammelte Blankers.

»Es war kein Unglück! Margit wollte sich das Leben nehmen. Vor eurer Hochzeit. Weil sie dich nicht belügen wollte. Aber auch das ist ja in deinen Augen kein Beweis von Liebe.«

»Vater!«

»Ich bitte dich, mich nicht mehr so zu nennen!«

Blankers senkte den Kopf und setzte sich auf einen Stuhl an die Wand. Wie ein geständiger, unter der Last seiner Schuld zusammengebrochener Verbrecher hockte er da, die Hände im Schoß gefaltet. Bernhardt sah ihn mit zusammengezogenen Brauen an. Er schwieg und ließ Blankers Zeit, sich innerlich zu finden. Er wußte, daß diese Minuten die wichtigsten waren für das ganze fernere Leben. Blankers mußte seinen eigenen Schatten überspringen. Ob er es konnte?

»Soll ... soll ich Margit sagen, daß ich alles weiß?« fragte er nach langem, drückendem Schweigen.

»Das mußt du selbst wissen, Klaus.« Bernhardt lehnte sich aufatmend zurück. Diese Frage löste alle Spannung. Blankers war bereit, mit Margit zu sprechen. Er schloß sich nicht endgültig ab, er war bereit nachzugeben.

»Und wenn ich nichts sage, und auch Margit sagt nichts? Das ... das ist doch ein unmöglicher Zustand, Vater.«

»Ich würde nach Hause fahren und sehen, wie die Dinge stehen. Weiß Margit denn, daß du hier bei mir bist?«

»Nein.«

»Doch!« Es war das erste Mal, daß Polizeipräsident Hochheuser eingriff. »Ich habe deine Tochter anrufen lassen, in einer anderen Sache, die wir gleich anschließend klären.« Er lächelte, als er den verständnislosen Blick Bernhardts sah, und nickte ihm ermunternd zu. »Deine Frau Lisa ist schon da und wartet drei Zimmer weiter. Margit wird auch noch kommen.«

»Aber ... was soll das alles?« stotterte Baurat Bernhardt. »Was wird denn hier gespielt?«

Blankers war aufgesprungen. »Margit kommt?« rief er. »Herr Präsident, ich möchte nicht auf einer Polizeidienststelle solche Dinge besprechen. Ich ... ich ...« Er suchte nach Worten und fuhr sich über seine noch stoppeligen Haare. »Darf ich zu Hause anrufen?«

»Aber bitte!« Dr. Hochheuser schob ihm das Telefon zu. »Wenn Sie fertig sind, habe ich noch eine große Überraschung für Sie alle.«

Blankers wählte die Nummer seiner Villa. Er sprach ein paar Sätze mit dem Diener, wie man den Worten entnehmen konnte, und legte dann auf.

»Margit ist weggefahren«, sagte er. »Mit dem Kind. Sie hatte ein Taxi bestellt.«

»Um selbst zu fahren, ist sie zu nervös. Na, dann wird sie bald hier eintreffen.« Dr. Hochheuser drückte auf seinen Signalknopf am Schreibtisch. Die Tür öffnete sich, und ein Polizist erschien. »Wir können, Berger. Ich lasse den Kommissar bitten.«

Alle Blicke richteten sich auf die Tür, als der Leiter der

Mordkommission II, Kriminalkommissar Holden, eintrat, unter dem Arm einen dünnen Schnellhefter. Er begrüßte Blankers mit einem Nicken und blinzelte Baurat Bernhardt zu, was dieser mit fassungslosem Staunen aufnahm.

»Kommissar Holden kennen Sie ja, meine Herren«, sagte Dr. Hochheuser. »So, und nun nehmen Sie Platz, Holden, und legen Sie los. Erst einen Kognak?«

»Danke. Im Dienst, Herr Präsident?« Holden lächelte.

»Wenn Ihr Präsident einen anbietet, dürfen Sie!« Hochheuser füllte die Gläser neu und lehnte sich dann zurück wie ein Regisseur, der die Premiere seiner Inszenierung genießt und weiß, daß sie ein Erfolg wird. »Beginnen Sie gleich mit den Ermittlungen, Holden. Ich sehe, die Herren sind auf die Folter gespannt.«

Kommissar Holden nickte. Er klappte den Schnellhefter auf, legte ihn auf seine Knie und nahm erst einen Schluck Kognak. Dann referierte er, anders konnte man es nicht nennen, im trockensten Amtsdeutsch.

»Am vergangenen Freitag erhielt Ursula Fürst, Cousine des Pommer, von Pommer einen Brief, in dem er ihr androhte, mit dem Bräutigam der Fürst zu sprechen, wenn sie ihm nicht im Laufe der nächsten Woche in Form eines Schreibens, das wie eine Erinnerung an schöne Tage klingen solle, bestätigte, daß sie, die Fürst, Zeugin einer verfänglichen, eindeutigen Situation zwischen Pommer und Margit Blankers, damals noch Bernhardt, gewesen sei.«

»So ein Saukerl!« sagte Bernhardt leise. Blankers schwieg, aber sein Gesicht rötete sich, und die Backenknochen drückten sich durch die Haut.

»Die Fürst sollte schreiben, sie habe durch ein Fenster alles gesehen.« Kommissar Holden sah kurz von seinen Akten auf. »Was Pommer in diesem Brief wollte, ist uns allen klar, nicht wahr, Herr Blankers?«

Blankers nickte. »Ja«, sagte er heiser. »Jaja . . .«

»Der Brief liegt vor. Asservat Nummer eins, Liste drei.«

»Verzichten wir auf das alles, Holden«, sagte Dr. Hochheuser jovial. »Schildern wir nur die Dinge.«

»Bitte, Herr Präsident.« Holden sah wieder in seine Akten. »Die Fürst rief Pommer an und machte ein Treffen aus. Sie versprach, den verfänglichen Brief mitzubringen. Es war der Tag, an dem Herr Bernhardt mit Pommer zusammenstieß.«

»Wie vornehm! Erschossen habe ich ihn!«

»Die Fürst kam nicht zu dem Treffen, sie hat auch nie einen solchen Brief geschrieben, weil es damals keine Augenzeugen gab. Sie kam zu Pommer in das Hotel, in dem er logierte, und verschaffte sich mit einem ganz einfachen Trick Einlaß in sein Zimmer: Sie gab sich als Botin der Schneiderei Wormszek aus und solle bei Pommer einen Anzug zur Reparatur abholen. Die Schneiderei Wormszek – W. ist Exilpole – ist in Hamburg sehr bekannt. Das Zimmermädchen schloß also das Zimmer Pommers auf, ließ die Fürst eintreten und kümmerte sich nicht weiter um sie. Das war ein Fehler, aber er ist nun mal passiert. Als das Zimmermädchen später in Pommers Zimmer hineinschaute und keinen mehr sah, schloß sie wieder ab. Um diese Zeit hockte die Fürst im Kleiderschrank, dessen Tür sie, der Luft wegen, einen Spalt aufgelassen hatte. Keiner achtete darauf. Dort saß die Fürst fast eine Stunde, bis Pommer kam. Kurz darauf trat Herr Bernhardt ein und schloß die Türe ab. Dies ging so schnell, daß die Fürst nicht handeln konnte. Sie blieb also im Schrank hocken. Hier habe ich die Zeichnung des Zimmers. Die Tür, links geht es zum Bad, die Bettnische, daneben der Kleiderschrank, dann eine Sitzgruppe mit Tisch, das Fenster. Pommer stand mit dem Rücken zur Tür, etwas schräg zum Kleiderschrank, Sie,

Herr Baurat, standen mit dem Rücken zum Fenster, Pommer gegenüber.«

»Genauso war es«, sagte Bernhardt leise.

Holden räusperte sich. Er nahm noch einen Schluck Kognak und schilderte dann, was weiter in dem Hotelzimmer geschehen war:

Ursula Fürst zog den Spalt der Schranktür so eng zu, daß sie nur Pommer sehen konnte, als Baurat Bernhardt eintrat und hinter sich abschloß. Ganz vorsichtig schob sie eine Pistole an die Spalte der Schranktür und wartete.

Was sie von Baurat Bernhardt hörte, wußte sie ja längst, und es war für sie eine helle Freude, das Entsetzen im Gesicht Pommers zu sehen und Minuten später seine nackte Todesangst und sein jämmerliches Flehen um Gnade.

Als Pommer um Hilfe schrie, verkrampfte sich ihr Gesicht vor Ekel. Diesen Mann habe ich einmal geliebt, dachte sie. Wahrhaftig, ich liebte ihn. Er war mein erstes Erlebnis, und innerlich bin ich nie wieder von ihm losgekommen. Ich habe ihn gehaßt und gleichzeitig bewundert. Er hatte eine Ausstrahlung, die unheimlich war. Jetzt plötzlich hatte er sich verwandelt in einen hysterisch schreienden Feigling, einen bettelnden Mickerling, ein Brechmittel von einem Mann.

Ursula Fürst öffnete den Spalt der Schranktür weiter. Sie sah, wie Baurat Bernhardt die Pistole im Anschlag hielt und auf Pommers Brust zielte. Da hob auch sie ihre Waffe, drückte den Abzug fast im gleichen Augenblick durch, in dem Bernhardt schoß. Die beiden Schüsse verschmolzen miteinander; Pommer hörte es nicht mehr, und auch Bernhardt war in dieser Sekunde wie betäubt.

Pommer fiel in sich zusammen und sank vor der Sitzgruppe zu Boden. Er war tot. Vorsichtig zog Ursula Fürst die Schranktür wieder zu, wartete, bis Bernhardt das Zimmer verlassen hatte, kam dann heraus und beugte sich über Pommer. Sie drehte ihn auf den Rücken und starrte in seine weit aufgerissenen, gebrochenen Augen.

»Du hast es verdient!« sagte sie und erhob sich von den Knien. Sie schloß den Schrank wieder ab, ordnete im Badezimmer ihre etwas zerzauste Frisur und verließ wenig später das Hotel über die Treppe und durch den Haupteingang wie jeder andere Besucher oder Gast. Niemand beachtete sie. –

»Nur zwei Fehler hat sie gemacht«, sagte jetzt Kommissar Holden und schielte zu Baurat Bernhardt hinüber, der ungläubig, mit weiten Augen, in seinem Sessel hockte. »Im Kamm, mit dem sie sich im Badezimmer kämmte, fanden wir ihre rotblonden Haare, und im Kleiderschrank wehte uns ganz schwach der Duft eines Parfüms an, den wir bei der Fürst während der Haussuchung wiederfanden. Daß wir diese Spur überhaupt aufnahmen, verdanken wir zwei Herren Ihrer Direktion, Herr Blankers. Wir wären sonst völlig im dunkeln getappt, oder Herr Bernhardt wäre wirklich aufgrund seines Geständnisses verurteilt worden.«

»Aber ich habe doch geschossen!« stotterte Bernhardt. »Ich habe doch nicht geträumt. Ich habe geschossen!«

»Sicherlich, Hubert.« Dr. Hochheuser lachte leise. »Wann hast du das letzte Mal die Pistole gebraucht?«

»Im Krieg. Beim Übungsschießen. Gott sei Dank trat nie ein Ernstfall ein.«

»Aber außer dem Übungsschießen auf Scheibe und Pappkamerad gab es damals auch Geländeübungen, bei denen mit Platzpatronen geschossen wurde. Mit sogenannter Übungsmunition. Wieviel Munitionsrahmen hast du gehabt?«

»Fünf«, stotterte Bernhardt.

»Und du hast die Pistole, als du zu Pommer gingst, mit

einem Rahmen geladen, der Übungsmunition enthielt, also Platzpatronen. Du hättest Pommer höchstens mit Pulverdampf zum Niesen bringen können.«

»Das ... das ist nicht wahr ...«, stammelte Bernhardt. »Das habt ihr so gedreht. Ich habe Pommer doch ...«

»Sie hatten eine 7,65er Pistole, Herr Baurat«, sagte Kommissar Holden gelassen. »Der Einschuß aber stammt von einer 6,35er. Wir fanden die Waffe im Pferdestall, unter der Futterkiste. Ursula Fürst hat außerdem alles gestanden und uns alle Einzelheiten erzählt. Was sagen Sie nun?«

»Nichts!« sagte Bernhardt. »Gar nichts.«

»Du bist unschuldig wie ein Kind, Vater.« Blankers trat auf Bernhardt zu und legte ihm die Hand auf die zuckende Schulter. »Du weißt gar nicht, wie ich mich freue.«

»Es bleibt die Mord- oder besser Tötungsabsicht.« Dr. Hochheuser winkte ab. »Aber das ist kein Problem. Das Gericht wird die seelische Verfassung und Verzweiflung Huberts anerkennen. Auf jeden Fall ist eines klar: Mit sofortiger Wirkung ist der Haftbefehl aufgehoben. Du bist frei, Hubert.«

»Frei?« Baurat Bernhardt riß sich den Schlips herunter und den Kragen auf. »Ich brauche nicht mehr in das Gefängnis zurück?«

»Aber nein! Lisa ...«

»Ach ja, sie ist ja schon da.« Bernhardt legte den Kopf auf die Sessellehne und schloß die Augen. »Und ich hatte mich schon damit abgefunden, im Zuchthaus zu sterben ...«, sagte er kaum hörbar.

»Und statt dessen fährst du jetzt erst einmal in Urlaub. Mit deinen Kindern!« Polizeipräsident Dr. Hochheuser lachte und schüttelte den Kopf. »Nicht zu glauben, wie kompliziert und doch so einfach das Leben ist!«

Während niemand dabei war, als sich Lisa und Hubert Bernhardt glücklich in den Armen lagen, telefonierte Blankers noch einmal von einem Münzapparat aus nach Hause.

»Wann ist meine Frau mit dem Taxi abgefahren?« fragte er den Diener und sah auf seine Uhr. »Vor knapp einer Stunde? Aber dann müßte sie ja längst auf dem Präsidium sein!«

»Präsidium?« wiederholte der Diener, als habe er falsch gehört.

»Ja, natürlich, da sind wir ja und warten auf meine Frau.«

»Verzeihung, Herr Blankers, da muß ein Irrtum vorliegen.« Die Stimme des Dieners war unpersönlich wie immer, aber doch um einen Hauch aufgeregter. »Die gnädige Frau ist mit vier Koffern abgefahren.«

»Mit was?« schrie Blankers. Er mußte sich an die Wand der Telefonzelle lehnen. Der Schock nach all dem Vorausgegangenen war zu groß.

»Mit vier Koffern. Ich nehme an, daß die gnädige Frau verreisen will. Ich hörte ja auch, wie sie zu dem Taxichauffeur sagte: Zum Hauptbahnhof.«

»Hauptbahnhof! Haben Sie das deutlich gehört? Nicht St. Pauli oder so ...« Das Herz klopfte Blankers bis zum Hals. Sie will mich verlassen, dachte er. Sie will mit dem Kind fort. Sie flüchtet zum letztenmal vor der Wahrheit. O mein Gott, und dabei ist doch alles jetzt so klar, so unkompliziert. Es gibt keine dunklen Schatten mehr, es gibt keine Vergangenheit, nur noch eine Zukunft, einen neuen Anfang für uns alle. Und jetzt, gerade jetzt ...

»Die gnädige Frau hat ganz deutlich Hauptbahnhof gesagt«, riß die Stimme des Dieners Blankers aus seinen jagenden Gedanken.

»Und das war vor einer Stunde?«

»Ungefähr.«

Blankers hängte ein. Vor einer Stunde. Es war hoffnungslos. Jede Minute verließen Züge den riesigen Bahnhof, da konnte Margit unmöglich noch anzutreffen sein. Aber er rannte trotzdem zum nächsten Taxenstand, sprang in einen Wagen und ließ sich zum Hauptbahnhof bringen. Der Fahrer musterte Blankers kritisch, als dieser bezahlte. Ein so feiner Herr und solch eine Alkoholfahne, dachte er. Am hellichten Tag! Wenn unsereiner das macht, heißt es gleich: Du versoffenes Schwein! Aber bei ihm wird man sagen: Er ist eine Frohnatur.

Blankers rannte in die weite Bahnhofshalle und wußte in diesem Moment, daß es völlig sinnlos wäre, Margit zu suchen. Wo denn, um Himmels willen? Bahnsteig nach Bahnsteig, ständig einlaufende Züge, ebenso oft wegfahrende Züge – sie konnte auf Bahnsteig 3 oder 15 sein, konnte in diesem Augenblick einsteigen oder aus der Halle fahren oder war schon auf dem Weg nach dem unbekannten Ort, wo sie sich verbergen wollte wie ein kleines Mädchen, das Angst vor Schlägen hat und sich in einer Scheune verkriecht.

Blankers eilte zu einer der Tafeln mit den Abfahrtszeiten. Einer Eingebung folgend las er die rotgedruckten D- und F-Zug-Abfahrten.

Ursula Fürst ist verhaftet, das spanische Haus ist verkauft, sie hat keine andere Freundin mehr als diese Babette Heilmann. Und Babette lebte noch in England, in London, und hatte ab und zu geschrieben.

D-Zug nach Köln-Paris-Nord mit Kurswagen nach Calais. In Calais Anschluß an die Schiffsverbindung nach Dover-London.

Das war es. Das war die große, letzte Hoffnung. In sieben Minuten lief der Zug aus ... Bahnsteig 5 A ...

Blankers rannte zum Bahnsteig 5 A. Als werde er verfolgt, lief er mit keuchenden Lungen durch die lange Halle, wich den anderen Reisenden aus, hetzte die Treppe hinauf und sah den langen Zug abfahrbereit auf dem Gleis stehen.

Noch vier Minuten.

Die Türen wurden von den Schaffnern schon zugeschlagen, an den Fenstern verabschiedeten sich Ehepaare und Verwandte, Gepäckwägelchen versperrten den Weg . . .

»Bitte einsteigen und die Türen schließen! Der Zug fährt gleich ab«, tönte blechern eine Stimme aus den Lautsprechern.

Margit! schrie es in Blankers. Nein, fahr nicht! Bleib, bleib . . . wenn du in diesem Zug bist . . . bitte, bitte steh am Fenster, daß ich dich sehen kann, daß ich dich und unsere Monika zurückholen kann in ein glückliches Leben, in eine Liebe, die größer ist, als sie je war . . . Margit!

An Blankers vorbei rollte ein Gepäckträger, einer der letzten seiner Zunft, seinen Wagen. Vier helle Lederkoffer standen darauf, und Blankers durchzuckte es heiß, als er sie sah. Er erkannte sie sofort, er hatte sie selbst mit Margit gekauft, vor ihrer ersten Spanienreise. Es gab gar keinen Zweifel, sie waren es! Sie waren es!

Blankers hatte das Gefühl, springen und tanzen und jubeln zu müssen. Neben dem Gepäckträger lief er her wie ein Betrunkener, und jeder, der seinen Atem roch, mußte dies auch annehmen.

Und dann sah er sie. Margit stand vor einer offenen Wagentür, Monika auf dem Arm, und wartete auf die Koffer. Einen Fuß hatte sie schon auf die untere Stufe gesetzt; jetzt stieg sie ein; ihre langen, schlanken Beine steckten in weißen Stiefelchen und tasteten vorsichtig nach der nächsten Eisenstufe.

Noch zwei Minuten.

Die Stimme aus dem Lautsprecher: »Bitte einsteigen und die Türen schließen! Achtung an der Bahnsteigkante!«

»Margit!« brüllte Blankers aus voller Brust. »Margit!«

Der Gepäckträger neben ihm zuckte heftig zusammen, starrte ihn an und sagte laut: »Seit wann heißt 'ne Buddel Margit?!«

Mit drei großen Sprüngen war Blankers an der Tür und streckte beide Hände aus. »Margit!« rief er mit zitternder Stimme. »Bleib! Bitte, bleib bei mir!«

Erschrocken, erstaunt, fassungslos drehte sich Margit um und starrte ihren Mann an. Monika auf ihrem Arm quietschte und streckte beide Händchen nach Blankers aus. »Pa-pa-«, jauchzte sie. »Pa-pa-«

»Die Koffer, Madame!« sagte der Gepäckträger und stieß Blankers zur Seite. »'n bißchen spät, aber noch rechtzeitig. In welches Abteil?«

»Die Koffer bleiben draußen!« Blankers griff in die Manteltasche und drückte dem Gepäckträger einen Fünfzigmarkschein in die Hand. »Sie hätten gar nicht früher kommen dürfen, Mann! Fahren Sie die Dinger wieder zum Ausgang zurück.«

»Klaus!« Margits schmales Gesicht war voller Qual. »Ich weiß, daß du mit Vater gesprochen hast. Nun hat doch alles keinen Zweck mehr . . .«

»Komm!« sagte Blankers fest. Er nahm ihr das Kind ab, drückte es an sich, küßte es und trat zwei Schritte zurück. »Komm nach Hause, Liebes!«

»Einsteigen, bitte!« Der Zugschaffner lief die Wagen entlang und schlug die noch offenen Türen zu. »Bitte zurücktreten, die Herrschaften!«

»Komm«, wiederholte Blankers eindringlich. Margit nickte und stieg aus. Der Gepäckträger sah noch einmal auf seine fünfzig Mark, hob dann die Schultern, dachte sich etwas Unfeines und schob die Karre mit den vier Lederkoffern wieder zurück zum Bahnsteigausgang.

Der Zug ruckte an, die Räder knirschten, irgendwo pfiff es, dann rollten die Wagen an Margit und Blankers vorbei aus der Halle, nach Westen, nach Calais, nach London.

»In letzter Minute«, sagte Blankers und drückte die kleine quietschende Monika an sich. »Mein Gott, wenn ich diese Minuten zu spät gekommen wäre . . . wenn du woanders hingefahren wärest . . . Ich hätte die ganze Welt nach dir abgesucht, das glaube mir.«

Margit lächelte schwach. In ihren Augen standen Angst und stumme Fragen nebeneinander.

»Was nun?« fragte sie, als Blankers immer wieder sein Kind küßte und sich von den kleinen Händchen die Haare zerwühlen ließ.

»Gib mir einen Kuß, Liebling.«

Margit trat an ihn heran und küßte ihn auf den Mund. Es war ein scheuer, schneller, jungmädchenhafter Kuß, und sie wurde sogar rot dabei.

»Du hast getrunken, Klaus . . .«, sagte sie leise.

»Ja. Aus Kummer und Verzweiflung.«

»Der Arzt hat es dir streng verboten.«

»Was soll ich tun, wenn ich so einsam bin?«

»Man kann dich wirklich nicht allein lassen.« Sie lächelte freier, in ihre Augen kam der alte Glanz zurück. Sie schüttelte den Kopf, hakte sich bei Blankers ein und atmete dann tief auf. »Ich werde von jetzt an immer um dich sein.«

»Das ist gut, Liebes. Ich habe gemerkt, daß mir etwas fehlt, wenn ich dich nicht sehe.«

Arm in Arm gingen sie zum Ausgang, wo der Gepäckträger wartete. Er hatte schon ein Taxi gerufen. Sie ist mit 'nem Taxi gekommen, und wenn er 'nen Wagen bei sich hat, ist's besser, er läßt sich jetzt fahren. Der hat ja 'nen gewaltigen Köm hinterm Knorpel.

»Macht sechs Mark, die Herrschaften«, sagte er, als die

Koffer eingeladen waren. »Die fünfzig Emm vorhin, das war gratis, nöch?«

Blankers lachte, gab ihm zehn Mark und stieg in das Taxi. Der Gepäckträger schwenkte seine Dienstmannmütze und grinste. O Gott, wäre die Welt doch voller Besoffener, dachte er.

»Wohin?« fragte der Chauffeur und stellte die Uhr ein.

Blankers lehnte sich zurück und ließ die kleine Monika auf seinen Knien reiten.

»Nach Blankenese«, sagte Margit, als Blankers nicht antwortete.

»Nein!« Blankers beugte sich vor. »Nach Wulfbüttel!«

»Wo ist 'n das?«

»In der Lüneburger Heide.«

Der Chauffeur stellte die Uhr ab und wandte sich um. »Für Witze ist die Zeit zuviel Geld. Steigen Sie aus, oder sagen Sie mir, wohin!«

»Sie haben es ja gehört«, sagte Margit, und unendliches Glück schwang in ihrer Stimme mit. »Nach Wulfbüttel in der Lüneburger Heide. Wir haben dort ein Haus.«

»Aber das kostet mindestens dreihundert Mark!«

»Bitte.« Blankers holte aus der Brieftasche drei Scheine und reichte sie hin. »Und nun geben Sie Gas! Bei Dunkelheit ist es nicht gut, in der Heide zu fahren. Und übernachten können Sie auch in Wulfbüttel, auf meine Kosten!«

Der Chauffeur nickte, schob die Trennscheibe zu und meldete sich bei seiner Zentrale ab.

»Ich fahre in die Heide«, sagte er ins Mikrophon. »Ein verrückter Besoffener mit viel Geld und Frau und Kind. Bin morgen mittag wieder zu Hause. Ja, hat angezahlt. Dreihundert Piepen. Wie die heißen? Ich glaube, Blankers steht auf dem Kofferschild. Was? Ist Fabrikant? Bei euch bekannt? Kann ohne Sorgen fahren? Also denn, Kumpels, ahoi!«

Sie fuhren schon eine ganze Weile, als Margit die müde Monika von Blankers' Schoß nahm und sie neben sich auf die Polster setzte. Das Köpfchen fiel zur Seite auf den Arm Margits, und dann schlief die Kleine und lächelte wie ein Engelchen.

»Warum gerade Wulfbüttel?« fragte sie leise und lehnte den Kopf an Blankers' Schulter. Er legte den Arm um sie und drückte sie an sich.

»Weil wir dort wirklich einmal wunschlos glücklich waren und es auch wieder sein wollen.«

»Und alles, was geschehen ist, das ...«

»Pst!« Er legte auf ihre Lippen seinen Zeigefinger. »Nicht darüber sprechen. Es ist doch gar nichts gewesen.«

Margit nickte und schloß selig die Augen. Sie fuhren die Chaussee an der Elbe hinunter, um auf die nächste Autobahnauffahrt zu kommen. Hell sang der Motor.

»Du –«, sagte Margit wieder nach einer langen Zeit des Schweigens.

»Ja, Liebes?«

»Wissen die anderen, wo wir sind?«

»Keine Ahnung haben die.«

»Sie werden uns suchen.«

»Und ob!« Blankers lachte jungenhaft. Das Lachen, das Margit so liebte. »Aber ich glaube, Vater und Mutter haben jetzt selber genug miteinander zu tun. Wir werden aus Wulfbüttel anrufen und sagen: Meine Lieben, als himmelhochjauchzende Verliebte empfehlen sich Margit und Klaus und bitten darum, nicht gestört zu werden, bis die zweiten Flitterwochen um sind!«

»Und deine Fabrik, die dringenden Termine?«

»Das ist mir im Augenblick alles wurscht! Ich weiß, daß es mehr gibt als Geldverdienen.«

Er zog den Kopf Margits zu sich und küßte sie auf den

Mund. Und dieses Mal war es ein anderer Kuß ... er strahlte bis zum Herzen, machte atemlos und unendlich glücklich.

Während Margit und Klaus in der Heidekate lebten wie Einsiedler und die letzten Winterstürme über das einsame Land heulten; während Klaus im Schuppen hinter dem Haus Holz hackte und Margit die Öfen und Kamine heizte, kochte und mit Monika auf dem Dielenboden Pferd und Reiter spielte, während sie sich in den Armen lagen und in den langen, wachen Nächten immer wieder spürten, wie dumm sie in den hinter ihnen liegenden Monaten aus falscher Scham gewesen waren, fand in Hamburg, fast unter Ausschluß der Öffentlichkeit, das von Dr. Hochheuser beim Landgerichtspräsidenten durchgesetzte Schnellverfahren gegen Baurat Bernhardt statt.

Die Anklage lautete auf Tötungsversuch, aber selbst der Staatsanwalt plädierte am Ende der zweitägigen Verhandlung, in der der ganze Komplex Fred Pommer noch einmal aufgerollt wurde, für Freispruch. Man brauchte gar nicht erst auf die psychiatrischen Gutachten zweier internationaler Kapazitäten zurückzugreifen. Der Freispruch erfolgte wegen »Anerkennung eines Affekttunnels, in dem der Angeklagte nicht mehr über seinen eigenen Willen verfügte«.

Der Prozeß gegen Ursula Fürst sollte erst im Frühjahr stattfinden. Auch hier reichten die besten Anwälte Schutzschriften ein, füllten die Aktendeckel mit dicken Schriftsätzen und untersuchten drei Professoren Ursula auf ihren Geisteszustand.

»Ich würde es wieder tun!« sagte sie immer wieder. »Ich habe Margit, mich, viele andere Frauen, ja die Welt von einem Teufel befreit. Man sollte mir dankbar sein.«

Das zeugte zwar nicht von einem Rechtsgefühl, gab aber

den Psychiatern die Möglichkeit, von einer Rache-Psychose bei Ursula Fürst zu sprechen. Jeder, der die Akte las, gab der Angeklagten im geheimen recht. Pommer hatte dieses Ende verdient, auch wenn man Selbstjustiz sonst grundsätzlich ablehnte.

»Wir pauken sie heraus!« sagte der Staranwalt Professor Dr. Sewers, den der Reeder Fürst zur Verteidigung gebeten hatte. »Sie wird natürlich verurteilt werden, das ist ganz klar, denn sie hat nun mal geschossen. Aber auf dem Gnadenwege ist viel zu erreichen, gerade bei dieser eindeutigen Lage.«

Margit und Klaus kamen aus dem Heidehaus erst zurück, als Dr. Preußig durch Anrufe und Telegramme flehentlich darum bat, sich um die Verträge zu kümmern, die man immer wieder hinausgezögert hatte. Nun mußten sie abgeschlossen werden, oder das Geschäft ging verloren.

»So unbezahlbar das Glück ist, Liebes«, sagte Blankers, als Dr. Preußig telegrafiert hatte: Katastrophe kaum noch aufhaltbar, wenn Sie nicht kommen! »Es geht hier um einige Millionen und um das Schicksal meiner Arbeiter und Angestellten. Wir müssen zurück in das schreckliche Leben.«

So kamen sie zurück, gesund und fröhlich, zwei Menschen, die das Ziel ihres Lebens erobert hatten: die alles verzeihende Liebe.

Gleich am nächsten Tag, als Blankers eine große Direktionsbesprechung hatte, durfte Margit dank der Vermittlung von Polizeipräsident Dr. Hochheuser mit Ursula in der U-Haft sprechen. Es war ein trauriges Wiedersehen, als sie sich im kleinen Sprechzimmer gegenübersaßen, getrennt durch einen kahlen Tisch und bewacht von einer dicklichen Wachtmeisterin.

»Es ist schön, daß du mich besuchen kommst, Margit«, sagte Ursula und spielte mit der Tüte Obst, die Margit ihr mitgebracht hatte und die von der Beamtin erst untersucht worden war. »Glaubst du, daß ich ›Lebenslänglich‹ bekomme?«

»Aber nein!« Margit stockte der Atem. Lebenslänglich hinter Gittern, in einer kleinen, schmalen Zelle . . . da würde Ursula irrsinnig werden. Gerade sie, die wie keine andere ihrer Freundinnen ein so freies Leben geführt hatte. »Wer sagt denn das, Uschi?«

»Vielleicht ist es eine gerechte Strafe.« Uschi Fürst blickte an Margit vorbei gegen die ölgestrichene, kahle Wand. »Die Strafe dafür, daß ich Fred wirklich geliebt habe. Immer habe ich ihm geholfen, mit Geld, mit Kleidung, ich habe ihn sogar einmal versteckt. Ich kam einfach nicht von ihm los. Und als ich ihn dann erschossen hatte und er vor mir lag und ich ihn umdrehte, da hätte ich ihn küssen mögen. Nur das Blut, das über sein Gesicht floß, hat mich daran gehindert. Mein Gott, ich habe Fred gehaßt wie den Satan und geliebt wie die Sünde. Ob das ein Richter jemals verstehen kann?«

»Wir wollen es abwarten, Usch«, sagte Margit kleinlaut. »Die besten Anwälte vertreten dich.«

Dann schwiegen sie, sahen sich an, und sie wußten, daß sie jetzt beide an die gemeinsamen schönen Jahre dachten, an die Schule, an die Ausflüge, an das Abitur, an das verträumte, romantische und verfluchte Ferienhaus an der Ostsee bei Hellerbrode.

»Du –«, sagte Ursula Fürst nach einer Weile. »Vater will sich von allem trennen, was uns Unglück gebracht hat.«

»Das ist gut so, Usch.« Margit nickte mehrmals. »Das ist das Beste, was dein Vater tun kann. Von euch wird das Haus doch keiner mehr besuchen.«

»Nie, nie mehr!« sagte Ursula laut. »Ich könnte keine Nacht mehr darin schlafen.«

Nach einer halben Stunde war die Besuchszeit zu Ende,

Margit und Ursula gaben sich die Hand und sahen sich tief in die Augen.

»Mach's gut, Margit«, sagte Ursula leise.

»Mach du's besser!« antwortete Margit.

Ihr alter Necksatz aus der Schule.

Dann wurde Ursula durch eine schmale Tür hinausgeführt, und Margit verließ nachdenklich das Gefängnisgebäude.

Der Häuser- und Grundstücksmakler Emil Hatjes war es gewöhnt, daß Kunden zu ihm kamen mit dem Wunsch, ein Schloß zu kaufen und dann mit einem schlichten Einfamilienreihenhaus vorlieb nahmen, nachdem sie die Preise erfahren hatten. Daß aber jemand zu ihm sagte: »Kaufen Sie das, ganz gleich, was es kostet« – dies war schon ein Glücksfall im Leben eines Maklers.

So war er besonders freundlich und zuvorkommend, als Margit Blankers, die Frau des Fabrikanten – natürlich kennt man den Namen, ich bitte Sie, gnädige Frau! – bei ihm Platz nahm, einen Kaffee ablehnte und zu ihm sagte:

»Lieber Herr Hatjes, ich habe einen Auftrag für Sie.«

»Schon ausgeführt, gnädige Frau.« Emil Hatjes, klein, dick und mit einer glänzenden Glatze, rutschte unruhig auf seinem Stuhl hin und her. »Ich habe da zum Beispiel ein Landhaus im Tessin! Ein Gedicht! Zehn Zimmer und Swimmingpool.«

Margit schüttelte den Kopf. »Herr Fürst, der Reeder Fürst ...«

»Kenne ich!« warf der Makler schnell ein.

»... verkauft ein kleines Haus an der Ostsee. Ein Ferienhaus aus Holz. Das möchte ich haben! Kaufen Sie es, überbieten Sie alle anderen Interessenten, es ist ganz gleich, was es kostet. Nur: Mein Name darf nie genannt werden. Erwerben Sie das Haus auf Ihren Namen.«

Emil Hatjes nickte. Solche Worte waren Musik für ihn, von himmlischen Orgeln gespielt.

»Ich werde alles dransetzen, das Objekt zu bekommen«, sagte er und notierte sich den Auftrag. »Wenn Herr Fürst wirklich verkaufen will, ist es morgen schon *Ihr* Haus!«

Zwei Tage später rief Margit bei dem Häusermakler Hatjes an und erkundigte sich nach dem Stand der Dinge. Die Stimme Hatjes' klang ein wenig wehleidig, als er antwortete.

»Herr Fürst ist bereit, das Haus zu verkaufen. Ich habe Fotos gesehen, er hat sie mir gezeigt, und als er dann den Preis nannte, habe ich mich verabschiedet.«

»Aber um Himmels willen!« rief Margit. »Ich habe Ihnen doch gesagt, daß Sie um jeden Preis kaufen sollen!«

Man hörte, wie der Häusermakler Hatjes leise seufzte, ehe er weitersprach.

»Gnädige Frau, ich bin ein alter Fuchs im Maklergewerbe. Ich weiß, was Häuser wert sind, und ich merke auch, wenn mich jemand aufs Kreuz legen will. Was Herr Fürst verlangte, ist einfach nicht akzeptabel.«

»Bezahlen Sie es oder ich?« Margits Stimme nahm einen befehlenden Ton an. »Kaufen Sie, Herr Hatjes!«

»Es widerspricht meinem Stolz als Makler, solch eine Summe für einen Holzkasten zu bezahlen. Dieser Herr Fürst ist – mit Verlaub gesagt – verrückt! Und Sie wären es noch mehr, Verzeihung, gnädige Frau, wenn Sie diesen Preis bezahlten.«

»Dann werde ich verrückt sein, Herr Hatjes! Sagen Sie zu und kaufen Sie das Haus!«

»Aber, gnädige Frau . . .«

Margit legte auf, ohne Hatjes weiter anzuhören.

Wenn er wüßte, wieviel mir dieses Haus wert ist, dachte

sie. Und wenn ich allen Schmuck, den mir Klaus geschenkt hat, verkaufe, um die Summe zusammenzubringen – niemand wird dieses Haus an der Ostsee mehr bewohnen! Dieses verträumte Paradies zwischen Kiefernwald und goldenem Sandstrand, das für Uschi und mich zur Hölle wurde.

Schon am nächsten Tag – Klaus Blankers war nach Düsseldorf geflogen und verhandelte mit einem Stahlkonzern – rief Makler Hatjes wieder an. Man hörte an seiner Stimme, wie schwer es ihm fiel, dieses Gespräch zu führen.

»Wir haben es, gnädige Frau«, sagte er. »Für einen sündhaften Preis.«

»Genau dieser Ausdruck ist richtig«, sagte Margit leise. »Ist der Vertrag perfekt?«

»Übermorgen gehen wir zum Notar. Dann erfolgt die Auflassung im Grundbuch, die Eintragung.«

»Vergessen Sie nicht: Auf Ihren Namen!«

»Natürlich! Ich schäme mich fast, wenn ich die Dokumente unterschreibe. Das ist Wucher!«

Nachdenklich legte Makler Hatjes nach diesem Gespräch den Hörer wieder zurück. Er hatte etwas getan, was genau betrachtet ein Vertrauensbruch gewesen war: Er hatte, bevor er von Herrn Fürst das Haus wirklich erwarb, nach langem Zögern doch noch Klaus Blankers in der Fabrik angerufen und ihm – mit der Bitte um strengste Diskretion – den seltsamen Fall geschildert. Blankers hatte anders reagiert, als Hatjes gehofft hatte.

»Das Haus an der Ostsee«, hatte Blankers etwas gedehnt gesagt. »Natürlich kenne ich es. Der Erwerb ist auch ganz in meinem Sinn. Ich schicke Ihnen gleich einen Boten mit einem Scheck hinüber. Bitte, sagen Sie meiner Frau noch nichts davon. Ich möchte sie damit überraschen . . .«

Aber niemand sagte etwas davon. Weder Margit noch

Klaus sprachen darüber, wenn sie abends am flammenden offenen Kamin saßen, über den vergangenen Tag sprachen, Arm in Arm wie ein junges Liebespaar in das Buchenholzfeuer blickten und sich auf die Nacht freuten. Auch als Blankers eine Woche später nach Prag fliegen mußte und Margit keine Lust zeigte mitzukommen, schwieg er, aber sein Blick beim Abschied auf dem Flughafen Fuhlsbüttel war ein stummes Bitten. Belüg mich nicht wieder, Margit, schrie dieser Blick. Sei ehrlich! Nun, wo wir uns völlig gefunden haben, wo kein Geheimnis unser Glück mehr belastet, soll nicht wieder eine neue Lüge Mißtrauen säen. Sag, daß du das Haus gekauft hast ... du wirst dann erfahren, wer es bezahlt hat. Nur: Das erste Wort mußt du sprechen!

Aber Margit schwieg. Sie winkte Klaus nach, bis sich der große silberne Vogel in die Luft hob und im blauen Frühlingshimmel davonschwebte.

Wenn du zurückkommst, Klaus, dachte sie dabei, wird die letzte Erinnerung an die Vergangenheit nicht mehr sein, werden wir uns frei fühlen, so wie es sein mußte, als wir uns zu lieben begannen. Und ich weiß, daß du mir verzeihen wirst, wenn ich dir dann alles sage.

Klaus Blankers sah bedrückt auf die kleine winkende Gestalt zurück, bis das Flugzeug sich zur Betonpiste drehte und die Motoren aufheulten zum Start.

Ich liebe dich, dachte er. Ich glaube, du weißt gar nicht, was du für mich bedeutest und wie fürchterlich es ist zu warten, bis du Vertrauen zu mir hast –

Mit einem schweren Herzen flog er nach Prag.

Zwei Tage später – in der Nacht gegen ein Uhr – gab es bei der Freiwilligen Feuerwehr in Hellerbrode Alarm. Eine

Männerstimme schrie etwas von »Brand am Strand« und hängte wieder ein.

Die Sirene des kleinen Ostseeortes heulte, die Feuerwehrleute sprangen aus den Betten, zogen über ihre Schlafanzüge die Uniform und stülpten auf die zerzausten Haare die Helme, und zehn Minuten später klingelte und ratterte der Spritzenwagen durch den Kiefernwald, hinaus zum Strand.

Von weitem sahen sie dann auch den Feuerschein, lodernde Flammen, die den Strand weithin erhellten und über die Kette der Männer und Frauen zuckten, die vom Meer bis zum brennenden Haus gebildet war, um die Wassereimer weiterzureichen. Es war ein sinnloser Kampf gegen die Glut, die aus dem trockenen Holz des Hauses schlug. Das Dach war schon zusammengestürzt, die Funken trieben über den Strand, und die Hitze war so stark geworden, daß die vordersten Männer nicht mehr nahe genug heran konnten, um die Eimer Wasser in das Feuer zu schleudern.

Hier nützte auch die Feuerwehr nichts mehr. Als die Schläuche ausgelegt waren und die ersten dicken Strahlen in das flammende Haus zischten, Dampfwolken emporwirbelten und glühende Asche über die hilfreichen Nachbarn flog, standen nur noch die angesengten Außenwände und die gemauerte Wand, in der sich der Kamin befand.

»Wie ist denn so was möglich?« sagte der Brandmeister und starrte auf die glühenden Trümmer. »Das Haus ist doch seit fast einem Jahr nicht mehr bewohnt! Da muß doch einer heimlich übernachtet haben. Vielleicht ein Landstreicher, der eine Zigarettenkippe weggeworfen hat. Himmeldonnerwetter!«

»Ich habe den Feuerschein nur durch Zufall gesehen.« Der nächste Nachbar, ein Fabrikant aus Lübeck, wischte sich den Schweiß vom rußgeschwärzten Gesicht. »Ich ging zur Toilette und wunderte mich, daß der Himmel so hell war. Wir haben doch keinen Vollmond, denke ich und sehe hinaus. Und da steht das Fürst-Haus in hellen Flammen. Das ganze Dach brannte schon. Da habe ich alles alarmiert – aber zu retten war ja nichts mehr.«

Zwei Stunden lang schleuderten die Spritzen Wassermassen in die noch immer glimmenden Trümmer. Nun war auch der Polizeiposten aus Hellerbrode gekommen. Er hatte bereits Lübeck verständigt. Beamte des Branddezernats waren unterwegs.

»Es sieht verdammt nach Brandstiftung aus«, sagte der Polizist, als er sich auch den Bericht des Nachbarn anhörte. »Von allein brennt so ein Haus ja nicht. Und Kurzschluß? Wie soll der entstehen, wenn keiner drin wohnt? Wird schon stimmen, das mit dem Landstreicher. Wird wohl wieder ein Fall werden, der nie geklärt werden kann.«

Niemand sah in der allgemeinen Aufregung, wie eine schmale Gestalt in einem dunklen Kleid sich durch den Kiefernwald entfernte, ein paar hundert Meter weiter in einen Wagen stieg und wegfuhr. Und auch der Portier des Hotels »Dünenrose« in Hellerbrode wunderte sich nicht, daß die junge Dame so spät nach Hause kam, denn die Saison hatte ja begonnen, und im nahen Grömitz war jeden Abend Tanz.

Er sagte sogar: »Haben Sie schon gehört ... am Strand brennt es. Die Feuerwehr ist ausgerückt! Soll total ausgebrannt sein, das Haus.«

»Ach, so was!« sagte die junge Dame und strich sich die blonden Locken aus der erhitzten Stirn. »Man ist nirgendwo sicher ...«

Dann ging sie auf ihr Zimmer. Schläfrig griff der Nachtportier nach seinem Kriminalroman, der ihm die lange Nacht kürzer werden ließ. Und es war bestimmt nur seine

Schläfrigkeit daran schuld, daß er auf der Stirn der jungen Dame den grauschwarzen Rußfleck übersehen hatte.

Klaus Blankers kehrte früher aus Prag zurück, als Margit erwartet hatte. Als er vor seiner Villa vorfuhr, stieß er mit dem Häusermakler Hatjes zusammen, der auch gerade gekommen war und schon geklingelt hatte.

»Ah! Das trifft sich gut!« sagte Blankers. »Sie wollten zu meiner Frau?«

»Bitte, verraten Sie mich nicht, Herr Blankers«, sagte Hatjes leise. Er war blaß und sichtlich erregt. »Es ist etwas Tolles passiert ... Das Haus ...«

Die Tür öffnete sich. Margit selbst stand in der großen Diele und sah Klaus und den Makler ohne eine Spur von Erschrecken an. Es war, als sei sie in diesen drei Tagen ein völlig anderer Mensch geworden. Ihre Augen leuchteten fröhlich.

»Du bist schon zurück?« rief sie und küßte Blankers ungeniert auf den Mund. »Das ist schön! Es war furchtbar langweilig, als du nicht da warst.« Und zu Hatjes gewandt, sagte sie: »Und Sie, lieber Herr Hatjes, was bringen Sie Schönes? Neues von der Ostsee? Weißt du, Klaus, wir haben jetzt auch ein Haus an der Ostsee ...«

»Sie *hatten* eins, gnädige Frau.« Hatjes wischte sich über das Gesicht. »Es ist vergangene Nacht abgebrannt. Bis auf die Grundmauern.«

»So ein Pech!« sagte Blankers und sah Margit tief in die fröhlichen Augen.

»Es war Brandstiftung!« keuchte Hatjes. »Die Leute vom Branddezernat aus Lübeck haben Spuren von Benzin am Holz festgestellt. Jemand hat das Haus mit Benzin angezündet.«

»Das ist wirklich eine Gemeinheit.« Margit sah an Klaus vorbei auf Hatjes. »Hat die Polizei schon einen Verdacht?«

»Gar keinen! Es wird wohl auch nie geklärt werden, wer das Haus angesteckt hat.« Hatjes atmete ein paarmal tief durch.

Er bekam zum Trost und zur Rettung seines inneren Gleichgewichts ein paar Kognaks und fuhr dann geknickt wieder ab.

Margit saß mit angezogenen Beinen im Kaminsessel, als Blankers von der Halle ins Zimmer zurückkehrte und sich an den Kamin lehnte. Sie sah in das Kognakglas und lächelte vor sich hin.

»Man sagt, daß das Feuer die größte reinigende Kraft besitzt«, sagte Blankers leise.

»Ja«, antwortete Margit und hob den Kopf. In ihren Augen tanzte das Licht innerer Freude. »Nun ist alles weggebrannt. Nun gibt es nichts mehr ... nur dich und mich ...« Sie schlang die Arme um den Nacken ihres Mannes, als er sich zu ihr niederbeugte und sie küßte. »Warum fragst du mich nicht weiter, Klaus?« stammelte sie und klammerte sich an ihm fest. »Warum fragst du nicht: Welches Haus? Warum hast du es gekauft? Warum brennt es? Wer hat es angesteckt?«

»Warum sollte ich das fragen?« sagte Blankers und umfing die zierliche Gestalt seiner Frau. »Wo ich doch das Haus selbst bezahlt habe.«

»Du?« schrie Margit auf.

»Ja. Dein Geld liegt noch bei Hatjes. Und deinen Schmuck habe ich zurückgekauft. Du bist ein ganz dummes kleines Mädchen.«

»Und du ... du bist ein lieber, über alles geliebter Schuft! Ach, Klaus ... ich bin so glücklich ... so glücklich ...«

Später standen sie dann am Fenster und sahen hinaus in

den Garten. Monika krabbelte durch das Gras und jauchzte mit ihrer hellen Stimme. Das Kindermädchen warf ihr einen bunten Ball zu, und Monika stolperte auf dicken, ungelenken Beinchen hinterher und versuchte, den Ball zu fassen.

»Das kann uns keiner nehmen«, sagte Klaus Blankers leise und drückte Margit an sich. »Wir drei sind eine kleine, runde, glückliche Welt.«

»Wir vier«, sagte Margit und lehnte den Kopf an seine Brust. »Dieses Mal wird es ein Junge sein.«

Es war einer der seltenen Augenblicke, in denen Klaus Blankers sprachlos war. Dann aber riß er Margit zu sich herum und küßte sie, und es machte ihm gar nichts aus, daß das Kindermädchen es vom Garten aus sah und sogar rot wurde.